HEYNE BÜCHER

Das Buch

Der zweite Band der *Corellia-Trilogie,* in deren Mittelpunkt der gleichnamige Heimatplanet des ehemaligen Schmugglers und jetzigen Freiheitskämpfers Han Solo steht.

Han Solo sitzt im Gefängnis und muß feststellen, daß sein eigener Cousin, Thrackan Sal-Solo, hinter der imperialen Verschwörung auf Corellia steckt. Für Han gibt es nur eine Möglichkeit, aus dem Gefängnis zu entkommen und seine Familie und Freunde, die sich auf den Nachbarplaneten Selonia zurückgezogen haben, vor der drohenden Gefahr zu warnen: Doch diese Möglichkeit besteht darin, sich mit der ebenfalls gefangenen Selonianerin Dracmus zu verbünden. Aber wird die fanatische Untergrundkämpferin ihr Wort halten?

Inzwischen spitzt sich die Lage im Corellia-System immer weiter zu. Wer steckt hinter dem Starbuster-Masterplan, mit dem die Neue Republik vernichtet werden soll? Wer versucht, die eindrucksvolle Kriegsmaschinerie Corellias für seine Zwecke zu nutzen? Und welche Bedeutung hat die mysteriöse Raumstation Centerpoint Station, die seit Jahrhunderten verlassen zu sein scheint und plötzlich zu neuem Leben erwacht?

Der Autor

Roger McBride Allen wurde 1957 in Bridgeport, Connecticut geboren, studierte an der Universität von Boston und lebte viele Jahre in Washington, D. C. Er hat bereits mehrere Science Fiction-Romane geschrieben und bewegt sich mit der Corellia-Trilogie, deren erster Band, »Der Hinterhalt« (01/10201), bereits im Wilhelm Heyne Verlag erschien, zum ersten Mal im Star Wars-Universum.

ROGER MACBRIDE ALLEN

# STAR WARS®

## ANGRIFF AUF SELONIA

*Roman*

Aus dem Amerikanischen
von Thomas Ziegler

Deutsche Erstausgabe

WILHELM HEYNE VERLAG
MÜNCHEN

HEYNE ALLGEMEINE REIHE
Nr. 01/10202

Titel der Originalausgabe
ASSAULT AT SELONIA
Teil 2 der Corellia-Trilogie
Erschienen bei Bantam Books, a division of
Bantam Doubleday Dell Publishing Group, Inc. 1995

*Umwelthinweis:*
Dieses Buch wurde auf
chlor- und säurefreiem Papier gedruckt.

2.Auflage


Printed in Germany 1998
Umschlagillustration: Drew Struzan
Umschlaggestaltung: Atelier Ingrid Schütz, München
Satz: Buch-Werkstatt GmbH, Bad Aibling
Druck und Bindung: Elsnerdruck, Berlin

ISBN 3-453-11685-2

*Für Beth und Mike,*
*die mich dazu brachten,*
*an die Unschuld von Richard III.,*
*die unvermeidliche Sterblichkeit Bluebottles*
*und die Gefahren eines Inside Straight zu glauben.*

## 1. Kapitel

# *Familienbande*

Die Wachposten gaben Han Solo einen Stoß, und er stolperte mit auf dem Rücken gefesselten Händen in den düsteren Audienzraum. Er bemerkte einen Moment zu spät, daß der Boden des Saals einen halben Meter unter dem Eingangsbereich lag. Von seinem eigenen Schwung getragen, fiel er über den Rand des erhöhten Laufgangs und prallte mit der Schulter gegen den harten Steinboden.

Han rollte auf die Seite und kämpfte sich hoch in eine sitzende Position. Die Wachposten, die ihn in den Raum gestoßen hatten, verschwanden nach draußen und schlugen hinter sich die Tür zu. Han war allein in der hallenden Düsternis.

Er sah sich um und fragte sich, was als nächstes passieren würde. Zumindest war er nicht mehr in dieser Zelle. Das war doch etwas. Vielleicht nicht viel, aber immerhin etwas. Und was immer ihn auch als nächstes erwartete, es würde seine Lage natürlich nicht unbedingt verbessern. Seiner Erfahrung nach war man ziemlich sicher, solange man in einer Zelle eingesperrt war. Die Probleme begannen, wenn man *herausgeholt* wurde.

Han richtete sich schwankend auf und sah sich um. Die Wände und der Boden des Saals bestanden aus nüchternem dunkelgrauen Permabeton, und in der Luft hing ein modriger Geruch, der darauf hindeutete, daß sich der fensterlose Raum unter der Erde befand. Er war etwa zwanzig Meter breit und dreißig Meter lang, wobei der Boden des eigentlichen Raums einen halben Meter unter einem zwei Meter breiten Laufgang lag, der den gesamten Saal umschloß. Es gab vier schwere Stahltüren, eine auf jeder Seite der Kammer, durch die man auf den Laufgang gelangen konnte. Von der Plattform aus hatte man einen hervorragenden Überblick über alles, was im Saal geschah.

Die Tür, durch die er hereingekommen war, lag in seinem

Rücken, und vor ihm, auf der anderen Seite der Ringplattform, stand ein thronähnlicher Sessel aus dunklem Holz. Der Sessel war groß und wuchtig genug, daß jeder, der sich auf ihm niederließ, im Sitzen wahrscheinlich größer war als im Stehen. Han würde dann die Knie desjenigen direkt vor Augen haben. Dieser Sessel allein genügte, um ihm zu verraten, warum er hier war und wer ihn sehen wollte.

Han setzte seine Untersuchung des Raumes fort. Abgesehen von dem Thronsessel war der Saal schmucklos und düster. Er war auch in keinem besonders guten Zustand. Der Boden wies Risse auf, und der Permabeton der Wände bröckelte ab. Alles schien in großer Eile fertiggestellt worden zu sein.

Han hatte eine Menge beeindruckender Orte gesehen und eine Menge Orte, die beeindruckend wirken *sollten*. Dieser Saal gehörte eindeutig zur zweiten Kategorie. Die Menschenliga hatte zweifellos einen Raum haben wollen, der ihre Gefangenen einschüchterte, wenn der Verborgene Führer über sie zu Gericht saß – oder sich an ihrem Tod ergötzte –, aber die Liga hatte offenbar weder die Zeit noch die Mittel gehabt, um sich eine erstklassige Ausstattung leisten zu können. Alles sehr interessant, aber es war nicht die Sorte Information, die ihm beim Überleben helfen konnte.

Han richtete seine Aufmerksamkeit wieder auf den Thronsessel. Das war offensichtlich der Platz, wo der Große Mann sitzen würde, wenn er hier eintraf – und Han hatte eine sehr klare Vorstellung davon, wer der Große Mann sein würde.

Es kam eigentlich nur ein Kandidat in Frage. Sein Vetter, Thrackan Sal-Solo. Der gute alte, mörderische, verschlagene, rachsüchtige, paranoide Thrackan. Das Wer stand damit fest, aber was war mit dem *Warum*? Thrackan wollte auf jeden Fall einen Blick auf Han werfen. Das war einerseits gut, andererseits schlecht. Offenbar hatten sie ihn aus diesem Grund am Leben gelassen. Aber hatten sie auch *hinterher* noch einen Grund, ihn am Leben zu lassen? Hatte Thrackan weitere Verwendung für ihn?

Schließlich *hatte* Han einige ihrer Minipatrouillenboote

vernichtet. Das genügte auf den meisten Planeten für eine Hinrichtung, und dieser Planet war nicht besser als die meisten anderen.

Seine Verwandtschaft mit Thrackan würde ihm auch nicht helfen. Sobald Thrackan seine Neugierde befriedigt hatte, war ihm durchaus zuzutrauen, daß er Han auf der Stelle umbrachte.

Nein, Han wußte, daß er nicht darauf hoffen konnte, daß Thrackan plötzlich verwandtschaftliche Gefühle für ihn entwickelte. Wenn er überleben wollte, mußte er Thrackan überzeugen, daß er wertvoll für ihn war. Aber er hatte nicht die Absicht, Thrackans Menschenliga in irgendeiner Form zu helfen.

Wie konnte er also wertvoll *erscheinen,* ohne diesem Schurken zu nutzen?

Han hörte Schritte auf der anderen Seite der Tür hinter dem Thronsessel. Jetzt blieb keine Zeit zum Nachdenken mehr.

Han wich von der Tür zurück. Wenn der erwachsene Thrackan auch nur leichte Ähnlichkeit mit dem Thrackan aus Hans Kindheit hatte, würde er vorsichtig sein müssen, sehr vorsichtig. Thrackan war noch sehr jung gewesen, als er angefangen hatte, Insekten die Flügel auszureißen und kleinere Kinder zu verprügeln. Er hatte sehr früh herausgefunden, welchen Eindruck ein grausamer Ruf machte. *Hier, das mache ich mit jemand, auf den ich nicht mal wütend bin. Stell dir vor, was passiert, wenn ich auf dich wütend werde?* Es gab Leute in der Galaxis, für die Grausamkeit, Drohungen und Einschüchterung eine Kunstform waren. Thrackan war da ganz anders. Er setzte sie als reine Werkzeuge, als Waffen ein. Was nicht bedeutete, daß er kein Vergnügen dabei empfand.

Die Türflügel schwangen auf, und zwielichtig wirkende Gestalten in Offiziersuniformen marschierten in Zweierreihen herein. Die eine Marschkolonne wandte sich am Thronsessel nach links, die andere nach rechts. Dann bauten sich die Männer zu beiden Seiten des Thrones auf der Ringplattform auf, mit ausdruckslosen Gesichtern, die Augen starr nach vorn gerichtet, über Hans Kopf hinwegblickend.

Nach ihren Abzeichen zu urteilen, die den alten imperialen Symbolen nachempfunden waren, mußte es sich bei ihnen um hochrangige Offiziere handeln. Aber die Feldmarschälle von heute waren zweifellos die Unruhestifter von gestern. Phantasieuniformen und eine Menge Lametta machten aus ihnen noch keine erfahrenen Offiziere, die Respekt verdienten. Diese Kerle hatte mit den imperialen Offizieren der Vergangenheit nicht mehr zu tun als ein Kind, das ein Spielzeug-Lichtschwert schwenkte, mit Luke Skywalker.

Nach ihren Schmerbäuchen zu urteilen, hatte keiner von ihnen in den letzten Jahren irgendwelchen Sport getrieben. Ihre trüben Augen, geröteten Gesichter und Stoppelbärte – und der Alkoholdunst, der sie umwaberte – verrieten Han, daß zumindest einige dieser stolzen Offiziere in der vergangenen Nacht kräftig gefeiert hatten. *Das* war ein bißchen voreilig. Wie konnten selbst die besoffensten Narren glauben, daß die Menschenliga bereits gewonnen hatte?

Zweifellos bestand diese Truppe nicht aus den größten Geistesleuchten der Galaxis. Sie waren als reine Staffage hier, sonst nichts. Han schenkte ihnen keine weitere Beachtung. Er richtete seine Aufmerksamkeit wieder auf die offene Tür hinter dem wuchtigen Sessel. Es dauerte einen Moment, bis sich etwas rührte, entweder, weil sich der Große Mann verspätet hatte oder weil er sich einbildete, so einen dramatischeren Auftritt zu haben. Aber dann betrat Thrakkan Sal-Solo, der ehemalige Verborgene Führer der Menschenliga und jetzige selbsternannte Diktator des corellianischen Sektors, den Raum. Er bewegte sich mit der selbstsicheren Forschheit eines Mannes, der genau wußte, was er machte und was er wollte, ein Mann, der absolut davon überzeugt war, der vor ihm liegenden Aufgabe gewachsen zu sein. Thrackan Sal-Solo bog um die rechte Seite des großen Sessels, trat an den Rand der Plattform und blieb dort einen Moment stehen. Lange und durchdringend starrte er seinen Vetter an, und Han starrte zurück.

Han hatte das Gefühl, in einen seltsamen Zerrspiegel zu blicken. Thrackan hatte Hans Gesicht, oder anders ausgedrückt, Han hatte sein Gesicht. Nicht, daß man sie nicht voneinander unterscheiden konnte. Thrackans Haar war dunkler, schwarzbraun mit grauen Einsprengseln. Er war um ein paar Kilo schwerer, und er trug einen sorgfältig gestutzten Bart. Thrackan war vielleicht zwei oder drei Zentimeter größer als Han. Von ihm ging eine Härte, eine Skrupellosigkeit aus, die sich nicht nur in seiner Miene verriet, sondern sich förmlich in sein Gesicht gegraben hatte, als wäre dieser zornige, mißtrauische Ausdruck sein natürlicher Zustand.

Aber selbst diese Unterschiede unterstrichen nur ihre Ähnlichkeit. Han hatte das Gefühl, als erblicke er in einem Spiegel den Mann, der er hätte werden können. Die Vorstellung gefiel ihm nicht. Ganz und gar nicht. Diese erste Begegnung war weitaus beunruhigender, als er erwartet hatte.

Nicht nur Han bemerkte die Ähnlichkeit. Die uniformierten Figuren auf der Ringplattform hatten offenbar Befehl, die Augen geradeaus zu halten, aber nicht einer von ihnen konnte der Versuchung widerstehen, zuerst einen Blick auf Han und dann auf Thrackan zu werfen. Leises erstauntes Raunen ging durch den Saal.

Thrackan schien der einzige zu sein, der dieses Zusammentreffen überhaupt nicht beunruhigend fand. Er sah kühl und gleichmütig auf Han hinunter.

Han entschied sich, gute Miene zum bösen Spiel zu machen. Oder wenigstens so zu tun. »Hallo, Thrackan«, sagte er. »Ich dachte mir schon, daß ich dich sehen würde.«

»Hallo, Han«, erwiderte sein Vetter mit einer Stimme, die Hans auf verblüffende Weise ähnelte. »Manche Dinge ändern sich nie, nicht wahr?«

»Ich weiß nicht genau, was du damit meinst.«

»Damals in den alten Zeiten, Han«, sagte Thrackan. »Damals warst du immer auf irgendwelche Spielchen aus. Und ich mußte es immer für dich ausbaden.«

»Ich erinnere mich aber ganz anders«, widersprach Han. Thrackan hatte nicht einmal die Folgen seiner eigenen Untaten ausgebadet, geschweige denn die der anderen. Aber es war ihm immer gelungen, den *Eindruck* zu erwecken, als wäre er das Opfer. Thrackan hatte nie die geringsten Skrupel gehabt, die Schuld für sein Versagen auf andere abzuwälzen oder sich als Verdienst anzurechnen, was andere geleistet hatten. »Aber du hast recht«, fügte Han hinzu. »Manche Dinge ändern sich nie.«

»Diesmal gibt es eine ganze Menge auszubaden«, fuhr Thrackan fort. »Du hast meinen Raumhafen beschossen, sechs meiner Minipatrouillenboote beschädigt oder zerstört und dieser X-TIE-Schrottmühle die Flucht ermöglicht«, sagte Thrackan. »Wir glauben, daß dem X-TIE-Jäger der Sprung in den Hyperraum gelungen ist. Wenn sein Pilot es schafft, die Neue Republik zu warnen, könnte das meine Pläne, an denen ich jahrelang gearbeitet habe, empfindlich stören.«

»Ich dachte, der Raumhafen und die MPBs gehören der corellianischen Regierung. Ich wußte nicht, daß sie dein Privatbesitz sind«, erklärte Han.

»Sie sind es aber«, sagte Thrackan. »Und was das betrifft, die Regierung gehört mir auch. Aber jetzt geht es darum, daß deine Spielchen mir eine Menge Probleme bereitet haben.«

»Ich bin untröstlich«, meinte Han.

»Das bezweifle ich«, konterte Thrackan. »Ich wäre es an deiner Stelle nicht. Aber die Frage bleibt – was soll ich mit dir machen?«

»Ich habe einen Vorschlag«, sagte Han fröhlich. »Laß mich gehen und ergib dich mir. Vielleicht kann ich die Neue Republik dazu bringen, Nachsicht mit dir zu üben.«

»Ich schätze, du kannst mir auch erklären, warum ich so etwas tun sollte«, sagte Thrackan mit einem dünnen Lächeln.

»Weil du verlieren wirst, Thrackan«, nickte Han. »Weil dieser X-TIE durchgekommen ist, und selbst wenn nicht, wird die Republik auf irgendeine Weise von deinen Umtrieben erfahren. Und du hast es mit derselben Neuen Republik zu tun, die das Imperium besiegt hat. Sie hat den Imperator und Darth Vader und Admiral Thrawn und die Todessterne ausgeschaltet. Glaubst du im Ernst, daß sie Schwierigkeiten haben wird, mit Typen wie *dir* fertigzuwerden? Warum ersparst du uns allen nicht eine Menge Ärger und ergibst dich jetzt?«

Thrackan lächelte, aber sein Ausdruck verriet weder Wärme noch Humor. Statt dessen ließ ihn das Lächeln noch kälter, noch härter erscheinen. Bekümmert schüttelte er den Kopf. »Noch immer derselbe alte Han. Zusammengeschlagen, schmutzig, unrasiert, ein Gefangener, der gerade eine Nacht in seiner Zelle verbracht hat, und trotzdem riskierst du genau wie früher eine dicke Lippe.« Er zögerte einen Moment und lehnte sich in seinem Sessel zurück. »Es gibt einen sehr guten Grund, warum ich nicht verlieren werde«, erklärte er. »Ich habe bereits gewonnen. Es ist alles vorbei. Die Neue Republik wird mir vielleicht einige Unannehmlichkeiten bereiten, aber das ist auch alles. Entweder sie lassen mich in Ruhe, oder ich vernichte ein paar weitere bewohnte Sonnensysteme.«

Han zögerte einen Moment, bevor er darauf antwortete. War die Drohung ein Bluff oder nicht? Es gab keinen Zweifel, daß ein Stern zur Supernova geworden war, ein Stern, dem dieses Schicksal niemals hätte widerfahren dürfen. Die Liga hatte behauptet, dafür verantwortlich zu sein, aber wie sollte eine Bande von ignoranten Unruhestiftern und Halunken einen Stern sprengen können? »Das war ein netter Taschenspielertrick«, meinte Han. »Aber ich bin sicher, daß du ihn nicht wiederholen kannst.«

»Oh, ich werde dich schon noch überzeugen«, sagte Thrackan. »Verlaß dich darauf.« Seine Stimme, seine Haltung drückten absolutes Selbstvertrauen aus. Wenn es ein Bluff war, dann ein verdammt überzeugender.

»Also, Thrackan, warum bin ich hier?« fragte Han im Tonfall eines vielbeschäftigten Mannes, der viel Wichtigeres zu tun hatte. Bei den meisten Leuten wäre diese arrogante Haltung glatter Selbstmord gewesen. Aber Han kannte seinen Vetter. Höflichkeit hätte ihm von Thrackan nur ein verächtliches Grinsen eingebracht.

»Hast du es so eilig, in deine Zelle zurückzukehren?« fragte Thrackan mit einem gehässigen Lächeln.

Han widerstand der Versuchung, einen erleichterten Seufzer auszustoßen. Bis zu diesem Moment war er nicht sicher gewesen, ob Thrackan ihn lange genug am Leben lassen würde, daß er seine Zelle wiedersah. »Nein«, gestand er. »Aber ich bin auch nicht am Austausch von Drohungen interessiert. Warum bin ich hier?«

»Ich hatte die vage Hoffnung, daß du vielleicht bereit sein würdest, mit mir zusammenzuarbeiten. Daß du dich wie ein patriotischer Corellianer verhalten und mir helfen würdest, diese republikanischen Eindringlinge loszuwerden. Aber die Hoffnung war nicht besonders groß. Du bist auch nicht dazu bereit, oder?«

»Nicht in einer Million Jahren.«

»Also gut«, seufzte Thrackan. »Aber warum sollte ich dich am Leben lassen, wenn du mir nicht helfen willst?«

Unter den gegebenen Umständen hätte diese Frage die meisten Menschen in Schrecken versetzt, aber Han kannte Thrackan schon sehr lange. Und schon nach den ersten Sekunden ihres Zusammentreffens hatte er erkannt, daß sich Thrackan seit damals nicht verändert hatte. Hätte sich Thrakkan schon entschlossen, ihn zu töten, hätte er seine Zeit nicht mit Wortgefechten verschwendet. Han hätte bereits ein Blasterloch in der Brust gehabt. Thrackan war nie aus einer Laune heraus oder ohne Grund grausam gewesen. Wenn er etwas Böses tat oder wenn er überhaupt etwas tat –, dann nur, weil er sich davon einen direkten Vorteil versprach. Thrackan hatte auch nie davor zurückgeschreckt, andere die Schmutzarbeit für sich erledigen zu lassen, und er war auch nie daran interessiert gewesen, sich unnötige Arbeit zu machen. Han konnte natürlich nicht sicher sein, aber er vermutete, daß sich Thrakkan noch nicht entschieden hatte, ob er Han am Leben lassen sollte oder nicht. Beides war möglich. Und *das* bedeutete, daß er ihm einen Grund liefern mußte, ihn nicht zu töten. Es gab deprimierenderweise genug Gründe für ihn, Han umzubringen, aber warum sollte er sein Leben verschonen?

»Es gibt eine Menge guter Gründe, mich nicht zu töten«, sagte Han, um Zeit zu schinden. Er bemühte sich um einen ruhigen, selbstsicheren Tonfall, aber seine Stimme klang sogar für seine eigenen Ohren nicht besonders überzeugend.

»Könntest du mir vielleicht einige nennen?« fragte Thrackan kühl.

*Denk nach*, sagte sich Han. *Laß dir was einfallen*. Warum *sollte* Thrackan ihn am Leben lassen? Einen Moment. Warum waren er und die anderen *überhaupt* noch am Leben? Offensichtlich hatte die Menschenliga ihren lächerlichen Aufstand bewußt so geplant, daß er zeitlich mit dem Handelsgipfel zusammenfiel, wenn viele hochrangige Außenwelter auf Corellia waren. Und all diese Delegierten saßen jetzt im Corona-Haus fest, der Residenz des Generalgouverneurs. Hätte die Liga gewollt, hätte sie das Gebäude längst in die Luft sprengen und alle töten können, die sich dort aufhielten. Die gesamte planetare Regierung und die Staatschefin der Neuen Republik.

Aber sie hatte es nicht getan. Han war zum Zeitpunkt des Angriffs im Corona-Haus gewesen. Für ihn war klar, daß es sich bloß um ein täppisch ausgeführtes taktisches Manöver gehandelt hatte, nicht um einen Enthauptungsschlag. Der Liga war es nur darum gegangen, den Generalgouverneur, Leia und den Rest der hochrangigen Diplomaten im Corona-Haus festzusetzen, indem sie alle Ausgänge blockierte. Daß Han die Flucht geglückt war, war lediglich ein Beweis für die Unfähigkeit der Ligisten, keine Absicht.

Der Gedanke drängte sich auf, daß Thrackan in Leia und den anderen Tauschobjekte sah, Geiseln. Plötzlich begriff Han. Sein Vetter wollte ihn am Leben lassen, weil er hoffte, Leia so zur Zusammenarbeit zwingen zu können. Aber wenn er etwas von Leia brauchte, dann bedeutete dies, daß Thrackan Sal-Solo trotz seiner gegenteiligen Behauptungen nicht unumschränkter Herr der Lage war. Han grinste, und diesmal brauchte er es nicht vorzutäuschen. »Es gibt keinen Grund, mich am Leben zu lassen«, sagte Han. »Nicht einen einzigen. Zumindest nicht, wenn es dich nicht stört, die Staatschefin gegen dich aufzubringen. Und sie neigt dazu, sehr wütend zu werden, wenn ihre Familienangehörigen kaltblütig ermordet werden.«

»Ich brauche deine Staatschefin nicht«, fauchte Thrackan wutentbrannt.

»Warum hast du dir dann so viel Mühe gegeben, sie gefangenzusetzen?« fragte Han. »Warum fand die Revolte zu Beginn des Handelsgipfels statt?«

»Schweig!« donnerte Thrackan. »Ich stelle hier die Fragen. Noch ein Wort von dir über deine Frau, und ich schwöre dir, daß ich dich hier und jetzt eigenhändig töten werde, ganz gleich, ob du mir lebend mehr nützt oder nicht.«

Han sagte nichts, sondern lächelte nur, denn er wußte, daß er gewonnen hatte, und Thrackan wußte es auch. Han hatte seinen Bluff durchschaut.

Thrackan funkelte ihn an und trommelte mit den Fingern auf die Armlehne seines Sessels. »Ich hatte ganz vergessen, wie gut du früher schon darin warst, mich in den Wahnsinn zu treiben«, grollte er. »Aber ich möchte dich daran erinnern, daß es nicht besonders klug ist, gegen mich zu punkten. Außerdem«, sagte er mit einem Wink zu den Männern auf der Ringplattform, »haben meine Offiziere sehr hart gearbeitet und etwas Entspannung verdient.« Thrackan lächelte wieder, häßlicher noch als zuvor, falls dies überhaupt möglich war. »Ehrengarde, rührt euch«, sagte Thrackan, ohne die Augen von Han zu wenden. Die uniformierten Schurken entspannten sich, stellten sich bequemer hin und grinsten in bösartiger Vorfreude. »Captain Falco, sagen Sie den Wachen, sie sollen den ... ah ... anderen Gefangenen hereinbringen.«

Ein besonders schmierig aussehender Offizier salutierte und sagte: »Jawohl, Sir.« Er zog ein Kom aus der Tasche und sprach hinein. »Es geht los, Sergeant.«

Für einen Moment geschah nichts, was Han ganz und gar nicht gefiel. Dann, zuerst leise, aber allmählich lauter werdend, hörte er hinter der Tür, durch die er gekommen war, gedämpfte Schritte. Han drehte sich zur Tür um und wich gleichzeitig zurück. Jetzt hatte er Thrackan im Rücken, aber in der letzten Zeit hatte er den Eindruck gewonnen, daß sein Vetter grundsätzlich gefährlich war, ganz gleich, wo er sich befand. Außerdem stellte er eine bekannte Gefahr dar. Am besten konzentrierte er sich auf die Gefahr, die er noch nicht kannte.

Die Tür schwang auf, und zwei schwerbewaffnete Soldaten der Menschenliga kamen mit schußbereiten Blastern herein. Sie postierten sich rechts und links von der Tür mit dem

Rücken zur Wand. Mit solchen Vorsichtsmaßnahmen hatte Han nicht gerechnet. Wie es schien, sahen die Ligisten in dem Neuankömmling eine größere Bedrohung als in Han.

Einen Moment später kam der »andere Gefangene« herein – und plötzlich verstand Han die strengen Sicherheitsmaßnahmen. Der »andere Gefangene« war ein Selonianer. Selbst Schurken und Narren wußten, daß man Selonianer sehr ernst nehmen mußte.

Und dieser Selonianer war ein großes, wild aussehendes Weibchen, was keine Überraschung war. Alle Selonianer, die in der Öffentlichkeit auftraten, waren groß, wild und weiblich.

Selonianer waren im Durchschnitt größer und schlanker als Menschen. Sie hatten etwas längere Rümpfe und kürzere Arme und Beine. Obwohl sie normalerweise aufrecht gingen, konnten sie bei Bedarf auch auf allen vieren laufen. Ihre Hände und Füße verfügten über einziehbare Krallen, die beim Klettern oder Graben sehr nützlich waren – und die sie zu gefährlichen Kämpfern machten. Sie waren hervorragende Schwimmer; ihr kurzer, kräftiger Schwanz diente ihnen im Wasser als Steuer und Paddel und beim Gehen als Gegengewicht – und darüber hinaus im Kampf als furchterregende Keule.

Man nahm an, daß sich die Selonianer aus einer Spezies räuberischer, schwimmfähiger Säugetiere entwickelt hatten. Ursprünglich hatten sie in Flußnähe in unterirdischen Höhlen gelebt, sich aber im Lauf der Zeit immer weiter ins Landesinnere ausgebreitet und ihre Grabungstechnik perfektioniert, so daß sie jetzt als unübertroffene Tunnelbauer galten. Sie besaßen ein glattes, kurzes Fell, meistens braun oder schwarz, und eine lange, spitz zulaufende Schnauze mit scharfen Zähnen Sie hatten borstige Schnurrbarthaare und ein gleichermaßen widerborstiges Temperament, was sich bemerkbar machte, wenn man sie nicht richtig behandelte. Den Großteil ihres Lebens verbrachten sie in unterirdischen Stollen, und ihr Gesellschaftssystem war ungewöhnlich, um es vorsichtig auszudrücken.

Aber so interessant der Umstand auch war, daß die selonianische Gesellschaft von unfruchtbaren Weibchen beherrscht wurde – Han hatte im Moment andere Sorgen. Und zwar die sehr, sehr scharfen Zähne dieses speziellen unfruchtbaren Weibchens.

Die große, geschmeidige, anmutige Kreatur betrat mit einer solchen Gelassenheit und Selbstsicherheit den Raum, als wäre sie die Herrin und nicht eine Gefangene. Zwei weitere Wachen folgten ihr in den Saal, aber sie schenkte ihnen ebensowenig Beachtung wie dem ersten Duo.

Han bemerkte noch etwas anderes – die Hände der Selonianerin waren nicht gefesselt. Das konnte nur bedeuten, daß die Selonianerin ihr Ehrenwort gegeben hatte, allen Befehlen zu gehorchen und keinen Fluchtversuch zu machen. Aber wenn sie ihr Ehrenwort gegeben hatte, dann waren die Wachen nicht nur überflüssig, sondern auch eine tödliche Beleidigung. Es war definitiv nicht ratsam, die Ehre einer Selonianerin anzuzweifeln. Überheblichkeit oder Unkenntnis konnten einen derartigen Lapsus vielleicht erklären, aber niemals entschuldigen.

»Runter mit dir«, knurrte einer der Wachen und wies auf die untere Ebene des Saales, wo Han wartete. Han hatte man mit gefesselten Händen von der Ringplattform gestoßen. Die Selonianerin durfte die kurze Treppe in der linken hinteren Ecke des Raumes benutzen. Anmutig stieg sie die Stufen hinunter und blieb in der Mitte des Saales stehen. Sie drehte sich zu Han um und sah ihn mit ausdruckslosem Gesicht an.

»Sag Hallo zu Dracmus«, forderte Thrackan Han auf. »Ein eindrucksvolles Exemplar, nicht wahr? Wir haben sie bei einem Sabotageversuch in Coronet aufgegriffen.«

Han sagte nichts. Thrackan zu reizen war eine Sache. Er wußte, wie weit er bei ihm gehen konnte und wie die möglichen Folgen aussahen. Bei einer Selonianerin lag die Sache anders. Vor allem unter den gegebenen Umständen.

Thrackan lachte. »Wie ich sehe, willst du kein Risiko eingehen. Dracmus, sag Hallo zum Piraten und Verräter der Familie, meinem geliebten Vetter Han Solo.«

*»Bellorna-fa ecto mandaba-sa, despecto Han Solo!«* sagte Dracmus. *»Pada ectal ferbraz bellorna-cra.«* Ihre Stimme troff vor

Verachtung, aber ihre Worte paßten nicht zu ihrem Tonfall. *»Sprichst du meine Sprache, ehrenwerter Han Solo? Diese Narren verstehen sie nicht.«*

Han überlegte fieberhaft. Er wußte nicht, was Dracmus vorhatte. Er wußte nur, daß sie der Feind seiner Feinde war – zumindest sah es so aus. Sie konnte natürlich auch Thrackans Handlangerin sein, Teil eines hinterlistigen Planes. War dies vielleicht eine Falle? Aber welchen Sinn hatte eine Falle, wenn er bereits ein Gefangener war? Und was war, wenn sich Dracmus irrte und einer der Ligisten *doch* Selonianisch sprach?

Aber das Universum hatte Han noch nie viele klare Antworten gegeben, und es wahr höchst unwahrscheinlich, daß es ausgerechnet jetzt damit anfangen würde. *»Belorna-sa mandaba-fa kurso-kurso«*, fauchte Han und bemühte sich, seinen Tonfall ebenso beleidigend klingen zu lassen wie zuvor Dracmus. *»Ich verstehe dich gut.«* Han wich in die Ecke zurück und riskierte einen Blick zu Thrackan. Sein Vetter grinste von einem Ohr zum anderen. Offenbar hatte er keinen Zweifel daran, daß die beiden Gefangenen Beleidigungen austauschten.

*»Kurso! Sa kogna fos zul embaga. Persa chana-sa prognas els abta for dejed kurso«*, knurrte Dracmus und schnappte mit den Fängen nach ihm. *»Gut! Ich glaube, sie wollen uns zwingen gegeneinander zu kämpfen. Erlaube mir schnell zu gewinnen, und ich werde dich so wenig wie möglich verletzen.«*

Das hatte Han befürchtet. Es paßte zu Thrackan, zwei Gefangene zum Kämpfen zu zwingen; und daß dieser Kampf so ungleich war, bereitete ihm nur noch mehr Vergnügen.

»Wie ich sehe, habt ihr beide euch schon gegenseitig ins Herz geschlossen«, sagte Thrackan. »Ich denke, unsere selonianische Freundin ist voller Haß auf ihre Gastgeber. Allerdings kann sie ihre aufgestauten Gefühle nicht an uns auslassen, denn sie hat ihr Ehrenwort gegeben und darf ihren Schwur nicht brechen. Ich muß gestehen, daß es überaus angenehm ist, einen Gegner mit derart starken Prinzipien zu haben. Ich denke, ich werde ihr ehrenvolles Verhalten belohnen und ihr gestatten, ihre Wut an dir auszulassen.«

Han zerrte an seinen Handschellen, aber sie hielten. »Ein verdammt fairer Kampf, Thrackan«, spottete er. »Eine Selonianerin gegen einen Mann, dessen Hände auf dem Rücken gefesselt sind.«

Thrackan lachte. »Ich bin an Unterhaltung interessiert, Han, nicht an Fairness.« Er wies auf die vier Wachen, die sich inzwischen in den vier Ecken der Ringplattform postiert hatten. »Feuer«, befahl er. Alle vier zielten mit ihren Blastern auf die Mitte des Saalbodens und schossen gleichzeitig.

Der Boden explodierte in einer Flammensäule. Han wich vor der Glut zurück und spürte stechende Schmerzen im Gesicht und an den Händen, als er von Mikrofragmenten des pulverisierten Permabetons getroffen wurde.

Halb blind und halb taub taumelte Han zurück. »Wenn ihr euch nicht anstrengt, werden meine Soldaten erneut schießen. Ich rate euch beiden, einen überzeugenden Kampf zu liefern.«

Han schüttelte den Kopf und blinzelte, um das Flimmern vor seinen Augen zu vertreiben. »Wie soll ich überzeugend kämpfen, wenn meine Hände auf dem Rücken gefesselt sind?« fragte er.

Thrackan lachte wieder. »Du erwartest doch nicht etwa, daß ich dir alle Antworten liefere«, erwiderte er. »Zeig mal ein wenig Initiative.«

Hans Sehvermögen hatte sich inzwischen soweit normalisiert, daß er Dracmus erkennen konnte, und sie schien mehr als nur bereit, einen guten Kampf zu liefern. Sie hatte das Maul weit aufgerissen und fletschte ihre nadelspitzen Zähne.

Hans einziger Vorteil war das Überraschungsmoment, und er entschloß sich, es einzusetzen. Er brüllte aus Leibeskräften und stürzte sich mit gesenkten Kopf auf Dracmus. Er unterlief ihre Abwehr, wenn auch nur knapp, und rammte ihr seinen Schädel in die Magengrube. Jeder Mensch wäre zu Boden gegangen, aber sie stemmte ihren Schwanz gegen den Boden und blieb auf den Beinen. Ihre linke Pranke erwischte ihn am Kopf und schleuderte ihn durch die Luft.

Er prallte mit der linken Schulter gegen die erhöhte Ringplattform und wäre fast gestürzt. Im letzten Moment gewann er sein Gleichgewicht zurück, wirbelte nach rechts herum und entging in letzter Sekunde einem Schlag mit der flachen Hand nach seinem Kopf.

Und in diesem Sekundenbruchteil erkannte Han, daß er ihr vertrauen konnte, zumindest halbwegs. Er sah, daß sie einen Sekundenbruchteil, bevor ihre Pranke an seinem Gesicht vorbeizuckte, ihre Krallen einzog, und sie verfehlte ihn nur um die Länge dieser Krallen.

*Keine Krallen.* Sie hätte ihm inzwischen schon zweimal das Gesicht zerfetzen können. Sie spielte fair – oder würde es tun, bis sie Han töten mußte oder Thrackans Schlägertypen sie beide töteten. Er mußte schnell und überzeugend verlieren. *Das* sollte kein Problem sein. Schließlich waren seine Hände auf dem Rücken gefesselt. Prüfend zerrte er an seinen Handschellen, aber sie gaben nicht nach.

Han gelang es, einem linken Schwinger auszuweichen, doch dann traf ein Schlag wie ein Dampfhammer seine Brust und riß ihn von den Beinen. Er landete auf dem harten Permabetonfußboden und fing die Wucht des Aufpralls größtenteils mit seinem Rücken ab, obwohl er sich fast die Hände brach und mit dem Hinterkopf auf den Permabeton knallte.

Ehe er sich aufrappeln konnte, warf sich Dracmus auf ihn, aber Han rollte zur Seite und sie verfehlte ihn – absichtlich, wie er vermutete. Oder er hatte mehr Glück als Verstand.

Han gelang es, wieder auf die Beine zu kommen, doch beinahe wäre er erneut hingefallen. Bei seinem letzten Sturz mußte er sich irgendwie den Knöchel verletzt haben. Das hatte ihm gerade noch gefehlt. Ein verstauchter Knöchel. Er fluchte gepreßt und hüpfte so schnell er konnte zur anderen Seite des Raumes. Sein rechtes Auge schwoll bereits an, und er war ziemlich sicher, daß seine Nase blutete. Er fragte sich, wie ihn Dracmus wohl zurichten würde, wenn dies ein echter Kampf war. Aber er mußte ihr vertrauen. Entweder würde sie ihre Meinung ändern und ihn töten oder nicht.

Sie fuhr herum und kam mit schweren, stampfenden Schritten, ausgebreiteten Armen und wild peitschendem Schwanz auf ihn zu. Die Männer auf der Ringplattform johlten und grölten und fluchten. Im Raum schien es jetzt stickiger und dunkler zu sein als noch vor ein paar Minuten. Han schüttelte benommen den Kopf und bereute es sofort – ihm wurde schwindelig. Lange würde er nicht mehr durchhalten.

Er mußte es zu Ende bringen. Schnell und überzeugend, damit Thrackan zufrieden war. Aber Han wußte, daß Thrackan zumindest der alte Thrackan, den er von früher kannte – nur zufrieden sein würde, wenn ihn Dracmus mit gezielten Schlägen zu Boden schickte. Er würde sich betrogen fühlen, wenn Han einfach das Bewußtsein verlor und zusammenbrach, doch genau das würde passieren, wenn der Kampf nicht bald endete. Und Han wollte Thrackan nicht enttäuschen. Nicht, solange er einen Blaster in der Hand hielt, mit dem er seiner Enttäuschung Luft machen konnte, und Han ein perfektes Ziel abgab. Han *glaubte,* daß Thrackan ihn lebend brauchte, aber er war sich dessen nicht sicher genug, um sein Leben darauf zu verwetten. Außerdem konnte ein gezielter Blasterschuß ihn verkrüppeln, ohne ihn gleich zu töten.

*Kämpfe weiter.* Han stolperte nach rechts und beschrieb einen Bogen um Dracmus, die nicht näher kam, sondern ihn ebenfalls umkreiste und auf ihre Chance lauerte. Han zerrte wütend und frustriert erneut an seinen Handschellen und spürte verblüfft, wie sie nachgaben.

Entweder waren sie bei dem Sturz beschädigt worden oder, wahrscheinlicher, Thrackan hatte sie per Fernsteuerung geöffnet, um sein Vergnügen noch zu steigern. Es spielte keine Rolle. Seine Hände waren frei. Er breitete seine Arme wie ein Ringer aus und näherte sich Dracmus.

Dracmus war mindestens genauso überrascht wie Han, als sie sah, daß die Hände ihres Gegners plötzlich frei waren. Sie wich einen Schritt zurück, um die Distanz zwischen sich und Han zu vergrößern, und fauchte zornig und enttäuscht. Han spürte, daß ihr Zorn echt war, nicht gespielt. Vielleicht wollte sie Han nicht töten, aber sie war entschlossen, ihn zu *schlagen.*

Nun, er würde es ihr nicht leicht machen. Dracmus mochte immer noch im Vorteil sein, aber vielleicht hatte er jetzt eine Chance. Er fintete nach links, täuschte erneut, wich dann nach rechts aus, um sich dann direkt auf sie zu stürzen und ihr beide Fäuste in die Magengrube zu rammen. Im allerletzten Moment fiel ihm ein, daß er den Schlag höher als bei einem Menschen ansetzen mußte, um Wirkung zu erzielen. Er erwischte sie mit knapper Not an der richtigen Stelle. Sie stolperte zurück, und Han, von der Wucht seines eigenen Schlages getragen, setzte ihr nach. Sie hatte sich soweit zusammengekrümmt, daß ihre empfindliche Schnauze jetzt in Reichweite seiner Fäuste war. Er holte aus und traf punktgenau – und fragte sich im gleichen Augenblick, ob es wirklich eine so gute Idee gewesen war.

Dracmus' Gesichtsausdruck verriet, daß sein Treffer ihr wehtat – und sie noch wütender machte. Ihre scharfen Fänge schnappten nach Hans Arm und verfehlten ihn nur um Zentimeter, und ehe er ausweichen konnte, bohrte sich eine eisenharte Faust in seine Brust. Hätte sie ihn im Magen getroffen, hätte er sich vor Schmerz zusammengekrümmt, aber Dracmus hatte ihren Schlag zu hoch plaziert. So wurde Han zu Boden geschmettert. Wimmernd vor Schmerz rappelte er sich mühsam wieder auf. Wahrscheinlich hatte er sich beim Aufprall eine Rippe gebrochen oder zumindest geprellt.

Dracmus' Schwanz peitschte hin und her, und sie hatte ihre Fänge gefletscht – aber sie versuchte nicht, ihm ihre Zähne in die Kehle zu schlagen oder ihm mit ihren Krallen die Augen auszukratzen. Sie beherrschte sich noch immer, zumindest teilweise. Han wurde klar, daß er diesen Kampf sofort zu Ende bringen mußte, bevor sie die Kontrolle über ihre Wut verlor und ihn tötete. *»Benutze deinen Schwanz!«* stieß er auf Selonianisch hervor. *»Schlag mich damit nieder!«*

Das wilde, wütende Glitzern in ihren Augen schien für einen Moment zu verblassen, und sie starrte ihn an, als wäre sie überrascht, ihn zu sehen. Gut. Vielleicht bedeutete dies, daß die Worte zu ihr durchgedrungen waren – obwohl sich Han dessen nicht ganz sicher sein konnte. Sie wirbelte herum und schnappte wieder mit den Zähnen nach ihm, und Han duckte sich nach links. Obwohl er sie zu diesem Schritt aufgefordert hatte, bemerkte er nicht einmal, daß sie weiter herumwirbelte, sich auf einem Fuß drehte, gleichzeitig mit ihrem erhobenen Schwanz ausholte und Han genau am Kopf traf.

Han wankte und wich baumelnd zurück, sackte dann in sich zusammen. Als er ein letztes Mal den Kopf hob, sah er seinen Vetter auf dem Thron sitzen. Um Han wurde es dunkler, immer dunkler, doch er konnte erkennen, daß Thrackan ihn verhöhnte, ihn auslachte, daß dieses Gesicht, das seinem eigenen so ähnlich war, von einem grausamen, sadistischen Grinsen verzerrt war.

Han war fast erleichtert, als ihn die Finsternis verschlang.

## 2. Kapitel

# *Der große Riß*

Die *Glücksdame* deaktivierte ihre Lichtgeschwindigkeitstriebwerke und fiel im Coruscant-System in den Normalraum zurück. Lando Calrissian überprüfte den Navcomputer und nickte zufrieden. »Wir sind auf dem richtigen Kurs«, meldete er. »Die coruscantische Raumkontrolle hat uns die Einflugerlaubnis erteilt.«

»Gut«, sagte Luke. »Je früher wir landen, desto besser.«

»Sollten wir die Flottenhengste nicht über Kom informieren?« fragte Lando. »Nur um keine Zeit zu verschwenden.«

Luke schüttelte den Kopf. »Nein«, wehrte er ab. »Wir haben es mit einer großen und mächtigen Organisation zu tun. Wir müssen davon ausgehen, daß eine Organisation, die das ganze corellianische Sonnensystem von der Außenwelt abriegeln kann, auch in der Lage ist, die Komfrequenzen abzuhören, sogar die abgeschirmten Kanäle. Ich denke, wir sollten auf Nummer Sicher gehen und nichts verraten, bis wir unter vier Augen mit unseren Leuten sprechen können.«

»Wahrscheinlich hast du recht«, seufzte Lando. »Jedenfalls hast du recht damit, daß wir es mit einer mächtigen Organisation zu tun haben.« Irgend jemand oder irgend etwas hatte ein Abfangfeld um das gesamte corellianische System gelegt, das von einem Gravitationsquellengenerator erzeugt wurde und die Massefeldlinien des Realraums verzerrte. Kein Hyperantrieb konnte innerhalb eines Abfangfelds funktionieren. Kein Schiff konnte innerhalb des Feldes in die Lichtgeschwindigkeit springen, und jedes Schiff, das das Feld im Hyperraum passierte, wurde in den Normalraum zurückgeschleudert. Luke und Lando hatten das Abfangfeld entdeckt, als die *Glücksdame* am Rand des corellianischen Systems aus dem Hyperraum gerissen worden war, so weit draußen, daß ein Flug durch den Normalraum zum Planeten Corellia im besten Fall Monate gedauert hätte.

Niemand hatte es bisher geschafft, ein Abfangfeld zu erzeugen, das auch nur ein Hundertstel oder ein Tausendstel der Stärke des corellianischen Feldes besaß. Selbst wenn Lando und Luke keine weiteren Informationen gehabt hätten, wäre die bloße Existenz eines derart riesigen Feldes Grund genug, Alarm zu schlagen.

Aber es gab noch mehr Informationen. Leia Organa Solo, Staatschefin der Neuen Republik, befand sich im corellianischen System, und in der letzten Zeit hatte es von Corellia nur schlechte Nachrichten gegeben.

Irgend etwas mußte unternommen werden, soviel stand fest – aber was? Das corellianische System war vom übrigen Universum abgeriegelt, und es gab keinen schnellen Weg hinein. Wer immer auch dahintersteckte, er hatte genug Zeit gehabt, um weitere Teufeleien auszubrüten.

Aber Lando bewegten noch andere, persönlichere Sorgen. Tendra. Lady Tendra Risant vom Planeten Sacorria. Lando hatte sie erst vor wenigen Tagen kennengelernt und sie nur einmal gesehen, aber er wußte bereits, daß sie etwas Besonderes war, jemand, der in seinem Leben eine wichtige Rolle spielen konnte.

Es war mehr als nur eine kleine Ironie, daß er die halbe Galaxis nach einer Braut mit viel Geld abgesucht hatte, nur um einer Frau zu begegnen, die ihn jeden Gedanken an Geld vergessen ließ. Nun, zumindest vorübergehend.

Was ihm im Moment am meisten Sorgen machte, war die Tatsache, daß er nach seinem Abschied von ihr nach Corellia geflogen war, was sie auch wußte. Früher oder später – wahrscheinlich früher – würden Sacorria und der Rest der Galaxis erfahren, daß sich Corellia vom übrigen Universum abgeschottet hatte. Tendra würde es erfahren und zweifellos annehmen, daß er sich auf Corellia befand. Sie würde sich Sorgen machen, und wahrscheinlich würde sie sich damit nicht begnügen. Tendra war keine Frau, die in einer derartigen Situation untätig herumsaß. Sie würde handeln. Sie würde etwas tun, und nur der Weltraum wußte, was. Und das machte Lando die größten Sorgen.

Aber selbst wenn sie nichts unternahm – Tendra hatte ihm erzählt, daß sich die Lage auf ihrer Heimatwelt Sacorria zuspitzte. Sacorria war einer der »Grenzling«-Planeten, die so genannt wurden, weil sie am Rand des corellianischen Sektors lagen, und zwar sowohl im räumlichen als auch im politischen Sinne.

Auf Sacorria lebten dieselben drei Spezies wie auf Corellia – Menschen, Drall und Selonianer. Der Planet wurde von der Triade beherrscht, einem geheimnisumwitterten Triumvirat, das aus den selbsternannten Vertretern aller drei Spezies bestand. Das allein genügte, um Lando zu beunruhigen. Seiner Erfahrung nach waren Oligarchien weder die vernünftigste noch die stabilste aller Regierungsformen.

Und während sich Luke und Lando auf Sacorria aufgehalten hatten, war es zu einer merklichen Verschärfung der Lage gekommen. Die Behörden hatten sie quasi von dem Planeten verjagt.

Lando überprüfte erneut die Systemdisplays und warf dann einen Blick zu Luke im Kopilotensitz. »Luke«, sagte er, »glaubst du, daß die Unruhen auf Sacorria etwas mit dem corellianischen Abfangfeld zu tun haben könnten?«

Luke sah Lando an und runzelte die Stirn. »Wie kommst du darauf?«

»Nun, die einen haben uns *rausgeworfen*, die anderen ein Abfangfeld erzeugt, um uns *draußen zu halten*.«

»Komm schon«, sagte Luke. »Das Abfangfeld diente doch nicht allein dazu, *uns* draußen zu halten. Ich weiß, daß du ein großes Ego hast, Lando, aber jetzt übertreibst du.«

»Ich will damit nicht sagen, daß das Feld *uns* draußen halten sollte«, entgegnete Lando. »Sondern nur dich. Ich bin nicht so wichtig, aber du bist es. Du bist der Jedi-Meister. Deshalb habe ich dich auf dieser Reise mitgenommen – um mit dir Eindruck zu schinden. Na ja, vielleicht waren die Corellianer beeindruckt. Es könnte eine Menge Gründe für sie geben, dich fernzuhalten. Generell kann man sagen, daß kein Unruhestifter dich in seiner Nähe haben will. Es wäre nicht das erstemal, daß jemand zu extremen Maßnahmen greift, um dich loszuwerden.«

»Vielleicht«, meinte Luke, nicht ganz überzeugt. »Aber mir kommt das immer noch verdammt übertrieben vor. Außerdem wußten nicht viele Leute, daß wir nach Corellia fliegen wollten. *Ich* erfuhr es erst in der Nacht vor unserem Abflug von Coruscant.«

»Die Typen, die uns von Sacorria vertrieben haben, ahnten vielleicht, was unser nächstes Ziel sein würde, und sie hätten ein halbes Dutzend verschiedener Möglichkeiten gehabt, es zu überprüfen.« Lando wies mit dem Daumen zum Mannschaftsraum, wo R2-D2 und C-3PO waren. »Sie hätten bloß Goldköpfchen zum Reden bringen müssen, und in dreißig Sekunden hätten sie unsere ganze Lebensgeschichte gekannt.«

»Ich habe das gehört, und ich muß protestieren«, drang 3POs Stimme aus dem Interkom. »Außenstehenden gegenüber bin ich immer diskret ...«

»Verschwinde aus der Leitung und hör auf herumzuschnüffeln, du geschwätziges Ersatzteillager«, knurrte Lando.

»Aber ich muß protestieren ...«

»Wir haben jetzt keine Zeit für dich, 3PO«, unterbrach Luke. »Sag R2-D2, daß er sich auf den Landeanflug vorbereiten soll. Wir erreichen in Kürze Coruscant.« Er streckte die Hand aus und schaltete das Interkom ab.

Lando funkelte das Interkom an. »3PO hat meine Befürchtungen gerade bestätigt«, brummte er. »Wenn die Sacorrianer gewollt hätten, dann hätten sie auch erfahren, wohin wir fliegen wollen.«

»Das bezweifle ich nicht«, sagte Luke. »Aber dieses Abfangfeld ist riesig! Um es zu erzeugen und stabil zu halten, sind ungeheure Energiemengen erforderlich, ganz zu schweigen von der Planung, den organisatorischen Problemen und dem technischen Aufwand, den man betreiben muß. Man kann es nicht einfach einschalten, nur um einen unwillkommenen Besucher fernzuhalten. Es gibt einfachere Mittel, eine Person am Betreten eines Sonnensystems zu hindern, selbst wenn diese Person ein Jedi-Meister ist. Die Sacorrianer hätten uns einfach einsperren oder erschießen oder eine Bombe in der *Glücksdame* deponieren können.«

»Vermutlich«, räumte Lando ein. »Aber selbst wenn das

corellianische Feld nicht aktiviert wurde, um uns fernzuhalten, glaube ich immer noch, daß es eine Verbindung zwischen unseren Schwierigkeiten auf Sacorria und den Geschehnissen im corellianischen System geben könnte.«

»Vielleicht hast du recht«, meinte Luke. »Aber ich habe das Gefühl, daß es noch eine Weile dauern wird, bis wir es mit Sicherheit wissen.«

Die *Glücksdame* setzte ihren Flug fort.

Luke war mehr als nur leicht überrascht, als er das Empfangskomitee sah, das sie auf Coruscant erwartete, während sie die *Glücksdame* verließen. Vom normalen Bodenpersonal war nichts zu sehen; statt dessen wurden sie von einem verschlossen wirkenden Sicherheitsteam begrüßt, zwei Männern und einer Frau in den Uniformen des Geheimdienstes der Neuen Republik.

»Das sieht nicht gerade einladend aus«, murmelte Lando, als der ranghöchste GNR-Offizier auf sie zutrat. »Sie erinnern mich an die Zollbeamten bei meiner letzten Verhaftung als Schmuggler.«

»Master Skywalker, Captain Calrissian, ich heiße Sie beide willkommen«, sagte der Offizier. Er war ein junger, etwas blasser und leicht korpulenter Mann, der aussah, als hätte er in der letzten Zeit zuwenig geschlafen. »Ich bin Captain Showolter vom Geheimdienst der Neuen Republik«, fuhr er fort. »Sie beide werden dringend bei einer wichtigen Konferenz erwartet. Wenn Sie bitte so freundlich wären, uns zu folgen ...«

»Und was passiert, wenn wir *nicht* so freundlich sind?« fragte Lando. Die Umstände hatten sich vielleicht geändert, aber auf Polizisten, die ihm vorschreiben wollten, wohin er zu gehen hatte, reagierte er immer noch mit dem alten, instinktiven Schmugglermißtrauen.

Showolter seufzte und warf Lando einen müden, frustrierten Blick zu. »Dann würden wir Sie trotzdem mitnehmen, schon um zu verhindern, daß Sie etwas ausplaudern. Wir könnten später entscheiden, ob wir Sie verhaftet oder in Schutzhaft genommen haben. Kommen Sie jetzt also mit, oder wollen Sie noch mehr Zeit mit diesem Unsinn verschwenden?«

»Um was geht es?« fragte Lando.

»Das kann ich Ihnen nicht sagen«, erwiderte Showolter. »Aber ich wette, Sie sind klug genug, um es sich denken zu können.«

»Corellia«, murmelte Luke.

Showolter schenkte ihnen ein müdes Lächeln. »Ich habe ausdrücklichen Befehl, es Ihnen nicht zu sagen, aber ich habe so das Gefühl, daß Sie auf der richtigen Spur sind. Also, kommen Sie nun mit oder nicht?«

»Wir kommen«, nickte Luke. »Können wir unsere Droiden mitnehmen? In einem von ihnen sind wichtige Daten gespeichert.«

»Je mehr, desto besser«, meinte Showolter mit ausdrucksloser Stimme.

»Großartig«, brummte Lando, als sie Showolter zu einem wartenden Schwebewagen folgten. »Dabei hatte ich mich schon gefreut, die beiden endlich loszuwerden.«

Luke lachte und schlug seinem Freund auf den Rücken. »Sieht so aus, als müßtest du uns noch eine Weile ertragen.«

Sie stiegen in den Schwebewagen und starteten. Showolter saß zusammen mit Luke, Lando und den Droiden im Fond, während die beiden anderen GNR-Offiziere die vorderen Plätze eingenommen hatten. Die Fenster des Schwebewagens wurden sofort undurchsichtig. Ob es nun dazu diente, die Passagiere vor den Blicken der Passanten zu verbergen, oder ob es darum ging, Luke und Lando das Ziel ihres Fluges vorzuenthalten, konnte Luke nicht sagen. Falls das letztere zutraf, war die Mühe natürlich umsonst. Ein Jedi-Meister mußte nicht aus dem Fenster sehen, um zu wissen, wohin er flog. Luke mußte sich nicht einmal konzentrieren, um zu erkennen, daß sie zu den Türmen des Palastes flogen, obwohl sie einen Umweg machten. Nun, das war keine Überraschung.

Luke lehnte sich zurück und dachte nach. Offensichtlich wußten zumindest einige Leute auf Coruscant, daß etwas im Busch war. Aber Showolter hatte zweifellos nicht die Absicht, ihnen zu verraten, worum genau es sich handelte oder wohin man sie brachte. Sie hatten vor ihrer Landung auf dem Planeten keine Einladung zu dieser mysteriösen Konferenz erhalten. Das überzeugte Luke, daß die Führung auf Coruscant genau wie er selbst befürchtete, daß der Gegner – wer immer der Gegner auch sein mochte – die abgeschirmten Komkanäle abhörte.

Und wenn dies schon auf dem Zentralplaneten der Neuen Republik möglich war, steckten sie wirklich in Schwierigkeiten.

Der Wagen wurde langsamer, und das Geräusch des Fahrtwindes änderte sich ein wenig. Lukes Orientierungssinn bestätigte, was ihm schon die veränderten Geräusche verraten hatten – der Luftwagen war soeben direkt *in* den Palast geflogen, durch eins der Hangartore in den oberen Stockwerken. So etwas kam nicht häufig vor. Offenbar nahm der GNR die Sicherheit sehr ernst.

Der Wagen landete mit einem sanften Ruck. Der Tür öffnete sich; Luke und Lando stiegen aus und fanden sich in einem Hangar wieder. Showolter war direkt hinter ihnen und führte sie zu einem wartenden Turbolift. Die beiden anderen GNR-Offiziere blieben im Luftwagen und sahen Luke, Lando, Showolter und den Droiden nach.

Kaum hatten sie die Turboliftkabine betreten, schlossen sich die Türen, obwohl keiner die Kontrolleiste auch nur berührt hatte. Zu Lukes großer Überraschung fiel die Kabine in die Tiefe. Er wechselte einen Blick mit Lando und sah, daß sein Freund aus der Fahrt nach unten die gleichen Rückschlüsse zog wie er. *Oben* war auf Coruscant gleichbedeutend mit einem höheren Status. Bedeutende Feierlichkeiten, wichtige Konferenzen und prachtvolle Empfänge konnten nur in den oberen Ebenen der riesigen Metropole stattfinden. *Unten* bedeutete einen niedrigen Status, und die Reichen und Berühmten von Coruscant sahen buchstäblich auf die tiefergelegenen oberirdischen Ebenen hinunter, während sie für die unterirdischen Etagen nur Verachtung übrig hatten.

Aber wenn *unten* die gesellschaftlich geächtete Richtung war, so versprach sie gleichzeitig mehr Sicherheit. Die untersten Ebenen waren voller vergessener Kammern und versteckter Höhlen. Niemand konnte eine Granate werfen oder eine Rakete abfeuern oder an einem Fenster lauschen, wenn man sich einen halben Kilometer unter der Oberfläche befand. Aber Luke kannte die Reichen und Mächtigen Coruscants – und er wußte auch, wie gefährlich manche Teile der Tiefebenen waren. Die Lage war zweifellos ernst, wenn die Regierung ihre Konferenzen in die Tiefe verlegte.

»Wohin geht es?« fragte er.

»In einen abgeschirmten Raum des GNR«, erklärte Showolter. »Und zwar durch die Hintertür. Jeder Konferenzteilnehmer nimmt einen anderen Weg, soweit dies möglich ist. Das wird es dem Gegner erschweren, von dem Treffen zu erfahren. Aber die schlechte Nachricht ist, daß die beiden direkten Wege zu diesem abgeschirmten Raum bereits benutzt worden sind.«

»Was verstehen Sie unter einem direkten Weg?« fragte Lando.

»Nun, der eine ist der Turbolift, der direkt in den abgeschirmten Raum führt. Der andere ist ein getarnter Tunnel, in den man von einem Wartungsschacht aus gelangt. Aber wir müssen die Hintertür nehmen. Und ich kann Ihnen garantieren, daß diese Route nie eine Touristenattraktion werden wird.«

Lando hob die Brauen, sagte aber nichts.

Luke versuchte abzuschätzen, wie weit die Turboliftkabine schon in die Tiefe vorgestoßen war. Sie mußten sich mindestens achthundert Meter unter dem Erdboden befinden, als die Kabine anhielt. Die Tür glitt nicht zur Seite. Statt dessen zog Showolter seine Handfeuerwaffe, einen Standardblaster der Neuen Republik. Für einen kurzen Moment fragte sich Luke, ob sie in eine Falle getappt waren. Aber er spürte bei Showolter keine Täuschung und keine bösen Absichten, und die nächsten Worte des GNR-Offiziers beruhigten ihn endgültig. »Captain Calrissian, Master Skywalker, ich glaube, Sie beide sind bewaffnet. Ich schlage vor, Sie ziehen Ihre Waffen, bevor wir die Tür öffnen.«

»Ah, sicher«, nickte Lando und zog seinen Blaster. »Aber dürfte ich fragen, warum?«

»Wilde Tiere«, sagte Showolter.

»Du liebe Zeit!« entfuhr es 3PO. »Raubtiere? Hier?«

»Genau«, bestätigte Showolter.

»Ah«, machte Luke. »Das überrascht mich nicht.« Die planetenumspannende Stadt Coruscant existierte schon seit langer, langer Zeit, und unzählige Tiere waren aus den verschiedensten Gründen zu dem Planeten gebracht worden – einige als Haustiere, andere als Schlachtvieh, manche als Ausstellungsstücke für die Zoos. Im Lauf der Jahrtausende war eine bestimmte Anzahl von ihnen entkommen, und von diesen wiederum hatten einige überlebt und sich fortgepflanzt, sich sogar an ihre neue Umwelt angepaßt.

Die Oberstadt war eine Ressourcenquelle – hauptsächlich in Form von Abfall. Es war fast unausweichlich gewesen, daß sich mit der zunehmenden Anpassung der Tiefenbewohner an ihre Umwelt ein bizarres Ökosystem gebildet hatte. Es gab sogar Gerüchte – unbestätigte, soweit Luke wußte –, daß manche der wilden Spezies in den untersten Ebenen von intelligenten Wesen abstammten. Es gab zahllose urbane Mythen über Höhlenzombies, schreckliche Kreaturen, die von unglückseligen Touristen oder Büroangestellten abstammten, die sich vor Tausenden von Jahren in den unterirdischen Ebenen verirrt hatten.

»Und was ist das für eine Plage, von der dieser Teil der Stadt heimgesucht wird?« fragte Lando.

»Wir nennen sie Korridorghule«, antwortete Showolter, »aber wir sind nicht sicher, was genau sie sind. Jedenfalls sind sie eindeutig hungrig. Häßliche kleine Kreaturen, vierbeinig, etwa kniehoch. Es scheint sich bei ihnen mehr oder weniger um Säugetiere zu handeln, aber sie haben kein Fell, nur eine leichenweiße Haut. Sie sind blind – absolut augenlos, um genau zu sein. Aber sie haben große Ohren und große Zähne. Wir glauben, daß sie sich durch Echolotung orientieren. Zumindest würde das die schrillen Schreie erklären, die sie ausstoßen. Aber ganz gleich, wie sie sich orientieren – wenn sie angreifen, sind sie schnell und gefährlich. Also passen Sie auf.«

»Wir sind verloren!« stöhnte 3PO, und R2 gab ein verängstigtes Ächzen von sich.

»Nur keine Panik, ihr beide«, sagte Luke.

»Genau, entspannt euch. Klingt so, als wären die Viecher die perfekten Schontiere«, brummte Lando. Er überprüfte die Ladung seines Blasters. »Fertig«, sagte er.

Luke zog sein Lichtschwert aus seinem Gürtel und hielt es schlagbereit, ohne es zu zünden. »Fertig«, sagte er.

»Gut«, nickte Showolter. »Das Licht ist an, also werden wir sie sehen können. Das gleicht die Sache etwas aus. Ich möchte ihnen nicht im Dunkeln begegnen, glauben Sie mir. Gut, wir verlassen jetzt den Turbolift, gehen fünfzig Meter den Korridor hinunter, wenden uns dann nach links und gleich wieder nach links. Nach zwanzig Metern erreichen wir eine steile Rampe, die zu einer anderen, fünfzehn Meter tieferen Ebene führt. Kommt die R2-Einheit mit einer steilen Rampe zurecht?«

R2 gab ein indigniertes Trillern von sich.

»Sicher«, meinte Luke lächelnd. »Er kommt mit fast allem zurecht.«

»Nun, hoffentlich«, sagte Showolter skeptisch. »Aber wir müssen aufpassen, wo wir hintreten – oder hinrollen. Der Korridor ist *alt*, und der Boden ist in keinem guten Zustand. Und seien Sie vorsichtig, wenn Sie das Ende der Rampe erreichen. Die Ghule wissen, daß dies ein idealer Ort für einen Hinterhalt ist. Also, sobald die Rampe hinter uns liegt, kommen wir nach zehn Metern an ein großes Sicherheitsschott. Dahinter liegt der abgeschirmte Raum, in dem die Konferenz stattfindet. Das Schott ist mit einem Nummernkodeschloß gesichert, und es wäre sehr hilfreich, wenn Sie mir Deckung geben könnten, während ich den Kode eingebe. Die Ghule scheinen mit Vorliebe anzugreifen, wenn man mit der Tür beschäftigt ist.«

»Ah – noch eine kurze Frage«, brummte Lando.

»Ja, bitte?« sagte Showolter.

»Wenn die Korridorghule so bösartig sind, wie Sie behaupten, warum vertreiben Sie sie dann nicht aus diesem Teil der Tunnel und blockieren anschließend die Zugänge?«

Showolter lachte freudlos. »Offenbar habe ich mich nicht klar genug ausgedrückt. Sie *sollen* sich in den Korridoren herumtreiben. Sie gehören zum Sicherheitssystem. Wenn Sie sie also nicht unbedingt erschießen *müssen*, verzichten Sie bitte darauf.«

»Das verstehe ich nicht«, sagte Lando.

»Es ist ganz einfach«, erwiderte Showolter. »Sobald wir alle im sicheren Raum sind, löschen wir auf dem Korridor die Lichter. Jeder, der dann draußen herumschnüffeln will, erlebt eine *sehr* häßliche Überraschung.«

»*Das* klingt wie der GNR, den ich kenne. Und dann wundern Sie sich, daß Sie Schwierigkeiten haben, neue Leute zu rekrutieren«, meinte Lando.

Showolter lachte. »Na ja, Hauptsache, Sie passen auf.« Er wandte sich ab und richtete seine Waffe auf die Kabinentür. »In Ordnung, Berleman«, sagte er. »Öffnen Sie die Tür.«

Offensichtlich wurde der Turbolift ferngesteuert. Die Tür glitt zur Seite, und Showolter trat in den riesigen, wenig einladend wirkenden Hohlraum im massiven Fels. Die Kaverne wurde nur vom Licht der Turboliftkabine und der Leuchtröhren erhellt, die an der Decke eines gegenüber der Turbolifttür beginnenden Tunnels angebracht waren.

Die Turbolifttür schloß sich, und in der Kaverne wurde es sofort dunkler. Der unterirdische Hohlraum war so groß, daß die Leuchtröhren ihn nur zum Teil erhellen konnten.

Aber sie hatten ohnehin keine Zeit, sich umzusehen. Showolter führte sie mit schußbereitem Blaster eilig in den Tunnel. Dicht hinter ihm folgte Lando, dann kamen die Droiden, und Luke bildete das Schlußlicht.

Die Tunnelwände bestanden aus nackten, dunkelbraunen Steinen, an denen eine schleimige Flüssigkeit herunterrann und sie feucht und glitschig machte. Luke konnte in der Ferne ein ständiges Tropfen hören. Die Luft war so kalt, daß sein Atem kondensierte.

Das Licht im Korridor war trübe und stammte von den Leuchtröhren, die in regelmäßigen Abständen an der Decke angebracht waren. Der Gang selbst war kaum breit genug, daß zwei Menschen nebeneinander Platz hatten. Luke konnte erkennen, daß der schmutzige Steinboden des Korridors früher einmal glatt und fugenlos gewesen sein mußte, vielleicht in der Frühzeit der Alten Republik. Jetzt war er rissig und gesprungen, von einer übelriechenden, zähen Flüssigkeit und dem Morast von tausend Jahren bedeckt.

»Du liebe Güte!« rief 3PO. »Was für ein grauenhafter Ort. Wir werden alle sterben!«

»Entspann dich, 3PO«, riet Luke. »Wir haben schon schlimmere Orte erlebt.«

»Wenn man bedenkt, *was* das für Orte waren, so ist dies wohl kein großer Trost, Master Luke«, erwiderte 3PO. »Ich frage mich, warum man uns immer zu derart gräßlichen Plätzen bringt.«

Luke mußte zugeben, wenn auch nur im stillen, daß 3PO recht hatte. Dieser stinkende Tunnel war nicht gerade ein angenehmer Aufenthaltsort. Er griff mit der Macht hinaus, um festzustellen, ob sich Showolters Korridorghule in der Nähe befanden, aber ohne Erfolg. Die vergessenen unteren Ebenen von Coruscant waren die Heimat von Myriaden Lebensformen, und es gab keine Möglichkeit zu erkennen, ob die Bewußtseinsmuster, die er spürte, von den Ghulen stammten oder nicht.

Aber plötzlich, als sich Showolter der ersten Tunnelabzweigung näherte, wo sie nach links abbiegen mußten, hatte Luke keine Probleme mehr, die Ghule zu erspüren.

Denn in diesem Moment begannen die Ghule zu heulen – und der Lärm kam von *vorn*. Luke warf Showolter und Lando einen Blick zu, sah die Furcht in ihren Augen, und er wußte, daß auch sein Gesicht diesen Ausdruck trug. Das Heulen hielt an, immer mehr Stimmen fielen ein und hallten im Korridor wider. Luke sagte sich, daß es ein Jagdruf war, nicht mehr, ein Laut, mit dem sich die Raubtiere untereinander verständigten. Aber trotzdem ließ ihm das Heulen das Blut in den Adern gefrieren. Nüchtern betrachtet wußte er vielleicht, daß die Schreie der Ghule nicht mehr Bedeutung hatten als Vogelzwitschern oder das Quieken einer Wompratte. Und dennoch, für menschliche Ohren war es ein Urschrei des Schreckens, des Hasses, der Schmerzen, des Todes.

Showolter wich von der Biegung zurück und drückte sich mit dem Rücken an die schleimige Wand. »Master Skywalker«, rief er laut, um den schrecklichen Lärm zu übertönen. »Aktivieren Sie bitte Ihr Lichtschwert und halten Sie uns den Rücken frei … Meistens greifen sie von beiden …«

Aber dann kam das Heulen auch von *hinten*, und die Warnung erübrigte sich.

Luke zündete sein Lichtschwert und nahm Kampfstellung ein. Er ignorierte die Schreie, die von vorn kamen. Sollten sich Showolter und Lando darum kümmern. Er konzentrierte sich auf die andere Seite des Tunnels und spähte in die düstere Kaverne mit dem Turbolift.

Das Heulen brach so abrupt ab, wie es begonnen hatte, und genau in diesem Moment sah Luke eine schattenhafte, im Halbdunkel kaum wahrnehmbare Bewegung. Dann noch eine und noch eine. »Wir bekommen Gesellschaft«, rief Luke.

Und plötzlich waren sie da: drei Ghule tauchten an der Tunnelöffnung auf. Showolters Beschreibung war zutreffend gewesen. Sie hatten eine Schulterhöhe von etwa einem Meter, vier Beine und einen länglichen, schlanken, drahtigen Rumpf. Ihre Beine waren lang und verrieten, daß sie gute Läufer und Springer sein mußten. Ihre Ohren waren groß und spitz und drehten sich ständig und unabhängig voneinander hin und her, als würden sie jeden Laut einzeln anpeilen. Ihre augenlosen Köpfe hatten lange Schnauzen, ihre Nüstern zuckten ständig. Luke vermutete, daß ihr Geruchssinn mindestens so stark ausgeprägt war wie ihr Gehör. Die drei standen einfach da, mit offenen Mäulern, und gaben keinen Laut von sich – zumindest keinen, den Luke hören konnte. »3PO, R2«, rief er über die Schulter, »könnt ihr irgend etwas im Ultraschallbereich hören?«

»Oh, ja, natürlich, Master Luke. Die Laute scheinen von den Ghulen direkt vor ihnen zu kommen. Sie ähneln dem Heulen, das wir soeben gehört haben, sind aber hochfrequenter.« R2 piepte und tutete, und 3PO übersetzte: »Du liebe Zeit! R2 meldet, daß sie uns mit gebündelten Ultraschallwellen bestrahlen. Er vermutet … er vermutet, daß sie unsere inneren Strukturen abtasten, um festzustellen, wer von uns ein gutes Fressen abgibt!«

»Dann entspann dich, 3PO«, riet Luke. »Ich bezweifle, daß sie Metalldroiden mögen.«

»Oh, das stimmt«, sagte 3PO sichtlich erleichtert. »Das ist ein sehr beruhigender Gedanke.«

»Freut mich zu hören«, brummte Luke. »Lando! Captain Showolter«, rief er laut. »Wie ist die Lage bei euch?«

»Wir können sie nicht sehen oder hören, aber sie sind irgendwo vor uns.«

»Einen Moment«, sagte Luke. Er griff mit Hilfe der Macht hinaus und suchte nach den Auren der Kreaturen im vorderen Tunnelstück. Er fand Bewußtseinsstrukturen voller Hunger und Schläue und Gier. Jetzt wußte er, wie sich die Aura eines Korridorghuls anfühlte. Er griff weiter hinaus in die Dunkelheit des hinteren Tunnelstücks und suchte nach ähnlichen Bewußtseinsmustern. In den dunklen Korridoren gab es eine erstaunliche Menge an Tierauren, aber Luke wußte jetzt, wonach er Ausschau halten mußte. »Da sind noch drei weitere Ghule«, sagte er. Die drei hungrigen Wesen waren ganz nah, aber unter ihnen. »Wenn ich mich nicht irre, lauern sie am Fuß der Rampe, von der Sie erzählt haben. Mal sehen, was ich tun kann.«

»Wovon reden Sie?« fragte Showolter.

»Still«, mahnte Lando. »Lassen Sie den Mann in Ruhe arbeiten.«

Luke griff nach den Auren der Ghule im vorderen Tunnelstück und suchte nach einer Möglichkeit, sie zu vertreiben. Selbst ohne Showolters Bitte hätte er nicht den Wunsch verspürt, sie zu töten. Es waren schlaue kleine Kreaturen, die nur ihren Instinkten folgten. Subtile Tricks oder indirekte Methoden würden bei ihnen nicht funktionieren. Nun, manchmal war die einfachste Methode die beste. Luke konzentrierte sich auf seine Fähigkeiten und überflutete die Ghule mit purer Angst.

Sie flohen in Panik, und Luke entspannte sich, aber nur ein wenig. Zwar waren sie leicht zu erschrecken, aber er war überzeugt, daß sie ihre Angst bald überwinden und zurückkehren würden. »Ich habe unsere Freunde hier hinten verjagt«, sagte Luke. »R2, sondiere weiter diesen Tunnelabschnitt und schlage Alarm, wenn du irgend etwas entdeckst. Lando, paß du mit auf. Ich muß mich um das vordere Tunnelstück kümmern.«

»Verstanden, Luke«, nickte Lando. R2 piepte bestätigend.

Luke deaktivierte sein Lichtschwert und drängte sich an Lando und den Droiden vorbei zur ersten Abzweigung, wo Showolter wartete und sich noch immer an die Wand drückte. »In Ordnung«, sagte Luke. »Ist der Korridor vor uns eine Sackgasse?«

»Ja«, erwiderte Showolter. »Wenigstens glauben wir das. Ein Steinschlag hat den Korridor verschüttet. Allerdings gibt es jede Menge Risse und Spalten. Wir *glauben*, daß wir alle Öffnungen, die irgendwohin führen, versiegelt haben, aber absolut sicher sind wir nicht. Und es besteht durchaus die Möglichkeit, daß die Ghule oder irgendwelche anderen Tiere den einen oder anderen versiegelten Durchgang freigegraben haben. Aber für Menschen sind die Öffnungen zu klein.«

»Aber vielleicht nicht für Ghule«, meinte Luke. Doch selbst wenn nur die *Möglichkeit* bestand, daß der Korridor in einer Sackgasse endete, konnte er den Trick von vorhin nicht noch einmal anwenden. Wenn sich die Kreaturen in die Enge getrieben fühlten, würden sie zweifellos zum Angriff übergehen. Ein Blick auf die Kreaturen hatte genügt, um ihm zu verraten, daß sie eine Menge Schaden anrichten konnten, wenn sie wollten. Er mußte sich etwas anderes einfallen lassen. »Sie warten hier und halten mir den Rücken frei«, wies er Showolter an. »Ich will etwas ausprobieren.«

Showolter schien protestieren zu wollen, aber er hielt dann doch den Mund. Luke drängte sich an ihm vorbei, bog in den linken Seitengang und dann sofort wieder nach links. Hier fiel der Tunnel steil ab. Er zog wieder sein Lichtschwert und zündete es. Das Schwert leuchtete mit dem vertrauten Summen auf und tauchte den Korridor in gespenstisches Licht.

Luke ging vorsichtig die Rampe hinunter. Er wußte nicht genau, was er tun sollte; er wollte auf jeden Fall sinnloses Töten vermeiden. Er griff nach den Auren der drei lauernden Korridorghule. Da waren sie, drei Bündel nervöser Energie; gierige, hungrige, gefräßige, verängstigte Geschöpfe, die sich nicht entschließen konnten, ob sie angreifen oder fliehen sollten. Ein kleiner Anstoß genügte, und sie würden in Panik davonhetzen – oder einen Verzweiflungsangriff starten. Er würde sehr vorsichtig sein müssen.

Er erreichte das Ende der Rampe, die in einen breiten Korridor mündete, der noch verfallener war als der über ihm.

Und dort waren sie, direkt vor dem Sicherheitsschott, von dem Showolter erzählt hatte, während der Tunnel links neben Luke von Schutt und Geröll versperrt war. Drei augenlose Kreaturen, leichenweiß, spitzohrige Kobolde mit offenen Mäulern und gefletschten nadelspitzen Zähnen. Es war klar, daß sie Luke mit ihren Ultraschallsinnen »sahen«. Sie beobachteten ihn wachsam. Die drei wichen ein Stück zurück, als Luke die Kammer betrat, und einer von ihnen, der kleinste und magerste, gab eine Art nervöses Jaulen von sich. Die beiden anderen fielen ein, und plötzlich war die Kammer von ohrenbetäubendem Jaulen, Winseln und Heulen erfüllt.

»Ruhig«, sagte Luke, so besänftigend wie möglich, während er zur Seite glitt, um die Wand im Rücken zu haben. Die Ghule winselten und jaulten und wurden immer gereizter. Wußten sie, daß die anderen Ghule am Turbolift geflohen waren? War es das, was sie so verängstigte? Oder waren Korridorghule immer so nervös?

Luke griff tiefer in ihr Bewußtsein und versuchte, sie zu beruhigen. Aber diese Kreaturen wollten sich nicht beruhigen lassen. Kein Wunder, schließlich hatten sie sich an das elende Leben in der düsteren Unterstadt von Coruscant angepaßt, wo es hieß: fressen oder gefressen werden.

Luke bemerkte ein paar verstreute Knochen auf dem Boden, von denen einer ein Kiefer war, der aussah, als stammte er von einem Ghul. An dieser Stelle war vor kurzem ein Korridorghul gestorben. Der Tunnel war also gefährlich für sie. Nein, es bestand keine Hoffnung, diese Kreaturen zu beruhigen.

Zumindest hatten ihr Verhalten und sein mentales Tasten

Luke ein paar zusätzliche Informationen geliefert. Sie hatten sich dem Schutt am Ende des eingestürzten Tunnels nicht genähert und ihn völlig ignoriert. Vielleicht konnten kleinere Tiere einen Durchschlupf finden, aber für die Ghule war es eine Sackgasse. Der einzige Ausweg für sie führte die Rampe hinauf, die Luke gerade heruntergekommen war. Sobald sie die obere Ebene erreichten, mußten sie durch einen der Korridore fliehen – und das bedeutete, daß sie möglicherweise auf Showolter und Lando und die Droiden stießen.

Ein Jedi griff nicht leichtfertig nach dem Bewußtsein eines Lebewesens, nur wenn es unbedingt sein mußte – und jetzt mußte es sein. Er drang tiefer in ihr Bewußtsein ein und fand, was er suchte. Widerwillig übernahm er die Kontrolle über die Körper der Ghule. Ihr Jaulen und Winseln verstummte abrupt, und plötzlich standen sie stocksteif da. Luke zwang die Kreaturen mit der Kraft seines Willens, sich von dem Sicherheitsschott zu entfernen. Steifbeinig und linkisch trotteten sie zum Schutthaufen. Er zwang sie in den hintersten Winkel des unteren Tunnelstücks und hielt sie dort fest.

Luke wußte, daß er die Bewußtseinskontrolle so lange aufrechterhalten konnte, wie er wollte, aber damit riskierte er bei den Kreaturen und wahrscheinlich auch bei sich selbst schreckliche Schäden. Die Ghule würden früher oder später gegen seinen Einfluß ankämpfen und konnten sich dabei leicht verletzen. Schon jetzt spürte er, wie sie sich innerlich aufbäumten. Er verringerte seinen Einfluß ein wenig, so daß sie sich rühren und ihre Ohren bewegen konnten, aber statt sich zu beruhigen, wehrten sie sich nur noch heftiger gegen seinen Willen.

»Captain Showolter! Lando!« rief er. »Ich habe den Weg freigemacht, aber ich brauche eure Hilfe! Schnell!«

»Wir kommen!« rief Lando, und Luke hörte, wie sich die Schritte der beiden Männer und Droiden näherten.

Während Luke die Ghule im Auge behielt, tauchte oben auf der Rampe Showolter auf. Er entdeckte die reglosen Kreaturen und erstarrte. »Was zur …«

»Das erkläre ich Ihnen später«, unterbrach Luke. »Öffnen Sie jetzt einfach das Sicherheitsschott, und zwar schnell.«

»Natürlich«, sagte Showolter und eilte zum Nummernblock neben dem Schott – aber in diesem Moment erklang von oben wieder das ohrenbetäubende Heulen. Die von Luke kontrollierten Ghule zerrten sofort heftiger an ihren unsichtbaren Ketten; sie jaulten, winselten und fletschten die Zähne.

Showolter schien etwas sagen zu wollen, überlegte es sich aber anders und machte sich an die Arbeit.

Als nächstes kamen die beiden Droiden die Rampe herunter, dicht gefolgt von Lando, der ihnen den Rücken deckte.

Luke hörte, wie Showolter den Kode in den Schottnummernblock eintippte, und einen Moment später glitt die Tür in die Höhe.

Er riskierte einen Blick über die Schulter und sah, wie sich Showolter und die Droiden durch die noch nicht ganz offene Tür duckten. Lando zögerte am Eingang und drehte sich um. »Komm schon, Luke«, drängte er. »Die anderen Viecher sind gleich da.«

Luke brauchte keine weitere Aufforderung. Er warf den erstarrten Ghulen einen letzten Blick zu und wich mit erhobenem Lichtschwert zum Schott zurück.

Kaum hatte er den Eingang erreicht, stürmte das andere Rudel Ghule heulend und jaulend die Rampe herunter. Als sie ihre reglosen Artgenossen entdeckten, blieben sie abrupt und verunsichert stehen. Luke wollte nicht auf das Ende des Dramas warten, sondern trat durch die Tür, das Lichtschwert noch immer kampfbereit in der Hand.

Lando schlug auf den Notschalter, und das Schott fiel dröhnend nach unten. Luke entließ die Ghule aus seiner Kontrolle. Einen Sekundenbruchteil später hörte er, wie sie heulend und knurrend gegen das Sicherheitsschott sprangen und mit den Krallen über den Durastahl kratzten.

Luke gab einen erleichterten Seufzer von sich, deaktivierte das Lichtschwert und befestigte es wieder an seinem Gürtel. »Nun, *das* war nicht gerade das Empfangskomitee, das ich erwartet habe.«

»Ich stimme dem zu«, versicherte 3PO eifrig. »Auch wenn ich nicht direkt in Gefahr war, gefressen zu werden – ich habe schon seit langer Zeit keine derart unangenehme und ungesunde Örtlichkeit gesehen.«

»Halt die Klappe, Goldköpfchen«, knurrte Lando. »Und diesen Rat gibt dir jemand, der nicht direkt in Gefahr ist, in seine Einzelteile zerlegt zu werden, wenn du verstehst, was ich meine.« Er steckte seinen Blaster ins Holster und lehnte sich an die Wand der Durastahlkammer. »Captain Showolter, bei allem schuldigen Respekt: zum Teufel mit Ihren Sicherheitsmaßnahmen und Ihrer genialen Idee, daß jeder Konferenzteilnehmer einer anderen Weg nimmt. Ich werde durch diese Tür nicht hinausgehen.«

Showolter nickte matt. »Ich befürchte, Sie haben recht. So aggressiv habe ich unsere kleinen Freunde noch nie erlebt. Aber wir werden bereits erwartet. Kommen Sie.«

»Deshalb bin ich so gern mit dir zusammen, Luke«, grollte Lando. »Zwischen den Begeisterungsrufen finde ich immer Zeit, Luft zu holen.«

»He, vergiß nicht, du hast *mich* gebeten, dich auf dieser Reise zu begleiten«, entgegnete Luke. »Aber laß uns jetzt nachsehen, wer alles da ist.«

Das Sicherheitsschott führte nicht direkt in den abgeschirmten Raum, sondern in eine Art Luftschleuse von vier Metern Länge und mit einem zweiten Sicherheitsschott am anderen Ende. Showolter tippte den Kode in den Nummernblock am zweiten Schott ein; es schwang auf und gab den Weg in einen gut ausgestatteten, absolut konventionellen L-förmigen Konferenzraum frei. Das Innenschott lag am kurzen Balken des L, und die drei Männer und die beiden Droiden traten ein.

»Ich hätte mir denken können, daß Sie es sind, die den gefährlichen Weg nehmen müssen«, drang eine vertraute, rauhe Stimme um die Ecke.

Luke wandte sich zur Längsseite des L und trat an den langen Tisch, der die Mitte des Raums einnahm. Der Sprecher saß am anderen Ende des Tisches.

»Admiral Ackbar!« rief er. »Schön, Sie wiederzusehen!«

»Es wäre noch viel schöner, wenn die Umstände des Wiedersehens erfreulicher wären«, sagte eine andere Stimme. Sie gehörte Mon Mothma, die hinter Admiral Ackbar stand. Offenbar hatte sie sich gerade über seine Schulter gebeugt und einen Bericht gelesen.

»Mon Mothma!« sagte Luke. »Es ist immer schön, Sie zu sehen, ganz gleich, unter welchen Umständen.«

»Wie ich sehe, haben Sie meinen Rat beherzigt und meinen guten Freund Lando Calrissian auf seiner Reise begleitet«, lächelte Mon Mothma. »Nehmen Sie doch bitte Platz. Captain Showolter, könnten Sie vielleicht ein paar Erfrischungen besorgen?«

»Für mich nichts, danke«, lehnte Lando ab.

»Für mich auch nichts«, sagte Luke. »In diesen Korridoren ist mir der Appetit vergangen. Es riecht dort nicht gerade angenehm. Tut mir leid, wenn wir den Gestank hereingetragen haben.«

»Ganz und gar nicht«, sagte Mon Mothma. »Aber nehmen Sie bitte Platz.« Sie setzten sich alle an eine Längsseite des Tisches. »Sagen Sie, Captain Calrissian«, fuhr Mon Mothma fort, »hat sich Ihre Reise gelohnt?«

»Definitiv ja, Mon Mothma, wenn auch eher in persönlicher, nicht in finanzieller Hinsicht«, antwortete Lando. »Allerdings endete sie ziemlich plötzlich, bevor wir Corellia erreichen konnten.«

»Wie das?« fragte Admiral Ackbar neugierig. »Erzählen Sie uns bitte alles.«

»Nun«, sagte Lando, »wir sind bis nach Sacorria gekommen, konnten dort aber nur weniger als einen halben Tag bleiben, dann wurden wir der Planeten verwiesen. Es gibt dort offenbar starke fremdenfeindliche Umtriebe. Unser Aufenthalt war zu kurz, um mehr zu erfahren, aber Tendra – eine Einheimische, mit der ich ... wir gesprochen haben – schien zu glauben, daß sich auf Sacorria eine ernste Krise zusammenbraut.«

»Könnte diese Krise etwas mit Corellia zu tun haben?« fragte Showolter.

»Durchaus möglich«, nickte Lando. »Wir hatten leider keine Gelegenheit, es herauszufinden. Wir wurden von einem Abfangfeld gestoppt.«

»Ein Abfangfeld in der Nähe des corellianischen Planetensystems?« fragte Ackbar. »Warum haben Sie das nicht gleich gesagt? Wie groß war es? Wie war seine genaue Position?«

»Ich wollte *gerade* darauf zu sprechen kommen«, erwiderte Lando ruhig. »Deshalb hatten wir auch keine Gelegenheit, uns über die Lage im corellianischen System zu informieren. Das Feld hat uns am Einflug in das System gehindert.«

»Wie war das denn möglich?« fragte Ackbar.

»Das Feld ist nicht nur in der *Nähe* von Corellia. Es hüllt das corellianische Planetensystem *vollständig* ein«, erklärte Luke.

»*Was?* Das ist unmöglich!« entfuhr es Ackbar. »Noch nie hat es jemand geschafft, ein derart großes Feld zu erzeugen.«

»Das dachte ich auch«, entgegnete Lando. »Aber es existiert trotzdem. Wir wurden rund zwanzig Lichtstunden vor Corellias Sonne Corell aus dem Hyperraum gerissen. Und es ist nicht nur ein großes Feld. Es ist auch extrem stark. Es hat fast die Hyperantriebssicherungen der *Glücksdame* durchbrennen lassen.«

Luke sah Ackbar und Mon Mothma an. »Einen Moment. Wenn Sie nichts von dem Abfangfeld wußten, warum sind wir dann hier?«

»Das ist ganz einfach«, erklärte Mon Mothma. »Alle – und ich wiederhole *alle* – Kommunikationsverbindungen zum corellianischen Planetensystem sind unterbrochen.«

»Keine Kommunikation mehr?« fragte Lando. »Vielleicht hat sich die militärische Lage zugespitzt, und Generalgouverneur Micamberlecto hat eine totale Nachrichtensperre verhängt.«

»Um das zu rechtfertigen, müßte die Lage sehr düster sein«, meinte Ackbar, »aber ich fürchte, selbst *das* ist eine überaus optimistische Annahme. Es handelt sich um keine Nachrichtensperre. Sondern um gezielte Störmanöver. *Alle* Kommunikationsverbindungen von und zum corellianischen Planetensystem werden systemweit gestört.«

Lando stieß einen leisen Pfiff aus. »Wer auch immer dahintersteckt, er schreckt nicht vor drastischen Maßnahmen zurück.«

»Aber etwas anderes beunruhigt Sie noch«, stellte Luke fest. »Sonst hätten wir uns nicht in der Unterstadt getroffen.«

»Sehr richtig. Captain Showolter?«

»Danke, Ma'am.« Showolter wandte sich an Luke und Lando. »Schon vor dem Zusammenbruch der Kommunikation gab es Hinweise, daß es im corellianischen Planetensystem jemandem gelungen ist, *unsere* Kommunikationskanäle anzuzapfen. Wir haben mehrere Agenten hingeschickt, und alle sind spurlos verschwunden. Je sorgfältiger wir die Infiltration planten, desto schneller verloren wir die Agenten. Es muß außerhalb des corellianischen Systems eine undichte Stelle geben. Selbst ohne den Zusammenbruch der Kommunikationsverbindungen hätte diese Tatsache hier hohe Wellen geschlagen. Wie es scheint, wurden die zwei oder drei letzten Agenten, die wir einschleusen wollten, in dem Moment abgeschossen oder festgenommen, als sie in das System eindrangen.«

»Deshalb«, fügte Mon Mothma hinzu, »haben wir uns entschlossen, alle Entscheidungen, die diese Situation betreffen, nur unter vier Augen in streng geheimen Sitzungen in abgeschirmten Räumen zu fällen.«

»Wir haben uns außerdem entschlossen, eine Flotte nach Corellia zu schicken«, sagte Admiral Ackbar grimmig. »Ich sehe keine andere Möglichkeit. Unglücklicherweise stehen mir für diese Operation keine Schiffe zur Verfügung.« Admiral Ackbar verdrehte seine riesigen Augen und schüttelte den Kopf. »Die Einsatzbereitschaft ist auf einen historischen Tiefstand gesunken. Wir haben genug Admirale, aber die Flotte ist zur Zeit nur noch bedingt kampftauglich. Ich muß wohl nicht extra betonen, daß *diese* Information streng vertraulich ist.

Wir müssen davon ausgehen, daß diejenigen, die unsere Agenten ausgeschaltet und die Kommunikationsverbindungen unterbrochen – und dieses Abfangfeld erzeugt – haben, dies taten, um etwas vor uns zu verbergen. Und es ist ihnen genau in dem Moment gelungen, wo fast alle unsere Schiffe woanders eingesetzt oder im Trockendock sind. Ich halte dies nicht für einen Zufall. Aber lassen wir das zunächst beiseite. Was wissen Sie sonst noch über das Abfangfeld?« fragte Ackbar.

Luke drehte sich zu seinem Astromechdroiden um. »R2?« R2-D2 piepte zweimal und rollte zu Lukes Stuhl. »Zeige uns die grafische Darstellung des Abfangfelds.«

R2 tutete gehorsam und aktivierte seinen internen Hologenerator. Ein Bild erschien in der Luft.

»Wir konnten nicht lange genug bleiben, um viele Informationen zu sammeln, aber wir haben alle Daten von den automatischen Aufzeichnungsgeräten der *Glücksdame* überspielt und sie so gut es ging extrapoliert. Und denken Sie immer daran, daß es sich nur um Hochrechnungen handelt. Es könnten sich alle möglichen Fehler eingeschlichen haben.«

R2 projizierte ein Standardgitternetzdiagramm des corellianischen Planetensystems mit der Sonne Corell, dem Planeten Corellia und den anderen bewohnten Welten – Selonia, Drall und die Doppelwelt Tralus und Talus sowie die äußeren Planeten. Nach ein paar Momenten legte sich eine graue Wolke über die Darstellung, eine Kugel, die weit über den äußersten Planeten des Systems hinausreichte.

»Die Sonne ist nicht der Mittelpunkt der Abfangsphäre«, stellte Ackbar fest.

»Sehr gut, Admiral. Wir haben fast einen ganzen Tag gebraucht, um das zu bemerken. Aber sie haben völlig recht. Es *scheint*, als befände sich das Zentrum irgendwo zwischen Talus und Tralus, der Doppelwelt.«

»Der Doppelwelt?« wiederholte Mon Mothma. »Tut mir leid, aber ich bin nicht besonders gut mit dem corellianischen System vertraut.«

»Nicht weiter schlimm«, meinte Luke. »Ich mußte mich auch zunächst informieren. Talus und Tralus sind die am dünnsten besiedelten und unbedeutendsten der bewohnten corellianischen Welten. Sie werden als Doppelwelt bezeichnet, weil sie einander umkreisen. Oder genauer gesagt, sie kreisen um ein gemeinsames Baryzentrum. Und natürlich kreisen beide Planeten auch noch um Corell.«

»Im Baryzentrum befindet sich eine große Raumstation,

nicht wahr?« warf Ackbar ein. »Könnte sie als Operationsbasis dienen?«

Luke lächelte seinen alten Freund an. »Genauso ist es. Sind Sie schon bei den taktischen Überlegungen?«

»Natürlich«, erwiderte Ackbar. »Das ist schließlich mein Job. Und ich möchte hinzufügen, daß der Einflußbereich der Störsender mit dem des Abfangfelds identisch ist.«

»Wir haben also die gescheiterten Infiltrationsversuche des GNR, die Störsender und das riesige Abfangfeld«, rekapitulierte Luke. »Was im corellianischen System ist diesen ganzen Aufwand wert?«

»Ich denke, das liegt auf der Hand«, meinte Mon Mothma. »Das corellianische System selbst. Irgendeine der dortigen Rebellengruppen muß die Macht übernommen und dafür gesorgt haben, daß es keine Einmischung von außen gibt, während sie ihre Position konsolidieren.«

»Absolut richtig«, stimmte Admiral Ackbar zu, »aber ihre politischen Pläne interessieren mich weniger als ihre militärischen Möglichkeiten und Absichten. Was sie getan haben, deutet daraufhin, daß unsere geheimnisvollen Feinde über eine Technologie verfügen, die unserer weit überlegen ist.«

»Der Meinung bin ich auch«, nickte Captain Showolter. »Aber das wirft eine neue Frage auf: *Woher haben sie sie bekommen?* Corellia war früher ein Handelszentrum, kein Hort hochtechnologischer Forschungen und Entwicklungen. Ich wäre viel weniger überrascht, wenn diese Technik auf Ihrer Heimatwelt Mon Calamari aufgetaucht wäre. Und ja, wenn jemand eine Superwaffe wie diese an den Meistbietenden verkaufen will, wäre ein Handelsplanet der richtige Ort dafür. Aber Corellia gehört seit dem Krieg nicht mehr zu den bedeutenden Handelsplätzen. Wenn ich eine Wunderwaffe versteigern wollte, würde ich es nicht auf einem Planeten versuchen, der finanzielle Probleme hat.«

»Aber vielleicht sind die reicheren Planeten nicht am Kauf eines derartigen Gerätes interessiert«, wandte Mon Mothma ein. »Hochleistungsstörsender und Abfangsysteme nutzen einem nichts, sofern man nicht das äußere Universum – und die Neue Republik – daran hindern will, die eigenen Pläne zu durchkreuzen. Zum Beispiel die Pläne für eine Rebellion. Und wer könnte die Verkäufer davon abhalten, ihre Produkte auch woanders anzubieten?«

Für einen Moment herrschte Totenstille. »*Das* ist ein überaus beunruhigender Gedanke«, sagte Ackbar schließlich. »Wenn dieses Superabfangsystem auf dem freien Markt angeboten wird, stecken wir wirklich in sehr ernsten Schwierigkeiten.«

»Wir stecken schon *jetzt* in sehr ernsten Schwierigkeiten«, erwiderte Mon Mothma. »Wir müssen uns nicht mit Problemen befassen, die im Moment noch hypothetisch sind. Die corellianische Krise erfordert unsere volle Aufmerksamkeit.«

»Aber wir müssen bedenken, daß eine erfolgreiche Revolte auf Corellia auch andere Gruppen zum Aufstand gegen die Neue Republik ermutigen könnte. Der Name Corellia hat einigen Einfluß, selbst wenn man vom corellianischen Sektor in den letzten Jahren wenig gehört hat. Eine erfolgreiche corellianische Rebellion könnte der Anfang vom Ende der Neuen Republik sein. Sie würde nicht nur zu einer Aufweichung der Grenzen führen, sondern zu einem großen Riß, der bis ins Zentrum reicht. Und dieser Riß könnte noch größer werden, wenn es unsere Feinde darauf anlegen.«

Mon Mothma sah sich bedrückt um. »Ich gebe es nur ungern zu, aber Admiral Ackbar hat völlig recht. Wir *müssen* die Situation unter Kontrolle bekommen. Wir *müssen* ins corellianische System eindringen und herausfinden, was dort vor sich geht. Und wir müssen mit einer Streitmacht eindringen, die groß genug ist, um die Krise zu beheben. Wir brauchen mindestens eine Schlachtflotte.«

»Aber solange das Abfangfeld aktiviert ist, blockiert es im gesamten corellianischen Planetensystem den Hyperraum«, wandte Lando ein. »Es wird Monate dauern, mit Sublichttriebwerken vom Rand des Feldes zu den inneren Planeten zu gelangen.«

»Dann wird es eben Monate dauern«, grollte Ackbar. »Ich muß Sie nicht extra auf die taktischen und logistischen Nachteile hinweisen, die uns drohen, wenn uns der Hyperflug versperrt bleibt, aber wenn wir keine andere Wahl haben, dann haben wir eben keine andere Wahl. Außerdem gibt es natürlich noch das verzwickte Problem, eine Schlachtflotte zu *finden*. Um es deutlich zu sagen, uns steht im Moment keine zur Verfügung, und es könnte Monate dauern, eine zusammenzustellen. Aber genau darüber wollten wir mit Ihnen reden. Nur deshalb haben wir Sie hergebeten.«

»Sie meinen, Sie wollten uns nicht sprechen, weil wir gerade von Corellia gekommen sind?« fragte Lando.

»Wir hielten es für *möglich*, daß Sie so weit gekommen sind«, antwortete Admiral Ackbar, »aber wir konnten es nicht mit Sicherheit wissen. Ihre Informationen über das Abfangfeld sind natürlich von unschätzbarem Wert, aber wir hatten einen anderen Grund, Sie – oder zumindest Master Skywalker – zu uns zu bitten. Wir können selbstverständlich auch Ihre Dienste gut gebrauchen, Captain Calrissian, aber … wie soll ich es ausdrücken? Master Skywalker verfügt über, ah, einen bestimmten *Kontakt*, den er für uns aktivieren soll.«

Admiral Ackbar war ein Mon Calamari, und einem Menschen war es fast unmöglich, seinen Gesichtsausdruck zu lesen. Aber die Art, wie er den Kopf hielt, die Art, wie er sprach, verunsicherte Luke. »Was für einen Kontakt meinen Sie?«

»Einen alten«, erklärte Mon Mothma. »Einen persönlichen. Ich würde sogar sagen – einen romantischen.«

»Warten Sie«, stieß Luke hervor. »Ich weiß zwar nicht, worauf Sie hinauswollen, aber …«

»Die Sache ist«, unterbrach Captain Showolter, »daß Sie im bakuranischen System eine Dame namens Gaeriel Captison kennen. Sie scheint über eine Schlachtflotte zu verfügen. Wir haben gehofft, daß Sie vielleicht bereit wären, sie zu fragen, ob sie uns die Flotte ausleihen kann.«

## 3. Kapitel

# *Ankommen und abfliegen*

Der X-TIE-Jäger schleppte sich mühsam durch den Hyperraum, und Lieutenant Belindi Kalenda vom Geheimdienst der Neuen Republik wußte, daß sie froh sein konnte, überhaupt vorwärtszukommen. Die Maschine hatte es zu Beginn des Fluges mit knapper Not in den Hyperraum geschafft, und sie fragte sich nervös, was passieren würde, wenn sie zum Rücksprung ansetzen mußte. Aber im Moment jedenfalls war alles in Ordnung, und nur das zählte.

Der X-TIE war eine Schrottmühle, aus den Einzelteilen eines ausgeschlachteten X-Flüglers und eines uralten TIE-Jägertyps zusammengebaut. Nach Kalendas Ansicht vereinigte er alle negativen Eigenschaften der beiden alten Widersacher in sich und hatte wahrscheinlich auch noch ein paar zusätzliche häßliche Überraschungen zu bieten.

Aber immerhin flog die Kiste, und sie hatte sie bis jetzt noch nicht im Stich gelassen. Wenn sie bedachte, daß sie den Jäger auf Corellia gestohlen hatte, während Han Solo zur Ablenkung den halben Raumhafen in die Luft gejagt hatte, war es ein Wunder, daß sie überhaupt über ein Schiff verfügte, und dann noch über eins, das sogar flog. Von Rechts wegen hätte sie dreißig Sekunden nach dem Start abstürzen oder abgeschossen werden müssen. Aber das spielte jetzt alles keine Rolle mehr. Sie war auf dem Weg nach Coruscant – war sogar fast da –, und sie hatte Informationen bei sich, die außerhalb des corellianischen Systems vermutlich niemand kannte. Sie *mußte* durchkommen. Alles andere war unwichtig.

Belindi Kalenda war fünfundzwanzig Standardjahre alt. Sie war selbst an guten Tagen keine besonders attraktive Frau, und sie hatte schon seit langer Zeit keine guten Tage mehr erlebt. Ihr Haar war pechschwarz und eigentlich hüftlang, aber meistens trug sie es zu einem kunstvollen Knoten hochgesteckt. Im Moment war es natürlich unter ihrem Pilotenhelm verschwunden, und das schon seit einer ganzen

Weile. Es würde kein Vergnügen sein, ihr Haar auszukämmen. Sie konnte sich nicht erinnern, wann sie zum letztenmal richtig sauber und präsentabel gewesen war. Aber das Bedürfnis nach einer Dusche war die geringste ihrer Sorgen.

Ihre Augen standen etwas zu weit auseinander und waren ein wenig glasig. Außerdem schielte sie leicht. Es irritierte die meisten Leute und erweckte den Eindruck, als würde sie an ihnen vorbeischauen und Dinge sehen, die außer ihr niemand wahrnehmen konnte. Was im Grunde nicht ganz falsch war. Kalenda hatte schon lange das Gefühl, eine gewisse Fähigkeit in der Macht zu haben, auch wenn sie ihr Talent nie gepflegt oder weiterentwickelt hatte. Immerhin war es ausgeprägt genug, um sie hin und wieder zu warnen und ihr die Gewißheit zu geben, daß sie sich auf ihre Intuition verlassen konnte.

Unglücklicherweise verriet ihr ihre Intuition im Moment nur das, was sie ohnehin schon wußte: Sie steckte bis zum Hals in Schwierigkeiten. Die Existenz von zahllosen Planeten und das Überleben von unzähligen intelligenten Wesen lag in ihren Händen. Nur *sie* besaß die Informationen. Ihre Gedanken kehrten immer wieder zu diesem Punkt zurück. Alles war in dem Datenchip gespeichert, der in der Tasche ihrer Flugmontur steckte. Sie brauchte nicht viel Phantasie, um sich vorzustellen, daß der winzige Chip in ihrer Tasche groß und schwer war, eine bleierne Last, die sie nach unten zog.

Sie *mußte* die Nachricht überbringen. Und sie fühlte sich der Aufgabe nicht gewachsen. Sie war erschöpft, ausgelaugt und verängstigt.

Aber abgesehen von der Tatsache, daß sie für das Schicksal von Millionen verantwortlich war, stand sie im Moment vor der nicht gerade leichten Aufgabe, dieses Monstrum von einem Raumschiff lange genug zusammenzuhalten, daß es sie nach Coruscant bringen konnte. Wenigstens das hatte sie fast geschafft. Sofern der X-TIE in den nächsten Minuten nicht explodierte oder versagte, sollte sie in Kürze im coruscantischen System aus dem Hyperraum fallen.

Natürlich war da noch die Frage, was für eine Art Empfang sie erwartete. Der Zentralplanet war in den letzten Jahren angegriffen, bombardiert, belagert und sonstwie bedroht worden. Die Flotte der Neuen Republik nahm deshalb die Verteidigung des Systems sehr ernst, und die Jahre des Friedens hatten an der Entschlossenheit des coruscantischen Oberkommandos nichts geändert. Wenn sie beim GNR irgend etwas gelernt hatte, dann diese Tatsache. Sie wußte außerdem, wie mißtrauisch die Raumabwehr auf unbekannte Schiffstypen reagierte wie den X-TIE, den sie flog. Es würde ihr nicht gefallen, sie würde es verstehen, wenn man sie zuerst abschoß und erst hinterher Fragen stellte.

Kalenda lächelte vor sich hin. Aber darüber konnte sie sich den Kopf zerbrechen, wenn es soweit war. Vielleicht explodierten die Hyperraumsysteme des X-TIEs, bevor sie ihr Ziel erreichte, und dann würde sich das Problem gar nicht erst stellen. Zum mindestens zehnten Mal in der letzten Stunde überprüfte sie ihre Systemstatusdisplays. Mehr als nur ein paar der Antriebssubsysteme waren im gelben Warnbereich, obwohl noch keine der roten Alarmdioden aufgeleuchtet war. Sie kontrollierte zweimal die Navigationseinstellungen und versuchte, die etwas holprig fliegende X-TIE-Schrottmühle zu stabilisieren.

Aber die Schrottmühle wollte sich nicht stabilisieren lassen.

Die *Glücksdame* hob sanft von Coruscant ab und schraubte sich anmutig hinauf in den Orbit. Lando überprüfte seine Instrumente. »Alles ist im grünen Bereich«, meldete er, kontrollierte aber zusätzlich die Hauptrepetierpulte. »R2 hat sich mit deinem X-Flügler direkt an unser Heck gehängt. Ich muß zugeben, ich bin beeindruckt. Ich war mir nicht ganz sicher, ob unser kleiner Freund der Aufgabe gewachsen ist.«

»Ich hoffe, du hast deine Lektion gelernt«, sagte Luke. »R2 weiß, was er tut.«

»Oh, ich habe sie gelernt«, versicherte Lando. »Jetzt weiß ich, daß der einzige inkompetente Droide auf dieser Reise direkt hinter dir sitzt.«

»Also wirklich, Captain Calrissian!«

»Still, 3PO, oder du kannst den Flug auf der Außenhülle fortsetzen.«

Es hatte einigen technischen Aufwand erfordert, den X-Flügler an die *Glücksdame* anzukoppeln. Aber sie hatten es geschafft, und jetzt konnte der X-Flügler unter den Bauch der *Glücksdame* manövrieren und an den neu installierten unteren Dockklammern der Raumjacht andocken. Die *Dame* würde Lukes gründlich überholten und technisch verbesserten X-Flügel-Jäger ins Schlepptau nehmen. Es hatte eine Menge Arbeit gekostet, aber das war es wert gewesen. Sie flogen ins Unbekannte und mußten mit einem feindseligen Empfang rechnen, und wenn es brenzlig wurde, waren sie auf die Feuerkraft und Manövrierfähigkeit des X-Flüglers angewiesen.

Allerdings hatten sie keine Möglichkeit gefunden, die beiden Schiffe aneinanderzukoppeln, solange sie in der Atmosphäre waren – und es gab keinen Grund, ein Risiko einzugehen, solange R2 den X-Flügler in den Orbit steuern konnte. Lando hatte die Vorstellung ein wenig beunruhigt, aber nicht Luke. Schließlich war die R2-Serie dazu konstruiert, Piloten bei ihrer Arbeit zu unterstützen. Der kurze Flug von der Oberfläche Coruscants war lediglich die erste Gelegenheit seit langer Zeit für R2-D2, seine eigentliche Aufgabe zu erfüllen.

»Dieser Droide scheint wirklich ein fähiger Pilot zu sein«, meinte Lando. »Vielleicht sollte ich *ihm* das Andockmanöver überlassen, sobald wir im Weltraum sind.«

»Ganz wie du willst«, erwiderte Luke, ohne richtig hinzuhören.

Lando warf seinem Freund einen Blick zu. Es war nicht zu übersehen, daß Luke derzeit mit den Gedanken ganz woanders war. »Jawohl, Sir«, sagte er. »Und nach dem Andocken geht's ab nach Bakura.«

»Ja«, sagte Luke in dem gleichen abwesenden Tonfall. »Bakura. Bakura und Gaeriel Captison.« Er blickte durch das Bullauge hinaus in den Weltraum, ohne etwas zu sehen, und dachte an Gaeriel. Wenn es einen Namen aus seiner Vergangenheit gab, der ihn berührte, dann *dieser*.

Luke hatte ihren Namen seit vielen Jahren nicht mehr gehört, aber immer wieder an sie denken müssen. Er war Gaeriel in den chaotischen Tagen kurz nach der Zerstörung des zweiten Todessterns und dem Tod Darth Vaders sowie des Imperators begegnet. Ihr Heimatplanet Bakura war von einer bis dahin unbekannten Rasse angegriffen worden, den Ssi-ruuk, die die Menschheit versklaven wollten. Es hatte der gemeinsamen Anstrengung der imperialen und republikanischen Flotte bedürft, die Ssi-ruuk zurückzuschlagen, und die bakuranische Grenze wurde seitdem streng bewacht.

Luke und Gaeriel waren sich während seines Aufenthalts auf Bakura begegnet. Sie hatten in sehr kurzer Zeit eine sehr enge Beziehung entwickelt – und sich durch die Umstände ebenso schnell wieder aus den Augen verloren. Es wäre eine Übertreibung zu sagen, daß sie die große Liebe seines Lebens gewesen war – oder überhaupt eine Liebe –, aber sie hätte es werden *können*. Der Gedanke nagte noch immer an ihm. Wenn Lukes Lebensweg eine andere Richtung genommen hätte, wenn Gaeriel nicht ihrer Religion und ihrer Heimatwelt verpflichtet gewesen wäre, wenn sie sich in einer Zeit des Friedens und nicht des galaktischen Krieges begegnet wären … wenn, wenn, wenn.

Luke seufzte und rieb sich die Augen. Es war nun einmal anders gekommen. Und wer konnte garantieren, daß sie sich unter anderen Umständen wirklich nähergekommen wären? Vielleicht hätten sich Luke und Gabriel ineinander verliebt. Vielleicht aber auch nicht. Das Tragische war, daß sie nie eine Chance gehabt hatten, es herauszufinden.

»Es ist alles schon sehr lange her«, sagte Lando sanft.

Er schien aufgegeben zu haben, so zu tun, als wäre alles in Ordnung. »Das Leben geht weiter.«

»Sehr richtig, Master Luke«, säuselte 3PO von dem improvisierten Klappsitz, der hinter Lukes Kopilotensitz für ihn aufgestellt worden war. »Ich bezweifle, daß Ihre kurze Begegnung mit ihr unser bevorstehendes Treffen in irgendeiner Form beeinflussen wird.«

»Na, großartig«, knurrte Lando. »Hören wir uns ruhig an, was die größte lebende Autorität in Sachen Ahnungslosigkeit zu sagen hat.« Luke und Lando hatten es für klug gehalten, 3PO mit in die Kontrollkabine zu nehmen und eine direkte Hyperkomverbindung zwischen ihm und R2 herzustellen – nur für den Fall, daß es beim Andockmanöver zu Problemen kam, die über die normalen Komsysteme nicht lösbar waren. Offensichtlich bereute Lando die Entscheidung bereits, und Luke war geneigt, ihm zuzustimmen.

»Es ist rund vierzehn Standardjahre her, seit Sie zum letztenmal Kontakt mit ihr gehabt haben«, fuhr 3PO in dem gnadenlos fröhlichen Tonfall fort, den er immer zu benutzen schien, wenn er ins Fettnäpfchen trat. »Obwohl die diplomatische Phase unserer Mission überaus delikat sein wird, würde ich mir nicht allzu viele Sorgen über ihre Reaktion auf das Wiedersehen mit Ihnen machen. Angesichts der Wankelmütigkeit der menschlichen Psyche ist es durchaus möglich, daß sie sich nicht einmal an Sie erinnert.«

»*Ich* erinnere mich gut an sie«, sagte Luke leise.

»Das ist mir bewußt«, erwiderte 3PO. »Aber ich glaube nicht, daß Sie die Gelegenheit hatten, nach Ihrem letzten Kontakt ihren weiteren Lebensweg zu verfolgen.«

»Laß mich raten«, knurrte Lando. »Du hast dir die Mühe gemacht, dich in die Historische Referenzdatenbank von Oberbloovatavia einzuloggen, und ihre gesamte Lebensgeschichte in deinen rostigen Blechkopf überspielt.«

»Ich kenne Oberbloovatavia *nicht*, Captain Calrissian. Allerdings war das Material in den Diplomatischen Archiven der Universität von Coruscant verfügbar. Ich möchte hinzufügen, daß bei der Herstellung meines Kopfes kein Blech verwendet wurde und Blech außerdem nicht rostet.«

»Luke, würde es dir etwas ausmachen, wenn ich nur ein *paar* Blasterlöcher in ihn hineinbrenne?« fragte Lando.

Luke rang sich ein mattes Lächeln ab und warf 3PO einen Blick zu. »Sei nicht so hart zu ihm, Lando. Schließlich hat er dir das Leben gerettet, als du auf Leria Kersil die Lebenshexe heiraten wolltest.«

»Ja, aber wenn das bedeutet, daß ich ihm zuhören muß, war es die Mühe nicht wert«, grollte Lando.

»Also wirklich!« entfuhr es 3PO. »Ich weiß nicht, warum ich überhaupt noch Informationen sammle, wenn sich niemand auch nur im geringsten dafür interessiert.«

»Komm schon«, sagte Luke beschwichtigend. »Verrate mir, was du über Gaeriel herausgefunden hast.«

»Möchten Sie einen vollständigen Bericht oder nur eine Zusammenfassung hören?«

»Nur die Zusammenfassung, vielen Dank.« Wenn 3PO zu einem vollständigen Bericht ansetzte, würden sie noch am Ende der Zeit hier sitzen.

»Wie Sie wünschen, Master Luke. Nun, eigentlich gibt es nicht viel zu berichten. Nach dem Sieg über die Ssi-ruuk machte sie mit ihrer politischen Arbeit weiter und wurde ein einflußreiches Mitglied ihrer Senatsfraktion. Nachdem sie verschiedene, immer bedeutendere Ämter bekleidet hatte, wurde sie die jüngste Premierministerin in der Geschichte Bakuras.«

»Ich wußte nicht, daß sie Premierministerin geworden ist«, gestand Luke, obwohl es ihn eigentlich nicht überraschte. Sie war jung und klug und ehrgeizig. Warum sollte sie nicht zur Spitze aufsteigen?

»Ich fürchte, sie wurde nicht nur Premierministerin, sondern verlor dieses Amt auch wieder. Ihre Partei hat die letzte Wahl verloren. Einige Presseberichte führen dies auf die Tatsache zurück, daß sie sich durch die Krankheit und den Tod ihres Mannes nicht voll auf den Wahlkampf konzentrieren konnte.«

»*Ihres Mannes?*« wiederholte Luke. »Sie war verheiratet?«

»Oh, ja, Master Luke. Habe ich das nicht erwähnt? Sie hat vor etwa sechs Jahren einen Mann namens Pter Thanas geheiratet ... einen ehemaligen imperialen Offizier. Ich glaube, Sie sind ihm während Ihres Aufenthalts auf Bakura begegnet. Sie haben ein Kind, ein Mädchen namens Malinza. Sie ist jetzt viereinhalb Standardjahre alt. Thanas zog sich kurz nach dem Beginn des Wahlkampfes ein tödliches Leiden zu, das ich nicht kenne, die sogenannte Knowtsche Krankheit, und starb zwei Tage nach der Niederlage von Gaeriels Partei. Es scheint, daß sie aus der aktiven Politik ausgeschieden ist, zumindest im Moment.«

*Diese* Riesendosis an Informationen traf Luke hart. Eine seltsame Vorstellung, daß Gaeriel einen Mann geheiratet und zu Grabe getragen, die Macht auf ihrem Heimatplaneten errungen und wieder verloren und eine Tochter geboren hatte, ohne daß Luke etwas davon erfahren hatte.

Irgendwo in seinem Hinterkopf hatte er sich die ganze Zeit ein Bild von Gaeriel gemacht. Schockartig wurde ihm klar, daß dieses Bild nicht der Wirklichkeit entsprach. Vor seinem geistigen Auge war sie die temperamentvolle junge Frau von damals geblieben, auf ewig erfüllt von der Kraft und der Begeisterung der Jugend, unbeeinflußt von der Zeit. Aber er hätte es besser wissen müssen. Das Leben war nicht so.

Luke hatte das Gefühl, irgend etwas sagen zu müssen, aber er wußte nicht, was. Außerdem verspürte er nicht den Wunsch, Lando seine Gefühle zu erklären – und 3PO erst recht nicht. »Ich habe schon sehr lange nichts mehr von ihr gehört«, sagte er. »Es tut mir leid, daß Thanas gestorben ist.«

»Aber das war vor über einem Jahr, Master Luke. Sie ist inzwischen wahrscheinlich darüber hinweg.«

Irgendwie bezweifelte Luke dies. Die Gaeriel aus seiner Erinnerung gehörte nicht zu den Frauen, die aus einer Laune heraus heirateten. Sie hätte nur einen Mann geheiratet, den sie von Herzen liebte. Vielleicht führte sie inzwischen wieder ihr eigenes Leben – aber sie war bestimmt nicht über den Tod ihres Mannes hinweg.

Und sie hatte ein Kind, eine Tochter …

Gaeriel. Er dachte an sie an und all die *Möglichkeiten*, für die dieser Name in seinen Träumen gestanden hatte. Er hatte immer bezweifelt, daß er je heiraten würde. Romantische Liebe schien in seinem Schicksal nicht vorgesehen zu sein. Selbst ein Jedi-Meister konnte nicht weit in die Zukunft blicken, aber Luke mußte nur seinen gesunden Menschenverstand gebrauchen, um zu wissen, daß in seinem Leben wenig Platz für die Freuden normaler Menschen war. Es gab Zeiten, da war seine außergewöhnliche Begabung Ausgleich genug – und es gab Zeiten, da genügte sie nicht.

Luke wußte sehr genau, daß ihm Leias Kinder zum größten Teil deshalb soviel bedeuteten, weil sie die einzige Familie darstellten, die er vermutlich jemals haben würde. Er hatte geglaubt, sich mit dieser Tatsache abgefunden zu haben. Jetzt wußte er, daß dies ein Irrtum gewesen war.

»Da Sie sie früher sehr gut kannten, wird es Sie vielleicht interessieren, daß ich eine Menge zusätzlicher Informationen über sie habe. Einige Daten sind der Regenbogenpresse entnommen, die nicht unbedingt für ihre Zuverlässigkeit bekannt ist, und recht spekulativ. Allerdings ...«

»Hör zu«, unterbrach Lando. »Ich kenne nicht die ganze Geschichte und ich will sie auch nicht kennenlernen. Aber ich habe den Eindruck, daß Luke diese Angelegenheit nicht unbedingt vor mir diskutieren will.«

»Danke, Lando«, nickte Luke. »Ich weiß das zu schätzen. Wir reden später darüber, 3PO.« Er löste seinen Sicherheitsgurt. »Offen gestanden würde ich jetzt gern eine Weile allein sein. Ruft mich, wenn ihr mich braucht. Ich bin in meiner Kabine.«

»Kein Problem, Luke«, versicherte Lando. »Ich glaube nicht, daß wir dich brauchen werden.«

Luke nickte geistesabwesend und machte sich auf den Weg nach achtern zu seiner Kabine. Als er sie erreichte, öffnete er die Tür, schloß sie hinter sich und warf sich auf seine Koje. Er legte sich auf den Rücken, damit er bequem durch das Bullauge an der Decke blicken konnte.

Erstaunlich, wie sehr einen ein Name aus der Vergangenheit aufwühlen konnte.

Belindi behielt die Countdownuhr des Navcomputers im Auge und holte tief Luft. Noch dreißig Sekunden. Dreißig Sekunden, bis sie im Coruscant-System aus dem Hyperraum fiel. Doch dann fingen die Schwierigkeiten erst an. Sie hatte keine Möglichkeit, mit den an Bord des X-TIEs zur Verfügung stehenden Mitteln einen Transponder zusammenzubasteln und einen Identitätskode anzustrahlen. Um das Maß vollzumachen, war ihr Jäger ein nichtregistrierter Typ, der aus einer Menge imperialer Einzelteile bestand.

Kalenda wußte, wie empfindlich die automatischen Systeme auf imperiale Raumschiffe reagierten. Wenn die Autodetektoren die TIE-Seitenschilde am X-Flügel-Rumpf entdeckten, würde jeder Detektorschirm im System wie ein Glitzertanzprojektor aufleuchten.

Ihre einzige Hoffnung war, Kontakt mit dem GNR-Hauptquartier aufzunehmen, und zwar schnell, bevor die halbe coruscantische Raumabwehr das Feuer auf sie eröffnete. Sie würde dem GNR-HQ ein Audiosignal senden, das aus einem kurzen Kodesatz bestand und sie als Agentin identifizierte, und dann versuchen, am Leben zu bleiben.

Zwanzig Sekunden. Denk bloß nicht an deinen letzten Rücksturz aus dem Hyperraum im corellianischen System, schärfte sie sich ein. Die Corellianer haben dir das Schiff unter dem Hintern weggeschossen, bevor du überhaupt wußtest, was los war. Du willst doch keine Bruchlandung auf Coruscant riskieren? Nein, auf keinen Fall.

Achtzehn Sekunden. Überprüfe noch einmal das Kom. Überzeuge dich, daß die richtige Frequenz eingestellt ist. Du willst deinen SOS-Ruf schließlich nicht versehentlich ans Büro für Agropolitische Regulierung senden. Nein, auf keinen Fall.

Fünfzehn Sekunden. Überprüfe noch ein letztes Mal den Navcomputer. Nicht auszudenken, wenn das Programm des verfluchten Dings beschädigt ist und dich außerhalb der erlaubten Einflugzone in den Normalraum zurückbringt – oder plötzlich versagt und dich für immer im Hyperraum stranden läßt. Es verschwinden immer wieder Schiffe. Jeder weiß das. Also überprüfe den Computer. Du willst schließlich nicht zu den Verschollenen gehören.

Zehn Sekunden. Waffensysteme hochfahren oder nicht? Wenn die Coruscant-Raumabwehr deine aktivierten Turbolaser ortet, wird sie noch mehr versucht sein, sofort zu feuern. Aber falls sie dich mit Raketen angreift, könntest du sie vielleicht abschießen, allerdings nur, *wenn* deine Waffen bei der Ankunft aktiviert sind. Doch angenommen, du fährst sie hoch und es kommt zu einem Kurzschluß, der den Navcomputer durchbrennen läßt? Und wie wahrscheinlich ist es, daß man dich mit Raketen und nicht mit Blastern beschießt? Laß die Waffensysteme abgeschaltet.

Sieben Sekunden. Schilde. Die Schilde sind eine andere

Sache. Aktiviere sie. Aber riskiere keinen Kurzschluß, der den Navcomputer zerstören könnte. Aktiviere sie erst nach dem Rücksturz.

*Falls* es überhaupt zu einem Rücksturz kommt. Fünf Sekunden.

Vier.

Drei.

Zwei. Halte dich bereit, den Rücksturz manuell auszulösen, falls die Automatik versagt.

Eins. Greif nach dem manuellen Rücksturzschalter.

Null ...

Und um sie herum formte sich explosionsartig das Universum. Gleißende zentrierte Sternlinien rasten an ihr vorbei und schrumpften zu den vertrauten Sternen am Himmel über Coruscant. Sie hatte es geschafft. Jetzt mußte es ihr nur noch gelingen, lange genug am Leben zu bleiben, um es auch genießen zu können.

Sie fuhr die Schilde des X-TIEs hoch – und sah, wie der Navcomputerschirm flackerte und für einen Moment versagte, um dann wieder aufzuleuchten und die auf Null gestellten Koordinaten anzuzeigen. Kalenda gratulierte sich zu dem Einfall, die Schilde erst nach der Ankunft zu aktivieren, aber dann beschäftigte sie sich mit ihren anderen Sorgen.

Das Kom. Aktiviere das Kom. Bete, daß der GNR noch immer auf dieser Frequenz sendet. Sie legte den Schalter um und sagte: »Glücklose Pfeilmacher mit vorübergehend vereisten Auspuffrohren. Glücklose Pfeilmacher mit vorübergehend vereisten Auspuffrohren. Glücklose Pfeilmacher mit vorübergehend vereisten Auspuffrohren.«

Der Nonsenssatz sollte eigentlich irgendwo in einem GNR-Computer gespeichert sein, der auf ihr Stimmuster programmiert war. Theoretisch sollte der Computer nach der dritten Wiederholung die Koordinaten ihres Schiffes errechnet haben und die coruscantische Raumkontrolle sowie das Oberkommando anweisen, sie ungehindert passieren lassen. Alles in allem war es eine schöne Theorie. Aber natürlich bestand die Möglichkeit, daß der Computer versagte, irgendein Schwachkopf das Programm geändert oder ihr

Stimmuster gelöscht hatte oder daß irgend jemand im coruscantischen Oberkommando dem GNR mißtraute und nicht glaubte, daß das geheimnisvolle Schiff zur Republik gehörte.

Den Satz dreimal wiederholen. Zwei Minuten warten und drei weitere Wiederholungen senden. Noch einmal zwei Minuten warten und die dritte und letzte Wiederholungsserie senden. Das war die Standardprozedur, und Kalenda war entschlossen, sich daran zu halten, falls sie lange genug am Leben blieb.

In der Zwischenzeit aktivierte sie am besten ihre Schiffsdetektoren. Sie legte die entsprechenden Schalter um und war mehr enttäuscht als überrascht, daß nichts passierte. Wer auch immer diese Schrottmühle aus Ersatzteilen zusammengebaut hatte, war ein lausiger Mechaniker gewesen.

»Ich hätte besser ein anderes Schiff stehlen sollen«, murmelte Kalenda. Wenn sie eine halbe Stunde Arbeit investierte, gelang es ihr vielleicht, die Detektoren zu reaktivieren. Vielleicht aber auch nicht – außerdem hatte sie eindeutig keine halbe Stunde Zeit.

Es sah sogar danach aus, als hätte sie nicht einmal eine halbe Minute. Dort, direkt vor ihr – eine ganze Staffel Y-Flügler raste auf sie zu, und sie schienen auf Kampf aus zu sein.

Ihre Hand griff nach dem Steuerknüppel und riß den X-TIE hart nach steuerbord, noch ehe sie sich bewußt zu einem Ausweichmanöver entschlossen hatte. Ein Turbolaserstrahl sengte an ihr vorbei; hätte sie nicht so schnell reagiert, wäre ihre Maschine getroffen worden. Instinktiv fuhr sie die Waffensysteme hoch, als ihr plötzlich einfiel, daß die Y-Flügler keine Feinde waren. Sie wollte sie nicht abschießen. Hätte sie vor der Wahl gestanden, das Leben von ein oder zwei Jägerpiloten zu opfern, um Coruscant vor der Gefahr zu warnen, die den bewohnten Welten von der Supernovawaffe der Verschwörer drohte, hätte sie ohne einen Moment zu zögern angegriffen, wenngleich mit großem Bedauern. Aber sie wußte, daß sie gegen sechs Jäger – und die anderen Schiffe, die Coruscant einsetzen würde, wenn sie das Feuer eröffnete – keine Chance hatte. Wenn sie starb, würde sie auch die Information mit ins Grab nehmen.

Ihre einzige Hoffnung war, den Jägern lange genug auszuweichen, bis der GNR sie identifizierte und die Raumabwehr zurückbeorderte. Sie warf einen Blick auf das Chronometer und sah, daß es Zeit für die Wiederholung der Botschaft wurde. Ein weiterer Laserstrahl streifte fast ihren Backbordschirm, und sie riß den X-TIE zur Seite.

Sie schaltete das Kom ein: »Glücklose Pfeilmacher mit vorübergehend vereisten Auspuffrohren. Glücklose Pfeilmacher mit vorübergehend vereisten Auspuffrohren. Glücklose Pfeilmacher mit vorübergehend vereisten Auspuffrohren.« Sie betete die Worte herunter, als wären sie eine Art Mantra, ein Zauberspruch, der ihr das Leben retten konnte. Und mit etwas Glück würde genau das geschehen.

Apropos Kommunikator – vielleicht versuchten die Y-Flügler, sie zu erreichen. Sie drückte die Scannertaste an ihrem Kompult und suchte alle Standardfrequenzen ab. Nichts. Sie hatte auch nichts anderes erwartet. Jägerpiloten versuchten nur selten, mit den Leuten zu plaudern, die sie töten wollten.

Die Y-Flügler schwärmten aus, um sie ins Kreuzfeuer zu nehmen. Falls ihnen das gelang, war sie erledigt. Nun, wenn die Piloten nicht mit ihr reden wollten, konnte sie vielleicht mit ihnen reden. Kalenda wählte die Jägerkommandofrequenz. »Y-Flügel-Jäger! Hier ist der X-TIE, den Sie verfolgen. Stellen Sie bitte das Feuer ein! Ich bin kein Feind, sondern ein Kurier.« Ein weiterer Blasterstrahl zuckte durch den Weltraum und traf ihren X-TIE mittschiffs. Die Schrottmühle schüttelte sich, bockte und schwankte, und die Innenbeleuchtung flackerte, aber die Schilde hielten – diesmal. Eine ganze Reihe roter Warndioden blinkte. Der nächste Treffer würde eine Menge Schaden anrichten. Sie drehte den X-TIE um hundertachtzig Grad bei und raste direkt auf die nächsten beiden Y-Flügler zu. Sie schoß zwischen den Maschinen hindurch und entkam der Abfangformation – und wünschte sofort, sie hätte es nicht getan.

Ein Mon Calamari-Sternkreuzer war aus dem Nichts aufgetaucht und setzte zum Angriff an. Wäre sie innerhalb der Abfangformation der Y-Flügler geblieben, hätte der Kreuzer nicht gewagt, das Feuer auf sie zu eröffnen. Doch jetzt hatte der Kreuzer freies Schußfeld. Und schon schwenkten die Bugturbolaser des Kreuzers herum und visierten sie an.

Kalenda riß den X-TIE steil nach oben und in einem Winkel von neunzig Grad zur Seite und gab Vollschub, um den Geschütztürmen zu entkommen. Es war natürlich ein hoffnungsloses Unterfangen, aber sie wollte kämpfend sterben. Sie wechselte wieder zur GNR-Frequenz und strahlte – vielleicht zum letzten Mal – ihren Koderuf ab. Seltsam, daß ihre letzten Worte aus einem Nonsenssatz bestehen sollten. »Glücklose Pfeilmacher mit vorübergehend vereisten Auspuffrohren. Glücklose Pfeilmacher mit vorübergehend vereisten ...«

Plötzlich packte eine riesige, unsichtbare Hand ihren X-TIE und schüttelte ihn heftig durch. Sie wurde in ihre Sicherheitsgurte geschleudert und prallte mit dem Helm gegen die Kanzel. Für einen Moment war sie betäubt. Ein Streifschuß. Es mußte ein Streifschuß des Kreuzers gewesen sein. Sie drückte den Steuerknüppel zur Seite, um das Schiff nach backbord ausscheren zu lassen und dem nächsten Schuß auszuweichen. Aber der X-TIE schüttelte sich nur und ächzte, und die Kabine war plötzlich von Brandgeruch erfüllt. Dann begriff sie. Sie fuhr die Triebwerke herunter, nahm ihre Hände vom Steuerknüppel und stieß einen erleichterten Seufzer aus.

Ein Traktorstrahl. Sie hatten sie mit einem Traktorstrahl erfaßt.

Sie schloß die Augen und lehnte sich in ihrem Sitz zurück. Erst jetzt bemerkte sie, daß sie den Atem angehalten hatte, und holte tief Luft. »Den Pfeilmachern sei Dank«, murmelte sie vor sich hin. »Den Pfeilmachern sei Dank, und mögen ihre Auspuffrohre niemals wieder vereisen.«

Bakura.

Selbst in all den Jahren des Friedens seit der Invasionskrise hatte Bakura seine mächtige Verteidigungsflotte nicht abgerüstet. Es hatte kein Anzeichen für einen erneuten Angriff der Ssi-ruuk gegeben, aber andererseits war der erste Angriff der Ssi-ruuk auch ohne Vorwarnung erfolgt. Es würde noch viel Zeit vergehen, bis Bakura seine Streitkräfte reduzieren konnte.

Was unausweichlich zu der Frage führte, warum die Neue Republik *ihre* Streitkräfte verringert hatte. Doch obwohl die Flotte und die Bodenstreitkräfte nicht mehr so umfangreich waren wie während des Krieges gegen das Imperium, stellten sie immer noch eine gewaltige Macht dar. Es war schlicht so, daß sie zur Zeit in anderen Sektoren eingesetzt waren oder sich im Reparaturdock befanden. Die Mon Calamari-Werften machten in diesen Tagen glänzende Geschäfte. Hätte sich die Revolte auf Corellia sechs Monate früher oder drei Monate später ereignet, hätte die Neue Republik eine schlagkräftige Flotte losschicken können.

Und um die Wahrheit zu sagen, Luke hatte den Verdacht, daß Mon Mothma im Notfall durchaus eine republikanische Flotte zusammenstellen *konnte.* Es wäre riskant und teuer und würde einige Außenposten vorübergehend ohne militärischen Schutz lassen, aber es wäre möglich.

Aber Mon Mothma war nicht nur Strategin. Sie war Politikerin, und zwar eine gute. Gute Politiker wußten, wie man eine Krise in einen Vorteil ummünzte, wie man ein Problem benutzte, um mehrere andere zu lösen. Indem sie Luke und Lando losschickte, um die Bakuraner um Hilfe zu bitten, schlug sie mehrere Fliegen mit einer Klappe. Sie schonte so die Ressourcen der Neuen Republik, um auf mögliche andere Krisen reagieren zu können. Aber sie appellierte auch an die bakuranische Psychologie. Bakura lag jenseits der Grenzen der Neuen Republik, und seine Bewohner wurden von der Furcht geplagt, daß man sie vergaß und nicht als gleichwertige Partner behandelte. Wenn Mon Mothma mit ihrer Vermutung recht hatte, würde das Hilfeersuchen die Bakuraner ermutigen, ihre engen Beziehungen zur Neuen Republik aufrechtzuerhalten, und ihnen das Gefühl geben, daß sie gebraucht wurden.

Und es gab noch einen anderen Grund. Vor nicht allzu langer Zeit hatte sie Luke erklärt, daß er früher oder später in die Politik gehen würde, und es war ihr durchaus zuzutrauen, daß sie die Gelegenheit nutzte, um diese Entwicklung zu beschleunigen. Auf Bakura wurde kein Held gebraucht, der mit gebücktem Lichtschwert in den Kampf zog, sondern ein Diplomat. Mon Mothma zwang Luke, sich nicht länger wie ein einsamer Draufgänger zu verhalten, sondern wie ein Führer, ein Vertreter der Republik – ein Politiker. Mon Mothma war wirklich sehr gerissen. Daran bestand kein Zweifel.

Luke straffte sich. Genug davon. Es war lächerlich, daß er herumsaß und Trübsal blies. Es gab zuviel zu tun, zu viele Vorbereitungen zu treffen. Er mußte mehr erfahren. Es war höchste Zeit, daß ihn 3PO umfassend informierte.

Er wollte gerade den Interkomknopf drücken, um 3PO zu sich zu rufen, als das Interkom summte und 3POs Stimme ertönte. »Master Luke – kommen Sie bitte ins Cockpit. R2 hat das militärische Sensornetz angezapft. Die Raumabwehr führt eine Abfangoperation durch. Eine Staffel Y-Flügler greift eine sonderbare Maschine an, die wie eine Kreuzung zwischen einem X-Flügler und einem alten TIE-Jägertyp aussieht.«

»Es ist eine X-TIE-Schrottmühle, Luke!« mischte sich Lando mit erregter Stimme ein. »Und die einzigen Werften, die diese Modelle bauen …«

»… befinden sich auf Corellia«, beendete Luke Landos Satz. Er stürzte aus seiner Kabine, rannte zum Cockpit und duckte sich durch die offene Cockpitluke. »R2 soll sich mit den Abfangjägern in Verbindung setzen!« befahl er. »Sie sollen den Angriff …«

»Nicht nötig«, unterbrach Lando. »Der Pilot dieser Kiste scheint über gute Überredungskünste zu verfügen. Die Y-Flügler haben das Feuer eingestellt, und der Kreuzer *Naritus* hat die Schrottmühle mit einem Traktorstrahl erfaßt. Sie holen sie an Bord. Und um deinem Befehl zuvorzukommen, ja, wir ändern bereits den Kurs. Das *muß* jemand mit Neuigkeiten sein.«

Luke ließ sich in den Kopilotensitz fallen und aktivierte den Audiokomkanal zu seinem X-Flügler. »R2 – nimm Verbindung mit dem Kreuzer auf und bitte für uns um die Erlaubnis, an Bord zu kommen zu dürfen.«

R2 bestätigte mit einem dreifachen Piepen. Luke beugte sich nach vorn und spähte ungeduldig durch das Sichtfenster der *Glücksdame*. Die *Naritus* war natürlich nicht in der Nähe, und sie würden einige Zeit brauchen, um sie zu erreichen, aber vielleicht bekamen sie endlich ein paar Informationen.

»Dreh das Schiff bei, Lando. Und gib Vollschub.«

Kalenda wußte, daß ihre Probleme noch längst nicht vorbei waren. Nicht, solange sie in einer Zelle im Arrestblock des Kreuzers saß, statt an einem Tisch in seinem Stabsraum. Sie konnte es dem Captain der *Naritus* nicht verdenken, daß er ihr mit Mißtrauen begegnete. Sie war schließlich ohne irgendwelche Papiere oder sonstige Beweise für ihre Identität unterwegs; der GNR schickte seine Agenten nicht mit einer Foto-ID in den Einsatz. Selbst wenn sie eine ID gehabt *hätte*, wäre sie eine Fälschung gewesen, Teil der Legende, die der GNR für sie erfunden hatte, um sie in das corellianische System einzuschleusen. Aber *diese* Tarnung war natürlich längst aufgeflogen, und zwar auf spektakuläre Art und Weise.

Sie war jetzt nur eine völlig fertig aussehende junge Frau in einem zerknitterten Overall, die dringend eine Dusche brauchte. Aber Kalenda dachte nicht daran, um eine Dusche oder frische Kleidung zu bitten. Noch nicht. Bis jetzt hatte man sie nur flüchtig nach Waffen durchsucht, und sie wollte nicht, daß diese Leute ihren Overall genauer unter die Lupe nahmen und diesen Datenchip fanden. Nein. Sie hatte eindeutige Befehle, was den Chip betraf.

Aber da war noch ein anderes Problem. Dieser X-TIE, den sie gestohlen hatte. *Ihn* würden sie Stück für Stück auseinandernehmen, und sie konnte es ihnen nicht verdenken. Das Problem war, daß sie nicht wußte, was sich alles an Bord befand. Sie brauchte nur wenig Phantasie, um sich vorzustellen, welche Dinge sich an Bord der Schrottmühle befinden konnten, Dinge, die sie in sehr, sehr große Schwierigkeiten bringen würden. Aber, sagte sie sich wieder, es hatte keinen Sinn, sich den Kopf über zukünftige Probleme zu zerbrechen, wenn sie jetzt schon bis zum Hals in Schwierigkeiten steckte.

Sie hörte, wie das äußere Schott des Arrestblocks geöffnet wurde, und ein paar Minuten später schwang die Tür ihrer Zelle auf. Die Offizierin, die sie unter Arrest gestellt hatte, kam herein. »Wir überprüfen noch immer Ihre Geschichte«, sagte sie. »Der GNR bestätigt die Legitimität des von Ihnen verwendeten Kodesatzes, aber diese Dinge sind nicht narrensicher.«

Kalenda nickte. Sie kannte mindestens drei Wege, um illegal an diese Kodesätze zu kommen – aber genau das war der Grund, warum der GNR den Kodesatzerkennungssignalen nicht vorbehaltlos vertraute, selbst wenn eine positive Bestätigung des Stimmusters vorlag. »Deshalb hat man Sie zu mir geschickt, um mir Fingerabdrücke, Retinamuster und eine DNA-Probe abzunehmen«, sagte sie.

Die Offizierin neigte den Kopf und lächelte andeutungsweise. »Zumindest kennen Sie die Vorgehensweise des GNR. Wenn Sie eine feindliche Agentin sind, hat man Sie gut vorbereitet.«

Darauf schien es nicht viel zu sagen zu geben, also sagte Kalenda nichts.

»Ich schätze, Sie wollen noch immer keine Aussage machen, oder?« fragte die Offizierin.

»Tut mir leid«, erwiderte Kalenda. »Ich habe anderslautende Befehle. Sie kommen direkt von der Staatschefin.« Nun, *direkt* war nicht ganz richtig. Eigentlich kamen sie vom Ehemann der Staatschefin, aber das hätte nicht so eindrucksvoll geklungen. »Ich habe Anweisung, nur mit Admiral Ackbar, Mon Mothma oder Luke Skywalker zu sprechen.« Auch *das* war nicht ganz richtig, kam der Wahrheit aber recht nahe. Han Solo hatte ihr befohlen, den Datenchip nur einem dieser drei auszuhändigen, keinem anderen. Sie konnte schlechterdings den Datenchip aus der Tasche ziehen und ihrer Wärterin erklären, daß es ihr nicht erlaubt war, ihn ihr zu geben. Nicht, wenn sie nicht wollte, daß der Captain der *Naritus* den Chip fünf Minuten später abspielte. Die Informationen über die Supernova-Verschwörung mußten geheimgehalten werden, schon allein, damit keine Panik ausbrach.

Die Offizierin schüttelte den Kopf. »Sie verlangen nicht gerade wenig, ist Ihnen das klar?«

»Ich bin für meine Befehle nicht verantwortlich. Ich befolge sie nur.« *Nachdem ich sie abgewandelt habe*, dachte sie.

»Bei den brennenden Sternen, ich wünschte, ich würde auch einmal solche Befehle bekommen«, seufzte die Offizierin. »Ihre scheinen eine Menge Staub aufzuwirbeln.«

»Was?« fragte Kalenda. »Wie meinen Sie das?«

»Ich bin gleich wieder da«, erklärte die Offizierin. Mit diesen Worten verließ sie die Zelle, ohne die Tür hinter sich zu schließen. War das ein Test? fragte sich Kalenda. Glaubte man, daß sie einen Fluchtversuch machen würde, wenn ihre Geschichte nicht stimmte? Oder wollte man sie zu einem Fluchtversuch *verleiten*? Was hatte die Offizierin mit dem Staub gemeint, den sie aufwirbelte? Wollte man sie von einem Verhörspezialisten vernehmen lassen? Was auch immer die Offizierin gemeint hatte, es hatte nicht angenehm geklungen. Aber nein. Es gab keinen Grund, sich Sorgen zu machen. Sie konnten sie verhören, solange sie wollten. Sie würden nur die Wahrheit aus ihr herausbekommen.

Dennoch, die Vorstellung, daß jemand mit den neuesten technischen Verhörgeräten in ihrem Bewußtsein herumpfuschen würde, war nicht gerade angenehm.

Als die Offizierin mit einem hochgewachsenen, grimmig dreinblickenden Fremden zurückkehrte, erschien ihr die Vorstellung noch weniger angenehm. War er ein Verhörspezialist? Er war ein großer, schlanker Mann mit sandfarbenen Haaren und blauen Augen in der Ausgehuniform eines Jägerpiloten der republikanischen Flotte, aber ohne Rangabzeichen. Er *sah* nicht wie ein Verhörspezialist aus. Er kam ihr sogar bekannt vor. Sie hatte ihn natürlich noch nie persönlich getroffen, aber trotzdem …

»Mein Name ist Skywalker«, sagte der Fremde. »Sie wollten mich sprechen?«

## 4. Kapitel

# *Die Blumen der Heimat*

Der *Millennium Falke* verließ langsam den Parkorbit um Drall und näherte sich der Planetenoberfläche. Chewbacca, der wie üblich den Platz des Kopiloten eingenommen hatte, gab ein nervöses leises Stöhnen von sich, während sie tiefer in die Atmosphäre eindrangen. »Machen Sie sich keine Sorgen«, meinte Q9-X2, der hinter Chewbacca magnetisch am Boden befestigt war. »Wir befinden uns bereits innerhalb der Drall-Verteidigungssysteme. Unsere Strategie der langsamen Annäherung hat sich bezahlt gemacht.«

»Ich wünschte, ich könnte deine Zuversicht teilen, Q9«, seufzte Ebrihim. Der Drall war für den Pilotensitz eindeutig zu klein und mußte peinlicherweise auf der Sitzfläche stehen, um durch die Bugsichtluke blicken zu können. Er hatte sich notdürftig angeschnallt, aber wenn es Probleme gab, würde er sich wahrscheinlich nicht lange auf dem Sitz halten können.

Ebrihim war für einen Drall recht groß, obwohl ihm bewußt war, daß dies nicht viel zu bedeuten hatte. Er maß etwa ein Meter fünfundzwanzig und hatte kurzes, dichtes graues Fell, das am Hals und im Gesicht hellgraue Einsprengsel aufwies. Wie alle Drall war er kurzgliedrig, mit krallenbewehrten, fellbedeckten Füßen und Händen. Und wie fast alle Drall war er nach menschlichen Maßstäben recht pummelig. Während es für einen Drall normal war, klein und dicklich und pelzig zu sein, konnte sich dieser Körperbau für einen würdevollen Vertreter ihrer Art zu einem rechten Ärgernis entwickeln, insbesondere wenn er mit Menschen zu tun hatte. Zu viele Menschen schienen in den Drall so etwas wie lebende Plüschtiere zu sehen. Vielleicht war das der Grund dafür, warum die Drall solchen Wert auf ihre Würde legten.

Q9 wandte sich an Chewbacca. »Mein Master ist oft extrem übervorsichtig«, verriet er. »Ich bin froh zu sehen, daß Sie diese Eigenschaft nicht mit ihm teilen.«

»Ich bin *nicht* übervorsichtig, aber ich bin auch nicht auf törichte Weise leichtsinnig wie einige andere. Die Verteidigungssysteme von Drall sind nicht gerade modern und auf die Erfassung schnellfliegender, aggressiver Schiffe ausgerichtet. Ich bin sicher, daß wir alle Systeme passiert haben, die ich *kenne* und die von diesem Schiff aufgespürt werden können, aber das bedeutet natürlich nicht, daß es keine weiteren Überraschungen geben kann.«

Chewbacca stöhnte wieder und schüttelte den Kopf.

»Ich stimme Ihnen zu – vorausgesetzt, ich habe Sie richtig verstanden«, sagte Ebrihim. »Ich habe auf dieser Reise auch schon genug Überraschungen erlebt.« Er blickte hinauf zum internen Überwachungsmonitor, der die drei Kinder in ihrer Kabine zeigte. Sie lagen angeschnallt auf ihren Betten, die auch als improvisierte Andruckliegen dienten. Bei der blauen Sonne, warum hatte er sich nur freiwillig bereit erklärt, ihr Hauslehrer zu werden und ihnen einige grundsätzliche Dinge über das Leben auf Corellia beizubringen? Er hatte geglaubt, daß die Unterweisung der Kinder eines außergewöhnlich mächtigen und einflußreichen Menschen Spaß machen und ihm helfen würden, wichtige Kontakte zu knüpfen. Er hatte sogar gehofft, so seine Position auf dem Arbeitsmarkt zu verbessern. Doch statt dessen hatte man auf ihn geschossen und ihn von dem Planeten gejagt.

»Es wird sich alles zum Guten wenden«, sagte Ebrihim beruhigend. »Wir werden unbemerkt auf dem Landgut meiner Familie landen. Dort können Sie in aller Ruhe die Reparaturen an diesem … ah … Schiff vornehmen.« Er hatte den *Millennium Falken* schon mit einem wenig schmeichelhaften Ausdruck belegen wollen, aber im letzten Moment die Miene des Wookiee bemerkt. Chewbacca schien eine komplizierte Haßliebe für diese Klapperkiste von einem Raumschiff zu hegen. In der einen Minute lobte er es in den höchsten Tönen, um es dann in der nächsten auf denkwürdigste Weise zu verfluchen.

»Es wird uns nicht viel nützen, das Schiff zu reparieren, solange das gesamte System von diesem Abfangfeld umgeben ist«, unkte Q9. Q9-X2 hatte eine vage Ähnlichkeit mit der R2-Serie der Astromechdroiden. Um genau zu sein, die Q9-Serie war ein Experimentaldesign, das auf dem Chassis des neuesten R7-Modells basierte. Manche hielten sie für eine krasse Fehlentwicklung, während die Optimisten argumentierten, daß es noch zu früh für ein endgültiges Urteil war.

Q9-X2s Verhalten erweckte nicht immer den Eindruck, als wäre er ein erfolgreiches Modell. Meistens war er eine wahre Plage. Er schien es darauf anzulegen, seinen Master – und jeden anderen – zur Verzweiflung zu bringen, um dann seine eigene Unentbehrlichkeit zu demonstrieren. Q9 hatte Ebrihim beim Angriff auf das Corona-Haus das Leben gerettet, eine Tatsache, die den Hauslehrer daran erinnert hatte, wie nützlich es war, einen überintelligenten Droiden mit zuviel Tatendrang zu besitzen. Aber das änderte nichts daran, daß Q9 eine richtige Nervensäge war.

Außerdem modifizierte sich Q9 permanent selbst und baute ständig die neuesten technischen Errungenschaften bei sich ein. Er hatte sich mit Repulsoreinheiten ausgestattet, um sich auch auf Terrain bewegen zu können, das für seine Räder nicht geeignet war. Er hatte sich außerdem eine eigene Vocodereinheit eingebaut und konnte verständlich sprechen, statt sich wie der durchschnittliche Astromechdroide mit binären Pieplauten verständigen zu müssen. Ebrihim war sich nicht sicher, ob ein Q9 mit einer Stimme eine Verbesserung war. Seit er den Vocoder angeschlossen hatte, redete er wie ein Wasserfall. »Was machen wir, wenn das Schiff repariert ist?« fragte Q9 prompt, wie um diese Einschätzung zu bestätigen.

»Sobald wir gelandet sind, planen wir unseren nächsten Schritt«, antwortete Ebrihim ausweichend.

»Das ist keine Antwort«, protestierte Q9. »Sie enthält keine Informationen.«

»Vielleicht liegt es daran, daß ich keine habe«, konterte Ebrihim gereizt. »Wirklich, Q9, du kannst einem ziemlich auf die Nerven gehen. Ich hoffe, daß ich mich nach der Landung mit meiner Familie in Verbindung setzen kann. Sie wird uns verstecken, während wir weitere Informationen sammeln. Aber unsere wichtigste Aufgabe ist es natürlich, für die Sicherheit der Kinder zu sorgen. Wie wir das anstellen, weiß ich allerdings noch nicht.«

»Niemand weiß, wie man das Unmögliche vollbringt«, sagte Q9 spitz.

»Sie scheinen ständig irgend etwas anzustellen«, räumte Ebrihim ein.

»Das«, sagte Q9, »ist die größte Untertreibung aller Zeiten.«

Jaina, Jacen und Anakin lagen auf dem Rücken in ihren Betten, eingesperrt in einer der winzigen Kabinen des *Falken*. Sie waren alle angeschnallt und bemühten sich, still dazuliegen und sich zu benehmen. Zumindest die Zwillinge bemühten sich. Anakin konnte nicht ganz den Impuls unterdrücken, sich zu winden und herumzuzappeln.

»Muß *auf*stehen«, quengelte er.

»Nein, mußt du nicht«, sagte Jacen, der es allmählich leid war, auf seinen Bruder aufzupassen. Er und Jaina wechselten sich bei dieser Aufgabe regelmäßig ab. In zehn Minuten würde Anakin ihr Problem sein, und dafür war Jacen dankbar.

»Ich muß aber aufstehen«, beharrte Anakin.

»Warum?« fragte Jacen herausfordernd. »Was *mußt* du denn?« Er wußte sehr gut, daß sich Anakin nur ins Cockpit des *Falken* schleichen und sämtliche erreichbaren Knöpfe drücken wollte. Das Beängstigende daran war natürlich, daß er wahrscheinlich die *richtigen* Knöpfe drücken würde. Anakins Begabung im Umgang mit Elektronik und Maschinen war mehr als nur beunruhigend, selbst für Jacen. Es war, als hätten sich Anakins Machtfähigkeiten in eine unheimliche Richtung entwickelt. Aber »wahrscheinlich« genügte nicht auf einem Raumschiff – vor allem nicht auf einem, das so heruntergekommen war wie der *Falke*.

»Ich, äh, ich muß …«

»Und erzähl mir bloß nicht, daß du aufs Klo mußt«, unterbrach Jacen, der schon ahnte, was als nächstes kommen würde. »Da warst du erst vor ein paar Minuten.«

»Oh, ja«, meinte Anakin. »Also, äh, ich muß aufstehen und … und … meinen Buchchip suchen. Ich muß ihn lesen.«

»Oh, Mann«, seufzte Jaina. »Für wie dumm hält er uns eigentlich? Jacen, waren *wir* genauso?«

»Das müssen wir wohl«, sagte Jacen. »Ich hoffe nur, wir haben uns dabei geschickter angestellt.«

»Geschickter wobei?« wollte Anakin wissen. »Wobei?«

»Beim Schwindeln«, erklärte Jaina. »Wenn du schon flunkern mußt, dann denk dir wenigstens was Überzeugendes aus. Niemand wird dir glauben, wenn du so herumstotterst. Außerdem ist der Buchchip eine wirklich schlechte Ausrede. Du kannst noch gar nicht richtig lesen.«

»Ich kenne die Buchstaben und Zahlen.«

»Aber du kannst noch kein ganzes Buch allein lesen, oder?«

»Fast«, sagte Anakin, aber selbst ihm schien klar zu werden, daß es nicht sehr überzeugend klang. »Aber ich muß *trotzdem* aufstehen.«

Jacen stieß einen Seufzer aus. »Anakin, du *kannst* nicht ins Cockpit gehen. Wenigstens im Moment nicht. Wenn wir dich gehen lassen, wird dich Chewbacca sofort wieder rausschmeißen, und dann kriegst du Ärger, und wir kriegen Ärger, ohne daß es irgendwas bringt.«

»Gut, okay«, sagte Anakin. »Aber kann ich denn wenigstens aufstehen und meinen Buchchip suchen?«

»*Nein.* Du kannst nicht aufstehen. Keiner von uns kann es. Die Erwachsenen sind alle beschäftigt, und wir dürfen sie nicht stören oder auch nur im Schiff herumlaufen. Ich kann nicht aufstehen, du kannst nicht aufstehen, niemand kann aufstehen, bis Ebrihim sagt, daß wir aufstehen können. Kapiert?«

»Kapiert«, meinte Anakin mürrisch. »Aber kann ich wenigstens ...«

»Nein!« rief Jacen. »Du bleibst liegen und bist still.« Er wartete und fragte sich, was Anakin als nächstes tun würde. Entweder bekam er einen Wutanfall oder er versank beleidigt in Schweigen, um sich nur hin und wieder über die Ungerechtigkeit des Universums zu beschweren. Jacen hoffte inbrünstig auf die zweite Reaktion. Schon weil es dann viel stiller in der Kabine war.

Nach einer Minute drang aus der unteren Koje unwirsches Gemurmel, und er seufzte erleichtert. Jetzt mußte er nur noch still sein, bis Anakin vergaß, daß er wütend war, denn sonst würde Anakin wieder einen Wutanfall bekommen, weil *er* still sein mußte, während die anderen Kinder reden durften.

Nicht zum erstenmal in den letzten Tagen dämmerte Jacen, was seine Eltern alles durchmachen mußten.

Er und Jaina hatten in den letzten Tagen sehr schnell erwachsen werden müssen. Die Flucht aus dem Corona-Haus war chaotisch und beängstigend gewesen, und der Flug nach Drall schien nur aus Schrecken, Spannung, Langeweile und unfreiwilliger Komik bestanden zu haben. Der Schrecken hatte recht früh angefangen, als die corellianischen MPBs angegriffen und einige Schäden angerichtet hatten, bis es Chewbacca gelungen war, sie abzuschießen. Die Spannung war hinzugekommen, als sie abwarten mußten, ob Chewbaccas improvisierte Reparaturen lange genug hielten, um sie nach Drall zu bringen – oder überhaupt irgendwohin, obwohl der Wookiee die Systeme des Schiffes nur minimal belastet hatte, um jedes Risiko zu vermeiden. Der Ausdruck Langeweile beschrieb nur äußerst unvollkommen die langen, ereignislosen Tage des Fluges nach Drall. Und was die unfreiwillige Komik betraf – nun, sie ließ sich nicht vermeiden, wenn Chewbacca, Q9 und Anakin im selben Raum waren.

Die Situation wurde auch nicht gerade durch die Tatsache verbessert, daß sie bei ihrer überstürzten Flucht vor dem Aufruhr auf Corellia keine Möglichkeit gehabt hatten, irgend etwas einzupacken. Jeder von ihnen hatte genau zwei Garnituren Wäsche – das, was sie beim Angriff am Leib getragen hatten, und einen Overall aus den Bordbeständen. Q9 hatte die Overalls gekürzt, damit sie den Kindern paßten, und sich dabei überraschend geschickt angestellt, aber sie waren immer noch zu groß und zu weit. Außerdem bestand Ebrihim darauf, daß sie die Wäsche nach jedem Wechsel gründlich wuschen, was nicht nur lästig, sondern auch ungerecht war, da er nie irgendwelche Kleidung trug. Jedenfalls hatten sie eine Menge Wäsche zu erledigen, vor allem, wenn man bedachte, daß sie fast keine Kleidung hatten.

Und dann war da noch Anakin.

Jaina und Jacen mußten nicht nur für sich selbst sorgen, sondern auch noch auf Anakin aufpassen; und die Zwillinge hatten sehr schnell lernen müssen, daß es viel weniger Spaß machte – und viel schwieriger war –, ihren Bruder daran zu hindern, Unsinn anzustellen, als selbst welchen zu machen.

Aber zu ihrem schnellen Erwachsenwerden hatte nicht nur Wäschewaschen und Babysitten gehört. Es gab auch noch weit ernstere Probleme.

Da war zum Beispiel die Sache mit den Geheimnissen. Bevor es auf Corellia zu den Unruhen gekommen war, hatte Anakin auf irgendeine Weise die Präsenz einer riesigen, uralten unterirdischen Anlage unbekannten Zweckes gespürt und Jacen, Jaina und Q9 hingeführt. Die Kinder hatten ihren Eltern, Ebrihim und Chewbacca davon erzählt, aber niemand hatte auch nur die leiseste Ahnung, um was für eine Einrichtung es sich handelte. Sicher war nur, daß die Menschenliga danach suchte, obwohl der Grund dafür rätselhaft blieb. Für Jacen lag es auf der Hand, daß sie irgend etwas in dieser Angelegenheit unternehmen mußten, aber niemand wußte, was. Ihm dämmerte inzwischen, daß die Erwachsenen oft mit derartigen Unsicherheiten zu tun hatten.

Und das war nicht alles, was auf Corellia geschehen war. In der Nacht vor dem Angriff auf das Corona-Haus hatten alle drei Kinder ein Gespräch zwischen ihren Eltern, Generalgouverneur Micamberlecto und Mara Jade belauscht und eine Menge streng geheimer Dinge über die Supernova-Verschwörung erfahren, Dinge, die noch nicht an die Öffentlichkeit gedrungen waren. Die Kinder hatten es nicht darauf *angelegt,* derart wichtige Informationen mitzuhören, aber es war nun einmal geschehen. Jacen war felsenfest davon überzeugt, daß Ebrihim, Q9 und Chewbacca nichts von diesem Treffen wußten.

Und *das* machte die drei Kindern zu den einzigen Personen außerhalb Corellias, die von der Verschwörung wußten – abgesehen natürlich von den Bösen.

Und was sie mit *diesem* Wissen anfangen sollten, war Jacen absolut schleierhaft.

Ebrihim blickte durch die Sichtluke auf die Oberfläche von Drall, verglich sie mit der Kartenprojektion und nickte dann. »Das ist ungefähr die richtige Position«, sagte er. »Sie können den Orbit verlassen und zur Landung ansetzen.«

Chewbacca grunzte unglücklich, wandte sich aber den Kontrollen zu und ließ den *Falken* sinken.

»Ich kann es immer noch nicht fassen, daß wir nach Sicht navigieren«, nörgelte Q9. »Wieso ist dieses Schiff mit derart primitiven Positionierungssystemen ausgerüstet?«

Chewbacca warf Q9 einen Blick über die Schulter zu und fletschte die Zähne.

»Wenn du einen Schuldigen brauchst, Q9, dann nimm mich und meine Tante Marcha. Ich habe mir bei meinem letzten Besuch die genauen Koordinaten ihres Landguts nicht gemerkt, und sie ist nie dazu gekommen, ein Funkfeuer in ihrem Garten aufzustellen.«

Zum erstenmal fehlten Q9 die Worte.

Der *Millennium Falke* verließ den Orbit auf die gleiche Weise, wie er in ihn eingeschwenkt war – so unauffällig und langsam wie möglich, wobei Chewbacca darauf achtete, die Kurskorrekturen möglichst über unbewohntem Gebiet vorzunehmen, um eine Entdeckung zu erschweren.

Das Schiff drang in die Atmosphäre und den Nachthimmel über Drall ein und sank lautlos in die Tiefe. Ebrihim gefiel der Gedanke an eine Nachtlandung nicht besonders. Selbst im hellen Tageslicht wäre es schwierig gewesen, das Haus seiner Tante zu finden. Aber niemand wußte, was für eine Art Empfang den *Falken* erwartete, wenn man sie entdeckte.

Es hatte Berichte über Unruhen auf Drall gegeben, aber es gab keine Möglichkeit, etwas über die aktuelle Lage zu erfahren. Alle interplanetaren Kommunikationsverbindungen waren kurz nach dem Angriff auf das Corona-Haus von den leistungsstarken Störsendern blockiert worden. Ebrihim konnte sich nicht vorstellen, daß die Dinge auf Drall *so* schlecht standen. Die Drall waren zu sensibel, um in die Art von Hysterie zu verfallen, die auf Corellia zu grassieren schien. Dennoch, es hatte keinen Sinn, unnötige Risiken einzugehen.

Chewbacca steuerte den *Falken* tiefer und tiefer in die Nacht. Schließlich zog er den Bug hoch und drehte bei. Sie hatten den Punkt auf der Karte erreicht, der ungefähr der Position des Landguts von Ebrihims Tante entsprach.

»Gut, gut«, murmelte Ebrihim, während er die langgestreckten Hügel unter ihnen betrachtete. »Ich muß gestehen«, sagte er zu Chewbacca, »daß ich von Ihren Pilotenfähigkeiten angenehm überrascht bin – wir sind ganz in der Nähe unseres Ziels. Ich bin diese Strecke oft mit einem Luftwagen geflogen. Dort«, fügte er hinzu und deutete hinab. »Folgen Sie diesem Fluß nach Norden. Tante Marcha lebt am Westufer.«

Chewie drehte den *Falken* nach Norden und brachte ihn auf Baumhöhe herunter. Er ließ ihn noch ein Stück tiefer sinken und flog zehn oder fünfzehn Meter über dem Fluß weiter.

»Meine Güte!« rief Ebrihim schrill. »Ich weiß ja, daß wir nicht entdeckt werden dürfen, aber müssen wir wirklich *so* niedrig fliegen?«

Aber wie es schien hatten Wookiees für Feiglinge nichts übrig. Chewbacca lachte bloß und ließ den *Falken* noch ein Stück nach unten sacken.

Ebrihim war mehr als nur ein wenig entnervt, aber es war trotzdem ein atemberaubendes Erlebnis, so dicht über dem blauschwarzen Wasser des breiten Stromes dahinzurasen. Die Bäume zu beiden Seiten waren kaum mehr als verschwommene Schatten, die in der Dunkelheit vorbeihuschten, während ganze Schwärme von weißen Vögeln aufgeschreckt davonstoben, als der *Falke* an ihren Nistplätzen vorbeidröhnte. Ebrihim mußte sich zwingen, die Augen von dem faszinierenden Bild abzuwenden und nach vorn zu schauen, flußaufwärts, wo bald das Haus seiner Tante auftauchen mußte.

Er war seit langen Jahren nicht mehr hiergewesen, aber der nächtliche Flug über das Wasser rief eine Menge Erinnerungen in ihm wach. Als kleiner Junge hatte er am Ufer des Flusses gespielt, war in ihm geschwommen und hatte auf dem großen Rasen vor dem Herrenhaus seiner Tante herumgetollt. Es waren friedliche, wundervolle Tage gewesen.

Aber jetzt – jetzt hatte sich die Welt, die Galaxis verändert, und nicht zum Besseren.

Einen Moment. Diese kleine Insel in der Mitte des Flusses. Ja. Ja. »Fliegen Sie etwas höher, Freund Chewbacca. Diese Insel ist größer, als sie aussieht. Und reduzieren Sie auch die Geschwindigkeit. Wir sind bald da.«

Chewbacca brachte den *Falken* auf eine Höhe von hundert Metern und verlangsamte ihn, bis er sich nur noch im Schrittempo vorwärtsbewegte. »Diese kleine Anlegestelle dort mit dem weißen Boot, das daran vertaut ist. Das Haus meiner Tante liegt ein kurzes Stück vom Ufer entfernt hinter diesen Bäumen.«

Chewbacca steuerte das Schiff landeinwärts überflog die Bäume. Ein großes weißes Haus kam in Sicht, und er brachte den *Falken* zum Halt, so daß er bewegungslos in der Luft schwebte, ein stiller Schatten am Himmel.

Das Haus war eine etwa zwanzig Meter hohe Halbkugel mit zwei langgestreckten Seitenflügeln. Das makellose Weiß der Kuppel bildete einen schroffen Kontrast zu den dunklen Schieferdächern der Flügel. Die Flügel waren drei Stockwerke hoch, und das ganze Haus maß von einem Ende zum anderen mindestens einhundert Meter. Obwohl die Fassade von Tante Marchas Haus schmucklos gehalten war, wirkte es nicht streng, sondern sah selbst in der Dunkelheit einladend aus. Der Garten und die Bäume waren wunderschön, und an der Kuppel und den beiden Seitenflügeln rankten sich efeuähnliche Gewächse empor. Das Haus schien groß genug zu sein, um Ebrihims riesiger Familie bei ihren häufigen Besuchen Platz zu bieten.

»Ja, das ist das Haus meiner Tante«, sagte Ebrihim aufgeregt. »Aber ...«

»Aber was?« fragte Q9.

»Aber irgend etwas stimmt nicht. Er ist erst vor einer Stunde dunkel geworden. Das Haus sollte hell erleuchtet und voller Leute sein – aber alle Fenster sind dunkel.«

Q9 fuhr einen Steckkontakt aus und stöpselte ihn in das Sensorsystem des *Falken.* »Es ist nichts Ungewöhnliches zu erkennen«, erklärte er. »Keine Waffen oder Schilde. Keine aktiven Kommunikatoren. Der Infrarotscanner registriert zwei drallgroße Lebensformen. In der Garage auf der Rückseite des Hauses stehen vier Fahrzeuge. Die Energiezellen von drei dieser Vehikel sind fast erschöpft, sofern uns das irgend etwas sagt.«

»Du hast gerade eine Menge Dinge festgestellt, die sehr ungewöhnlich sind«, sagte Ebrihim. »Es müßten sich mindestens vier Drall im Haus befinden. Selbst wenn Tante Marcha verreist ist, müßte das Personal da sein. Und das Hauspersonal würde nie zulassen, daß die Fahrzeuge ohne ausreichende Energiereserven dastehen.«

Chewbacca gab ein leises Grollen von sich.

»Ich weiß nicht, was wir tun sollen«, seufzte Ebrihim. »Lassen Sie mich einen Moment nachdenken.« Er und die anderen waren praktisch Flüchtlinge. Sie brauchten Hilfe. Sie brauchten jemand, der sie versteckte. Aber wer befand sich im Haus? War einer der Drall, die Q9 registriert hatte, wirklich Tante Marcha? Oder war sie aus irgendeinem Grund nicht da? Handelte es sich bei den beiden Drall um Einbrecher? Und wenn einer von ihnen *doch* Tante Marcha war, was machte sie im Haus mit nur einem Dienstboten und ohne Licht? Steckte sie vielleicht in Schwierigkeiten? Und brachten sie sie durch ihre Anwesenheit vielleicht in noch größere Schwierigkeiten? Anderseits, wenn sie wirklich in Schwierigkeiten steckte, konnten Ebrihim und seine Gefährten ihr helfen. Ein extrem wendiger, modifizierter corellianischer Frachter mit Turbolasern und Schilden konnte von einigem Nutzen sein, und die Crew des *Falken* verfügte über eine ganze Reihe von Fähigkeiten.

Das gab den Ausschlag. »Wir landen«, sagte er. »Und zwar am besten unter den Bäumen, damit das Schiff nicht sofort aus der Luft entdeckt werden kann.«

Selbst wenn Ebrihim kein Wookieesch verstanden hätte, Chewbaccas grimmiger Blick sprach Bände: *Sagen Sie mir nicht, was ich zu tun habe.*

Der *Millennium Falke* sank langsam zu Boden und schwebte an einem Seitenflügel des Hauses vorbei über den weitläufigen Rasen zum Waldrand. Sobald das Schiff unter den Baumwipfeln war, legte er eine sanfte, perfekte Landung hin.

Ebrihim seufzte erleichtert. »Q9, schnall mich um Himmels willen von diesem verdammten Sitz los.«

Q9 löste die Magnetklammern, die ihn im hinteren Teil des Cockpits am Boden verankert hatten, und rollte zu Ebrihim. Er fuhr zwei Greifarme aus und löste blitzschnell die Gurte. Ebrihim sprang vom Sitz und streckte sich erleichtert.

Q9 betätigte die Cockpittürkontrolle, und alle traten hinaus auf den Schiffskorridor. Ebrihim ging zur Tür der Kinderkabine und klopfte. »Jaina, Jacen, Anakin. Wir sind sicher gelandet. Ihr könnt euch jetzt losschnallen und herauskommen.«

Im nächsten Moment glitt die Tür zur Seite und die drei Kinder stürmten heraus, wobei sie Ebrihim umrannten, obwohl er noch hastig versuchte, zur Seite auszuweichen.

Als er sich aufgerappelt hatte, waren Chewbacca und Q9 bereits in der Luftschleuse und wollten schon das Schleusenschott öffnen und die Einstiegsrampe herunterlassen. »Wartet einen Moment!« rief Ebrihim und eilte zu ihnen. »Am besten gehe ich zuerst hinaus, und zwar allein.«

Alle anderen protestierten, aber Ebrihim schüttelte den Kopf. »Nein«, sagte er. »Ich gehe allein hinaus. Mich kennt man hier, und euch nicht. Vielleicht haben die Hausbewohner unsere Landung beobachtet und fürchten Schlimmes. Es könnte großen Ärger geben, wenn sie sehen, daß Fremde aus dem Schiff kommen.«

»Nun«, sagte Jaina, »ich schätze, Sie haben wahrscheinlich recht. Aber kommen Sie schnell wieder zurück! Wir sind schon viel zu *lange* in diesem Schiff eingesperrt.«

»Ich beeile mich. Aber, Freund Chewbacca, es könnte durchaus sein, daß wir einen Notstart machen müssen. Möglicherweise ist meine Tante nicht da, und vielleicht erwartet uns ein, ah, nicht allzu *freundlicher* Empfang.«

Chewbacca nickte zustimmend.

»Anakin, sei bitte so freundlich und öffne das Schott und laß die Rampe herunter«, bat Ebrihim.

»Kein Problem!« rief Anakin begeistert. Er gab die entsprechenden Kodes ein und verfolgte mit sichtlichem Stolz, wie das Innenschott zur Seite glitt und die Rampe sich langsam senkte. Die kühle, einladende Nachtluft von Drall drang ins Schiff. Vom Fluß wehte eine frische Brise heran und trug würzige Gerüche mit sich.

»Ich komme so schnell wie möglich zurück«, versprach Ebrihim erneut, wobei er versuchte, nicht nervös zu klingen. Und warum sollte er auch nervös sein? Dies war sein Familiensitz, sein Zuhause. Wenn es im Universum einen Ort gab, wo er sich sicher und geborgen fühlen konnte, dann hier.

Er ging die Rampe hinunter, hinaus in die dunkle Nacht seiner Heimat. Als er zum erstenmal seit vielen Jahren wieder einen Fuß auf Drall-Boden setzte, war er überrascht, wie weich sich die Erde anfühlte.

Er ließ das Schiff hinter sich und näherte sich dem Haus, blieb dann aber stehen. Jeder Raumfahrer wußte, daß es nur einen Ort gab, wo man sich wirklich zu Hause fühlte. Nur auf dem eigenen Heimatplaneten waren der Luftdruck, die Atmosphäre, die Schwerkraft und alle anderen Dinge exakt so, wie man sie aus seiner Kindheit kannte. Es war ein *gutes* Gefühl für Ebrihim, wieder Dralls geringere Schwerkraft zu spüren und die vertraute süße Luft zu atmen. Selbst das Pfeifen und Krächzen der Nachttiere, das Summen und Brummen der einheimischen Insekten schien ihn freundlich zu empfangen, ihn zu trösten und an die Tage seiner Kindheit zu erinnern. Die Luft war wie parfümiert, erfüllt von allen möglichen …

Krachend schlug vor ihm ein Hochenergieblasterstrahl in den Boden ein und wirbelte Erde hoch.

Ebrihim warf sich hin und landete mit dem Gesicht in einem Beet voll großer blauer, lächerlich aussehender Blumen, die einen betäubend süßen Duft verbreiteten. Der preisgekrönte Garten seiner Tante.

»Wer ist da?« rief eine vertraute Stimme. »Habe ich jemanden getroffen?«

Seine *Tante*. Wie kam sie dazu, mit schweren Waffen auf ihn zu feuern? »Nicht schießen!« stieß Ebrihim hervor. »Nicht schießen. Ich bin es, dein Neffe Ebrihim!«

»Ebrihim?« wiederholte seine Tante. »Zum Teufel, was machst du hier draußen? Bist du mit diesem Piratenschiff gekommen, das dort hinten lauert?«

»Es sind keine Piraten!« rief er. »Es sind Freunde! Wir brauchen deine Hilfe!«

»Warum landet ihr dann wie Diebe in der Nacht?« fragte sie und trat näher, so daß Ebrihim sie im Sternenlicht erkennen konnte. Sie sah etwas älter und dicker aus als bei seinem letzten Besuch, wirkte aber so energisch wie immer. Dieser energische Eindruck wurde natürlich von dem überdimensionalen Blastergewehr in ihren Händen verstärkt. »Du bist es *wirklich*, Ebrihim«, sagte sie in einem leicht überraschten Tonfall, als hätte sie jemand anders erwartet. »Steh auf. Es sieht einfach lächerlich aus, wie du so daliegst.«

»Ja, Tante«, sagte Ebrihim. Er sprang auf und wischte den Schmutz von seinem Fell.

»Also, ich verlange eine Erklärung. Und komm mir nicht mit irgendwelchen albernen Ausreden. Warum hat sich der Pilot an mein Haus herangeschlichen? Warum ist er zwischen den Bäumen gelandet, wenn ihr nichts zu verbergen habt?«

»Wir haben uns nicht vor *dir* versteckt«, erwiderte Ebrihim. »Wir wollten nur nicht von irgendwelchen Außenstehenden entdeckt werden. Deshalb ist der Pilot im Wald gelandet.«

»Hmmm, ich verstehe«, sagte Tante Marcha. Sie schulterte das Blastergewehr und bückte sich, um eine der hellblauen Blumen zu begutachten, die Ebrihim zerdrückt hatte, als er in Deckung gegangen war. Dann richtete sie sich wieder auf und musterte den Boden unter den Landetellern des *Falken*. »Beim nächstenmal«, sagte sie sichtlich verärgert, »sorgst du dafür, daß dein Pilotenfreund nicht mitten in meinen Nannariumbeeten landet.«

## 5. Kapitel

## *Ganz wie in den alten Zeiten*

Der Eimer Wasser traf Han mitten ins Gesicht. »Wach auf«, befahl eine unangenehm vertraute Stimme, während er spuckend und hustend hochfuhr. »Die Show ist vorbei.«

Han öffnete vorsichtig die Augen und erkannte sofort, daß Vorsicht auch angebracht war. Er war wieder in seiner Zelle, wo es nicht gerade hell war, aber das Licht schmerzte trotzdem in seinen Augen. Außerdem tat ihm jeder Knochen weh. Diese Selonianerin, Dracmus, hatte ihm eine mörderische Abreibung verpaßt.

Thrackan warf den leeren Metalleimer in die gegenüberliegende Ecke der Zelle, und das Scheppern ließ fast Hans Schädel zerspringen.

»Komm schon«, knurrte Thrackan ungeduldig. »Mach nicht so ein Theater. Meine Medis haben dich untersucht und mir gesagt, daß du's überleben wirst. Schon aus reiner Gehässigkeit.«

»Gehässigkeit war doch immer *deine* starke Seite, Thrakkan«, krächzte Han. Er öffnete die Augen ein Stück weiter und verfolgte, wie sein Vetter lachte, einen Stuhl heranzog und sich setzte.

»Das ist der Han, den ich kenne«, meinte Thrackan. »Schön, daß deine Lebensgeister wieder erwacht sind.«

Thrackan war Han ganz nah. Irritierend nah. Han bemerkte plötzlich, daß der Atem seines Vetters nach Alkohol roch und er eine Flasche vasarianischen Brandy in der Hand hielt. Sein Vetter war zumindest angetrunken. »Was willst du noch von mir, Thrackan?« fragte Han verwirrt. »Du hast deinen Spaß gehabt.«

»Treib's nicht zu weit, Han. Meine Geduld mit *dir* ist begrenzt, glaub's mir.«

»Also, warum bist du hier?« fragte Han, der Mühe hatte, seinen Zorn zu zügeln. »Ist heute nicht viel los? Willst du ein paar Stunden totschlagen, indem du mir die Fingernägel ausreißt?«

»Bring mich nicht auf irgendwelche Ideen«, warnte Thrackan. »Ich brauch' keine mehr. Ich hab' schon eine Idee. Eine Überraschung für dich. Aber du mußt dich noch etwas gedulden. Wir müssen uns zuerst unterhalten.«

Han wollte lachen, brachte aber nur ein ersticktes Husten heraus. »Klar, wir haben eine Menge nachzuholen. Was führt dich denn zu mir?« *Abgesehen von dieser Flasche in deiner Hand.* Vielleicht hatte sein Vetter Gewissensbisse bekommen und war nur hier, um von Han zu hören, daß alles in Ordnung war. Nicht gerade die logischste Reaktion, aber Thrakkan war so etwas ohne weiteres zuzutrauen.

»Ich wollte dich sehen«, sagte Thrackan. »Außerdem wollte ich dir was erklären, bevor ich dir die Überraschung zeige. Und du mußt was für mich tun.«

»In Ordnung«, nickte Han. »Was willst du mir erklären?«

Thrackan seufzte. »Ich bin gekommen, weil ich deine Hilfe brauche. Sonst hätte ich dich schon längst wegen des Angriffs auf den Raumhafen hinrichten lassen.«

»Du läßt mich von einer Selonianerin zusammenschlagen und erwartest dann im Ernst, daß ich dir helfe?«

»Das war notwendig«, sagte Thrackan wegwerfend. »Ein kleines Theater für die Offiziere. Du bist unser wichtigster Gefangener – und du weißt so gut wie ich, wie man auf diesem verdammten Planeten über Familienbande denkt. All diese Geschichten, daß ein richtiger Mann bereit sein muß, für seine Familie all seine Prinzipien und Pflichten aufzugeben. Meine Männer mußten sehen, daß ich mich davon nicht beeinflussen lasse.«

»Freut mich, daß ich dir helfen konnte, deine Integrität zu beweisen«, sagte Han. Er hatte diese Geschichten natürlich etwas anders in Erinnerung. Die Moral dieser Geschichten war, daß es gut war, die Familie an erster Stelle zu setzen. Offenbar hielt man in der Menschenliga nichts von diesem Unsinn. »Aber warum brauchst du mich?«

Thrackan sah seinem Vetter offen ins Gesicht. »Aus zwei Gründen. Erstens soll jeder erfahren, daß *du* immer dort bist, wo auch *ich* bin. Du bist für mich eine Art Rückversicherung. Dieser Ort ist sehr gut verborgen, aber es sind schon bessere Verstecke als dieses gefunden worden. Das Gebäude ist ziemlich massiv, doch man braucht nur eine ausreichend große Bombe punktgenau ins Ziel zu bringen, dann knackt man jeden Bunker.«

Han lächelte. »Wenn die Chance besteht, dich zu erledigen, wird man kaum darauf verzichten, nur weil es mich mit erwischt.«

»Mutige Worte, aber falsch. Wenn – und es ist ein *sehr* großes Wenn – es Generalgouverneur Micamberlecto gelingt, einen Gegenangriff zu starten, oder wenn es der Neuen Republik gelingt, nach Corellia durchzubrechen, werden sie keine Operation wagen, die dein Leben gefährden könnte. Glaubst du *wirklich*, der Generalgouverneur und deine Frau würden den Befehl zur Bombardierung eines Gebäudes geben, in dem *du* dich befindest? Oder daß eine Flotte der Neuen Republik, kommandiert von all deinen alten Kumpeln, es wagen würde? Niemals! Vielleicht werden sie irgendein tollkühnes Kommandounternehmen starten, um dich zu befreien, aber ich kann dir garantieren, daß wir auf diese Möglichkeit vorbereitet sind.«

Han mußte zugeben, daß Thrackan in diesem Punkt recht hatte, und entschloß sich, das Thema nicht weiterzuverfolgen. »Was war der zweite Grund, warum du mich brauchst?« fragte er.

Thrackan trank einen Schluck aus der Flasche und gestikulierte. »Im Moment erzähle ich der Welt einen Haufen *Lügen*. Gehört alles zum Plan. Wenn die Zeit reif ist, die Wahrheit zu sagen – oder zumindest die Wahrheit durchsickern zu lassen –, wirst *du* ein sehr nützlicher Bote sein. Die Leute – die Leute, auf die es ankommt – werden *dir* glauben.«

»Um was für Lügen und Wahrheiten geht es überhaupt?« fragte Han.

Thrackan lächelte. »Oh, nein. Nein, nein. Ich gehe kein Risiko ein. Wahrscheinlich habe ich sowieso schon zuviel gesagt.« Thrackan schwieg einen Moment und sah Han direkt in die Augen. Er legte seinem Vetter eine Hand aufs Knie und drückte es kumpelhaft, was neue Schmerzwellen durch Hans geschundenen Körper jagte. Thrackan bemerkte es offenbar nicht. »Weißt du, auch wenn ich's nur ungern zugebe, ich *freue* mich, dich zu sehen. Vielleicht sind wir im Moment Feinde, und du bist mein Gefangener, aber wir sind immer noch Verwandte. Es erinnert mich an die alten Zeiten.«

»Mich auch«, sagte Han. Nicht, daß er sich gern an die alten Zeiten mit seinem Vetter erinnerte, aber seine Tanzlektion mit Dracmus ließ ihm keine andere Wahl, als gute Miene zum bösen Spiel zu machen. Und wenn Thrackan in redseliger Stimmung war, konnte er ihm vielleicht ein paar Informationen entlocken. »Aber mir scheint, daß wir zur Zeit genug andere Probleme haben, um die wir uns kümmern müssen.«

»Das haben wir. Oder besser gesagt, *ich* habe genug Probleme, um die ich mich kümmern muß. Du wirst für eine Weile nirgendwohin gehen und dich um nichts kümmern.«

»Das dachte ich mir schon.«

Thrackan lächelte schlau und drohte Han mit dem Finger. »Aber kann ich mit deiner Kooperation *rechnen*, solange du hier bist? Wenn die Zeit kommt, werden wir dich freilassen und dir eine Botschaft mit auf den Weg geben – vorausgesetzt natürlich, daß du in der Zwischenzeit keinen Ärger machst, der uns dazu veranlassen könnte, deinen Nutzen für uns zu überdenken.«

»Thrackan, ich weiß nicht, wie ich es sagen soll, aber ich *bin* so etwas wie ein Kriegsgefangener. Es gehört zu meinem Job, Ärger zu machen.«

»Ich hatte befürchtet, daß du so etwas sagen wirst. Ich nehme nicht an, daß du bereit bist, mir dein Ehrenwort zu geben, so wie Dracmus?«

»Tut mir leid. Das kann ich nicht.«

»Und selbst wenn, könnte ich *dir* nicht so vertrauen wie ihr«, meinte Thrackan. Die selbstverständliche Arroganz dieses Mannes war wirklich erstaunlich. Im einen Moment erging er sich in nostalgischen Erinnerungen an die alten Zeiten, in denen er kleinere Kinder verprügelt hatte, und im nächsten zweifelte er auf beleidigendste Art und Weise Hans Ehre an, ohne sich offenbar irgend etwas dabei zu denken, was es nur noch schlimmer machte. »Weißt du eigentlich, daß wir fast deine Kinder erwischt hätten? Unsere Spione haben deinen Wookiee-Kumpel dabei beobachtet, wie er sie auf dein Schiff brachte, und wir haben ihnen eine Staffel MPBs hinterhergeschickt. Hätten wir *sie* geschnappt, dann hätten wir *wirklich* ein Druckmittel gegen deine Frau in der Hand.«

Han starrte seine Vetter fassungslos an. Man mußte schon sehr verdreht sein, um derartige Pläne auszubrüten. »Wie kannst du so etwas nur tun, Thrackan? *Vergreif dich niemals an Unschuldigen. Beschütze immer deine Familie.* Kommen dir diese Worte nicht irgendwie bekannt vor?«

»Ich führe *mein* Leben nicht nach den Moralvorstellungen irgendwelcher alter Ammenmärchen«, knurrte Thrackan.

»Und *wie* führst du dein Leben?« fragte Han hitzig. »Von welchen Moralvorstellungen läßt du dich in deinem Leben leiten?«

Thrackan lachte und trank einen weiteren Schluck aus seiner Flasche. »Eine komische Frage von einem Piraten, Schmuggler und Verräter.«

»Man hat mich schon Schlimmeres genannt«, sagte Han ruhig. »Aber wir reden von dir. Ich möchte es wirklich wissen. Wie bist du zu dem geworden, was du bist?« Man konnte nie genug Informationen über seinen Feind haben. Han wußte, wie groß das Ego seines Vetters war. Wenn Han ihn bei seiner Eitelkeit packen und ihn so zum Reden bringen konnte, brachte ihn das vielleicht ein Stück weiter. »Als ich Corellia verließ«, fuhr Han fort, »warst du nur ein imperialer Beamter. Wie bist du der Große Erhabene Verborgene Führer geworden oder wie immer du dich heute anreden läßt?«

Thrackan grinste höhnisch. »Der *korrekte* Titel ist Diktat. So werde ich auch angeredet. Und ich habe das Recht, diesen Titel zu tragen.«

»Wie das? Wie hast du ihn dir verdient?«

Thrackan sah ihn kalt an. »Auf die altmodische Art«, antwortete er. »Mit altmodischer Entschlossenheit. Entschlossenheit und Ehrgeiz.«

»Und wohl auch mit Heimtücke und Hinterlist, nur um ganz sicherzugehen, was?« stichelte Han.

»Paß auf, was du sagst, Han, oder ich werde ...«

»Was wirst du?« unterbrach Han, des Spieles allmählich überdrüssig. »Mich verprügeln? Meine Kinder entführen? Einen Raketenangriff auf das Gebäude befehlen, in dem sich meine Familie befindet? Versuch bloß nicht, mir einzureden, daß ein Mann, der zu all dem fähig ist, nicht hin und wieder schmutzige Tricks eingesetzt hat, um an die Macht zu kommen.«

»Und wenn ich es getan hätte? Das wäre nichts Neues. Viele andere Führer haben es auf ihrem Weg nach oben auch getan.«

»Das also ist deine Auffassung von Moral. *Wenn es alle tun, kann ich es auch.*«

»Ich hätte dich von der Selonianerin töten lassen sollen«, grollte Thrackan.

»Genau. Es ist wirklich schade, daß du mich zu brauchen scheinst. Aber du wolltest mir von deinem heroischen Aufstieg zum Gipfel der Macht erzählen.«

»Vielleicht *werde* ich dich von ihr töten lassen«, sagte er düster. »Aber was mich betrifft, da gibt es nicht viel zu erzählen. Jedenfalls habe ich mich im Lauf der Zeit in immer einflußreichere Ämter hochgearbeitet. Als deine stinkende Rebellion die ersten Schlachten gegen das Imperium gewann, war ich der zweite designierte Nachfolger des Diktaten. Dupas Thomree war der Diktat, Daclif Gallamby war der designierte Nachfolger und ich war der dritte in der Erbfolge.«

»*Das* ist ja was ganz Neues«, sagte Han. »Ich erinnere mich natürlich an Thomree, aber von Gallamby habe ich noch nie etwas gehört – und ich wußte auch nichts von deiner Rolle.«

»Dies war auch nicht allgemein bekannt«, erklärte Thrackan. »Aber die imperiale Regierung von Corellia hat schon immer großen Wert auf Geheimhaltung gelegt. Wir waren *niemand* Rechenschaft schuldig.«

»Du vergißt deinen engen persönlichen Freund, den Imperator. *Ihm* warst du bestimmt Rechenschaft schuldig.«

»Eigentlich nicht. Der Imperator hielt viel von Ordnung,

und *wir* haben hier für Ordnung gesorgt. *Darauf* kannst du dich verlassen. Als Gegenleistung dafür, daß wir für Ordnung sorgten, was wir ohnehin getan hätten, und daß wir alle außenpolitischen Entscheidungen des Imperators rückhaltlos unterstützten, erteilte der Imperator Diktat Thomree die Erlaubnis, den Sektor nach seinen Vorstellungen zu regieren. Es gab keinen Grund, die Öffentlichkeit über die Nachfolgevereinbarung zu informieren. Selbst die *mächtigsten* Mitglieder der Führung waren der Öffentlichkeit nicht bekannt. Die Leute wußten nur, wer der Diktat war. Die Geheimhaltung war für die Regierung eine sehr praktische Sache.«

»Was passierte dann?«

»Als der Krieg gegen die Rebellion begann, hielt sich Thomree an *seinen* Teil der Abmachung. Er stellte dem Imperator Truppen und Schiffe zur Verfügung. Aber kurz darauf wurde Thomree ... ah, nun, er ... er starb unerwartet.«

»Ich wette, *das* ist wirklich eine interessante Geschichte«, warf Han ein, der das Zögern seines Vetters bemerkte. »Vielleicht gibt es sogar mehr als eine Version.«

»Ich hatte nichts damit zu tun«, verteidigte sich Thrackan. »Aber ich will dir nichts vormachen. Viele Diktaten starben unter mysteriösen Umständen. *Ich* glaube, Thomree hat nur deshalb einen Niemand zu seinem Nachfolger ernannt, weil er sich so vor einem Attentatsversuch sicher wähnte. Wäre nicht das erstemal, daß jemand so etwas versucht – oder das erstemal, daß der Versuch fehlschlägt.«

»Und *wer* ist sein Nachfolger geworden?«

»Gallamby übernahm die Macht. Er war der letzte Diktat. Sofern man ihn überhaupt so nennen konnte. Er war eine bloße Galionsfigur, eine Marionette ...«

»Und du hast an den Fäden gezogen?« fragte Han.

»Nein. Ich wollte es, aber andere waren schneller. Sie kontrollierten die Politik. *Sie* verlangten Sparmaßnahmen. Sie weigerten sich, im gleichen Maß wie Thomree den Krieg gegen die Rebellion zu unterstützen.« Thrackan schwieg einen Moment und schüttelte den Kopf. »Wie knapp gingen einige dieser Schlachten aus, Vetter?« fragte er. »Glaubst du, daß vielleicht ein paar corellianische Schiffe mehr, ein paar tausend corellianische Soldaten mehr das Kräfteverhältnis verändert hätten? Hältst du es für möglich, daß Gallamby und seine Bande den Krieg für euch gewonnen haben?«

Han antwortete nicht. Es war kein Geheimnis, daß die Rebellen-Allianz mehr als eine Schlacht nur mit knapper Not gewonnen hatte.

»Ja, schweige nur«, knurrte Thrackan. »*Ich* behaupte, daß ein paar Narren, die eine Handvoll Kredits sparen wollten, dafür verantwortlich sind, daß wir den Krieg verloren haben.«

»Ausschlaggebend war nicht allein die Zahl der Schiffe, Thrackan. Wir hatten noch ein paar andere Trümpfe.«

»Du meinst Skywalker.«

»Nun ja. Luke Skywalker. Und vielleicht die historische Entwicklung.«

»Ich habe nie an so etwas wie Schicksal geglaubt«, wehrte Thrackan ab. »Ich habe mein Schicksal immer *selbst* gestaltet.«

»Aber die Rebellen-Allianz hat das Imperium besiegt«, erinnerte Han. »Du konntest nichts dagegen tun.«

»Warum macht es dir eigentlich solchen *Spaß*, mich zu reizen, wo ich dich doch jederzeit töten oder foltern lassen könnte?«

»Hauptsächlich, weil ich dich nicht leiden kann«, erklärte Han. »Aber ich will diese Geschichte hören, und du willst sie mir erzählen. Was ist nach der Niederlage des Imperiums im corellianischen Sektor passiert?«

»Noch bis zum Ende habe ich hinter den Kulissen dafür gekämpft, daß Corellia zu seiner früheren Politik zurückkehrt.«

»Du hast versucht, die Macht zu ergreifen.«

»*Natürlich* habe ich das, du Idiot. Gallamby hat alles auseinanderfallen lassen. Der Versuch, ihn zu stürzen, war ein Akt des Patriotismus. Und als die Schlacht um den zweiten Todesstern entbrannte, hatte ich die Vorbereitungen für seinen Sturz fast abgeschlossen. Der Putsch stand unmittelbar bevor.« Thrackan schwieg einen Moment, um einen weiteren Schluck aus seiner Flasche zu nehmen, und seine Miene verdüsterte sich. »Aber dann hörten wir vom Tod des Imperators und der Niederlage auf Endor. *Das* genügte dem fremden Abschaum hier und ihren Sympathisanten.«

»Fremde? Was für Fremde?«

»Das weißt du verdammt gut. Der nichtmenschliche Abschaum hier auf Corellia.«

»Die Selonianer und die Drall.«

»Richtig.«

»Aber wie können sie Fremde sein? Sie leben hier schon seit Tausenden von Jahren.«

»Sie sind keine Menschen. Also sind sie Fremde.« Offensichtlich war Thrackan in diesem Punkt zu keiner Diskussion bereit. »Und sie alle sagten sich, daß es ohne Imperator auch kein Imperium mehr gab. Es gab hier *Jubelfeiern*, als der Imperator starb. Kannst du dir das vorstellen?«

»Im Ernst?« sagte Han. »Unglaublich.« Allmählich begann er zu verstehen. Irgendwo in seinem Hinterkopf konnte Thrackan nicht glauben, daß Han die Wahrheit nicht erkannte. Seiner verdrehten Logik nach konnte es nur daran liegen, daß Han nie die wahre Geschichte gehört hatte. Aber sobald er erst einmal die ganze Wahrheit erfuhr, sobald Han begriff, was *wirklich* passiert war, würde es ihm wie Schuppen von den Augen fallen. Er würde dann genau wie Thrackan denken. Nun, Han konnte dieses Spiel mitmachen, wenn es sein mußte. »Selbst seine Feinde haben den Tod eines würdigen Gegners betrauert.« Das war natürlich eine glatte Lüge. Die Nachricht von Imperator Palpatines Tod hatte zu Freudentänzen auf den Straßen geführt. Aber es hatte keinen Sinn, Thrackan dies zu sagen.

»Danke, Han, für dein Mitgefühl. Hier kam es jedenfalls zu Freudenfeiern. Fast alle haben sich daran beteiligt. Selbst die Armee und die Flotte. Ganze Divisionen sind desertiert. Das Imperium wurde auf Corellia nicht *besiegt*. Es brach einfach *zusammen*.« Thrackan straffte sich. »Eine Regierung ohne Autorität kann nicht herrschen«, sagte er feierlich. »Und die Regierung hier hatte alle Autorität verloren.«

»Die Bevölkerung hatte keine Angst mehr vor euch, richtig?«

»Furcht«, erklärte Thrackan, »ist ein wirksames Ordnungsprinzip. Aber das Ende der Furcht war nicht der einzige Grund für den Zusammenbruch. Der Pöbel erhob sich. Gallamby machte sich aus dem Staub. Er und die Leute, die hinter ihm standen. Sie nahmen das halbe Staatsvermögen mit. Und das war erst der Anfang. Die Aufständischen stürmten das Regierungsviertel. Wie die Aasgeier. Sie waren wie die Aasgeier und stahlen alles, was nicht niet- und nagelfest war. Und dann fielen sie über die *Akten* her und fingen an, Regierungsbeamte zu verhaften und ihnen den Prozeß zu machen – für angebliche Verbrechen, die sie im Amt begangen hätten. Wahnsinn. Wie kann jemand, der nur dem Imperium gedient hat, ein *Verbrecher* sein?«

»Schlag mich, aber ich weiß es nicht«, sagte Han. »Das Imperium ist also zusammengebrochen. Was hast *du* getan? Wie bist *du* zu dem geworden, was du bist?«

»Ich begann Pläne zu schmieden, Komplotte. Langfristig zu denken. Gewann neue Freunde, die mir helfen konnten. Leute, denen es unter dem Imperium gutgegangen war und die sich nach den alten Zeiten zurücksehnten.«

»Das also ist dein Ziel. Du willst das Imperium neu errichten? Gib es auf, Thrackan. Es ist tot, tot und begraben.«

»Das weiß ich«, grollte Thrackan. »Es gefällt mir nicht, aber ich weiß es. Ich wußte es schon an dem Tag, an dem Palpatine und Darth Vader starben. Alles vorbei. Aber Palpatines Neue Ordnung, das imperiale *System* – das können wir restaurieren, zumindest hier. Nur wird es dann keinen Imperator über dem Diktaten geben. Niemand wird dem corellianischen Sektor sagen, was er zu tun hat. Un-ab-häng-igkeit. Nur für uns. Die Nichtmenschen können sehen, wo sie bleiben.«

»Ich dachte, du wolltest sie von dem Planeten Corellia vertreiben«, erinnerte Han. »Ich habe deine Ansprache gehört. Willst du wirklich noch einen Stern sprengen, wenn die Neue Republik nicht alle Nichtmenschen von dem Planeten entfernt?«

Thrackan lachte. »Ja. Ich wette, daß du meine Ansprache gehört hast. Jeder auf diesem Planeten hat sie gehört. Das ist eine der Lügen, von denen ich dir erzählt habe. Niemand kann es. Niemand. Es ist unmöglich. Aber es bringt sie zum *Schwitzen.*«

»Was ist unmöglich?« fragte Han etwas zu eifrig. »Die Nichtmenschen von dem Planeten zu evakuieren oder einen zweiten Stern zu sprengen? Hast du *wirklich* diesen ersten Stern gesprengt?«

Aber Thrackan lachte nur. »Oh, nein«, sagte er. »Das kann ich dir nicht verraten. Das würde die Überraschung verderben.« Er runzelte für einen Moment die Stirn. »Das erinnert mich an etwas«, fuhr er dann mit einem äußerst häßlichen Grinsen fort. »Ich hätte es fast vergessen. *Noch* eine Überraschung. Deshalb bin ich überhaupt hergekommen. Es ist genau die richtige Überraschung für einen Nichtmenschenfreund wie dich.«

»Was … was meinst du damit?« stieß Han hervor. Sein Magen zog sich zusammen. Thrackans Überraschungen waren selten angenehm.

»Du bleibst, wo du bist. Ich hole sie.«

Thrackan stand leicht schwankend auf und trat an die Zellentür. Er klopfte dreimal, und die Tür schwang nach innen auf. Thrackan drehte sich zu Han um. »Bin gleich wieder da«, sagte er.

Han stand auf und entdeckte, wie schmerzhaft das Stehen sein konnte. Er glaubte zwar nicht, daß er von seinem Kampf mit Dracmus bleibende Schäden zurückgehalten würde, aber es würde eine ganze Weile dauern, bis er wieder völlig gesund war.

Dracmus …

Plötzlich wußte Han, welche Überraschung sein Vetter für ihn vorbereitet hatte.

Thrackan kehrte in die Zelle zurück, begleitet von einem Soldaten. Der Soldat postierte sich an der Tür, zog seinen Blaster und zielte auf Han.

Die Selonianerin Dracmus betrat die Zelle, gefolgt von einem zweiten Soldaten mit gezücktem Blaster.

Thrackan sah von Han zu Dracmus und wieder zurück und grinste breit. »Han«, sagte er. »Mein lieber alter Vetter, der die Nichtmenschen so sehr liebt. Mein lieber alter verräterischer Vetter, Verräter am Imperium, Verräter am Imperator, Verräter an seiner *Rasse*. Ich glaube, es wird Zeit, daß du deiner neuen Zellengenossin hallo sagst.«

Die erschöpften Reisenden kamen aus dem *Millennium Falken*. Vorsichtig darauf achtend, nicht noch mehr Nannarien zu zertrampeln, gingen sie zum Haus, allen voran Ebrihims Tante Marcha mit dem Blastergewehr über der Schulter. Sie führte sie zur Zentralkuppel und die kurze Treppe zum großen Haupteingang hinauf. An der Tür blieb sie stehen, drehte sich zu ihrem Neffen um und sah ihn erwartungsvoll an.

Ebrihim verstand und wandte sich an die anderen. »Unsere Tradition verlangt eine kurze und schlichte Vorstellungszeremonie, wenn ein Gast zum erstenmal das Haus des Gastgebers betritt«, erklärte er. »Wenn niemand dabei ist, der beide Parteien kennt, wird von den Gästen erwartet, daß sie sich selbst vorstellen. Aber wenn sich beide Gruppen in Begleitung gemeinsamer Bekannter befinden, übernimmt der jüngste dieser gemeinsamen Bekannten die Vorstellung. In diesem Fall also ich selbst.«

»Sie sind auch der einzige«, wandte Jacen ein.

»Aber ich bin auch der jüngste. Nur darauf kommt es an. Auf diese Weise ehren wir die Älteren unter uns.«

»Alles verstanden, Anakin?« flüsterte Jacen laut.

»Sei still, Jacen«, zischte Jaina.

»Es wird außerdem erwartet«, fuhr Ebrihim ernster fort, »daß sich die Älteren dem Anlaß entsprechend *benehmen*.«

»Tut mir leid«, murmelte Jacen.

»Dann können wir also beginnen. Chewbacca. Jaina Solo. Jacen Solo. Anakin Solo«, sagte Ebrihim. »Ich möchte euch die Herzogin Marcha von Mastigophorous vorstellen. Sie erweist uns die Ehre, unsere Gastgeberin zu sein. Ehret ihren Namen.«

»Sie haben uns nicht gesagt, daß Ihre Tante eine Herzogin ist«, rief Jacen vorwurfsvoll.

»Du hast nicht gefragt«, antwortete Ebrihim gelassen.

Jaina machte einen anmutigen Knicks, und obwohl sie einen zerknitterten, viel zu großen Bordoverall trug, gelang es ihr irgendwie, einen damenhaften Eindruck zu machen. »Ich freue mich, Sie kennenzulernen, Eure Hoheit.«

Chewbacca verbeugte sich mit überraschender Anmut. Ebrihim sah Jacen und Anakin an und wartete schweigend, bis Jaina ihrem Zwillingsbruder einen Rippenstoß versetzte.

»Hä? Oh.« Jacen verneigte sich unbeholfen. Anakin begriff, was von ihm erwartet wurde, aber statt sich wie sein Bruder zu verbeugen, ahmte er den Knicks seiner Schwester nach.

»Das genügt«, brummte Ebrihim. Dann wandte er sich an seine Tante. »Verehrte Tante, ich möchte dir den Wookiee Chewbacca und die Menschen Jaina Solo, Jacen Solo und Anakin Solo vorstellen, alle vom Planeten Corellia.«

»Und ich werde mal wieder ignoriert«, murmelte Q9.

Wie es die Etikette verlangte, schenkte die Herzogin dem Droiden keine Beachtung. »Es ist mir eine Freude, Sie alle kennenzulernen«, sagte sie und nickte würdevoll. »Ich fühle mich geehrt, Sie als Gäste zu haben. Fühlen Sie sich bei mir bitte ganz wie zu Hause ...«

»Im vernünftigen Rahmen«, warf Ebrihim mit einem warnenden Blick zu den Kindern ein.

»... und genießen Sie alle Gastfreundschaft, die ich Ihnen erweisen kann«, schloß die Herzogin.

»Danke«, riefen die drei Kinder im Chor.

»Dann kommt herein«, sagte die Herzogin und deutete zur Tür, die sich von selbst öffnete.

Sie trat zur Seite und ließ ihre Gäste ins Haus. Die Kinder gingen zuerst hinein, gefolgt von Chewbacca und Q9. Ebrihim und Marcha folgten ihnen und warteten, während Chewbacca und die Kinder das Innere der Kuppel bewunderten.

Ebrihim erinnerte sich noch gut an seinen ersten Besuch in der Kuppel. Niemand konnte einen Fuß hineinsetzen, ohne abrupt stehenzubleiben und zu *staunen*. Es war ein besonderer und magischer Ort. Die mattweißen Wände der halbkugelförmigen Kuppel wölbten sich hinauf zur Decke, makellos und glatt, ein Gefühl der Weite und Wärme vermittelnd. Die säulengesäumten Eingänge zu den beiden Seitenflügeln des Hauses lagen einander gegenüber und waren im krassen Kontrast zur schmucklosen Fassade verschwenderisch ornamentiert. Der eine Eingang bestand aus purem weißen Marmor, der andere aus pechschwarzem Ebenholz. Ungeheuer und Fabelwesen aus den Legenden des Planeten waren in die Türrahmen und Säulen geschnitzt und wirkten so lebensecht, als wären sie mitten in der Bewegung erstarrt.

Die Empfangshalle zwischen den kunstvollen Eingängen war ein Meer aus Pflanzen und farbenprächtigen Blumen. Im Zentrum der Kuppel, inmitten eines kleinen Irrgartens aus gestutzten, niedrigen Hecken, tanzte eine Wasserfontäne. Ein Dutzend Vogelarten von Drall und Corellia sowie andere fliegende Kreaturen flatterten und flitzten durch die Kuppel.

Die Kinder sahen sich einige Momente mit großen Augen um und rannten dann los, um das Innere der Kuppel genauer zu erkunden. Ebrihim verfolgte, wie Anakin direkt in den Irrgarten rannte, und fragte sich, ob der Junge in Rekordzeit wieder herauskommen oder für alle Zeiten darin verschwinden würde.

»Der Garten verschlingt eine Menge Energie, die wir woanders einsparen müssen«, sagte Marcha zu Ebrihim und Chewbacca, während sie die herumtobenden Kinder beobachtete, »aber bei den Sternen, ich werde dafür sorgen, daß diese Kuppel weiterhin grünt und blüht.« Begleitet von Ebrihim, Chewbacca und Q9, wanderte sie durch den Garten.

»Das freut mich, Tante Marcha«, sagte Ebrihim. »Aber wir kommen direkt von Corellia, wo eine totale Nachrichtensperre verhängt wurde. Was ist für den Engpaß in der Energieversorgung verantwortlich?«

»Banditen. Terroristen. Sie nennen sich selbst Drallisten, aber das ist nicht weiter wichtig. Sie haben die Stromleitung unterbrochen und das örtliche Kraftwerk sabotiert. Wir haben zwar einen Notstromgenerator im Haus, aber *der* ist alt und klapperig. Ich mußte all meine Dienstboten nach Hause schicken, nur um Energie zu sparen. Nur noch Driggs ist hier. Er hat schon vor deiner Geburt als Hausmeister für mich gearbeitet. Das hier *ist* sein Zuhause.«

»Tante, bitte, was ist ein Drallist?«

Seine Tante drehte sich zu ihm um und sah ihn ernst an. »Wenn du die Antwort auf diese Frage nicht kennst, hast du recht getan hierherzukommen«, erwiderte sie. »Die Drallisten sagen: Drall den Drall! Ausländer raus! Weg mit den Selonianern. Weg mit den Menschen. Alle, die einen Schwanz tragen, müssen von dem Planeten verschwinden! Alle ohne Fell müssen von dem Planeten verschwinden!«

»Oh, nein«, stöhnte Ebrihim. »Es kann nicht sein, daß dieser Wahnsinn jetzt auch noch unser Volk erfaßt hat.«

»Oh doch, liebster Neffe. Es ist so.« Sie schwieg und musterte Chewbacca und Ebrihim. »Aber es ist spät, und ihr habt eine lange Reise hinter euch – und wenn ich mich nicht täusche, wird es nicht so einfach sein, diese Menschenkinder ins Bett zu bringen. Wir werden uns morgen weiter unterhalten.«

Chewbacca verbeugte sich tief und gab ein gedämpftes Stöhnen und ein leises, kurzes Heulen von sich, während er nach draußen zum Schiff deutete.

»Was sagt dein Freund, Ebrihim? Ich verstehe leider kein Wookieesch.«

»Er bietet dir an, das Haus mit der Schiffsenergie zu versorgen und einen Blick auf deinen Generator zu werfen. Ich sollte vielleicht hinzufügen, daß unser Schiff beschädigt ist. Nicht sehr, denke ich, aber der Hyperantrieb muß repariert werden. Außerdem sind noch ein paar andere Kleinigkeiten zu erledigen.«

»Ich danke Ihnen für Ihr Hilfsangebot und nehme es mit Freuden an«, wandte sich Marcha an Chewbacca. »Sie können Ihr Schiff natürlich hier reparieren, aber der Hyperantrieb wird Ihnen nicht viel nützen. Haben Sie noch nichts von diesem Abfangfeld gehört? Die Funkkommunikatoren sind ausgefallen, aber wir empfangen noch immer Nachrichten über die Glasfaserkoms, und *wir* haben davon gehört.«

Ebrihim sah sie ausdruckslos an. »Was für ein Abfangfeld? Wie ich schon sagte, wir kommen direkt von Corellia. Das letzte, was wir gehört haben, war die Meldung, daß

Thrackan Sal-Solo eine Supernova ausgelöst und verlangt hat, daß alle Nichtmenschen Corellia verlassen ...«

»*Was?* Um Himmels willen, wovon redest du?«

»Weißt du nicht, daß die Menschenliga mit der Sprengung weiterer Sterne gedroht hat, wenn ihre Forderungen nicht erfüllt werden?«

»Davon ist auf Drall nichts bekannt.« Tante Marcha schüttelte den Kopf. »Die Nachricht hätte sich sonst wie ein Lauffeuer über den Planeten verbreitet. Woher hast du diese schreckliche Nachricht?«

»Als wir flohen, haben die automatischen Komsysteme des *Millennium Falken* einen Funkspruch aufgezeichnet, der auf allen Frequenzen gesendet wurde. Ich habe mir die Aufzeichnung später zusammen mit Chewbacca angehört, und wir haben uns entschlossen, den Kindern nichts davon zu erzählen. Wir wollten sie nicht ängstigen. Hier auf Drall ist nichts davon bekannt?«

»Nein. Nicht das geringste.«

»Aber was hat es für einen Sinn, die Drohung nur auf einer Welt zu verbreiten?«

»Wie kann überhaupt jemand ernsthaft mit der Sprengung ganzer Sterne drohen?« entgegnete Marcha.

»Eine sehr gute Frage«, nickte Ebrihim. »Aber sie haben es getan. Und sie behaupten, daß es nicht nur eine Drohung war. Sage um Himmels willen nichts den Kindern davon! Aber du wolltest mir von diesem Abfangfeld erzählen.«

»Ich verstehe nicht, wieso du nichts davon ... ah. Natürlich«, sagte Tante Marcha. »Wenn der Hyperantrieb eures Schiffes ausgefallen ist, dann auch die Instrumente. Ihr konntet das Abfangfeld nicht orten. Deshalb wißt ihr nicht, was passiert ist.«

»*Was* für ein Abfangfeld?« fragte Ebrihim wieder.

»Wie es scheint«, seufzte Herzogin Marcha, »haben wir eine Menge zu besprechen.«

## 6. Kapitel

# *Begegnungen und Lügen*

Gaeriel Captison strich ihren Mantel glatt, schlug ihre Kapuze zurück und schüttelte die üppige, dunkelblonde Haarmähne, die ihr ganzer Stolz war. Vielleicht war der rote Mantel zu formell für das Treffen mit den Besuchern von Coruscant. Was auch immer sie hergeführt hatte, man hatte sie als private Arbeitsgruppe angekündigt, nicht als offizielle Delegation. Nichtsdestotrotz wollte sie einen guten Eindruck machen.

Gaeriel seufzte und ging wieder unruhig auf und ab. Das war lächerlich. Absolut lächerlich. Warum sollte sie es sich nicht eingestehen? Es interessierte sie überhaupt nicht, welchen Eindruck sie auf die Delegation machte. Sie hatte mit Politik nur noch wenig zu tun, und sie war froh darüber. Es hatte ihr zwar immer gefallen, Gutes tun zu können, aber die Öffentlichkeitsarbeit, die Präsentationsaufgaben, die Verpflichtungen, die damit einhergingen, waren ihr zum Schluß zuviel geworden.

Aber Luke Skywalker. Er gehörte zu der Delegation – und sie wollte für *ihn* gut aussehen. Warum sollte sie sich etwas vormachen? Es war sinnlos und albern, aber das änderte nichts an der Wahrheit.

Plötzlich klingelte es an der Tür, und sie riß sich zusammen. Sie waren da.

Gaeriel hätte die Tür von einem Dienstboten öffnen lassen können, aber schließlich sollte dies ein Geheimtreffen sein, und sie hatte alle Dienstboten fortgeschickt. Sie trat an die Tür ihrer Privatgemächer, atmete tief durch und drückte dann auf die Türkontrolle.

Die Tür glitt zur Seite.

Und dort stand Luke Skywalker, allein. Er trug die Flugmontur eines Jägerpiloten, frisch gereinigt und sorgfältig gebügelt, aber keinerlei Rangabzeichen. Statt einem Standardblaster steckte ein Lichtschwert in seinem Gürtel. Er trug keine Mütze und das Haar etwas kürzer als damals, als wäre der erwachsene Luke strenger mit sich selbst als sein jüngeres Ich. Er sah nicht direkt älter, aber reifer aus. Die kontrollierte Leidenschaft, die Entschlossenheit, die Selbstdisziplin – all das war noch immer da. Seine Augen verrieten es, sein Blick.

»Master Skywalker«, sagte sie. »Ich heiße Sie willkommen. Man hat Sie natürlich angekündigt. Aber Sie sind allein.«

Luke errötete und neigte leicht den Kopf. »Meine Begleiter werden in ein paar Minuten hier sein, Lady Captison. Aber ich hielt es für das Beste, Sie zuerst allein zu sprechen, damit wir … damit wir …«

»Damit wir kein Publikum haben, falls sich unser Wiedersehen als peinlich erweisen sollte. Natürlich. Das war sehr rücksichtsvoll von Ihnen, Master Skywalker.«

Ihr Besucher blieb steif in der Tür stehen. »Es wäre … es wäre mir lieber, wenn Sie … wenn du mich Luke nennen würdest«, sagte er.

»Gut. Ich freue mich, das zu hören. Wir beiden sollten auf Förmlichkeiten verzichten.«

»Danke – Gaeriel.« Luke machte einen zögernden Schritt. »Wenn du gestattest …«

»Oh, ja, natürlich. Wo sind nur meine Manieren? Bitte, komm herein.«

Gaeriel trat zur Seite und winkte ihren Gast ins Zimmer. »Komm, gehen wir in den Garten. Dort können wir uns unterhalten.«

Sie führte ihn durch das weitläufige, helle Haus und in den offenen Innenhof. Sie hatte den Garten selbst angelegt – farbenprächtige Blumen wuchsen der Sonne entgegen und teilten ihre Schönheit mit der Welt. In der schattigsten Ecke des Hofes stand ein kleiner Gedenkstein, der noch immer ein wenig neu, ein wenig fehl am Platze wirkte, wie eine Pflanze, die noch nicht richtig Wurzeln geschlagen hatte. Unter dem schlichten Steinblock ruhte die Asche ihres Mannes. Sie setzte sich auf die Bank gegenüber dem Stein und sah von ihm zu Luke und wieder zurück. Was hatte sie sich nur dabei gedacht, Luke hierherzubringen? Sollte ihr toter Mann bei ihrem Gespräch die Anstandsdame spielen? Sie spürte … ja, was? Schuld? Verlegenheit? Scham? Was für ein Gefühl es auch sein mochte, es ergab keinen Sinn.

Es war alles so lächerlich. Gaeriel verdrängte ihre Gefühle und bedeutete Luke, sich zu ihr zu setzen. Sie dachte kurz daran, ihm zu erklären, was es mit dem Gedenkstein auf sich hatte, verzichtete dann aber darauf, um die Begegnung nicht noch peinlicher zu gestalten, als sie ohnehin schon war.

Als Luke Platz genommen hatte – wobei er mehr als nur respektvolle Distanz wahrte, wie sie feststellen mußte –, sagte sie mit erzwungener Fröhlichkeit: »Also, Luke, was führt dich nach Bakura?«

Luke blickte einen Moment zu Boden und sah ihr dann offen in die Augen. »Die Gegenwart«, antwortete er. »Nicht die Vergangenheit.«

»Ah«, nickte Gaeriel. »Ich verstehe.«

»Du hast mir sehr viel bedeutet, Gaeriel«, fuhr er fort. »Du bedeutest mir noch *immer* sehr viel. Im Lauf der Jahre habe ich oft, sehr oft daran gedacht, dir eine Nachricht zu schicken, dich zu besuchen, dich wiederzusehen …«

»Und warum hast du es nicht getan?« fragte Gaeriel. *Und warum habe ich dich nie besucht?* fragte sie sich selbst. Das war ein seltsamer Gedanke. In all den langen Jahren, in denen sie sich gewünscht hatte, Luke wiederzusehen, war ihr nie der Gedanke gekommen, ihn zu besuchen.

»Ich hätte niemals ein Teil deines Lebens sein können, jedenfalls nicht richtig. Wir hätten ständig damit rechnen müssen, daß man mich zu einem Einsatz in irgendeinem entfernten Winkel der Galaxis abbeordert. Außerdem war da noch deine Karriere, deine Pflicht gegenüber dem bakuranischen Volk. Es hätte nie funktioniert. Ich wäre nur ständig in dein Leben hineingeplatzt und dann wieder verschwunden. Wäre das fair gewesen?«

»Nein«, gestand Gaeriel. »Schon unser erster Abschied ist mir schwer genug gefallen. Wenn du zurückgekommen wärest, nur um mich erneut zu verlassen, und das wieder und wieder … Nein, Luke, du hattest völlig recht.«

»Aber ... aber inzwischen ist viel Zeit vergangen«, sagte Luke. »Ich weiß noch genau, was ich für dich empfunden habe, aber meine Gefühle haben sich verändert. Ich liebe dich noch immer, doch auf eine andere, ruhigere, stillere Art als damals.«

Gaeriel sah zum Grabstein ihres Mannes und lächelte wieder, diesmal trauriger. »Ich bin darüber hinweg, Luke, wenn es dir hilft.«

»Ja«, nickte Luke, »ich weiß. Du hast geheiratet und ein Kind bekommen, und ...«

»Und mein Mann ist gestorben«, beendete sie den Satz für ihn. »Und jetzt sitzen wir hier. Aber du sagtest, du bist wegen der Gegenwart gekommen, nicht wegen der Vergangenheit.«

»Ja«, bestätigte Luke und atmete tief durch. »Wir brauchen deine Hilfe. Wenn meine Begleiter eintreffen, können wir dir das Problem in allen Einzelheiten erklären. Die Informationen stammen zum Teil von einer GNR-Agentin namens Kalenda, die erst vor kurzem von ihrem Einsatz zurückgekehrt ist. Ich habe sie übrigens mitgebracht. Die wichtigsten Fakten sind: es gibt eine Krise. Offenbar ist es im corellianischen System zu einer Revolte gekommen. Die Drahtzieher der Revolte behaupten, daß sie ganze Sterne sprengen können, und möglicherweise sagen sie die Wahrheit. Schlimmer noch, sie sind bereit, die Sonnen bewohnter Systeme in Supernovae zu verwandeln. Es ist zumindest möglich, daß sie genau das tun werden, wenn wir eingreifen, auch wenn sie es nicht direkt gesagt haben. Unsere Staatschefin – meine Schwester – wurde zusammen mit ihrem Mann und ihren Kindern von den Aufständischen gefangengenommen.«

»Wie können wir dir helfen?« fragte Gaeriel.

»Die Anführer der Revolte scheinen den Zeitpunkt für den Aufstand sorgfältig gewählt zu haben. Die Flotte der Neuen Republik ist entweder in anderen Sektoren gebunden oder befindet sich im Reparaturdock. Wir verfügen über keine einsatzfähigen Schiffe. Wir brauchen eure Flotte.«

Gaeriel starrte Luke verblüfft ab. »Ich weiß nicht, was ich

sagen soll, Luke. Ich muß zugeben, daß ich mir im Lauf der Jahre mehr als einmal gewünscht habe, dich wiederzusehen. Aber ich hätte mir nie träumen lassen, daß du mich bei unserem ersten Wiedersehen fragst, ob du dir unsere Flotte ausleihen kannst.«

»Es ist nicht gerade die charmanteste Art, eine alte Freundschaft zu erneuern, nicht wahr?« sagte Luke mit einem reuevollen Lächeln.

»Nein, es ist wirklich nicht die charmanteste Art. Aber zumindest hat sie den Vorteil, originell zu sein.« Gaeriel dachte einen Moment nach. Wenn sie die Hilfe der bakuranischen Flotte brauchten, würden sie mit Ossilege sprechen müssen. Und er würde seinen taktischen Stab hinzuziehen wollen. *Und* sie würde auch den neuen Premierminister konsultieren müssen. Er würde sicherlich darauf bestehen, eine Kabinettssitzung einzuberufen und …

Die Türklingel riß Gaeriel aus ihren Gedanken. Sie blinzelte und schreckte hoch, überrascht, wie schnell sie sich mit den praktischen Problemen des Hilfeersuchens befaßt hatte. Es klingelte erneut.

»Ah, das sind bestimmt meine Freunde«, sagte Luke.

»Laß sie herein«, bat sie und stand auf. »Jetzt, wo ich weiß, worum es geht, weiß ich auch, mit wem ich reden muß. Gib mir eine halbe Stunde, damit ich die Leute herbitten kann, die du brauchst.«

Han Solo saß auf seiner Pritsche und starrte die Selonianerin Dracmus an; und Dracmus saß auf ihrer Pritsche und starrte zurück. Die beiden saßen schon die halbe Nacht so da und schwiegen sich an. Han wußte nicht, was er tun sollte. War diese Kreatur seine Verbündete oder seine Gegnerin? Überlegte sie, wie sie sich mit ihm anfreunden konnte, oder wartete sie nur darauf, daß er einnickte, und vertrieb sich die Zwischenzeit damit, sich auszumalen, welche Teile seiner Anatomie wohl am besten schmeckten?

»Mich verzeihen ich sprechen Basic«, sagte Dracmus so plötzlich, daß Han zusammenzuckte. »Ich Basic lange nicht sprechen, und ich nicht gut sein. Ich sprechen, es besser werden. Aber *muß* sprechen. *Muß* fragen. Kann nicht fragen in meine Sprache, weil Selonianer nicht haben Worte dafür. Deshalb sprechen Basic. Dieser Mann Thrackan Sal-Solo sein dein *Vetter*? Ja? Sein das richtiges Wort?«

Han war fast enttäuscht, daß sie nicht sofort die Konfrontation suchte, aber angesichts der Umstände war er nur zu gern bereit, sich mit dieser Enttäuschung abzufinden. »Ja, das stimmt. Er ist mein Vetter.«

»Was für Verwandtschaft das sein? Verwandtschaft von Blut? Mich bitte erklären, welche Art das sein.«

»Es gibt verschiedene Grade der Verwandtschaft«, sagte Han langsam. »Er gehört zu meinen engsten Familienangehörigen und ist ein Vetter ersten Grades. Das heißt, Thrakkan ist der Sohn der Schwester meines Vaters.«

»Ah«, machte Dracmus, Han noch immer anstarrend. »Ich machen Geständnis, daß ich menschliche Familienbeziehungen nicht verstehen ganz«, radebrechte sie.

»Ja«, sagte Han nach kurzem Zögern. »Das kann ich mir vorstellen.« Er hatte nicht gewußt, wie Dracmus reagieren würde, und befürchtete, daß sie wegen des Kampfes vielleicht wütend auf ihn war, aber sie schien ihn nicht einmal erwähnen zu wollen. Nun, wenn sie es nicht tat, *er* würde es bestimmt tun. Dennoch, er hatte nicht erwartet, daß sie ihn über seinen Vetter ausfragen würde. Warum interessierte sie sich so für die menschlichen Verwandtschaftsverhältnisse? Han wußte zwar nicht viel über das selonianische Familienleben, aber einige Informationen hatte er doch.

Selonianer lebten, ähnlich bestimmten staatenbildenden Insekten, in Gemeinschaften, die Stock genannt wurden. Normalerweise lebten alle Stockbewohner zusammen, aber es kam vor, daß einige weit reisen mußten oder aus sonstigen Gründen von der Gemeinschaft getrennt wurden. Aber sie waren trotzdem weiter ein Teil des Stocks, da nur die Blutsverwandtschaft zählte, nicht die körperliche Nähe.

Zu jedem Stock gehörten normalerweise ein paar fruchtbare Männchen und genau ein aktives fruchtbares Weibchen, die Königin. Von dieser einen Königin, diesem einzigen fortpflanzungsfähigen Weibchen, stammten alle

Nachkommen des Stocks ab. Jedes Jahr gebar sie vier- oder fünfmal Fünflinge, und dieses Tempo hielt sie dreißig oder vierzig Standardjahre durch. Nur einer von hundert Nachkommen war ein Männchen, aber alle Männchen waren fruchtbar. Doch die überwältigende Mehrheit eines jeden Stocks bestand aus sterilen Weibchen. Noch seltsamer war, daß die fruchtbaren Weibchen und Männchen, die für die Arterhaltung sorgten, eine unterdrückte, wenn auch gehätschelte Minderheit darstellten. Die Sterilen behandelten die Fruchtbaren als reine Brutmaschinen. Die Macht lag nicht in den Händen der fruchtbaren Königin, sondern in den Händen einer ihrer sterilen Töchter oder Tanten oder Schwestern, deren Eigentum sie praktisch war.

Eine sehr fremdartige Gesellschaftsform, aber Han war klar, daß die menschlichen Verwandtschaftsverhältnisse auf Dracmus ebenso fremdartig wirken mußten. »Ihr Selonianer handhabt die Dinge etwas anders«, bemerkte er.

»Ja, ja«, nickte Dracmus geistesabwesend. »Sehr anders.« Sie rollte ihren Schwanz auf ihrem Schoß zusammen. »Aber dieser dein Vetter. Er nicht sein wie du.«

Han fühlte sich ein wenig benommen. Der Tag war ohnehin schon hart genug gewesen, auch ohne eine Selonianerin, die Anthropologin spielte. Aber da war etwas in ihrem Tonfall, das ihm verriet, daß sie zu der hartnäckigen Sorte gehörte. Sie würde nicht eher Ruhe geben, bis er ihre Neugierde gestillt hatte. »Er ist wie ich und doch nicht wie ich«, erklärte er. »Wir sehen uns ähnlich und unsere Stimmen klingen ähnlich. Aber im *Denken* unterscheiden wir uns. Was der Grund dafür ist, daß er mit seinen Saufkumpanen die Freiheit genießt, während ich in einer Zelle sitze.«

»Sein das die Regel bei menschlichen Vettern? Ähnlich aussehen, anders denken?«

»Es gibt keine Regeln«, erwiderte Han. »Es ist unterschiedlich. Sehr unterschiedlich. Thrackan und ich sehen uns viel ähnlicher als die meisten anderen Vettern. Aber es ist normal, wenn sich Vettern unterschiedlich *verhalten.*«

»Sehr von Interesse sein«, sagte Dracmus. »Sehr. Und er dein Feind sein? Wahrhaft und unversöhnlich? Ihr von gleichem Blut sein, ihr enge Blutsverwandte sein, und doch ihr kämpfen miteinander?«

»Oh, ja«, bestätigte Han. »Und ob.«

Dracmus wackelte nachdenklich mit ihrer Schwanzspitze. »Erstaunen. Wir Selonianer, wir *wissen*, andere Spezies so sein, aber wissen sein nicht verstehen. Blut kämpfen gegen Blut.«

»Ja, so ist es«, bestätigte Han. Er war erschöpft und nicht sicher, wie lange er die Unterhaltung noch fortsetzen konnte, bevor er zusammenklappte. Aber er wollte Dracmus auf keinen Fall beleidigen. Schon aus Respekt vor ihren spitzen Zähnen. Er zögerte einen Moment und entschloß sich dann, das Risiko einzugehen. »Sieh mal, ich will dich nicht beleidigen, und ich bin wirklich froh, daß du mir offenbar nicht sämtliche Glieder ausreißen willst; aber ich bin im Moment in keiner besonders guten Verfassung. Warum ist das so wichtig? Kann es nicht warten?«

»Es sehr wichtig sein«, erklärte Dracmus. »Ich jetzt glauben, du nicht wie er *sein*. Ich mich fragen, *warum* du nicht so sein. Ich mich freuen, du anders sein. Du dich auch freuen können.«

»Und warum sollte ich mich freuen?« fragte Han.

»Weil ein Böser genug sein. Wenn du wie er sein, ich deine Kehle durchbeißen müssen.«

Han nickte und lächelte vor sich hin. »Wenn das so ist, kann ich *wirklich* froh sein, daß ich nicht wie Thrackan bin. Aber ich bin erledigt.«

»Erledigt? Ja, ich dich erledigen im Kampf. Entschuldigungen.«

»Nein. Ich meine, ja, aber das habe ich nicht gemeint. ›Erledigt‹ bedeutet soviel wie ›völlig erschöpft‹.«

»Ah. Du müssen ruhen. Verständnis.«

»Genau. Also, wenn du mir versprichst, daß du mir in der Nacht nicht die Kehle durchbeißen wirst, können wir unser Gespräch morgen fortsetzen.«

Dracmus zischte leise, das selonianische Äquivalent eines Lachens, und legte sich auf ihre Pritsche. »Ich versprechen, ehrenwerter Han Solo. Deine Kehle dein sein bis morgen.

Ich dir heute nacht nichts tun. Aber wir viel zu reden haben.«

»Darauf wette ich«, brummte Han, während er auf seine Pritsche sank. Er war jetzt sicher, zumindest für eine Weile. Die meisten Selonianer waren wild, erbarmungslos, ehrlich. Wenn Dracmus sagte, daß sie ihm in dieser Nacht nichts antun würde, war er in Sicherheit.

Zumindest bis morgen. Han bemerkte, daß sie bereits eingenickt war.

Er schloß die Augen und schlief sofort ein.

Lady Tendra Risant vom Planeten Sacorria beobachtete durch ihr Makrofernglas den Nachthimmel und wußte, daß etwas passiert war. Und zwar nichts Gutes.

Das leistungsstarke Makrofernglas war auf einem Stativ befestigt und mit einer hochentwickelten automatischen Suchvorrichtung ausgerüstet, mit dem man mühelos ein Objekt im Orbit aufspüren konnte. Aber eigentlich benötigte sie kein derart ausgefeiltes System, denn die größeren Schiffe der im Orbit kreisenden Flotte waren auch mit bloßem Auge zu erkennen, wenn man wußte, wo man suchen mußte. Und nachdem sie in aller Stille ein paar Nachforschungen angestellt hatte, wußte sie *genau,* wo sie zu suchen hatte.

Bis vor ein paar Wochen hatte Tendra Risant ein ganz normales Leben geführt und sich nur um ihre eigenen Angelegenheiten gekümmert. Dann hatte sie Lando Calrissian getroffen, und seitdem war alles anders. Sie war nicht in ihn verliebt, und er nicht in sie. Vielleicht würden sie nie ein Liebespaar werden. Und dennoch, da war ein Gefühl der Vertrautheit zwischen ihnen gewesen, ein Gefühl der *Bestimmung,* das sie noch nie zuvor empfunden hatte.

Und dann, nur Stunden, nachdem er und sein Freund Luke Skywalker auf Sacorria angekommen waren, hatten die Behörden die beiden von dem Planeten verwiesen. Sie waren gestartet, hatten Kurs auf Corellia genommen – und waren spurlos verschwunden. Zur gleichen Zeit hatte dieses riesige und mysteriöse Abfangfeld den Raumverkehr von und nach Corellia lahmgelegt, während sämtliche Kommunikationsverbindungen zur Außenwelt gestört worden waren.

Sacorria war eine der sogenannten Grenzling-Welten des corellianischen Sektors und vom Rest des Sektors weitgehend isoliert. Die Sacorrianer hatten immer geglaubt, daß sie auch ohne die Hilfe Corellias gut zurechtkommen konnten, und träumten schon seit langem davon, die corellianische Herrschaft abzuschütteln. Aber jetzt, wo sich ihr Wunsch erfüllt hatte, mußten sie feststellen, daß die Unabhängigkeit ihre eigenen Gefahren barg. Und sie hatten Angst. Die Unterbrechung der Handelsbeziehungen mit Corellia hatte die Wirtschaft in eine katastrophale Krise gestürzt.

Irgend etwas war geschehen, etwas Großes – und Lando steckte mittendrin.

Lando. Vielleicht interpretierte sie zuviel in ihre Beziehung hinein. Vielleicht war das Gefühl der Bestimmung eine Täuschung. Vielleicht war sie für Lando nicht mehr als ein belangloser Flirt gewesen, trotz all seiner schönen Worte, und er wäre ohnehin nie zu ihr zurückgekehrt, selbst wenn es dieses Abfangfeld nicht gegeben hätte. Aber das spielte jetzt alles keine Rolle. Sie machte sich Sorgen um ihn. Und es gab noch andere Dinge, die ihr Sorgen machten – zum Beispiel die Triade, die Regierung ihres Heimatplaneten. Die Bevölkerung war unruhig und verängstigt, aber die Regierung verbreitete platten Optimismus. In ihren Verlautbarungen behauptete die Triade, nicht mehr zu wissen als der durchschnittliche Mensch oder Drall oder Selonianer auf der Straße. Natürlich, wenn man die Triade mit einem Wort beschreiben konnte, dann mit dem Wort »paranoid«. Die meisten Diktatoren, die sich durch Komplotte und Staatsstreiche an die Macht geputscht hatten, fürchteten natürlich, daß auch ihnen ein ähnliches Schicksal drohte. Drei Diktatoren, die unterschiedlichen Spezies angehörten und sich gegenseitig belauerten, mußten noch mehr Angst vor Verschwörungen und Intrigen haben.

Und dennoch gab es keine hysterischen Erklärungen, keine Massenverhaftungen von Systemgegnern und Subversiven. Der einzige Hinweis darauf, daß etwas nicht stimmte, war das Verschwinden des Militärs. In normalen Zeiten schien jeder dritte auf der Straße ein Uniformträger zu sein. Jetzt plötzlich waren alle Soldaten von der Bildfläche verschwunden, in ihre Kasernen zurückgekehrt und in höchste Alarmbereitschaft versetzt worden, wenn man den Gerüchten glauben konnte. *Das* machte Sinn, wenn es eine Krise gab und die Triade ihre Streitkräfte gegen die mysteriöse Bedrohung mobilisierte, der bereits Corellia zum Opfer gefallen war. Doch Tendra hatte bei ihren Nachforschungen erfahren, daß die Mobilisierung zwei Tage *vor* der Aktivierung des corellianischen Abfangfelds angeordnet worden war – um genau zu sein, nur eine oder zwei Stunden vor Landos und Lukes Ankunft auf dem Planeten.

Das erklärte immerhin, warum man ihnen die Landung gestattet, sie kurz darauf aber wieder zum Verlassen des Planeten aufgefordert hatte. Und es deutete außerdem darauf hin, und zwar sehr stark, daß die Triade im voraus über das corellianische Abfangfeld informiert gewesen war. Ob dies nun bedeutete, daß sie zu der Verschwörung gehörte oder lediglich über einen tüchtigen Geheimdienst verfügte, konnte Tendra nicht sagen.

Aber was ihr am meisten Sorgen machte, das war die Flotte, die sich im Orbit sammelte. Es waren zu viele Schiffe, viel zu viele – mindestens zehnmal mehr, als die sacorrianische Flotte nach den offiziellen Angaben der Triade haben durfte. Selbst wenn man regierungsamtliche Geheimniskrämerei und Paranoia berücksichtigte, war es ein ziemliches Kunststück, neunzig Prozent der eigenen Streitkräfte zu verstecken. Außerdem war Sacorria keine besonders dichtbevölkerte Welt. Eine kleine Überschlagsrechnung genügte, um zu erkennen, daß die halbe erwachsene Bevölkerung des Planeten benötigt wurde, um eine Flotte dieser Größe zu bemannen. Deshalb mußten viele, wenn nicht die meisten dieser Schiffe und Crews von anderen Welten stammen. Aber von welchen Planeten kamen sie? Und was hatte die Triade mit ihnen vor?

Die Antwort auf die letztere Frage schien auf der Hand zu liegen, auch wenn ihr noch vieles unklar war. Das Ziel dieser Flotte mußte Corellia sein. Was sie dort wollte und wer das

Kommando hatte, wußte Tendra nicht. Aber es mußte Corellia sein. Alles andere ergab keinen Sinn.

Aber angenommen, die Flotte war Teil der Organisation, die für das Abfangfeld verantwortlich war? Und angenommen, sie konnte das Feld nach Belieben ein- und abschalten, so daß nur ihre eigenen Schiffe, aber keine anderen in den Hyperraum gelangen konnten? Tendra brauchte nicht viel Phantasie, um sich die Konsequenzen vorzustellen.

Aber was konnte sie dagegen tun? Sie hatte für die Triade nicht viel übrig. Natürlich war es nicht gerade patriotisch, Außenstehende vor der Flotte zu warnen, die sich im Orbit formierte. Schließlich war Sacorria ihre Heimatwelt. Aber ihre Loyalität zu dem Planeten bezog sich ganz gewiß nicht auf die Triade. Die drei Diktatoren waren im Grunde Verbrecher und Tyrannen.

Aber was sollte sie tun? Sich nach Coruscant durchschlagen und die Neue Republik warnen? Ein Moment des Nachdenkens genügte, um sie zu überzeugen, daß es sinnlos war. Selbst wenn es ihr gelang, jemand zu finden, der ihr zuhörte – sie konnte den Vertretern der Republik nichts erzählen, was sie nicht längst wußten. Der Geheimdienst der Neuen Republik war zweifellos schon vor Ausbruch der corellianischen Krise auf Sacorria aktiv gewesen und hatte seine Anstrengungen seitdem bestimmt verdoppelt. Nein, wenn der GNR nicht einmal in der Lage war, das herauszufinden, was eine einfache Bürgerin herausfinden konnte, indem sie einfach die Augen offenhielt, dann hatte er es auch nicht verdient, von ihr gewarnt zu werden.

Aber Corellia. Die Bevölkerung des corellianischen Systems wußte nichts von der Flotte, konnte es auch nicht wissen. Aber sie *mußte* informiert werden. Und wenn dies bedeutete, daß Tendra nach Corellia fliegen mußte, wo sich auch Lando befand – umso besser.

Gut. Ihre Entscheidung stand fest. Sie würde sich ins corellianische System begeben und Lando – alle – vor der Flotte warnen, die sich hier sammelte.

Allerdings gab es ein kleines Problem. Sie hatte nicht die leiseste Ahnung, wie sie dies anstellen sollte.

»Du wach sein, ehrenwerter Solo?«

Han öffnete die Augen und sah einen Mund mit sehr scharfen Zähnen in gefährlicher Nähe seiner Kehle. »*Jetzt* bin ich wach«, versicherte er. Es war vielleicht nicht gerade die angenehmste Weckmethode, aber der Anblick dieses zähnestarrenden Maules am frühen Morgen vertrieb schlagartig jede Müdigkeit. »Warum? Was ist los?«

»Ich wünschen dich zu sprechen.«

»Kann das nicht warten?«

»Denken nein. Es geben Grund, den ich nicht können nennen. Aber wenn sie sehen, wir nicht kämpfen in Nacht, sie vielleicht enttäuscht sein und uns wieder trennen.«

»Damit könntest du recht haben«, räumte Han ein, »aber ich habe nichts dagegen, sie zu enttäuschen.« Er setzte sich vorsichtig auf und stellte erfreut fest, daß er kaum noch Schmerzen hatte. Vielleicht wurde er langsam alt, aber seine Selbstheilungskräfte hatten noch nicht nachgelassen. »Also, was willst du wissen?«

»Ich wissen müssen über bestimmte Lügen. Aber es sein wie mit Vettern, diese Sache mit Lügen«, radebrechte Dracmus, während sie zu ihrer Pritsche zurückkehrte und sich setzte.

»*Was?*« stieß Han hervor. »Wovon redest du?«

»Entschuldigungen. Nicht richtig ausdrücken. Ich meinen, wir Selonianer haben Vettern, ja, und Onkel und Nichten und alles, wie Stammbaum zeigen. Ich wenigstens es glauben. Ich nicht genaue Bedeutung all dieser Worte kennen. Wir Verwandte haben, aber wir nicht *denken*, sie Verwandte sein. Wir nicht verstehen Konzept von Familie gut.«

»Kann ich mir vorstellen«, nickte Han. »Ihr habt keine Familien in unserem Sinne.«

»Nein, wir nicht haben. Und dieses Konzept, daß Vettern sein verschieden und gleich – alle Selonianer in einem Stock fast identisch sein. Gene ähnlicher sein als bei Bruder und Schwester. Wir mehr sein als das. Wir wie Hunderte Zwillinge aus einem Ei sein.«

»Das wußte ich schon«, nickte Han. Selonianische Gene mischten sich nicht so wie menschliche Gene. Jedes fruchtbare Männchen zeugte eine bestimmte Anzahl steriler Nachkommen, und alle mit demselben Vater gehörten zur selben »Sippe«. Alle sterilen Weibchen einer Sippe waren praktisch Klone und wiesen dieselbe genetische Struktur auf.

»Selonianer nicht haben Familien wie Menschen«, fuhr Dracmus fort. »Wir haben Stock. Mit *deinen* Worten, ich haben dreihundert Schwestern und Halbschwestern. Ich haben vielleicht Brüder, aber ich nichts wissen von ihnen. Sie woanders sein, um Nachkommen zeugen. Aber für mich Schwestern und Brüder sein nicht dasselbe wie für dich. Wenn wir sehen menschliche Eltern, wenn wir sehen menschliche Frauen schwanger in Öffentlichkeit, es sein seltsam und peinlich für uns. Wer fruchtbar ist, gehört in Stock. Wir denken, ihr haben seltsame Sitten – und dann wir uns erinnern. Ihr *alle* fruchtbar sein. ›Ehefrau, Ehemann, Mutter, Vater.‹ Wir *denken* nicht in solchen Worten.«

Han sah Dracmus an. Er hatte sich die ganze Zeit den Kopf über dieses Problem zerbrochen. Die Selonianer kannten vielleicht Paarbeziehungen, die der Fortpflanzung dienten, aber keine enge Gemeinschaft wie die menschliche Ehe. Wie konnten sie auch? Wie bei jeder anderen intelligenten Spezies wurde die selonianische Kultur von der selonianischen Biologie bestimmt, und die Ehe war ungeeignet für eine Spezies, wo eine fruchtbare Königin bis zu tausend sterile Töchter haben konnte. Das menschliche Konzept von Ehe und Familie mußte Dracmus genauso sonderbar erscheinen.

Bei den Menschen diente die Ehe natürlich auch der Fortpflanzung, und für die Selonianer war dies ein extrem peinliches Thema. Han wußte sehr gut, daß viele Selonianer auf Rassen, bei denen alle Individuen fruchtbar waren, voller Verachtung herabblickten. »Unsere Sitten mögen dir vielleicht fremd erscheinen, aber du mußt sie kennenlernen, wenn du uns Menschen verstehen willst.«

»Sehr wahr«, nickte Dracmus. »Bis jetzt haben ich nicht viel von Welt gesehen. Umgang mit Menschen war Aufgabe meiner – du würden sagen – älteren Schwester, aber sie sterben vor acht Tagen bei Unfall. Jetzt haben ich ihre Aufgabe.«

»Es tut mir leid, daß deine Schwester gestorben ist«, murmelte Han.

»Mir auch. Meine Ausbildung in menschlichen Sitten und Bräuchen sein noch nicht fertig.«

Han sah Dracmus überrascht an. Wie konnte sie nur so herzlos sein? Aber dann fiel ihm ein, daß sie vielleicht dreihundert Schwestern hatte. Der Tod einer Schwester konnte sie deshalb kaum tief berühren. Für sie mußte es wie der Tod einer entfernten Verwandten für einen Menschen sein. Und wenn die Sterilen in jedem Stock ohnehin alles Klone waren, hatte der Verlust einer Schwester nicht viel zu bedeuten – es gab noch zwanzig oder fünfzig andere, die genetisch absolut identisch waren. »Nun, mir scheint, daß du auch ohne abgeschlossene Ausbildung gut mit Menschen umgehen kannst.«

»Das ist sehr freundlich, ehrenwerter Solo, aber wir schweifen ab von Thema«, sagte sie, nun etwas weniger holprig. »Wir müssen über Lügen reden. Für uns sein Lügen so fremd wie Familien. Wir Selonianer *können* lügen, aber wir keine Erfahrung damit haben. Für uns sein Lügen ein Verbrechen. Nicht kleines Verbrechen wie für euch, sondern *großes* Verbrechen, wie Mord.«

»Lügen *kann* ein Verbrechen sein«, nickte Han, aber dann fielen ihm ein paar der phantasievoll ausgeschmückten Geschichten ein, die er im Lauf der Jahre erzählt hatte. »Aber wir sehen es meistens nicht so eng.«

»Genau. Ihr haben *Talent* zum Lügen. Ihr kennen den Unterschied zwischen großen und kleinen Lügen. Selonianer sein schlechte Sabaccspieler, schlecht in allen Spielen, wo man Wahrheit verbergen muß. Ich denken, für Menschen sind Lügen kleines Verbrechen, weil ihr so allein seid. Eine Lüge trifft nur einen, verletzt nur einen. Sie kann geheim bleiben. Selonianer leben alle in einem Stock. Lüge trifft alle. Alle wissen. Keine Geheimnisse, alle verletzt. Kannst du folgen?«

»Sicher«, brummte Han, der sich inzwischen an ihre unbeholfene Ausdrucksweise gewöhnt hatte. »Ich nehme an, jemand hat dir irgendwelche Lügen erzählt, und du willst meine Meinung dazu hören.«

»Ja! Ja! Ich froh sein, ich dich nicht im Kampf töten.«

»Die Freude ist ganz auf meiner Seite«, versicherte Han. »Aber um welche Lügen geht es?«

»Zuerst, bitte, du merken, wenn dein Vetter Thrackan lügen?« fragte Dracmus.

»Manchmal«, antwortete Han. »Gestern nacht dachte er, ich wüßte weniger, als ich tatsächlich weiß. Er hat mir Dinge erzählt, die nicht mit meinen Informationen übereinstimmten. Er hat sogar zugegeben, mich belogen zu haben – aber nicht gesagt, in welchen Punkten.«

»Aber wenn du *nicht* mehr wissen. Wenn du nur seine Worte haben – du merken, wenn er lügt?«

Han dachte einen Moment nach. »Manchmal. Teilweise. Und ich kann Vermutungen anstellen, ob sich hinter seinen Lügen vielleicht ein paar Wahrheiten verbergen.«

»Beispiel? Bitte geben mir Beispiel, damit ich verstehen.«

»Warum ist das so wichtig für dich?« konterte Han. Er fragte sich, wie weit er Dracmus vertrauen konnte. Bis jetzt hatte sie sich anständig benommen – aber er hatte nicht die leiseste Ahnung, worauf sie hinauswollte oder warum sie in einem Gefängnis der Menschenliga gelandet war. Er konnte nur davon ausgehen, daß der Feind seines Feindes ein potentieller Freund war.

»Ich geben Erklärung später, wenn Zeit kommt. Aber es sein wichtig. Bitte.«

Han überlegte und entschied, daß das Risiko zu groß war. Er mußte mehr wissen. »Nein. Erkläre es mir zuerst. Warum interessiert du dich so sehr für menschliche Lügen?«

Dracmus zögerte. Sie stand auf, ging zur Zellentür, dann wieder zurück zu ihrer Pritsche und peitschte mit ihrem Schwanz. »Es sein schreckliches Problem. Ich muß mehr wissen über menschliche Sitten. Tod meiner Schwester ist großes Unglück.«

»Was ist das Problem?« fragte Han.

»Ich bitten um Erklärung für menschliche Lügen, aber du nur erklären können, weil du gut darin sein. Ich denken, du sein guter Lügner, ganz bestimmt, ehrenwerter Solo.«

»Danke«, sagte Han. »Das habe ich schon oft gehört.«

»War tödliche Beleidigung, kein Kompliment«, verriet Dracmus. »Aber deine Reaktion mich bestätigen. Wenn ich dir mehr sagen, ich dir Dinge sagen müssen, die andere nicht wissen dürfen. Aber wie kann ich Menschen vertrauen, der stolz ist auf sein gutes Lügen?« Sie machte eine weit ausholende Handbewegung. »All das ist vielleicht Trick, damit ich Dinge sage, die ich sagen soll.«

Han lächelte. »Wie ich sehe, seid ihr Selonianer zwar keine guten Lügner, dafür aber gute Paranoiker.«

»Oh, ja. Paranoia, wir gut sein darin.«

»Dann solltest du dir auf jeden Fall gut überlegen, was du mir erzählst. Vielleicht ist die Zelle mit Kameras und versteckten Mikrofonen verwanzt. Vielleicht wird alles, was wir sagen, aufgezeichnet. Wir sollten vorsichtshalber wieder Selonianisch sprechen.«

»Sinnlosigkeit«, wehrte Dracmus ab. »Ich sicher sein, daß sie uns *nicht* belauschen, aber wenn doch, sie können alles aufnehmen und von anderen Selonianern übersetzen lassen.«

»Da hast du recht. Aber woher willst du wissen, daß wir nicht abgehört werden?«

»Das darf ich nicht verraten.«

Interessant. Man konnte gegen die Selonianer sagen, was man wollte, aber sie verstanden es nicht, ein Geheimnis zu verbergen. Doch das war von einer Rasse, die nicht einmal richtig lügen konnte, auch nicht anders zu erwarten. Es war klar, daß Dracmus mehr über dieses Gefängnis wußte, als sie eigentlich durfte, doch Han entschied sich, es zunächst dabei zu belassen. »Was *darfst* du mir verraten?« Dracmus starrte Han durchdringend an, antwortete aber nicht. Han seufzte. »Würde es dir vielleicht helfen, wenn ich schwöre – beim Leben meiner Kinder –, nichts von dem, was du mir erzählst, an Thrackan oder seine Leute zu verraten?«

»Ein starker Schwur, wenn ehrlich gemeint. Nach selonianischem Brauch ich haben das Recht und die Pflicht, deine Kinder zu jagen und töten, wenn du deinen Eid brechen.«

Han zögerte einen Moment. Angenommen, man folterte oder verhörte ihn mit Psychosonden oder Wahrheitsdrogen?

Würde das für Dracmus eine Rolle spielen? Er bezweifelte es. Aber Thrackan und seine Schläger hatten bisher noch keinen Versuch gemacht, ihn zu verhören. Und selbst wenn er gefoltert wurde und alles verriet und Dracmus sich entschloß, seine Kinder zu töten, mußte sie sie zuerst finden – und vorher an Chewbacca vorbeikommen. Chewbacca gab den Ausschlag. »Ich leiste den Schwur«, erklärte Han. »Ich werde dich nicht verraten. Aber was ist mit dir?«

»Das Leben all meiner Sippenschwestern sein verwirkt, wenn ich dich verrate«, sagte Dracmus.

»Das klingt fair genug«, nickte Han. »Also los.«

Dracmus seufzte und ließ sich auf ihre Pritsche sinken. »Nun gut«, sagte sie. »Ich dir erzählen eine Geschichte.«

Han lehnte sich zurück und hörte zu.

»Es war Aufstand in selonianischer Enklave von Bela Vistal, der Krise auslöste; und es waren Selonianer, die nach ständigen und unerträglichen Provokationen von Menschenliga Aufstand machten – aber ich nicht denken, wir mit Gewalt anfangen. Ich nicht genau wissen, ob Streit auf Straße, der Unruhen auslösen, echt oder nur Trick von Menschenliga war. Ich glauben, es war Liga.«

»Es muß so gewesen sein«, bestätigte Han. »Die Unruhen haben sich viel zu schnell ausgebreitet, um spontan gewesen zu sein. Und das Timing war vom Standpunkt der Menschenliga aus einfach perfekt. Ihnen ist es wahrscheinlich auch völlig egal, ob jemand glaubt, daß sie für die Unruhen verantwortlich sind, solange es dafür keine Beweise gibt. Sie brauchten eine Entschuldigung, einen Vorwand, keinen Grund.«

»Ja! Zeitpunkt war gut gewählt. Aber ich denken, du nicht alles wissen, nicht das Wichtigste.«

»Was meinst du damit?« hakte Han nach.

Dracmus schwieg wieder und fuhr dann fort: »Ich glauben dies – ich fast sicher sein, daß Thrackan bluffen. Seine Menschenliga *konnte* Stern nicht zu Supernova machen. Ich denken, *das* war Lüge von ihm.«

»Was?« entfuhr es Han.

»Denk nach«, sagte Dracmus. »Ihre Gruppe ist zu klein,

zu dumm. Ja, wenn sie Kampf jetzt gewinnen, sie werden schnell wachsen, aber vor ganz kurzer Zeit war Liga nur Thrackan und ein paar Herumtreiber. Hatten nicht Mittel, Fähigkeiten – oder Verstand – für solch eine Tat. Auch nicht genug Geld, um Helfer mit Verstand zu kaufen. Bau von Novamaschine ist großer Durchbruch, gewaltige Errungenschaft. Halten *du* es für möglich, daß diese betrunkenen Dummköpfe so etwas bauen können?«

»Du meinst also, daß Thrackan nur blufft«, resümierte Han. »Du glaubst, daß der Stern von allein zur Nova geworden ist.«

»Ja und nein«, erwiderte Dracmus. »Ich glaube, *Thrackan* hat es nicht getan, Liga hat es nicht getan, aber Stern konnte *nicht* von allein Supernova werden. Falscher Sternentyp. *Irgend jemand* hat ihn gesprengt. Irgendwie. Aus irgendwelchen Gründen. Ich glauben an geheimen Testversuch.«

»Geheim? Aber alle wissen darüber Bescheid.«

»Denk nach, ehrenwerter Solo! Ein Kurierdroide muß Beweise für Explosion nach Corellia gebracht haben. Sonst hätte niemand Nova bemerkt. Stern war Sonne von unbewohntes System. Grenze von Lichtgeschwindigkeit bedeutet, Licht von Nova brauchen Jahrzehnte, um bewohnte Systeme zu erreichen. Nova *nur* durch anonyme Botschaft von Thrakkans Leuten bekannt geworden. Und Botschaft kam von Thrackan Sal-Solos Leuten. Kein Zweifel daran.«

»Woher weißt du das alles?« fragte Han. »Von wem hast du die Informationen bekommen?«

»Das darf ich nicht verraten.«

»Eins muß man dir lassen«, knurrte Han. »Du bist stur. In Ordnung, du darfst mir nicht sagen, woher du es weißt. Aber wie geht es weiter?«

»Es ist alles ganz logisch. Stern konnte nicht von allein explodieren. Menschenliga ohne wissenschaftliches Labor. Sie konnten Stern nicht sprengen. Also müssen andere diesen Stern gesprengt haben – und können wahrscheinlich noch mehr sprengen.«

»Deine Logik ist überzeugend, wenn man davon ausgeht, daß unsere Gastgeber für die Nova nicht verantwortlich sind. Aber wer hat dann den Stern gesprengt, und wie hat die Menschenliga davon erfahren? In welcher Beziehung stehen die Unbekannten zur Liga – und wie werden sie darauf reagieren, daß die Liga die Supernova für sich beansprucht?«

»Dafür keine Erklärung. Aber unbekannte Organisation hält sich ganze Zeit im Hintergrund. Vielleicht wollen sie nicht an Öffentlichkeit treten. Vielleicht nützen es ihnen, wenn Menschenliga Verantwortung und Schuld übernimmt. Wer wird nach wahren Verschwörern suchen, wenn alle glauben, daß Menschenliga Schuld hat?«

»Und du willst jetzt meine Meinung dazu hören? Du willst wissen, ob deine Logik richtig ist und Thrackan gelogen hat, was die Novamaschine angeht?«

»Ja«, nickte Dracmus. »Meinung, bitte.«

Han ließ sich noch einmal alles sorgfältig durch den Kopf gehen. »Du hast recht«, sagte er schließlich. »Die Liga verfügt nicht über die nötigen technischen und wissenschaftlichen Mittel; und hätte jemand die Novamaschine zum Kauf angeboten, hätte er bestimmt einen Interessenten gefunden, der mehr bietet. *Wenn* du in diesem Punkt recht hast, muß auch alles andere stimmen. Irgend jemand erlaubt der Menschenliga, die Supernova für sich zu beanspruchen.«

»Wenn ja, dann stellen sich die Frage, *wer* diese interessante Maschine kontrolliert, warum sie sie einsetzen und in welcher Beziehung sie zur Menschenliga stehen.«

Han schüttelte den Kopf. »Keine Ahnung. Wer immer sie auch sind, sie halten sich bedeckt. Aber wenn ich genauer darüber nachdenke, frage ich mich, ob die Menschenliga nicht nur eine Art Strohmann ist.«

»Mann aus Stroh?«

»Tut mir leid«, sagte Han. »Eine Redensart. Ich meine, vielleicht ist die Liga nur vorgeschoben, eine Fassade, hinter der sich jemand versteckt.«

»Ah. Die Sternvernichter verstecken sich hinter der Menschenliga, und die Taten der Liga liefern Erklärung für die verschiedenen Aktivitäten.«

»Richtig«, nickte Han.

»Aber das beantwortet nicht die Frage, wer die Sternvernichter sind.«

»Einen Moment«, sagte Han. »Vielleicht doch. Vielleicht sind wir der Wahrheit schon näher, als wir dachten – oder als uns lieb ist. Vielleicht war die Person, die die Botschaft überbracht hat, mehr als nur der Bote.«

»Ich verstehe nicht.«

»Es war noch vor Beginn der Revolte. Der Stern war bereits zur Supernova geworden, aber niemand wußte davon – da erhielten wir eine Botschaft. Generalgouverneur Micamberlecto, meine Frau und ich. Sie enthielt genaue Daten über die Supernova und die Drohung, daß weitere Sterne explodieren würden, wenn wir nicht alle Bedingungen der Erpresser erfüllen würden.«

»Ja. Aber wer war Bote?«

»Mara Jade.«

»Mara Jade? Die Händlerin? Sie hat viele Geschäfte mit den Selonianern gemacht. Wir kennen sie gut und vertrauen ihr.«

»Nun ja. Mara Jade ist viel mehr als nur eine Händlerin. Wußtest du, daß sie früher die rechte Hand des Imperators war? Die persönliche, private Geheimagentin und Attentäterin des Imperators?«

»Nein«, gestand Dracmus sichtlich verblüfft. »Ist das wirklich wahr?«

»Darauf kannst du dich verlassen«, erwiderte Han aufgeregt. »Es würde auch erklären, wie unsere Gegner an den persönlichen Diplomatenkode der Staatschefin gekommen sind. Sie ist eine erfahrene Spionin. Sie kennt sich in diesen Dingen aus.« Er dachte einen Moment nach und fuhr fort: »Es paßt alles zusammen. Mara Jade hat die Botschaft überbracht und uns eine lange, komplizierte Geschichte erzählt, wie sie in den Besitz der Nachricht gelangt ist. Angeblich war die Botschaft für Luke Skywalker bestimmt und wurde nur an Mara Jade weitergeleitet, weil Luke nicht aufzufinden war. Aber vielleicht war das alles nur ein Täuschungsmanöver – und wir sind darauf reingefallen.«

»Du willst damit sagen, daß Mara Jade eine Botschaft

überbracht hat, die von ihr selbst stammt? Daß sie zur Sternvernichter-Verschwörung gehört?«

»Ja!« sagte Han. »*Und* an dem Tag, an dem das Corona-Haus angegriffen wurde, ist sie spurlos verschwunden.«

»Ah! Ich kann etwas dazu sagen, und mit Freude, um Mara Jades Ehre zu verteidigen, was ich möchte. Sie ist am Tag nach dem Raketenangriff im Corona-Haus gesehen worden.«

»Woher weißt du ...? Okay, okay, ich hätte es mir denken können. Du mußt es mir nicht erklären. Aber du steckst voller Geheimnisse, über die du nicht reden darfst, nicht wahr? Allerdings trägt die Tatsache, daß Mara *vor* und *nach* dem Angriff im Haus war, aber *während* der Attacke verschwand, nicht zu ihrer Ehrenrettung bei.«

»Aber warum sollte sie Feind sein? Was wäre das Motiv?«

Han wies mit dem Daumen zur Zellentür. »Unsere freundliche Gastgeber sind offensichtlich alle entweder Ex-Imperiale oder Leute, die sich nach den guten alten imperialen Zeiten zurücksehnen. Das ging jedenfalls aus Thrackans Worten hervor. Ich muß zugeben, daß Mara im Lauf der Jahre eine Menge für die Republik getan hat. Sie ist nicht herumgelaufen und hat den Namen des Imperators gepriesen oder so, aber sie hat sich nie in die Karten blicken lassen. Sie war schon immer geheimniskrämerisch veranlagt. Ich bezweifle, daß überhaupt jemand ihre wahren Absichten kennt. Angenommen, nur angenommen, daß Mara ihre Meinung erneut geändert hat. Was ist, wenn auch sie sich das Imperium zurückwünscht? Vielleicht hat sie sich Corellia ausgeguckt und sich gesagt, daß man irgendwo anfangen muß. Ich gebe zu, daß es schwer zu glauben ist, aber mir scheint, daß wir in einer Situation sind, in der wir uns zwischen unwahrscheinlichen Erklärungen entscheiden müssen.«

»Die Vermutung klingt logisch, aber überzeugt nicht«, entgegnete Dracmus. »Ich zugeben, daß Jade hartgesotten und skrupellos ist. Aber sie hat *Ehre*, und hier geht es um Vernichtung ganzer Planeten. Hältst du sie fähig für solche brutale Barbarei?«

Han nickte. »Ich muß zugeben, das ist ein guter Einwand. Sie ist immer sehr hart und kompromißlos gewesen, aber nie barbarisch. Ich kann mir nicht vorstellen, daß sie eine millionenfache Massenmörderin ist. Aber vielleicht kennen wir auch nicht die ganze Geschichte. Vielleicht ist uns etwas entgangen. Vergiß nicht, die erste Nova hat keinen Schaden angerichtet. Vielleicht ist die Drohung gegen die bewohnten Systeme ein Bluff.«

»Mein ist eine andere Theorie«, sagte Dracmus. »Ich glauben, Hintermänner sind wirklich Ex-Imperiale, aber keine imperialen Spione. Die imperiale Flotte. Vielleicht haben einige imperialen Schiffe Untergang von Imperium überlebt und eine alte imperiale Superwaffe reaktiviert. Novamaschine sein wie Todessterne oder Weltenvernichter. Eine mächtige Waffe, für Terror gedacht, ohne echten militärischen Nutzen.«

»Unmöglich«, wehrte Han ab. »Seit den letzten Schlachten gegen die versprengten Überreste des Imperiums ist viel Zeit vergangen, und wir haben die imperialen Archive gründlich durchforscht. Wir kennen buchstäblich alle imperialen Streitkräfte. Es ist natürlich denkbar, daß es irgend jemandem gelungen ist, ein paar Schiffe aufzutreiben, die irrtümlich als ausgemustert oder vernichtet registriert wurden. Manche Leute behaupten, daß es irgendwo dort draußen ganze Flotten gibt, von denen niemand etwas weiß. Aber selbst wenn das stimmt, woher sollen die vielen tausend ausgebildeten Besatzungsmitglieder kommen? Jedesmal, wenn irgendwo in der Republik irgend etwas schiefgeht, wittert irgendein Verschwörungstheoretiker ein Komplott mit dem Ziel, das Imperium wiederherzustellen. Wenn im Palast die Glasuntersetzer ausgehen, steckt eine imperiale Verschwörung dahinter. Ich für meinen Teil glaube nicht mehr an dieses Schreckgespenst. Das Imperium ist so tot wie Darth Vader. Ich bleibe dabei, daß Mara Jade dahintersteckt. Sie ist eine einflußreiche Händlerin und eine ehemalige imperiale Geheimagentin. Sie kann überall auf Schiffe, Ressourcen, Technozentren und Spione zurückgreifen, und sie existiert wirklich. Sie ist keine imaginäre Flotte, die durch den

Sandkrabbennebel treibt. Sie hat die nötige Entschlossenheit, ein Motiv und die Möglichkeit.«

»Es können natürlich sein, daß wir beide recht haben«, meinte Dracmus. »Eine Verschwörung braucht viele Helfer. Vielleicht gehören zu Komplott Jade, versprengte imperiale Flotte, Menschenliga und auch andere. Aber ich hoffen, daß du dich irren, ehrenwerter Solo. Ich hoffen wirklich.«

»Warum, Dracmus?«

»Liegt es nicht auf Hand? Wenn sie hinter Verschwörung steckt, sie hat absichtlich dafür gesorgt, daß sie da ist, wo sie jetzt ist, wo sie Verschwörung am besten dient.«

»Wie meinst du das?« fragte Han.

»In diesem Moment«, erklärte Dracmus, »ist Mara Jade am selben Ort wie deine Frau.«

## 7. Kapitel

# *Vertrauen*

»Ich *muß* die Erlaubnis bekommen, die Kommunikationseinrichtungen zu benutzen!« erklärte Leia Organa Solo dem Wachposten, und das nicht zum erstenmal. Sie stand mit geballten Fäusten und vor Wut kochend da, aber der Wächter ignorierte sie und stellte das Tablett auf den Tisch. Leia war jetzt schon seit Tagen im Corona-Haus gefangen. Noch vor einer Woche war es die Residenz des Gouverneurs gewesen, und jetzt war es ein Gefängnis der Menschenliga. Sie hatte keine Lust, noch länger hierzubleiben. »Haben Sie nicht zugehört? Sie müssen mir die Erlaubnis ...«

Der Wächter der Menschenliga schnaufte leicht, so wie immer, wenn er das Essen brachte. Als er das Tablett abgestellt und tief durchgeatmet hatte, wandte er sich seiner Gefangenen zu und lachte ihr ins Gesicht, und das ebenfalls nicht zum erstenmal. »Wissen Sie was?« sagte er. »Ich werd's nicht tun. Ich werd' Ihnen für nichts die Erlaubnis geben. Aber ich mache Ihnen einen Vorschlag. Sie können mich das jedesmal fragen, wenn ich Ihnen das Essen heraufbringe.« Der Wächter grinste häßlich. »Mich stört's nicht, und vielleicht fühlen Sie sich danach besser.« Er schob das Mittagstablett zur Seite und nahm das Frühstückstablett. »Wenn Sie wollen, können Sie mich das heute abend noch mal fragen.« Er schien die Vorstellung für sehr komisch zu halten und lachte lauter als je zuvor, als er das Gästezimmer verließ, das jetzt Leias Zelle war.

Kurz vor der Tür drehte er sich noch einmal um und sagte: »Oh, das hätte ich fast vergessen. Wir müssen die Belegung der Zellen ändern. Zwei von unseren weiblichen Gefangenen haben sich geprügelt. Wir müssen sie trennen. Gleich nach dem Abendessen bekommen Sie eine neue Zellengenossin.« Der Wächter lachte erneut und trat auf den Korridor.

Leia hörte, wie er hinter sich die Tür abschloß. Sie hörte es immer. Wie kam es nur, daß diese unfähige Bande, die einen

Fehler nach dem anderen machte, nie vergaß, die Tür zu verriegeln?

Leia zwang sich zur Ruhe. Sie öffnete die Fäuste und atmete dreimal tief durch. Es gab Jedi-Entspannungsübungen, die viel wirksamer waren, aber sie *wollte* sich nicht ganz beruhigen. Sie wollte sich den Luxus eines kleinen Wutanfalls gönnen.

Obwohl sie nicht im mindesten hungrig war und die Mahlzeit wieder aus lieblos zubereiteten Notrationen zu bestehen schien, zwang sich Leia, am Tisch Platz zu nehmen und zu essen. Sie mußte bei Kräften bleiben. Früher oder später würden die Ligisten über ihr weiteres Schicksal entscheiden, und dann mußte sie ausgeruht, bereit, wachsam sein. Sie spülte mit einem Schluck Wasser einen Bissen der undefinierbaren und unappetitlichen Masse hinunter und dachte nach.

Wenn man der Geheimbotschaft, die man ihr zugespielt hatte, glauben konnte, würde die Liga in dreieinhalb Wochen den zweiten Stern sprengen, Thanta Zilbra, sofern die Neue Republik ihre Forderungen nicht erfüllte – und die Forderungen waren unmöglich zu erfüllen.

Warum hatte man überhaupt derart unrealistische Bedingungen gestellt? fragte sich Leia. Und warum hatte die Liga sich die Mühe gemacht, ihr eine Geheimbotschaft zu schikken, wenn sie nur einen Tag später eine etwas weniger detailliertere Version dieser Mitteilung veröffentlichte?

Irgend etwas stimmte nicht. Entweder war der Aktionsplan der Ligisten schiefgegangen, und sie improvisierten jetzt nur, blufften, so gut sie konnten. Oder die Geheimbotschaft hatte einem anderen, noch unbekannten Zweck gedient und war fehlgeleitet worden.

Leia stellte fest, daß sie ihre Mahlzeit beendet hatte, obwohl ihr immer noch nicht ganz klar war, *was* sie da eigentlich gegessen hatte. Sie schob das Tablett zur Seite, um weiter nachzudenken. Nichts davon ergab einen Sinn.

Immer wieder ließ sie sich die Probleme, die Widersprüche, die logischen Fehler durch den Kopf gehen, fand aber keinen Ansatzpunkt. Es konnten zwei Minuten oder auch zwei Stunden vergangen sein, als sie plötzlich hörte, wie die Tür aufgeschlossen wurde.

Ja, natürlich. Der Wächter hatte etwas von einer neuen Zellengenossin gesagt. Gut, dachte sie. Endlich konnte sie mit jemand reden. Vielleicht hatte ihr die Menschenliga aus Schikane eine Zellengenossin zugeteilt; vielleicht wollte sie so die Staatschefin brüskieren. Wenn das ihre Absicht war, würde Leia sie enttäuschen. Leia Organa Solo war in erster Linie Diplomatin. Sie würde die neue Gefangene freundlich empfangen. Leia stand auf, kam um den Tisch herum und setzte ein Lächeln auf.

Die Tür wurde aufgestoßen, und ein grinsender Menschenliga-Soldat schob Leias neue Gefährtin in den Raum. Leias Lächeln verblaßte.

Es war Mara Jade.

Die Tür fiel krachend ins Schloß, und die beiden Frauen starrten sich an. Mara Jade. *Warum sie?* wunderte sich Leia. Es gab zu viele unbeantwortete Fragen über Maras Rolle bei dieser ganzen Krise. Sie hatte die Botschaft überbracht, aber außer Maras eigenen Worten gab es keinen Beweis dafür, daß sie den Nachrichtenwürfel auf die von ihr beschriebene Weise erhalten hatte. Beim Angriff auf das Corona-Haus war sie spurlos verschwunden und erst am nächsten Tag wieder aufgetaucht, in den Trümmern eines der zerstörten oberen Stockwerke, wo sie angeblich seit Beginn des Angriffs festgesessen hatte. Aber der einzige Beweis dafür waren auch diesmal nur ihre Worte. Und jetzt war sie hier in Leias Zelle. War es ein Zufall? Glaubten die Wächter vielleicht, daß Mara und Leia nicht miteinander auskommen würden, und hatten sie nur zusammengelegt, um sich einen Spaß zu machen? Oder war sie eine Spionin?

Wie viele Anschläge auf Lukes Leben hatte sie verübt? Das sollte alles der Vergangenheit angehören – aber angenommen, dem war nicht so? Leia wußte nicht, was sie davon halten sollte.

Für einen Moment standen sie nur da und sahen sich an, dann machte Mara den ersten Schritt. »Hallo, Leia«, sagte sie mit einem angedeuteten Nicken. Ihr Tonfall klang reserviert, auch wenn sie Leia bei ihrem Vornamen nannte. »Es ist schön, Sie wiederzusehen.« Sie traf keine Anstalten, ihr die

Hand zu geben oder näher zu treten. Sie wirkte kühl, entspannt, wohlgenährt, ausgeruht. Die Gefahren der letzten Tage – sofern sie überhaupt in Gefahr gewesen war – hatten bei ihr keine Spuren hinterlassen. Mara war hochgewachsen und schlank; sie hatte den Körper und die Anmut einer Tänzerin. Ihre rotgoldene Haarmähne reichte ihr bis zu den Schultern und paßte gut zu ihrem schlichten schwarzen, enganliegenden Overall.

»Und es ist schön, Sie zu sehen«, erwiderte Leia, unsicher, ob dies eine Lüge war oder nicht. Sie wandte sich ab, kehrte wieder hinter den Tisch zurück und setzte sich, schon um die peinliche Szene zu überspielen. »Aber ich muß gestehen, daß ich überrascht bin.«

»Sie wollen wahrscheinlich damit sagen, daß Sie nicht wissen, was Sie von mir halten sollen«, meinte Mara gleichmütig und nahm ebenfalls am Tisch Platz. »*Ich* an Ihrer Stelle würde mir so meine Gedanken über mich machen. Sie sind keine Närrin, und ich bin es auch nicht. Es gibt viele gute Gründe für Sie, mir zu mißtrauen. Ich habe keine Möglichkeit, Sie davon zu überzeugen, daß ich nicht zu dieser Verschwörung gehöre. Ich weiß nicht, wie stark Ihre Jedi-Kräfte sind, aber ich bezweifle, daß sie stark genug für eine vollständige Sondierung meines Bewußtseins sind.«

»Ich könnte dem Ergebnis jedenfalls nicht trauen«, gestand Leia.

»Womit wir wieder am Anfang stehen«, nickte Mara.

»Wollen Sie damit sagen, daß ich keine andere Wahl habe, als Ihnen einfach zu vertrauen?«

Mara zuckte die Schultern. »Inwiefern vertrauen? Soweit ich weiß, sind wir keine Verbündeten. Wir haben nur eine Gemeinsamkeit – wir wollen beide fliehen.«

»Kann ich mir dessen *wirklich* sicher sein?« konterte Leia.

Mara lächelte. »Ja«, sagte sie. »Das können Sie. Ich will hier *raus*. Je länger ich hier eingesperrt bin, desto schlimmer für meine Handelsgeschäfte. Sie wissen, daß ich nie davor zurückgeschreckt bin, meine persönlichen Interessen zu vertreten. Ich verliere Zeit und Geld, wenn ich hier herumsitze.«

»Und Sie meinen, das genügt, um mich zu überzeugen?«

»Nein«, schüttelte Mara den Kopf, »aber mehr habe ich nicht zu bieten. Ich bin nicht in diesen Irrsinn verwickelt, aber wie soll ich Ihnen das beweisen?«

Leia sah Mara lange und durchdringend an. Sie hatte den starken Eindruck, daß Mara mehr sagen konnte, wenn sie nur wollte, aber es war klar, daß sie nicht bereit war, dieses Thema weiterzuverfolgen. »Was können Sie mir über die aktuelle Lage dort draußen erzählen?«

»Nicht viel«, seufzte Mara. »Ich war drei Türen weiter eingesperrt. Meine ehemalige Zellengenossin beschuldigte mich, eine Liga-Sympathisantin zu sein. Wir bekamen Streit, und jetzt bin ich hier. Ich habe nicht mehr gehört als Sie.«

»Wie wäre es dann mit einer Theorie?« fragte Leia. »Ich hatte nichts anderes zu tun, als mir den Kopf über die Situation zu zerbrechen, aber es ergibt alles keinen Sinn. Es paßt einfach nichts zusammen. Wie sehen *Sie* denn die Lage?« Die Frage war so allgemein formuliert, daß sich Mara die Antwort aussuchen konnte, und genau das war der Zweck. Leia wollte Maras Meinung hören – oder, wahrscheinlicher, Maras vorgetäuschte Meinung.

»Ich habe nicht direkt eine Theorie«, erwiderte Mara, »aber ich bin fest davon überzeugt, daß Diktat Thrackan Sal-Solo weiß, was er tut. Er ist Herr der Lage, und er weiß es. Er ist klug genug und verfügt über genügend politische Erfahrung, um die Folgen seiner Handlungen vorhersehen zu können. Ich glaube nicht einmal, daß er irgend etwas tun muß. Seine Drohungen allein genügen schon.«

»Und das Ergebnis seiner Ankündigung, die Nichtmenschen von dem Planeten zu vertreiben, waren Unruhen und Aufstände«, sagte Leia. »Seine Worte haben die Spannungen zwischen den drei Rassen noch verstärkt. Die Leute sind radikalisiert, von den extremen Umständen zu extremen Positionen getrieben worden.«

»Und meine Vermutung ist, daß Sal-Solo genau das erreichen wollte«, erklärte Mara. »Vielleicht geht es ihm nur darum, die Republik in eine mißliche Lage zu bringen. *Sie* hat er zweifellos in eine mißliche Lage gebracht.«

»Das ist wahr«, sagte Leia. »Er hat es so arrangiert, daß

ich die Wahl zwischen zwei politisch und moralisch unmöglichen Entscheidungen habe. Entweder lasse ich zu, daß Tausende, vielleicht sogar Millionen Lebewesen bei der Vernichtung ihres Planeten sterben, oder ich lasse Millionen zwangsweise von ihrer Heimatwelt deportieren. Wie immer ich mich auch entscheide, das Ansehen der Neuen Republik wird ernsthaft beschädigt, vielleicht für alle Zeiten.«

»Das ist vielleicht sein Endziel«, vermutete Mara. »Die Zerstörung der Neuen Republik. Er will den corellianischen Sektor zu einem unabhängigen Staat machen. Mir scheint, je schwächer die Neue Republik ist, desto größer ist die Wahrscheinlichkeit, daß sein unabhängiger Staat überlebt.«

»Ihm ist es also völlig egal, was passiert oder was wir unternehmen, solange wir am Ende in einem schlechten Licht dastehen. Meinen Sie das?«

»Es ist eine Theorie.«

»Aber wir können nichts unternehmen, solange wir Gefangene sind«, erinnerte Leia. »Was hat er davon, uns festzuhalten?«

»Ich weiß es nicht«, gab Mara zu. »Deshalb glaube ich auch nicht, daß er uns noch länger festhalten wird. Ich denke, seine Soldaten werden das Corona-Haus solange besetzt halten, bis er glaubt, die Lage unter Kontrolle zu haben. Dann wird er die Soldaten zurückziehen und die Störsender abschalten. Sie und Micamberlecto können dann tun und lassen, was Sie wollen – Sie können sogar eine Flotte anfordern. Nur wird keine Flotte kommen, weil niemand Ihre Befehle hören wird. Sie werden absolut nichts erreichen. Und Sie werden das System auch nicht verlassen können. Wegen des Abfangfeldes. Er wird es nicht abschalten. Dadurch können Sie nicht hinaus, und ihre Freunde können nicht herein.«

»Aber das Abfangfeld wird die Neue Republik nicht von einer Intervention abhalten«, wandte Leia ein. »Es wird sie nur verzögern. Die Flotte wird kommen, selbst wenn sie einen oder zwei oder drei Monate braucht, um Corellia mit Sublichtgeschwindigkeit zu erreichen.«

»Leia – Frau Staatschefin. Bei allem schuldigem Respekt, ich bin eine Meisterhändlerin. Informationen sind der Lebensnerv meines Geschäfts. Wenn ich weiß, daß die republikanische Flotte nicht einsatzbereit ist, und wenn der Feind Ihren Privatkode lesen kann, dann wird er mit Sicherheit nicht weniger wissen als ich. Die Ligisten sind über diesen Punkt wahrscheinlich genauso gut informiert wie Sie.«

»Vielleicht sogar noch besser«, räumte Leia ein. »Und selbst wenn Thrackan uns freiläßt, wird er uns weiter die Daumenschrauben ansetzen. Er wird versuchen, mich zu Verhandlungen zu zwingen, und zwar mit vorgehaltener Waffe.« Sie schwieg einen Moment. »Nein, danke. Unmöglich. Ich muß von hier verschwinden, bevor es dazu kommt.«

Mara sah Leia durchdringend an. »Darauf wollte ich soeben zu sprechen kommen«, sagte sie.

»Wie meinen Sie das?« fragte Leia, von plötzlichem Argwohn erfüllt. »Sie haben doch etwas im Sinn.«

Mara zögerte einen Augenblick und zuckte dann die Schultern. »Ich gebe auf. Es gibt keine Möglichkeit, es Ihnen zu erklären, ohne daß es wie eine Falle klingt. Also werde ich Ihnen einfach sagen, was ich vorhabe – egal, wie es klingt. Mein Schiff, die *Jadefeuer*, ist mit einem Autokontrollsystem ausgerüstet.«

Leia starrte Mara an, ohne sie richtig zu sehen. Plötzlich taten sich ein Dutzend neue Möglichkeiten auf. Ein Autokontrollsystem war im Grunde ein Fernsteuerungssystem für ein Raumschiff. Die einfachsten Versionen waren simple Autopiloten, die auf Knopfdruck das einprogrammierte Ziel ansteuerten. Die höherentwickelten Versionen konnten buchstäblich jedes wichtige System eines Sternenschiffs kontrollieren. Leia wußte nicht genau, wie sie auf die Neuigkeit reagieren sollte. Es konnte sich durchaus um eine Falle handeln. Eigentlich war es keine Überraschung, daß Mara über ein derartiges Gerät verfügte, aber andererseits, wenn es wirklich existierte, warum hatte sie es noch nicht benutzt? »Wo ist die Kontrolleinheit?« fragte Leia.

»Sie ist versteckt – gut versteckt –, und zwar in meinem Quartier im zwölften Stock. Ich hatte bisher noch keine Chance, sie zu holen. Was das betrifft, ich sehe dafür noch immer keine Chance.«

»Ich auch nicht«, gab Leia zu. »Oder Sie finden eine Möglichkeit, ungesehen durch die verschlossenen Türen und an den Posten vorbeizukommen, die die Treppe bewachen. Ich weiß, daß wir uns im achtzehnten Stock befinden – aber ich weiß auch, daß das Hauptquartier der Liga im sechzehnten oder siebzehnten Stock liegen muß.«

»Und woher wissen Sie das?«

»Mein Quartier lag im fünfzehnten Stock«, erklärte Leia, »und bevor man uns einsperrte, habe ich gesehen, in welchem Zustand das Gebäude ist. Die fünfzehnte Etage war nach dem Angriff ein einziges Trümmerfeld, und alles zwischen dem achten und fünfzehnten Stock ist völlig zerstört, was bedeutet, daß sie nicht tiefer als im sechzehnten sein können. Und mein Wächter erwähnte, daß er das Essen von unten heraufbringen muß, und er ist immer außer Atem, wenn er auftaucht.«

»Das ist alles?« fragte Mara. »Mehr haben Sie nicht herausgefunden?«

»Mir kommt es ziemlich überzeugend vor«, verteidigte sich Leia. »Aber Ihre Autokontrolleinheit ... haben Sie keine Angst, daß die Wachen sie inzwischen gefunden haben?«

»Ich bezweifle, daß diese Halunken in der Lage sind, im Dunkeln ihre eigenen Köpfe zu finden«, sagte Mara. »Ich hatte den sicheren Eindruck, daß sie mehr daran interessiert waren, sich alle Wertgegenstände unter den Nagel zu reißen, die sie finden konnten.«

Leia überlegte fieberhaft. Plötzlich kam ihr eine Idee. »Es ist möglich – nur möglich –, daß ich Ihnen helfen kann, die Autokontrolle zu holen. Wenn es mir gelingt – und wenn die Kontrolle noch immer an Ihrem Platz ist – können Sie dann Ihr Schiff herbeirufen?«

»Wie wollen Sie an die Kontrolle herankommen?« fragte Mara.

»Begnügen wir uns fürs erste damit, daß es mir gelingen könnte«, sagte Leia. Allerdings hatte ihr Plan einen offenkundigen Haken. »Die Störsender«, fügte Leia hinzu. »Werden sie Ihre Autokontrolle nicht blockieren?«

»Die Ligisten sind nicht die ersten, die versuchen, die

Komfrequenzen zu stören. Die Autokontrolleinheit verfügt über einen Notmodus, einen Komlasermodus, der mit Lichtimpulsen arbeitet.« Mara stand auf, trat ans Fenster und zog die Vorhänge zur Seite. Sie wies nach draußen. »Da hinten liegt der Raumhafen. Mein Schiff ist nur ein Punkt am Horizont, aber ich kann es sehen und mit der Kontrolleinheit erreichen. Die *Jadefeuer* wartet nur auf mein Signal. Möglicherweise brauche ich wegen der Störsender und der großen Entfernung etwas länger, aber ich schaffe es.«

»Sie glauben also, wenn sie die Kontrolleinheit haben, können Sie das Schiff hierherholen?«

»Es kann immer etwas schiefgehen, aber ich würde sagen, die Erfolgswahrscheinlichkeit liegt bei fünfundneunzig Prozent.«

»Aber können Sie es auch so nahe ans Gebäude heranbringen, daß wir an Bord gehen können?«

Mara runzelte die Stirn. »Das würde einiges Manövrieren erfordern. Ich würde sagen: Erfolgsaussicht fünfundsiebzig Prozent.«

»Immer noch besser, als hier festzusitzen.«

»Aber wie wollen Sie an die Autokontrolle herankommen?« fragte Mara wieder.

Leia sah Mara durchdringend an. Es gab keinen Beweis dafür, daß die Händlerin nicht für die Menschenliga arbeitete, aber trotzdem war Leia jetzt geneigt, ihr zu glauben. Doch angenommen, Mara war *nicht* ehrlich. Was dann? Was war das Schlimmste, das passieren konnte? Im schlimmsten Fall würde Leia vielleicht getötet werden. Keine angenehme Aussicht, doch vom Standpunkt der Neuen Republik aus war eine Staatschefin, die zur Märtyrerin wurde, wahrscheinlich einer vorzuziehen, die gezwungen wurde, Millionen Wesen sterben zu lassen oder an der Deportation eines Teils der Planetenbevölkerung mitzuwirken. Wenn eine vernünftige Chance bestand, daß ihre Flucht glückte, war sie bereit, ihren Tod zu riskieren. »Wir werden etwas Glück brauchen«, sagte Leia schließlich. »Und einen ausgetüftelten Plan. Also setzen wir uns hin und machen wir uns an die Arbeit.«

## 8. Kapitel

# *Die harte Tour*

»Ich mich anfangen zu fragen, ob richtig war, dir von Lage deiner Frau zu erzählen«, sagte Dracmus.

»Du hast doch gesagt, dein Basic würde mit ein bißchen Übung besser werden«, knurrte Han, während er in der Zelle auf und ab ging.

»Oh, es wären besser geworden«, versicherte Dracmus, »aber nervöses Benehmen von ehrenwertem Solo machen mich schwachsinnig. Ich kann mich nicht konzentrieren.«

»›Wahnsinnig‹«, korrigierte Han. »Man sagt: ›Es macht mich wahnsinnig.‹«

»Schwachsinnig oder wahnsinnig, du allmählich vorbeidrehen.«

»Durchdrehen«, sagte Han. Er blieb stehen und starrte zum hundertstenmal die Tür an. »Ich drehe allmählich durch.«

»Richtig so.«

»Hör zu. Ich glaube, ich habe einen perfekten Plan. Zwei Wachen bringen unsere Mahlzeiten. Einer trägt das Essen, der andere gibt ihm Deckung mit seinem Blaster. Der erste Wächter gibt mir mein Tablett, und ich werfe es dem zweiten Wächter ins Gesicht. Er weicht dem Tablett aus, und ich schnappe mir seinen Blaster, während du den ersten Wächter niederschlägst und seine Waffe nimmst. Dann stürmen wir auf den Korridor ...«

»Und während du tapfer die ersten beiden Wachen mit Brötchen bewerfen, schießen der dritte Wächter und der vierte Wächter und der fünfte und sechste und siebte Wächter viele Löcher in uns beide«, sagte Dracmus, die entspannt auf ihrer Pritsche saß. »Und selbst wenn *alle* uns verfehlen, werden alle Ausgänge verriegelt und in ganzes Gebäude roter Alarm gegeben, bis sie uns fein säuberlich erledigen.«

Han funkelte die Selonianerin an. »Du bist wirklich eine wahnsinnig große Hilfe. Weißt du das?«

»Mehr sogar als du denken. Geduld, ehrenwerter Solo. Wir brauchen nur ein wenig Geduld.«

»Geduld! Dabei hast du mir erzählt, daß Mara Jade meine Frau am Wickel hat. Ich muß hier raus und sie warnen, sie retten!«

»Tot sein dir das nicht möglich«, erwiderte Dracmus. »Tot ich auch nichts tun können, und ich möchten mehr tun als nichts, und deine verrückten Pläne uns beide umbringen. Bleib ruhig. Bleib ruhig.«

»Ruhig? Warum sollte ich wohl ruhig bleiben?«

Doch plötzlich sprang Dracmus auf, legte den Kopf zur Seite und bedeutete ihm mit einem Wink, still zu sein. »Bitte, Ruhe!« sagte sie.

Han starrte seine Zellengenossin an. »Was zum ...«

»Psssst!« zischte Dracmus. »Ruhe!«

Han erstarrte und lauschte. Schließlich hörte er es. Ein leises, weit entferntes Kreischen, hin und wieder von einem Klirren und Poltern unterbrochen.

Dracmus drehte sich zu Han um und verzog den Mund zu einem zähnestarrenden, beunruhigenden selonianischen Lächeln. »Du hören das?« zischte sie. »Ich mich fragen, was das wohl sein.«

»Sind Sie bereit?« fragte Mara.

Leia lächelte. »Eigentlich nicht, aber das läßt sich nicht ändern. Hoffen wir, daß alles funktioniert.« Der Plan kam ihr eher logisch als praktisch vor. Theoretisch sollte er funktionieren. In der Praxis gingen aber viele Dinge schief.

»Fangen wir an«, sagte Mara.

Das Corona-Haus war die Residenz des Generalgouverneurs, kein Gefängnis. Deshalb gab es in dem Gebäude keine Zellen, aber eine große Zahl von Besucherapartments und Gästesuiten unterschiedlicher Größe und Ausstattung. Die kleineren Räume ähnelten mehr oder weniger konventionellen Hotelzimmern, und diese hatte die Menschenliga zu Zellen für ihre Gefangenen von der Neuen Republik umfunktioniert. Als solche mangelte es ihnen an Annehmlichkeiten wie Gitter vor den Fenstern, doch dafür waren die Betten bezogen. Jetzt, wo es Nacht geworden war, wollte Leia diese beiden Merkmale des Raumes zu ihrem Vorteil nutzen.

Den ersten Schritt hatten sie bereits gemacht. Sie hatten von beiden Betten die Laken und Bezüge genommen, sie mit einem stumpfen Messer, das Leia heimlich von ihrem Eßtablett entwendet hatte, in Streifen geschnitten und die Streifen zu einem kruden Seil zusammengebunden – von dem Leia hoffte, daß es stabiler war, als es aussah. Der zweite Schritt war etwas komplizierter. Es gab zwar Möglichkeiten, eine Fensterscheibe ohne große Lärmentwicklung einzuschlagen, aber sie waren nicht narrensicher. Besser wäre es, das Fenster zu öffnen, doch auch das war nicht einfach. Die Wachen hatten alle Fenster des Stockwerks zugeschweißt. Zumindest hatten sie es versucht. Bei einem von Leias Fenstern hatten sie gute Arbeit geleistet; die Schweißnaht war solide und durch nichts zu erschüttern. Aber die Naht am anderen Fenster war schlampig ausgeführt, kaum mehr als eine dünne Linie aus geschmolzenem Metall, die nicht so aussah, als wäre sie besonders stabil.

Unglücklicherweise war sie stabiler, als sie aussah. Sie verbrachten zwanzig Minuten mit dem Versuch, zwischen Fensterrahmen und -bank einen Riß in die Naht zu hebeln. Zuerst versuchte Mara und dann Leia und dann wieder Mara, das Messer unter die Naht zu schieben. Aber die einzigen Ergebnisse waren ein verbogenes Messer und eine tiefe Furche in der Fensterbank. Leia probierte es erneut und stand schon kurz davor, aufzugeben und das Fenster einzuschlagen, als es *Knack* machte und die Naht aufplatzte. Leia grinste Mara an, schälte mühelos die Naht vom Rahmen und riß mit einem kräftigen Ruck das Fenster auf.

Doch damit fingen die Probleme erst an.

Sie befestigten ein Ende des improvisierten Seils am Bettrahmen. Leia legte einen improvisierten Klettergurt an, zog das Bettlakenseil hindurch, stieg dann auf die Fensterbank und warf das andere Ende des Seils aus dem Fenster.

»Drücken Sie mir die Daumen«, sagte sie zu Mara.

»Oh, das mache ich«, versicherte Mara. »Schließlich bin ich die nächste.«

Leia schluckte hart und trat auf den Fenstersims. Prüfend zerrte sie an ihrem Seil. Es schien zu halten. Sie zögerte einen Moment und sah sich um. Die Nacht war kühl und klar; der frische Wind zerzauste ihr Haar und wehte ihr Strähnen ins Gesicht. Direkt unter ihr lag die Stadt Coronet, aber sie wagte nicht, nach unten zu schauen, sondern blickte zum Horizont. Das bereitete ihr keine Probleme. Ohne die trennende Fensterscheibe wirkte alles näher, schärfer, greifbarer.

Die Stadt war viel stiller als sonst. Eigentlich hätte sie den Verkehrslärm hören müssen, gedämpfte Stimmen, die vom Wind herbeigetragen wurden, Musikfetzen, aber sie vernahm nur das ferne Rauschen der Brandung. Sie blickte zum Wasser hinüber und konnte verschwommen die Grenzlinie zwischen Meer und Strand und die gischtgekrönten Wellenkämme erkennen. Dann wandte sie ihre Aufmerksamkeit der Stadt Coronet selbst zu.

Große Teile der Stadt lagen in Finsternis. Selbst dort, wo es Lichter gab, waren es viel zu wenige. In der klaren, kalten Nacht wirkte die Stadt verloren, halb entvölkert, halb aufgegeben. Und vielleicht war dies auch der Fall. Zweifellos hatte jeder Nichtmensch mit nur einem Funken Verstand die Stadt inzwischen verlassen oder sich irgendwo versteckt.

Aber sie war nicht hier draußen, um die Aussicht auf die Stadt zu genießen. Sie vergewisserte sich, daß das Seil glatt durch ihren improvisierten Klettergurt lief, holte noch einmal tief Luft, zog ein letztesmal prüfend an ihrem Kletterseil und belastete es dann, als sie sich vom Fenstersims schwang, mit ihrem ganzen Gewicht. Sie ließ sich langsam an der Wand des Gebäudes hinunter und hoffte inbrünstig, daß sie und Mara die Entfernung richtig eingeschätzt hatten und das improvisierte Seil bis zum fünfzehnten Stock reichte.

Der Abstieg erwies sich als viel leichter als erwartet, zumindest am Anfang. Das Seil riß nicht unter ihrem Gewicht, und die Knoten, die die Lakenstreifen zusammenhielten, waren ebenfalls stabil und verhedderten sich nicht in ihrem Klettergurt. So weit, so gut. Leia rutschte langsam, vorsichtig an der Wand hinunter. Sie verharrte, als ihre Füße fast den Rahmen des Fensters im siebzehnten Stock berührten. Dann stieß sie sich von der Wand ab und pendelte nach links, wobei sie darauf achtete, von innen nicht gesehen zu werden und nicht gegen die Scheibe zu treten. Das Glas war wahrscheinlich stark genug, um einen Stoß auszuhalten, aber andererseits hatte man das Gebäude vor kurzem beschossen, und vielleicht war das Fenster dabei beschädigt worden.

Schließlich hing sie neben dem Fenster an der Wand. Die Schwerkraft zerrte an ihr, und sie hatte Mühe, bei ihrem weiteren Abstieg an der senkrechten Gebäudefront nicht gegen die Scheibe zu prallen.

Dann kam heftiger Wind auf. Die Bö flaute nach ein paar Sekunden wieder ab, doch sie durchdrang ihre Kleidung bis auf die Knochen und, weit schlimmer, wehte ihr wieder das Haar ins Gesicht, so daß sie kaum noch etwas sehen konnte. Sie verstärkte den Griff ihrer linken Hand um das Seil, vergewisserte sich, daß ihr Klettergurt richtig saß, und löste die rechte Hand lange genug vom Seil, um sich das Haar aus dem Gesicht zu streichen und es, so gut es ging, hinter die Ohren zu klemmen. Erst als sie das Seil losließ, bemerkte sie, wie steif und kalt ihre Hände bereits waren.

Leia sah nach unten zum greifbar nahen Fenstersims. Sie hatte es fast geschafft. Fast. Sie musterte das Fenster und stellte erleichtert fest, daß die Jalousien geschlossen waren. Aber sie wußte, daß sie trotzdem vorsichtig sein mußte. Im siebzehnten Stock würden Geräusche draußen am Fenster besonders auffallen.

Sie erreichte den Fenstersims und empfand eine ungeheure Erleichterung, wieder festen Boden unter den Füßen zu haben, wenigstens für einen Moment. Aber auch wenn sie jetzt auf dem Sims stand, sie war noch längst nicht in Sicherheit. Sie konnte abrutschen und in die Tiefe stürzen. Der Wind konnte sie davonwehen. Sie hatte immer noch den Klettergurt an und mußte das Seil straff halten, was bedeutete, daß es immer noch einen Teil ihres Gewichts trug. Wenn es riß, würde sie abstürzen. Dennoch, es war viel besser, auf dem Sims zu stehen als nur am Seil zu baumeln.

Sie rieb ihre Hände und hauchte sie an, um die Blutzirkulation zumindest teilweise wieder in Gang zu bringen. Es gab keinen Grund, weiter zu zögern. Sie krümmte die Finger, packte die verknoteten Lakenstreifen, denen sie ihr Leben anvertrauen mußte, und trat vom Fenstersims.

Fast sofort bemerkte sie, daß irgend etwas nicht stimmte. Das Seil dehnte sich mehr und mehr und gab bei jeder Bewegung unter ihrem Gewicht nach. Das war nicht gut. Überhaupt nicht gut. Wenn es sich noch weiter dehnte, wenn der Stoff riß und zerfaserte, dann …

Leia sah nach unten, direkt nach unten, und wünschte sofort, sie hätte es nicht getan. Wenn das Seil riß, würde sie abstürzen, und sie konnte nichts dagegen tun. »Komm schon«, zischte sie dem Seil zu. »Du mußt mich nicht töten. Es können eine Menge andere Dinge schiefgehen und das für dich erledigen.«

Zum Beispiel konnte sie sterben, wenn sie sich bis zum sechzehnten Stock hinunterließ. Wenn ihre Vermutung stimmte, hatten dort die Wachposten der Menschenliga ihr Hauptquartier aufgeschlagen. Sie blickte wieder nach unten und sah den oberen Rahmen des Fensters im sechzehnten Stock – und ihr Kletterseil baumelte direkt vor der Scheibe. Sie fluchte gepreßt und verwünschte ihren Leichtsinn.

Vergiß es, dachte sie. Vergiß es. Sie stieß sich von der Wand ab, pendelte zur Seite, weg vom Fenster, und betete, daß der Wind mitmachte und das Seil von der Scheibe fernhielt. Natürlich würde es dann vom nächsten Fenster aus sichtbar sein, aber das spielte jetzt keine Rolle. Halb rutschend, halb kletternd ließ sich Leia weiter an der Wand hinunter und achtete sorgfältig darauf, dem Fenster nicht zu nahe zu kommen. Aus den Augenwinkeln stellte sie entsetzt fest, daß die Jalousien offen waren. Schlimmer noch, sie konnte mindestens vier Soldaten der Menschenliga im Zimmer erkennen, wie sie auf ihren imperialen Standardarmeepritschen schliefen.

Leia holte tief Luft und kletterte weiter. Lautlos, mit vorsichtigen, bedächtigen Bewegungen. Dort. Direkt unter ihr. Der nächste Fenstersims. Ihre Füße berührten den Sims, und sie ruhte sich für einen Moment aus. Holte Luft und krümmte ihre Finger. Widerstand der starken Versuchung, länger zu verweilen, als unbedingt nötig war. Kletterte weiter.

Hinunter zum fünfzehnten Stock, der VIP-Etage, einem Stockwerk mit doppelt hoher Decke für die an luxuriöse Räumlichkeiten gewöhnten illustren Gäste. Dort lag auch ihre alte Suite. Leia rechnete nicht damit, daß ein glücklicher Zufall sie zum Fenster ihrer Suite geführt hatte, und ihre Annahme erwies sich als richtig. Aber sie hoffte, wenigstens auf ein zersplittertes Fenster zu stoßen. Der fünfzehnte Stock war beim Angriff stark beschädigt worden, und wenn die Ligisten nicht all ihre wachen Stunden damit verbracht hatten, die geborstenen Scheiben zu ersetzen, mußte sie eigentlich einen Weg ins Innere finden.

Sie seilte sich weiter ab und seufzte erleichtert, als sie sah, daß praktisch alle Fensterscheiben geplatzt waren und die Vorhänge im Wind flatterten. Eine erfreuliche Entdeckung. Sie würde problemlos ins Innere gelangen können. Die weniger erfreuliche Entdeckung war, daß sie die doppelt hohen Decken vergessen hatte und der nächste Fenstersims doppelt so weit unter ihr lag. Sie hatten das Seil so lang wie möglich gemacht, aber jetzt war ein zusätzliches Stockwerk zu überwinden, und Leia wußte nicht, ob es so weit reichte. Es war unmöglich, per Augenschein die Länge des restlichen Seiles zu schätzen. Es war dunkel, das Seil war nicht straff gespannt, und es pendelte im Wind.

Plötzlich rutschte Leia mit dem Fuß ab. Sie schwang durch die Luft und prallte von der Wand ab, während das Seil nachgab und sich verdrehte. Sie sackte etwa einen halben Meter in die Tiefe; offenbar hatte sich das Seil irgendwo weiter oben verfangen gehabt und sich jetzt gelöst.

Mühsam gelang es Leia, ihre Pendelbewegung zu stoppen und sich haltsuchend an das Gebäude zu drücken. Sie widerstand dem Impuls, eine Atempause einzulegen; auf diese Weise lief sie nur Gefahr, das große Zittern zu bekommen, und das konnte sie sich nicht leisten.

Aber ihr war auf drastische Weise in Erinnerung gerufen worden, daß es über ihr zwei Simse gab, an denen sich das Seil verhaken und scheuern konnte. Sie mußte so schnell wie möglich ins sichere Innere gelangen. Dort, direkt unter ihr, befand sich ein zersplittertes Fenster. Das mußte genügen. Sie rutschte an der Wand hinunter, bis es keine Wand mehr gab und sie vor dem Fenster hing. Vorsichtig seilte sie sich weiter ab und betete, daß keine neue Windbö aufkam und sie erneut durchschüttelte.

Unter ihr flatterten die Vorhänge aus dem geborstenen Fenster, und sie konnte wenig tun, um zu verhindern, daß sie sich in ihnen verfing. Sie schob sie, so gut es ging, mit den Füßen zur Seite, aber der Wind machte ihr Anstrengungen zunichte. Sie trat wieder nach ihnen und dann wieder – und dann war sie an ihnen vorbei, nur um erneut von ihren Haaren geblendet zu werden, die ihr ein Windstoß ins Gesicht wehte.

Und dann traf ihr Fuß den Sims, hart genug, daß sie sich den Knöchel verstauchte. Leia hatte sich noch nie so sehr über Schmerzen gefreut. Sie hatte es geschafft. Sie stellte beide Füße fest auf den Sims – und entdeckte, daß das Seil ungefähr einen Meter über dem Sims endete. Das war verdammt knapp gewesen. Die Vorhänge wehten ihr wieder ins Gesicht, aber sie ignorierte sie, blieb für einen Moment mit geschlossenen Augen stehen und versuchte, sich zu beruhigen.

Aber mehr als einen Moment gönnte sie sich nicht. Sie schob die Vorhänge zur Seite und trat durch das zerbrochene Fenster auf die Fensterbank. Nachdem sie den Klettergurt abgestreift hatte, zog sie dreimal am Seil, wartete, zog noch dreimal, wartete wieder und zog erneut dreimal. Das Zeichen sagte Mara, daß sie sicher angekommen war.

Sekunden später zuckte und tanzte das Seil, als Mara das Zeichen erwiderte.

Leia stieg vorsichtig von der niedrigen Fensterbank in den dunklen Raum und achtete darauf, nicht auf die überall herumliegenden Glasscherben zu treten. Sie würde Mara gleich hereinhelfen müssen, wollte sich vorher aber eine kurze Atempause gönnen.

Bis jetzt war alles gutgegangen, und in gewisser Hinsicht war dies beängstigend. Sie war bis auf die Knochen durchgefroren, ihre Finger waren wund und schmerzten, sie hatte sich einen Knöchel verstaucht, und zweimal wäre sie fast abgestürzt – und doch stand sie hier und sagte sich, daß alles gutgegangen war.

Wenn sie doch nur wie Luke ihre Jedi-Fähigkeiten entwickelt hätte. Dann hätte sie sich wahrscheinlich Mara unter den Arm geklemmt, mit der freien Hand ihr Lichtschwert geschwungen und wäre einfach die senkrechte Wand hinunterspaziert – was natürlich gewaltig übertrieben war. Doch sie wußte, daß ihre Fähigkeiten zu schwach und zu unzuverlässig waren, als daß sie es wagen konnte, in einer derartigen Situation auf sie zu bauen.

Sobald sich ihre Augen an die Dunkelheit gewöhnt hatten, entdeckte sie einen umgekippten Sessel. Sie stellte ihn hin, wischte die Glassplitter vom Polster und setzte sich. So weit, so gut. Es konnten immer noch Dutzende Dinge schiefgehen, aber der Anfang war gemacht ... vorausgesetzt, daß Mara sie nicht in eine Falle gelockt hatte und die Wächter nicht im Begriff waren, die Tür einzutreten und sie »auf der Flucht« zu erschießen.

*Das* war ein wirklich heiterer Gedanke, und er brachte sie dazu, aufzustehen und nachzusehen, wie Mara vorankam. Sie trat ans Fenster und stieg wieder auf die Bank. Das Seil flatterte heftig im Wind. Leias erster Impuls war, es zu ergreifen und festzuhalten, aber sie wußte nicht, ob sie Mara dadurch helfen oder nur behindern würde. Sie entschied sich, nicht einzugreifen. Aber sie konnte immerhin die schweren Vorhänge zurück ins Zimmer ziehen, damit sie nicht mehr im Weg waren. Als sie damit fertig war, trat sie hinaus auf den Fenstersims und sah nach oben.

Das Seil tanzte und verdrehte sich immer mehr, während Mara herunterkletterte. Erstaunlich schnell schälte sich Maras Gestalt aus der Nacht. Sie passierte den letzten Sims, hangelte sich eilig weiter, verharrte dicht über dem zerbrochenen Fenster und blickte nach unten. »Leia«, drang ihre Stimme durch den auffrischenden Wind. »Ich muß so schnell wie möglich runter vom Seil. Paß auf.«

War irgend etwas schiefgegangen? Leia suchte auf dem

schmalen Fenstersims einen halbwegs sicheren Halt und verfolgte Maras Abstieg. Das Seil dehnte sich immer mehr und drohte jeden Moment zu reißen.

Mara rutschte herunter, mit grimmiger, konzentrierter Miene und wild im Wind flatternden Haaren. Leia griff nach dem Seil und hielt es fest, während Mara die letzten beiden Meter überwand. Sie schob Mara durch das zerbrochene Fenster ins Zimmer und folgte ihr.

»Das Seil«, keuchte Mara, sich die Hände reibend und mit den Füßen stampfend. »Es hat sich immer mehr gedehnt. Dann wurde es auch noch vom Wind erfaßt und schlug gegen das Fenster im sechzehnten Stock, wo die Wachen schlafen. Es wäre ein verdammtes Wunder, wenn *keiner* von ihnen etwas bemerkt hat.«

»Vielleicht kann ich verhindern, daß sie entdecken, woher der Lärm kam«, sagte Leia. »Ich bin gleich zurück.« Sie trat hinaus auf den Fenstersims und packte das Seil, wobei sie bemerkte, daß es sich um mindestens einen weiteren halben Meter gedehnt hatte. Nun, vielleicht erwies sich dies jetzt als Vorteil. Sie zog das Seil zum nächsten zerbrochenen Fenster, schlüpfte durch die Öffnung und untersuchte den Rahmen. Er war unbeschädigt, auch wenn die Scheibe geplatzt war. Gut. Sie öffnete den Rahmen, klemmte das Seil dazwischen und zog es so straff wie möglich. Dann schlug sie den Rahmen zu und schlüpfte wieder nach draußen.

Bevor sie zu Mara zurückkehrte, blieb sie einen Moment auf dem Sims stehen. War es Einbildung, oder hatte sich die Luft in den letzten Minuten verändert? Coronet war eine Küstenstadt, und das Wetter neigte dazu, plötzlich umzuschlagen. Immerhin war es stabil geblieben, bis sie ihren Abstieg beendet hatten. Aber würde der Komlasermodus von Maras Autokontrolleinheit auch während eines Gewitters funktionieren? Sie mußten es wenigstens probieren.

Mara war in Leias Sessel gesunken. »Diese Kletterei macht einen fertig«, murmelte sie.

»Wem sagen Sie das?« seufzte Leia. »Ich habe das Seil zum nächsten Fenster gezogen und dort eingeklemmt. Mit etwas Glück werden sie es so von ihrem Fenster aus nicht bemerken. Ich denke, es sitzt fest genug, daß es auch nicht mehr gegen die Fenster schlagen wird. Aber vielleicht haben sie es bereits entdeckt. Und es scheint ein Gewitter aufzuziehen. Wir sollten besser weitermachen.«

»Ein Gewitter? Das ist nicht gut«, sagte Mara und sprang auf. »Wir müssen uns beeilen. Also, welche Richtung nehmen wir?«

Sie waren im fünfzehnten Stock, unter dem Hauptquartier der Menschenliga, auf derselben Etage, in der Leias alte Suite lag.

»Folgen Sie mir.« Leia tastete sich vorsichtig durch die Dunkelheit und suchte nach dem Ausgang der Zimmerflucht. Zweimal mußte sie umkehren, ehe sie sich halbwegs orientiert hatte. Es war stockfinster, und überall schienen Trümmer herumzuliegen. Leia wünschte sich, eine Taschenlampe oder einen Glühstab zu haben, aber die Wächter der Menschenliga waren nicht so freundlich gewesen, ihre Gefangenen mit derartigen Annehmlichkeiten zu versehen. Sie dachte daran, das Licht anzuknipsen, aber damit hätte sie nur unwillkommene Aufmerksamkeit erregt.

Endlich fand sie den Weg aus dem Apartment und trat auf den Hauptkorridor. Sie hatte befürchtet, auf verschlossene Türen oder andere Hindernisse zu stoßen. Wenn der Weg in ihr Apartment versperrt war, mußten sie umkehren und das Gebäude außen umrunden, auf den Fenstersimsen – und *das* war für Leia keine besonders verlockende Alternative. Aber als sie im Hauptkorridor waren, stieß sie einen Seufzer der Erleichterung aus. Die Ligisten hatten dieses Stockwerk gründlich geplündert, soviel war klar. Selbst in der Dunkelheit des Korridors konnte sie erkennen, daß alles durchwühlt und herausgerissen war – und daß die Türen zu allen Apartments sperrangelweit offen standen. Aus den Suiten fiel mattes, gespenstisch fahles Sternenlicht. Gefolgt von Mara, näherte sie sich der Tür zu ihrer Suite.

Kurz vor der Tür blieb Leia so abrupt stehen, daß Mara fast gegen sie prallte.

»Stimmt was nicht?« zischte Mara. »Was ist los?«

Leia kniete nieder und hob den kleinen Gegenstand auf,

den sie trotz der Dunkelheit entdeckt hatte. Es war ein kleiner Modellschwebewagen, eins von Anakins Spielzeugen. Alles in ihr verkrampfte sich. Das Spielzeug ihres Sohnes. Hatte er es auf der Flucht verloren, während des Angriffs? Oder hatten die Halunken von der Menschenliga nicht einmal davor zurückgeschreckt, die Spielzeugkiste der Kinder nach Beute zu durchwühlen? Was war aus ihren Kindern geworden? Wo waren sie jetzt? Waren sie in Sicherheit? Konnte Chewbacca sie beschützen?

Hör auf, sagte sie sich. Sie hatte einen Job zu erledigen. Im Interesse ihrer Kinder, im Interesse aller. Sie mußte aus der Gefangenschaft entkommen und den Widerstand gegen die Ungeheuer organisieren, die ihre Familie in alle Winde zerstreut hatten. Sie hatte auch nicht vergessen, daß ein Mitglied ihrer Familie für all das verantwortlich war. Thrackan Sal-Solo würde dafür bezahlen.

Leia schloß ihre Hand um Anakins Spielzeug, um das bißchen Plastik und Metall, das die einzige Verbindung zu ihrem Sohn war. Sie steckte es in ihre Tasche und ging dann weiter, ohne Mara zu erklären, warum sie stehengeblieben war. Wie konnte sie erwarten, daß Mara ihre Beweggründe verstand?

Sie betrat das Apartment, das vor nicht allzu langer Zeit ihr Heim gewesen war. Alle Möbel waren umgekippt und die Fensterscheiben eingeschlagen. Sie bemerkte den strengen, kalten Geruch eines längst erloschenen Feuers, aber sie zwang sich, nicht an ihr Zuhause und ihre Familie zu denken. Höchstwahrscheinlich hatte das Liga-Gesindel bereits mit der Suche nach ihnen begonnen. Sie hatte keine Zeit für Sentimentalitäten.

Sie ging direkt in die Küche und kniete vor der Hauptkocheinheit nieder. Unter dem Mikrowellenfach befand sich ein Vorratsschrank. Sie öffnete ihn und nahm so leise wie möglich die Töpfe und Pfannen heraus, obwohl jedes unvermeidliche Klirren und Scheppern ohrenbetäubend laut wirkte. Sie griff in den hinteren Teil des Schranks und fand, was sie suchte. Zwei in Stoff eingewickelte Päckchen.

Ein Päckchen war in feinsten schwarzen Samt gehüllt und

mit einem silbernen Band umwickelt. Sie öffnete es zuerst. Ihr Lichtschwert, ein Geschenk von ihrem Bruder Luke. Er hatte es ihr kurz vor ihrer Abreise gegeben. Sie faltete den Samt zusammen, schob ihn in die Tasche, um keine Spuren zu hinterlassen, und befestigte das Lichtschwert an ihrem Gürtel. Der andere Gegenstand war weniger aufwendig verpackt, nur in einen Stoffetzen gewickelt, der von einem von Hans alten Hemden stammte.

Sie zögerte, bevor sie ihn auswickelte. Aber es hatte keinen Sinn, auf halbem Weg haltzumachen. Wenn Mara sie hätte töten wollen, hätte sie nur das Seil abschneiden müssen, als Leia sechzig oder siebzig Meter über dem Boden gehangen hatte. Sie schlug das Tuch auseinander. Hans Ersatzblaster.

»Hier, nehmen Sie«, flüsterte Leia.

Mara sah Leia an. Ihr Gesichtsausdruck war in dem matten Licht, das durch die zerbrochenen Fenster fiel, nicht zu erkennen, und sie machte keine Anstalten, die Waffe an sich zu nehmen. »Sind Sie sicher, daß Sie mich mit diesem Ding in Ihrem Rücken haben wollen?« fragte sie flüsternd zurück.

»Nicht mehr, als Sie mich mit meinem Lichtschwert in *Ihrem* Rücken haben wollen. Aber wir können später wieder damit anfangen, uns zu mißtrauen. Jetzt haben wir keine Zeit dafür. Nehmen Sie.«

Mara nahm die Waffe, und Leia stopfte den Tuchfetzen in die Tasche mit dem Samt und Anakins Spielzeug. Ihr Mann war ebenfalls verschwunden. Vielleicht war dieser kleine Hemdfetzen alles, was ihr von ihm geblieben war. Aber jetzt hatte sie keine Zeit, sich zusätzliche Sorgen zu machen.

»In Ordnung«, flüsterte Mara. »Ist hier noch etwas, das wir gebrauchen können?«

Leia überlegte einen Moment. Sie brauchten Licht, und irgendwo im Apartment mußte es eine Taschenlampe geben. Aber wie sollte sie sie in der Dunkelheit finden? Und was war, wenn die Ligisten bei der Plünderung ihrer Suite alle Lampen mitgenommen hatten? Nein. Sie konnten keine Zeit für die Suche nach etwas verschwenden, das vielleicht gar nicht mehr da war. »Nein«, wisperte sie. »Hier finden wir sowieso nichts. Wir müssen weiter.«

»Ist da jemand?« Mara und Leia erstarrten. Es war eine Männerstimme, leicht verschlafen, und sie kam aus dem Inneren des Apartments. Plötzlich hämmerte Leias Herz in der Brust.

»Magminds, bist du das? Magminds?«

Die Stimme schien aus dem oberen Stockwerk der Suite zu dringen, aus den Schlafzimmern. Offensichtlich hatten zumindest ein paar Soldaten der Menschenliga die weichen Gästebetten den Pritschen aus den imperialen Armeebeständen vorgezogen.

Wenn sie jetzt wegrannten, würden sie Lärm machen und riskieren, daß ihr Freund Alarm schlug. Wenn sie versuchten, sich nach oben zu schleichen, um ihren Freund zu erledigen, mußten sie das dunkle, verwüstete Wohnzimmer durchqueren und die oberen Schlafzimmer durchsuchen – und es war höchst unwahrscheinlich, daß man sie dabei nicht erwischte.

Manchmal war Untätigkeit die beste Politik. Leia sah Mara an und legte einen Finger an ihre Lippen. Dann deutete sie auf sich selbst und Mara und dann auf den Boden. *Verhalten Sie sich still und rühren Sie sich nicht von der Stelle. Wir warten.*

Mara nickte, streckte aber ihre Hand in Schulterhöhe aus und senkte sie dann langsam. *Ducken Sie sich. Wir müssen uns verstecken.*

Sie saßen in der Falle.

Han Solo verfolgte, wie die Vibroklinge den Steinboden durchstieß und mit einem schrillen Kreischen einen kreisrunden Block heraussägte. Die Vibroklinge wurde zurückgezogen, und der Steinblock hob sich von selbst in die Luft, bis er einen halben Meter über der Öffnung hing und die tragbare Antigraveinheit an seiner Unterseite zu erkennen war.

Eine selonianische Klauenhand schob sich aus dem Loch und gab dem Block einen Stoß. Er glitt auf seinem Antigravkissen in die Ecke, prallte sanft von der Wand ab und kam zur Ruhe.

Dann steckte eine Selonianerin den Kopf aus dem Loch

und nickte Dracmus erleichtert zu. »Gut, daß wir die richtige Zelle gefunden haben«, sagte sie auf Selonianisch. »Es hat uns einige Verlegenheit bereitet, als wir feststellen mußten, daß man dich verlegt hat.«

»Nicht weiter wichtig«, winkte Dracmus ab. »Verschwinden wir von hier.« Sie wandte sich an Han und sagte ebenfalls auf Selonianisch: »Komm, ehrenwerter Solo, wir müssen gehen. Oder ziehst du es lieber vor, die Wachen mit Brötchen zu bewerfen?«

Han zögerte einen Moment. Er wußte nicht, wer die Gegner in diesem Kampf waren und auf welcher Seite Dracmus wirklich stand. Wurde er befreit – und wurde er nur die Geisel einer anderen Partei? Doch andererseits war die Vorstellung, nach Dracmus' Flucht Thrackan gegenübertreten zu müssen, auch nicht besonders verlockend. »Ich komme mit«, sagte Han.

»Für einen Moment dachte ich schon, du würdest dich weigern«, gestand Dracmus.

»Das hätte ich auch fast getan«, erwiderte Han, während er sich auf den Rand des Lochs setzte, um sich hindurchzuzwängen.

Dracmus seufzte. »Menschen. Ihr wollt es immer auf die harte Tour versuchen. Los. Wir müssen von hier verschwinden.«

Han ließ sich durch das Loch fallen.

## 9. Kapitel

# *Verwicklungen*

Leia kauerte sich tiefer in die Schatten und stemmte die linke Hand gegen den Boden, um nicht das Gleichgewicht zu verlieren. Wenn ihr Freund dort oben glaubte, daß er sich die Geräusche nur eingebildet oder daß der durchs offene Fenster pfeifende Wind den Lärm verursacht hatte, waren sie gerettet. Er würde sich wieder schlafen legen, und Leia und Mara konnten ihre Suche fortsetzen.

»Magminds?« Die Stimme war diesmal näher, deutlicher, und sie klang etwas besorgter. Ein Lichtstrahl wanderte durch den Raum, und Leia hörte eine Stufe knarren. Er kam die Treppe herunter.

Sie drehte sich zu Mara um – und stellte fest, daß Mara nicht mehr da war. Aus dem Wohnzimmer drang ein lautes Poltern, und die tanzenden Schatten in der Küche verrieten Leia, daß der Mann mit seiner Taschenlampe das Zimmer durchsuchte. »Stehenbleiben«, befahl die Stimme. »Ich habe einen Blaster auf Sie gerichtet und ...«

Ein Blasterstrahl flammte auf, tauchte die Küche wie ein kurz aufflackernder und dann verlöschender Blitz in fahles Licht. Ein Krachen, ein Poltern, und die Taschenlampe erlosch. Einen Augenblick später hatte Leia ihr Lichtschwert gezogen und gezündet. Sie stürzte aus der Küche – und blieb abrupt stehen, als sie das Bild sah, das sich ihr im blutroten Licht der Schwertklinge bot.

Auf der Treppe saß ein kräftiger Mann – oder zumindest seine Überreste – in einem Nachthemd, mit einem wie gestanzt aussehenden Loch in der Brust. Sein Gesicht drückte völliges Erstaunen aus.

»Er hat die Taschenlampe fallen lassen, dabei ist sie kaputtgegangen«, sagte Mara wütend, als hätte der Mann die Lampe absichtlich zerbrochen. »Wir hätten sie gebrauchen können. Der Idiot hatte nicht einmal einen Blaster.«

»Das ist alles, was Sie dazu zu sagen haben?«

»Für mehr ist keine Zeit, wenn wir überleben wollen«, konterte Mara. »Aber wenn es Ihnen hilft, ich wollte ihn nur niederschlagen, nicht erschießen, bis er behauptete, eine Waffe zu haben.«

»Das hilft mir nicht viel«, sagte Leia und starrte den toten Mann an. Er war ihr Feind. Wäre es ihm gelungen, Alarm zu schlagen oder sie gefangenzunehmen, oder *hätte* er einen Blaster gehabt, hätte es übel für sie ausgehen können. Aber diese Argumente machten ihn nicht weniger tot. Und sie *hatten* keine Zeit. »Wir müssen weiter«, sagte sie schließlich und gab sich einen Ruck. »Wenn er hier geschlafen hat, dann vielleicht auch andere. Und vielleicht hat jemand etwas gehört – oder er hat die anderen informiert, bevor er herunterkam.«

»Richtig«, nickte Mara. »Gehen wir zurück in den Flur und nach unten. Vorausgesetzt, Sie wollen nicht noch einmal drei Stockwerke an einem selbstgemachten Seil hinunterklettern.«

»Nein, vielen Dank«, wehrte Leia ab. Es war zwar ein Risiko, im Inneren des Gebäudes nach unten zu gehen, aber das war nichts im Vergleich zu einer weiteren Kletterpartie. »Gehen wir.«

Es war höchste Zeit, sich zu beeilen. Leia führte Mara zurück auf den Flur und stolperte zweimal in der Dunkelheit. Sie hatte die Nottreppe schon einmal benutzt, kurz nach dem Angriff auf das Corona-Haus, aber obwohl sie den Weg kannte, war es ihr fast unmöglich, sich in der völligen Dunkelheit zu orientieren, vor allem da überall Trümmer und Unrat herumzuliegen schienen.

»Treten Sie einen Schritt zurück«, sagte sie zu Mara, »und halten Sie sich die Augen zu. Ich zünde mein Lichtschwert.«

Leia schloß ebenfalls die Augen, als sie das Lichtschwert von ihrem Gürtel löste und aktivierte. Die Waffe erwachte mit dem vertrauten tiefen Summen der konzentrierten Energie zum Leben. Selbst durch die geschlossenen Lider wirkte das Licht der Klinge nach dem Halbdunkel und der Finsternis blendend hell. Sie gab ihren Augen noch einen Moment Zeit, sich an die Veränderung zu gewöhnen, und öffnete sie dann vorsichtig, wobei sie darauf achtete, die Lichtklinge nicht direkt anzusehen. Sie hielt die Klinge senkrecht hoch und sah sich im Korridor um, der jetzt in das rubinrote Leuchten des Lichtschwerts getaucht war.

»Ich habe noch nie erlebt, daß jemand diese Waffe als Lampe benutzt«, sagte Mara.

»Man muß mit dem arbeiten, was man hat«, gab Leia zurück. »Da hinten ist die Tür zum Treppenhaus. Gehen wir.«

Sie stiegen über die umgekippten Möbel und Abfallhaufen hinweg und erreichten den Eingang zum Treppenhaus. Die Tür stand einen Spalt weit offen, und Leia stieß sie mit der Schuhspitze an. Sie schwang ein Stück auf, blockierte dann aber, bevor die Öffnung groß genug war, daß sie sich hindurchzwängen konnten. Leia stemmte sich gegen die Tür und drückte sie weiter auf.

Mit erhobenem Lichtschwert trat sie auf den Treppenabsatz und unterdrückte den Impuls, sofort wieder zurückzuspringen, als sie sah, was die Tür blockiert hatte.

Es war ein Körper, der tote Körper eines jungen Mannes in der Uniform des technischen Stabes des Generalgouverneurs. Die Leiche lag auf dem Rücken und hatte ein kleines Loch zwischen den offenen Augen. Die tanzenden roten Schatten, die das Lichtschwert warf, ließen den Mann seltsam unwirklich erscheinen. Leia erkannte ihn, obwohl sie sich nicht an seinen Namen erinnerte. Er hatte ihr kurz nach Hans Verschwinden von dem Abfangfeld berichtet. Wie lange war das jetzt her? Ein halbes Leben? Jetzt lag er hier im Treppenhaus, aufgrund irgendeines trivialen und unbekannten Vergehens erschossen. Die Menschenliga machte es einem einfach, sie zu hassen.

Sie bedeutete Mara mit einem Wink, ihr zu folgen, stieg über die Leiche hinweg und die Treppe hinunter. Mara hielt sich dicht hinter ihr. Das tanzende rote Licht des Energieschwerts wies ihr den Weg. Die Nottreppe war ein kalter, feindselig wirkender Ort mit unverputzten, grau und hart aufragenden Permabetonwänden, deren winzige Unregelmäßigkeiten von den langen Schatten auf bizarre Weise vergrößert wurden. Selbst hier hatten die plündernden Soldaten weggeworfen, was sie nicht brauchen konnten. Eine zerbrochene Schreibtischlampe, Papiere, eine Vase, einen Hut, ein Kom, das wegen der Störsender der Menschenliga allerdings ohne Nutzen war.

Sie konnte sich vorstellen, wie die Soldaten der Liga vor einem oder zwei Tagen diese Treppe hinuntergepoltert waren, die Arme voller Beute, unterwegs alle möglichen Dingen verlierend, hier einen Damenschuh, da eine schwere frozianische Statue. Irgendwie machte diese sinnlose Verschwendung den verbrecherischen Akt des Plünderns noch schlimmer.

»Psst.«

Leia fuhr herum und sah, daß Mara einen Finger an die Lippen gelegt hatte. Sie deutete auf ihr Ohr. *Hören Sie!*

Leia konnte ein fernes, dumpfes Trommeln und das Heulen des Windes hören. *Regen,* formte sie mit den Lippen und mimte fallende Regentropfen.

Mara schüttelte den Kopf, wies auf das Lichtschwert und legte wieder einen Finger an die Lippen.

Leia schaltete für einen Moment das summende Lichtschwert ab. Sie standen in der Dunkelheit da und lauschten. Jetzt, wo das Lichtschwert nicht mehr summte, war das Prasseln des Regens viel deutlicher zu hören, aber es war zweifellos nicht das Geräusch, das Mara beunruhigte.

Dann hörte Leia es, sehr leise, aus den oberen Stockwerken: Stimmen, rauhe Männerstimmen, die in schroffem, ungeduldigem Ton miteinander sprachen, und das Poltern eiliger Schritte im Hintergrund. Es war unmöglich, die Worte zu verstehen, aber ebenso unmöglich war es, den Tonfall einer dieser Stimmen mißzuverstehen. Es war klar, daß ein Mann den anderen Befehle gab.

Man hatte ihr Flucht bemerkt. Vielleicht hatte jemand das Seil entdeckt. Vielleicht hatte der tote Soldat in Leias Suite vor seinem Tod die anderen alarmiert. Es spielte keine Rolle. Leia zündete wieder das Lichtschwert, und die beiden Frauen eilten die Treppe hinunter, vorbei am vierzehnten Stock, vorbei am dreizehnten.

Als sie den zwölften erreichten, wo Mara gewohnt hatte,

bevor die Welt aus den Fugen geraten war, packte Leia den Türgriff und zog heftig daran. Die Tür rührte sich nicht. Sie zog wieder. Nichts. Hatte die Liga sie zugeschweißt? Hatte sich die Tür durch die Explosionen verklemmt? Sie wußte es nicht, und sie hatte keine Zeit für eine gründliche Untersuchung der Tür. Nicht, wenn die Liga-Soldaten jede Sekunde mit der Suche nach ihnen beginnen konnten.

Leia schwang mit aller Kraft ihr Lichtschwert und durchtrennte mit einem sorgfältig gezielten vertikalen Hieb das Schloß. Sie versetzte der Tür einen kräftigen Tritt, und sie schwang auf. Leia und Mara schlüpften hindurch, und Mara zog die Tür hinter sich zu. Die Lichtschwertspuren am zerstörten Schloß waren deutlich genug, um selbst einem Liga-Soldaten aufzufallen, aber vielleicht würde niemand darauf achten.

Leia wandte sich an Mara. »In Ordnung«, flüsterte sie laut, »zwölfter Stock. Wohin jetzt?«

Mara schüttelte den Kopf. »Schwer zu sagen.« Leia sah sich um und verstand Maras Problem. Sie befanden sich im Hauptkorridor des zwölften Stockwerks, und wenn der Korridor im fünfzehnten verwüstet gewesen war, so war der Gang hier praktisch nicht mehr vorhanden. Eine gewaltige Explosion hatte den Boden und die Wände aufgerissen und überall mannsgroße Permabetonbrocken verstreut.

Die hübsche Wandtäfelung existierte nur noch in Splitterform, und die Hälfte der Türen zu den angrenzenden Räumen war aus den Rahmen gerissen. Eine Wand war mitsamt den Türen völlig zertrümmert worden, so daß man die dahinter liegenden Zimmer sehen konnte. Die meisten anderen Türen hingen schief in den Angeln oder waren ganz verschwunden. Praktisch jedes Fenster war zerbrochen, und der Wind pfiff überall herein. Leia konnte das wilde Prasseln des Regens hören. Der Geruch des kalten Regens schien nach ihr zu greifen und ihr von den feuchten, elenden Nächten und den unglücklichen Tagen der nahen Zukunft zu erzählen. Aber da war noch ein anderer, schlimmerer Geruch: der erstickend süßliche Gestank verwesenden Fleisches. Hier waren Menschen gestorben, als die Rakete einschlug, sie waren gestorben und wie die Wände zerrissen worden. Die Toten waren irgendwo in der Dunkelheit begraben, unter den Trümmern, die sie zermalmt hatten.

Aber wenn die gespenstische Szene Mara berührte, so zeigte sie es nicht. »Mein Zimmer liegt in dieser Richtung«, erklärte sie.

»Falls es überhaupt noch existiert«, meinte Leia und folgte ihr. Mara führte sie fast bis zum Ende des Korridor weit vom Explosionsort entfernt, daß die Türen noch in ihren Angeln hingen und eine oder zwei immer noch geschlossen und verriegelt waren.

Aber nicht die Tür, vor der Mara stehenblieb. Sie war in einem verrückten Winkel eingedrückt, hing nur noch an der oberen Angel und blockierte wirksam den Eingang.

»Wenn Sie gestatten«, sagte Leia und durchtrennte mit dem Lichtschwert die störende Angel. Die Tür fiel polternd zu Boden; die Frauen stiegen über sie hinweg und betraten Maras Quartier.

Das Apartment war kleiner als Leias, aber schließlich war Leia die Staatschefin und Mara lediglich eine Meisterhändlerin. Eigentlich bestand das Apartment nur aus einem Schlafzimmer, einer Naßzelle und einer in eine Wand eingebaute Autoküche, aber die Einrichtung war luxuriös und schön. Zumindest war sie das gewesen.

Die Verwüstung hier war keine Folge der Plünderungen, sondern des Raketenangriffs. Ein großer Brocken der Permabetondecke war heruntergekommen und hatte das Bett zertrümmert. Leia blickte auf und sah das Loch, daß er hinterlassen hatte. Der Rest des Raumes war in keinem besseren Zustand. Die Bilder und anderen Dekorationen waren von den Wänden gefallen, Stühle und Tisch waren umgekippt und überall lagen Glassplitter herum. Sie blickte zum Fenster hinüber und sah, daß sich der Regen inzwischen zu einem Wolkenbruch entwickelt hatte. Das Wasser rauschte vom Himmel, und hin und wieder flackerte nicht weit entfernt ein greller Blitz. Donnergrollen drang durch das Fenster mit den durchweichten, flatternden Vorhängen.

Mara verschwendete keine Zeit, sondern trat sofort an

den Schrank und riß die Tür auf. Der Inhalt ergoß sich auf den Boden; sie kniete nieder und wühlte in dem unordentlichen Haufen, bis sie eine kleine Handtasche mit langem Riemen fand. Sie stand auf, streifte den Riemen über die Schulter, klappte die Tasche auf und stöberte in ihr, bis sie eine kleine Stablampe zum Vorschein brachte. Sie knipste sie an, und sofort verschwanden die unheimlichen Schatten, die das Lichtschwert warf. Nach dem blutroten Leuchten des Schwertes war das warme gelbe Licht der Taschenlampe eine Wohltat. Plötzlich wirkte selbst das trümmerübersäte Zimmer wie ein normaler, realer Ort und nicht mehr wie eine Höhle voller drohender Schatten.

Leia deaktivierte das Lichtschwert, befestigte es aber nicht an ihrem Gürtel. Die Liga-Soldaten konnten noch immer jeden Moment auftauchen. »Also, wo ist die Autokontrolleinheit?« fragte Leia.

Mara rückte einen Beistelltisch zurecht, legte die Lampe darauf und deutete auf das Bett. »Unter dem Bett. Die gute Nachricht ist, daß offenbar niemand an sie herankommen konnte. Die schlechte Nachricht ist, daß es wahrscheinlich keine Rolle spielt, ob wir an sie herankommen oder nicht.«

»Sie meinen, sie ist vielleicht zerschmettert worden?« Der größte Brocken Permabeton war etwa einen halben Meter lang, doppelt so breit und etwa acht Zentimeter dick.

»Es gibt nur eine Möglichkeit, das herauszufinden«, sagte Mara. »Helfen Sie mir, die Trümmer vom Bett zu schaffen.«

»Treten Sie zurück, damit ich das Problem verkleinern kann«, erwiderte Leia. Sie schwang das Lichtschwert und bearbeitete den Brocken Permabeton solange, bis er in ein Dutzend Teile zerbrochen war. Leia achtete dabei darauf, nicht das Bett zu treffen. Dann deaktivierte sie das Lichtschwert und befestigte es an ihrem Gürtel, um beide Hände frei zu haben. »Hier«, sagte sie, »fassen Sie am anderen Ende an. Und berühren Sie ja nicht die Schnittkanten – sie sind sehr heiß.«

Die beiden Frauen wuchteten gemeinsam die größten Permabetonbrocken vom Bett. »Das dürfte genügen«, brummte Mara. »Helfen Sie mir, das Bett hochzukippen.«

Sie stellten sich nebeneinander, griffen unter den geborstenen Rahmen und zogen mit aller Kraft. Das Bett kam hoch, und eine kleine Lawine aus Permabetongeröll fiel prasselnd zu Boden. Das Bett schwankte hin und her, blieb aber auf der Seite stehen. »Nun, wir haben genug Krach gemacht, um jeden Ligisten im Gebäude zu alarmieren«, sagte Mara, »aber das ließ sich nicht vermeiden.«

»Hoffen wir, daß das Gewitter den Lärm übertönt hat«, meinte Leia.

»Leider hilft uns das Gewitter nicht weiter. Solange es anhält, kann ich keine Sichtverbindung zur *Jadefeuer* herstellen. Wir müssen warten, bis es abflaut.«

»Gibt es keine Möglichkeit, trotz der Störsender die Komfrequenzen zu benutzen?« fragte Leia.

Mara zuckte die Schultern. »Ein Versuch kann nicht schaden, aber ich kann mir nicht vorstellen, daß es funktioniert. Selbst wenn die Kontrolleinheit unbeschädigt ist. Nehmen Sie die Taschenlampe, damit ich nachsehen kann, ob wir Glück haben.«

Leia angelte die Lampe vom Tisch und hielt sie auf das Bett gerichtet. An der Unterseite des Bettrahmens, ungefähr in der Mitte, war eine kleine flache Metallschachtel befestigt. Niemand hätte sie finden können, ohne das Bett hochzuheben. Selbst dann hätte man sie vielleicht übersehen. Aus Zufall oder Absicht hatte sie die gleiche dunkelbraune Farbe wie die Unterseite des Rahmens.

Mara löste den Behälter vom Rahmen und drehte ihn um. Er war an einer Ecke etwas eingedrückt, sah aber ansonsten unbeschädigt aus. Mara klappte den Deckel hoch und nahm ein kleines, pechschwarzes Gerät mit einer Menge Knöpfe und Schalter heraus. Sie drückte einen Knopf, und alle anderen Knöpfe leuchteten auf. »Immerhin etwas«, murmelte sie. »Zumindest benimmt es sich, als würde es funktionieren.«

Leia wollte gerade eine aufmunternde Bemerkung machen, als sie ein Poltern und Krachen hörten, gefolgt von gedämpften Stimmen. Leia löschte sofort die Taschenlampe, und beide Frauen duckten sich hinter das hochgestellte Bett.

Sie kauerten sich hin, sahen sich im fahlen Licht der Autokontrolleinheit an und lauschten. Sie hörten das leise Rieseln und Prasseln herabfallenden Gerölls, das Knirschen schwerer Stiefel auf dem schuttbedeckten Boden. Die Stimmen und Schritte kamen näher, wurden lauter. Leia löste wieder ihr Lichtschwert vom Gürtel und legte den Daumen auf den Zündknopf. Mara deaktivierte die Autokontrolleinheit, steckte sie in die Handtasche, die noch immer über ihrer Schulter hing, zog Hans Blaster und entsicherte ihn. Dann schob sie ihre Hand noch einmal in die Tasche und brachte einen kleineren Blaster zum Vorschein.

Plötzlich wurden die Schritte so laut, daß Leia schon befürchtete, daß der Ligist auf sie treten würde. Der Strahl einer Taschenlampe flammte auf, wanderte suchend durch den dunklen Raum und warf große, verzerrte Schatten an die Wände. »Ihr überprüft das Zimmer nebenan«, rief der Soldat in den Korridor. »Ich sehe mich hier um.«

Sie hörten, wie die aus den Angeln gerissene Tür unter dem Gewicht des Soldaten ächzte, wie Glassplitter unter seinen Stiefeln knirschten, wie seine Atemzüge lauter wurden, als er ganz ins Zimmer trat, während im Hintergrund der Sturm heulte. Leias Herz klopfte so laut gegen ihre Rippen, daß es der Soldat eigentlich hören mußte.

Er schob sich am Bett vorbei und spähte in die Ecken des Zimmers, wobei er Leia und Mara den Rücken zudrehte.

Mara zielte mit ihrem Taschenblaster auf die Herzgegend des Mannes, als er seine flüchtige Kontrolle beendete. Er wandte sich ab und ging den Weg zurück, den er gekommen war, ohne zu ahnen, daß er nur am Leben blieb, weil er dem hochgestellten Bett den Rücken zudrehte.

Der Soldat verschwand wieder auf den Korridor, und die beiden Frauen entspannten sich ein wenig. Es war jedoch durchaus möglich, daß der Soldat oder seine Freunde noch einmal zurückkamen. Leia klopfte Mara auf die Schulter und deutete auf das eingeschlagene Fenster. Mara runzelte die Stirn und nickte widerwillig. Keiner von ihnen war sonderlich begeistert von der Aussicht, mitten in einem Gewitter auf dem schmalen Sims zu stehen, aber sie hatten kein anderes Versteck.

Leia befestigte ihr Lichtschwert wieder an ihrem Gürtel und stieg mit der Taschenlampe in der Hand auf die Fensterbank. Sie bemerkte sofort, daß sie aufpassen mußte, wohin sie ihren Fuß setzte. Die Glasscheibe dieses Fensters war nicht so sauber herausgebrochen wie in den oberen Stockwerken. Im Rahmen steckten gezackte Scherben, und überall lagen Splitter herum. Aber mit etwas Vorsicht gelang es ihr, unverletzt zu bleiben.

Die Schwierigkeiten begannen in dem Moment, als sie auf den regennassen Sims trat und sich zur rechten Seite des Fensters wandte, um sich dort zu verstecken. Der Regen durchweichte sie sofort bis auf die Haut, und der heftige Wind riß und zerrte an ihr. Der Steinsims war eisglatt. Leia preßte den Rücken an die Wand, griff nach einem der nassen Vorhänge, die aus dem Fenster flatterten, und hielt sich krampfhaft fest. Obwohl sie wußte, daß es eine schlechte Idee war, blickte sie nach unten, wo zwölf Stockwerke tiefer der Boden liegen mußte, aber die Regenschleier verhüllten ihn. Es war so einfach, einen falschen Schritt zu machen und …

Doch dann trat Mara auf den Sims, und Leia hatte andere Sorgen. Mara bewegte sich etwas schneller, als es ratsam war. Sie rutschte aus, und Leia hielt sie im allerletzten Moment fest. Mara schwankte und fing sich dann wieder, zerschnitt sich dabei aber die Wade an einer gezackten Glasscherbe. Mara griff haltsuchend nach Leia und klammerte sich an sie. Nach einem Moment hatte sie sich wieder gefaßt und schob sich an Leia vorbei auf die andere Seite des Simses. Leia ließ sie vorbei, hielt sich weiter an dem Vorhang fest und bewegte sich Zentimeter für Zentimeter zur Seite, bis man sie vom Zimmer aus nicht mehr sehen konnte. Sie preßte ihren Rücken an die Außenwand des Gebäudes, schloß die Augen und schnappte erschöpft nach Luft.

Sie waren am Leben, aber das war auch die einzige positive Tatsache. Früher oder später würden die Ligisten die Suche wiederholen, und jemand mit mehr Verstand als ein ranziger Gumbah-Pudding würde die verräterischen Spuren des Lichtschwerts an der Tür von Maras Zimmer oder die säuberlich zerteilten Brocken Permabeton entdecken und vielleicht auf den Gedanken kommen, einen Blick aus dem Fenster zu werfen. Oder der Wind würde sich drehen und sie einfach von diesem Sims wehen. Oder sie würden wie die Ratten ersaufen.

Sofern es Mara nicht gelang, mit dieser verdammten Autokontrolleinheit ihr Schiff herbeizurufen und sie zu retten.

Leia öffnete die Augen und warf Mara einen Seitenblick zu. Sie hatte die Kontrolleinheit bereits aus der Tasche gezogen und gab trotz des strömenden Regens Befehle ein. Leia sah zum offenen Fenster hinüber und entschloß sich, die Taschenlampe zu benutzen; es war höchst unwahrscheinlich, daß bei diesem Regen jemand das Licht sah, solange sie vorsichtig war. Sie stellte die Lampe auf stärkste Bündelung und richtete sie auf die Kontrolleinheit.

Mara blickte kurz auf, nickte dankend und machte sich wieder an der Einheit zu schaffen. Dann schüttelte sie den Kopf. »Es funktioniert nicht«, schrie sie Leia ins Ohr, um den prasselnden Regen zu übertönen. »Der Komfrequenzmodus wird gestört, und bei diesem Wetter dringt der Laser nicht bis zum Schiff durch. Wir müssen warten, bis der Regen nachläßt.«

Leia nickte. Mara schaltete die Autokontrolleinheit aus und steckte sie wieder in ihre Handtasche. Leia löschte die Taschenlampe und schob sie unter ihre Bluse.

»Warten«, sagte sie leise zu sich selbst. Sie wußte so gut wie Mara, daß sie hier nicht lange bleiben konnten. Aber sie zwang sich, es positiv zu sehen. Wenn der Regen sie während der Kletterei am Seil erwischt hätte, wären sie nie so weit gekommen. Außerdem dauerten diese Gewitter nie sehr lange. Je schneller sie losbrachen, desto schneller verzogen sie sich auch wieder. »Einfach abwarten«, murmelte sie, »und hoffen, daß die Autokontrolle wirklich funktioniert ...«

Plötzlich wurde die Regenwand vor ihr in grelles Licht getaucht, Licht, das aus dem Gebäude drang, aus dem Zimmer, in dem sie sich vor wenigen Minuten noch aufgehalten hatten. Jemand sah sich dort um. Leia gab Mara einen sehr sanften Rippenstoß, um ihre Aufmerksamkeit zu erregen, und nickte in Richtung Licht. Maras Augen weiteten sich, und sie nickte ebenfalls. Aber was konnten sie tun?

Sie saßen in der Falle, doch Leia war nicht bereit, kampflos aufzugeben. Sie formte lautlos das Wort »Taschenblaster«. Die Händlerin nickte, zog den Blaster aus ihrer Handtasche und gab ihn ihr. Leia nahm ihn in die rechte Hand. Mit der linken Hand hielt sie sich noch immer am Vorhang fest; jetzt ließ sie ihn los und wechselte den Blaster in die linke Hand. Mit der rechten Hand löste sie das Lichtschwert vom Gürtel. Jeder, der sich aus diesem Fenster wagte, würde es bitter bereuen.

Aber dann wanderte das Licht im Inneren weiter. Glück gehabt. Leia bemerkte, daß sie den Atem angehalten hatte, und stieß zischend die Luft aus. Vielleicht würden sie es doch schaffen.

In diesem Moment drehte sich der Wind, und der Regen ließ nach; die Gewitterwolken über Coronet zogen weiter Richtung Küste.

Leia sah Mara an, aber sie hielt bereits die Autokontrolleinheit in der Hand und schaltete sie ein. Sie richtete sie auf den fernen Raumhafen und aktivierte den Laser. Fast sofort leuchtete ein neues Licht an der Kontrolltafel auf. »Verbindung hergestellt!« meldete Mara. Sie sah Leia an – und dann glitt ihr entsetzter Blick an Leia vorbei.

Leia zündete das Lichtschwert und drehte sich um. Ein Soldat der Menschenliga hatte seinen Kopf aus dem Fenster gesteckt und hob seinen Blaster. Noch in der Drehung ließ Leia das Lichtschwert niedersausen. Der Soldat schoß, und sie wehrte den Blasterstrahl mit der Klinge ab. Im nächsten Moment schnitt ihr Schwert durch den Blaster und trennte dann den Kopf des Soldaten vom Hals.

Der Kopf des Mannes verschwand in der Dunkelheit und sein Körper fiel zurück ins Zimmer. Jetzt war es zu spät. Ein weiterer Mann steckte seinen Kopf aus dem Fenster, außer Reichweite des Lichtschwerts, und Leia feuerte mit dem Taschenblaster. Er zog seinen Kopf blitzartig zurück. Entweder hatte sie den Mann getroffen, oder er war klug genug, sich auf keinen Kampf einzulassen.

Eine Hand erschien, rollte einen Minidetonator Richtung Leia und verschwand wieder. Leia schleuderte den Detonator mit ihrer Lichtschwertklinge zurück ins Zimmer. Einen Sekundenbruchteil später explodierte er mit einer Wucht, die sie vom Sims geworfen hätte, wenn sie nicht den Blaster fallen gelassen und sich wieder am Vorhang festgehalten hätte. Eine Feuerzunge leckte aus dem Fenster, so heiß und nah, daß sie ihr die Haare versengte. Sie spürte, wie sich Mara an ihren Schwertarm klammerte und ihn nach unten drückte, und Leia mußte all ihre Geistesgegenwart aufbringen, um das Lichtschwert zu deaktivieren, ehe sie sich oder Mara damit verletzte.

Maras ehemaliges Zimmer brannte. Die Zeit wurde knapp. Wenn nicht bald etwas geschah, waren sie verloren. Leia blickte zum Raumhafen hinüber, zum fernen Horizont. Dort war es! Sie konnte es sehen. Ein Lichtpunkt, der sich ihnen mit hoher Geschwindigkeit näherte. Es mußte die *Jadefeuer* sein, die ihnen zu Hilfe kam. Sie zeigte Mara den Lichtpunkt; Mara nickte und ließ Leias Arm los. Sie hantierte an ihrer Autokontrolleinheit und blickte immer wieder zu dem näher kommenden Schiff auf. Sie waren immer noch nicht über den Berg. Mara mußte dieses Ding erst zu ihnen dirigieren.

Leia sah zum brennenden Zimmer hinüber, aber es war höchst unwahrscheinlich, daß ihnen aus diesem Quartier Gefahr drohte, sofern es unter den Ligisten nicht ein paar Soldaten gab, denen es nichts ausmachte, geröstet zu werden. Sie warf einen Blick über ihre rechte Schulter und überprüfte das Fenster auf der anderen Seite, hinter Mara – und entdeckte Licht und Bewegungen im Inneren. »Mara!« rief sie – aber entweder hatte die Explosion Mara taub gemacht, oder sie war zu sehr auf die Fernsteuerung des Schiffes konzentriert, um auf ihre Umgebung zu achten. Leia ließ den Vorhang los, hob den Taschenblaster und fuhr herum. Sie feuerte an Maras Hinterkopf vorbei auf die Hand, die aus dem Fenster gestreckt wurde. Sie traf den Blaster in der

Hand, und die Waffe explodierte, beseitigte die Gefahr, die aus dieser Richtung drohte, löste aber ein weiteres Feuer aus – und blendete sie vorübergehend.

Leia schloß die Augen und schüttelte den Kopf. Sie öffnete wieder die Augen und blickte hinauf zum Himmel. Dort. Die *Jadefeuer*. Sie war inzwischen so nah, daß man ihre Umrisse erkennen konnte, und kam rasend schnell näher.

Aber hinter ihr stiegen weitere Lichtpunkte vom Raumhafen auf. MPBs – Minipatrouillenboote – starteten und verfolgten das Schiff.

Die Flammen rechts und links von Leia und Mara loderten höher, aber Leia konnte das Fauchen von Feuerlöschern hören. Die Soldaten würden die Brände in Kürze unter Kontrolle haben.

»Leia!« schrie Mara über das Brausen der Flammen hinweg. »Halten Sie sich bereit. Ich weiß nicht, wie nahe ich das Schiff heranbringen kann, aber sobald es nah genug ist, springen Sie! Vielleicht bekommen Sie keine zweite Chance. Wenn Sie an Bord sind, begeben Sie sich ins Cockpit und übernehmen die Steuerung, sobald ich Ihnen folge!«

»Wir schaffen es!« rief Leia und verfolgte, wie die *Jadefeuer* näher kam. Sie war größer, als Leia erwartet hatte, viel größer als der *Millennium Falke*. Das Schiff hatte ein schnittiges Design – eine stumpfe Bugspitze und einen breiten Rumpf, der in zwei dicke, elliptische Tragflächen auslief. Der Anstrich bestand aus einem orangeroten Flammenmuster. Leia hätte es nie gewagt, ein derart großes Schiff per Fernsteuerung zu fliegen. Und es sah aus, als hätte Mara einige Probleme damit. Die *Feuer* wurde langsamer und schwankte leicht. Turbulenzen.

Mara fluchte gepreßt und fummelte an der Kontrolle. Die *Feuer* wurde noch langsamer und sank ein Stück, bis die Oberseite des Schiffes mehr oder weniger in Höhe des Simses war. Mara brachte sie mitten in der Luft und rund fünfzig Meter vom Sims entfernt zum Halt. In diesem Moment wurde aus einem der oberen Fenster des Corona-Hauses ein Blaster abgefeuert. Der Schuß prallte von der Hülle der *Feuer* ab. Am oberen Teil des Rumpfes öffnete sich eine Luke und ein Geschützturm schob sich heraus. Er schwang sofort herum und erwiderte das Feuer. »Automatisches Feuer. Verteidigungssystem«, schrie Mara, bevor Leia fragen konnte. »Es erwidert automatisch das Feuer, wenn das Schiff angegriffen wird. Da fällt mir ein – schießen Sie nicht mehr, oder dieses Ding wird sie in Asche verwandeln.«

»Danke für den Tip«, antwortete Leia. Besser spät als nie. Sie schob den Blaster in ihre Tasche und befestigte das Lichtschwert an ihrem Gürtel.

Mara dirigierte die *Feuer* langsam Richtung Corona-Haus. Ein weiterer Blaster eröffnete das Feuer, und der obere Geschützturm antwortete mit einer ganzen Salve. Das Schiff kam näher und näher. Im oberen Teil glitt ein Schleusenschott zur Seite, und aus dem Inneren fiel gelbes Licht. Leia sah nach unten und schätzte die Distanz zum Backbordflügel des großen Schiffes auf etwa zwei Meter. Dann eineinhalb Meter.

Das mußte reichen. Jetzt bloß nicht nachdenken! sagte sie sich und sprang.

Sie landete hart auf der oberen Hülle des Schiffes, und für einen langen, entsetzlichen Augenblick spürte sie, wie sie an der regennassen, glatten Hülle nach unten rutschte. Aber dann fand ihre Hand einen Halt, sie zog sich nach oben und sprang hoch, eilte zu dieser offenen Schleuse und versuchte, nicht an die vielen Soldaten im Gebäude zu denken, die jeden Moment auf sie schießen konnten.

Sie hörte hinter sich einen dröhnenden Aufschlag und hoffte, daß es Mara war, aber sie hatte keine Zeit, sich umzusehen. Sie sprang in die Luke, ohne auf ihren verstauchten Knöchel zu achten, nur daran interessiert, das Metall der Hülle zwischen sich und die Schützen zu bringen.

Leia landete mit ihrem ganzen Gewicht auf ihrem verstauchten Knöchel und brach auf dem Deck zusammen. Sie rappelte sich mühsam auf, als Mara die Schleusenleiter heruntergepoltert kam. Kaum berührte Mara den Boden, schlug sie auf die Schleusenkontrolle, und das Schott schloß sich.

Leia fing Mara auf, als das Bein der Händlerin plötzlich nachgab, und sie sah das Blut am linken Bein ihres Overalls.

Diese Schnittverletzung an Maras Wade mußte schlimmer sein, als sie gedacht hatte. Aber dafür war jetzt keine Zeit. »Hier entlang«, rief Leia und wies in einen der beiden Korridore, die von der Schleuse ins Schiffsinnere führten.

Vom Heck ertönte schweres Blasterfeuer. Das Schiff schwankte, und sie fielen zu Boden. Das automatische Abwehrsystem erwiderte das Feuer. »Das müssen die MPBs sein«, keuchte Leia. »Kann die Hülle diesem Beschuß ohne Schilde standhalten?«

»Für eine Weile«, sagte Mara. »Aber versuchen wir lieber nicht herauszufinden, für wie lange.« Leia stützte Mara, und die beiden Frauen eilten zum Kontrollraum. Sie blieben vor dem Schott stehen, und Mara tippte einen Kode in einen Nummernblock. Das Schott glitt zur Seite. Mara ließ sich in den Pilotensitz fallen und aktivierte sofort die Schilde. »Das wird uns die MPBs vom Leib halten«, erklärte sie und beschleunigte. Die *Jadefeuer* machte einen Satz und gewann an Geschwindigkeit und Höhe.

Leia schleppte sich zur Navigatorstation und sank in den Sitz. Bis auf die Haut durchweicht, mit klappernden Zähnen, schmerzendem Knöchel, mit Schrammen und Blutergüssen am ganzen Körper, stieß Leia Organa Solo, ehemalige Prinzessin, ehemalige Senatorin und jetzige Staatschefin der Neuen Republik, einen Seufzer der Erleichterung aus. Sie würden es schaffen. Leia blickte durch die Bugsichtluke der *Jadefeuer*, während Corellia unter ihnen zurückfiel.

Es tat ihr nicht leid, Abschied zu nehmen.

## 10. Kapitel

# *Hinwege*

Gaeriel Captison setzte sich an das Kopfende des langen Tisches und nickte dem am anderen Ende stehenden Mann zu. »Admiral«, sagte sie, »ich denke, wir können jetzt anfangen.«

»Vielen Dank, Lady Captison.« Admiral Hortel Ossilege von der bakuranischen Flotte sah sich am Tisch um. »Ich möchte zunächst die Lage rekapitulieren«, erklärte er, »um sicherzugehen, daß ich alles richtig verstanden habe. Master Skywalker, können Sie bitte noch einmal sagen, wie lange die Neue Republik brauchen wird, um ihre Schiffe aus den Docks zu holen und eine schlagkräftige Flotte zusammenzustellen?«

»Im besten Fall brauchen wir noch fünfundvierzig Standardtage, um eine Streitmacht zu formieren und einsatzbereit zu machen«, antwortete Luke.

»Tatsächlich?« sagte Ossilege mit hochgezogenen Brauen. »Ich frage mich allmählich, wie es Ihnen überhaupt gelingen konnte, das Imperium zu besiegen.« Er war ein kleiner, dünner Mann mit rosiger, wie geschrubbt wirkender Haut und völlig haarlosem Schädel, was durch zwei schwarze, buschige Augenbrauen und einen Spitzbart wieder ausgeglichen wurde. Er trug eine cremeweiße bakuranische Paradeuniform mit einer bunten Sammlung Ordensbänder und Auszeichnungen an der rechten Brustseite. Eigentlich hätte er lächerlich wirken müssen, eine operettenhafte Karikatur jener Sorte Offiziere, die ihre Schlachten am kalten Büffet führten und ihre Siege vor dem Beförderungsausschuß errangen.

Luke hatte sehr schnell gelernt, daß der Augenschein trog. In den eineinhalbtägigen intensiven Gesprächen hatte Ossilege bewiesen, daß er ein genialer Kopf war und keine Zeit für irgendwelchen Unsinn hatte. »Unsere Streitkräfte sind nur sehr bedingt einsatzbereit. Daran besteht kein Zweifel«, räumte er ein. »Aber wir haben sichere Beweise dafür, daß die Verschwörer auf Corellia unser Sicherheitssystem geknackt und ihre Operation zeitlich genau abgestimmt haben.«

»Mit anderen Worten, man hat Sie mit heruntergelassenen Hosen erwischt«, sagte Ossilege. Er wandte sich an Kalenda. »Lieutenant, können Sie uns noch einmal eine realistische Schätzung der feindlichen Flottenstärke geben? Nur für den Fall, daß Sie inzwischen zu anderen Zahlen gekommen sind?«

»Nein, Sir, bedauerlicherweise nicht. Ich kann nur wiederholen, daß die Flottenstärke der Menschenliga und ihrer Verbündeten fast unerheblich ist. Sie scheinen über eine große Anzahl Jäger und Schiffe der Korvetten-Klasse zu verfügen, aber über keine größeren Einheiten. Zumindest war dies mein Eindruck, aber ich kann es einfach nicht glauben. Ich denke, es wäre Selbstmord, sich auf diese Information zu verlassen. Sie *müssen* irgendwo noch weitere Schiffe versteckt haben. Wir sollten davon ausgehen, daß sie ihre wahre Stärke verbergen. Leider wissen wir nicht, wo sie ihre Schiffe verstecken oder warum.«

»Müßte Ihre Organisation nicht über derartige Dinge Bescheid wissen?« fragte Lando.

Kalenda zuckte die Schultern. »Der GNR verfügt natürlich über ein umfangreiches Schiffsregister, aber es ist fast unmöglich, es immer auf dem neuesten Stand zu halten. Und es ist nicht einfach, an die nötigen Informationen heranzukommen. Wir haben auf allen Grenzling-Welten unsere Agenten, aber ihre Geheimberichte gehen zuerst nach Coruscant, und mir liegen die neuesten Daten noch nicht vor. Vielleicht trifft morgen ein Kurierschiff mit den aktuellen Informationen ein, vielleicht aber auch nicht. Und selbst wenn, würde ich diesen Informationen nicht trauen. Die Galaxis ist riesengroß. Man kann problemlos eine ganze Flotte samt Werften verstecken. Und es gibt eine ungeheure Menge an ausgemusterten Schiffen aus dem republikanisch-imperialen Krieg.«

»Sie haben keine Möglichkeit, diese Schiffe zu zählen?« fragte Ossilege erstaunt. »Sie, der berühmte GNR?«

»Mit Verlaub, Admiral, Sie müssen sich nur um Ihr eigenes Sonnensystem kümmern. Aber wir müssen alle überwachen. Angenommen, jemand flickt einen herumtreibenden

Kreuzer zusammen und verkauft ihn auf dem Schwarzmarkt eines Systems, in dem unsere Leute nie gewesen sind? Oder was ist, wenn eine Werft den Auftrag zur zivilen Umrüstung eines Kriegsschiffs übernimmt, alle Waffensysteme aus einer Fregatte herausreißt und sie zu einem Frachter umbaut, der an eine nette, friedliche, seriöse Reederei geliefert wird – nur daß sich am Ende herausstellt, daß die Waffen in Wirklichkeit nie entfernt wurden und die Reederei nur als Phantom in irgendwelchen Datenbanken existiert, die von Hackern manipuliert wurden? Wie sollen wir ihnen auf die Schliche kommen? Oder angenommen, jemand baut eine ganze Flotte von Schiffen, hält es aber geheim? Wie würden *Sie* all diese Schiffe zählen, wenn sie tausend Lichtjahre von Corellia entfernt versteckt sind?«

Ossilege wölbte eine buschige Braue. »Sie haben gerade präzise geschildert, wie die bakuranische Flotte an ihre Schiffe kommt«, sagte er, »ein Thema, das ich lieber nicht weiterverfolgen möchte. Aber Sie haben recht.« Er wandte sich an Lando. »Captain Calrissian, Sie wollten eine detaillierte Analyse der sogenannten Nova-Verschwörung vornehmen. Ihre Ergebnisse?«

Lando hob hilflos die Hände. »Ich habe zusammen mit den Droiden alle Informationen auf Kalendas Datenchip analysiert. Ohne Erfolg. Trotz aller Bemühungen können wir nicht mit Gewißheit sagen, ob die Botschaft vor der Explosion des Sternes an Leia abgeschickt wurde – und umgekehrt können wir auch nicht mit letzter Sicherheit ausschließen, daß die Botschaft erst *nach* der Explosion abgeschickt und nur der Eindruck erweckt wurde, daß es bei der Übermittlung zu einer Verzögerung kam. Aber eine Sache wissen wir sicher – *irgend jemand* hat diesen Stern gesprengt. Es gibt einfach keine natürliche Erklärung für seine Entwicklung zur Nova.

Außerdem ist da noch die Generalgouverneur Micamberlecto zugespielte Aufzeichnung, die die Explosion des Sternes aus nächster Nähe zeigt. Es ist *möglich*, daß sie gefälscht wurde, aber das dürfte sehr schwierig gewesen sein. Wenn wir davon ausgehen, daß sie echt ist, dann muß die Sonde rein zufällig zur richtigen Zeit am richtigen Ort gewesen sein, oder der Gegner hat sie vorher dort stationiert, um das Bildmaterial zu sammeln, das er brauchte, um seine Behauptungen zu untermauern.«

»Da ist noch eine andere Sache«, warf Luke ein. »Die Neue Republik muß zumindest versuchen, das nächste Planetensystem auf der Nova-Liste zu evakuieren. Die Planung war vor unserer Abreise noch nicht abgeschlossen, aber es ist mehr als wahrscheinlich, daß die *Naritus* und zwei oder drei andere Schiffe, die derzeit im corellianischen System patrouillieren, für diese Aufgabe eingesetzt werden. Das bedeutet, daß uns noch weniger Schiffe für Operationen im corellianischen Raum zur Verfügung stehen.«

»Nun gut«, sagte Ossilege bedrückt. »Ich schätze, ich weiß alles, was ich wissen muß. Ich möchte jetzt Lady Captison bitten, den politischen Aspekt der Situation zu besprechen, bevor wir uns dem militärischen zuwenden.«

Luke und alle anderen am Tisch sahen Gaeriel an. »Es ist ganz einfach«, erklärte sie. »Die Premierministerin und die Regierung haben der Flotte befohlen, der Neuen Republik in dieser Krise beizustehen, und den Admiral beauftragt, eine Streitmacht für die Befreiung Corellias zusammenzustellen und zu kommandieren.«

»Wundervoll!« rief Luke. »Übermitteln Sie bitte der Premierministerin unseren Dank.«

»Viele Dank, Lady Captison«, sagte Lando.

»Danke, Ma'am«, schloß sich Kalenda an.

»Keine Ursache. Ich muß vermutlich nicht extra betonen, daß alle Bakuraner stolz darauf sind, einen Teil unserer großen Schuld gegenüber der Neuen Republik abtragen zu können. Allerdings gibt es da noch einen Punkt, den ich erwähnen möchte, auch wenn er wahrscheinlich nicht besonders wichtig ist. Während Admiral Ossilege das militärische Oberkommando der Operation übernimmt, hat mich die Premierministerin zu ihrer Generalbevollmächtigten ernannt. Ich werde Bakura in allen politischen Fragen vertreten. Sie hielt dies für notwendig, da wegen der Kommunikationsstörung keine Rückfragen an Bakura möglich sind.«

»Aber, Gaer ... äh, Lady Captison«, wandte Luke ein. »Was ist mit Ihrem Kind?«

»Malinza bleibt natürlich hier bei meiner Familie. Ich bin nicht die erste Mutter, die auf eine gefährliche Mission geht.«

»Ja, sicher«, nickte Luke. Er wollte dagegen protestieren, daß Gaeriel mitkam, aber er wußte, daß sie nicht auf ihn hören würde.

»Vielen Dank für Ihre Besorgnis, Jedi-Meister«, sagte Gaeriel, »aber diese Entscheidung ist bereits gefallen. Admiral, ich denke, Sie sollten jetzt das Wort ergreifen und uns über die praktischen Aspekte der Mission informieren.«

»Gewiß, Lady«, sagte Ossilege. »Zunächst muß ich Ihnen mitteilen, daß Bakura allein diesen Krieg nicht für Sie führen kann. Wir sind zwar sehr dankbar für die Hilfe, die uns die Neue Republik in der Vergangenheit geleistet hat, aber wir können unsere Heimatwelt nicht monatelang von allen Verteidigungsstreitkräften entblößen – und unsere Schiffe würden viele Monate brauchen, um das corellianische System im Sublichtflug zu erreichen. Dies können wir nicht tun. Aber ich glaube, es besteht zumindest die realistische Chance, Ihnen auf andere und mindestens gleichwertige Weise zu helfen. Ich glaube, wir können den Abfangfeldgenerator lokalisieren und ausschalten und so der Flotte der Neuen Republik – die natürlich noch aufgestellt werden muß – den Weg in das System bahnen. Und ich glaube, daß wir all das erreichen können, ohne selbst von dem corellianischen Feld in Mitleidenschaft gezogen zu werden.«

»Wie das?« fragte Lando.

»Wir glauben, daß wir – zumindest zum Teil – ein Mittel gegen das Abfangfeld entwickelt haben.« Ossilege hob eine Hand, um die neugierigen Fragen seiner drei Besucher abzuwehren. »Wir wissen nicht genau, ob es unter diesen Umständen funktioniert oder wie gut es funktioniert. Bis jetzt haben wir nur begrenzte Tests durchführen können. Aber das Prinzip ist ganz einfach. Wie Sie wissen, simuliert ein Abfangfeld die Masselinien einer natürlichen Gravitationsquelle. Ein Schiff kann innerhalb einer steilen Gravitationssenke nicht durch den Hyperraum reisen und wird in den Normal- oder Realraum zurückgeschleudert.

Wir haben ein Gerät namens Hyperwellen-Masseträgheitskonservator entwickelt – von unseren Technikern kurz HWMK genannt. Ich bevorzuge den Ausdruck Hyperwellenkonservator. Er ist mit einem gravitonischen Sensor ausgestattet, der eine Notabschaltung des normalen Hyperantriebs vornimmt, sobald das Schiff in ein Abfangfeld eintritt, und so eine Beschädigung des Triebwerks verhindert. Gleichzeitig aktiviert er eine statische Hyperraumblase, die von einer Hyperspule generiert wird, die so *konstruiert* ist, daß sie im Wirkungsbereich eines Abfangfelds durchbrennt.

Die statische Hyperwellenblase erzeugt natürlich keinen Schub, aber sie kann das Schiff im Hyperraum halten, während es von seinem eigenen Schwung vorwärtsgetragen wird. Die erste durchbrennende Spule aktiviert die zweite, die zweite aktiviert die dritte und so weiter. Im Endeffekt pendelt das Schiff zwischen Hyper- und Normalraum hin und her, wird immer wieder aus dem Hyperraum und wieder zurück geschleudert, bis das von seinem eigenen Schwung getragene Schiff das Abfangfeld verläßt und das normale Hyperantriebssystem wieder funktioniert.«

»Sehr elegant«, kommentierte Luke beeindruckt.

»Nun ja, die Technik ist noch recht primitiv und setzt auf rohe Gewalt, und unsere Tests haben gezeigt, wie rauh der Flug ist, aber das Ergebnis ist befriedigend.«

»Zumindest konnte das Testschiff mit dieser Technik einem *normal großen* Abfangfeld zu entkommen«, sagte Gaeriel trocken. »Bei einem Monstrum wie dem im corellianischen System sieht die Sache etwas anders aus. Es gibt Grenzen.«

»Was für Grenzen?« fragte Luke.

»Die Installation eines Hyperwellenkonservators ist keine einfache oder billige Angelegenheit«, erklärte Ossilege. »Sie ist teuer und zeitaufwendig. Wir haben derzeit nur vier Schiffe – drei Zerstörer und einen leichten Kreuzer mit dem System ausgerüstet. Wenn wir diese Schiffe mit Hyperblasengeneratoren vollstopfen, können sie ungefähr drei Viertel des Weges vom Rand bis zum Zentrum des Abfangfelds zurücklegen.

Diese Schiffe werden ihre Formation nicht aufrechterhalten können und wahrscheinlich etwas vom Kurs abkommen. Aber sie werden hinter den Verteidigungslinien des corellianischen Planetensystems in den Normalraum zurückstürzen – in der unmittelbarer Angriffsreichweite von Selonia.«

»Selonia? Aber was nutzt uns das?« fragte Lando. »Ich dachte, wir wären uns einig, daß sich der Abfangfeldgenerator irgendwo im Doppelplanetensystem befinden muß, auf Talus oder Tralus. Warum fliegen wir nach Selonia?«

»Weil Selonia ein lohnendes Ziel ist und von unserer wahren Absicht ablenken wird, dem Angriff auf die Doppelplaneten«, sagte Ossilege. »Ich werde es Ihnen zeigen.« Er drückte an seinem Kontrollpult eine Reihe von Knöpfen. Der Raum wurde abgedunkelt, und über der Tischmitte erschien eine Standardgitternetzgrafik des corellianischen Planetensystems. »Das sind die derzeitigen relativen Positionen der fünf bewohnten Welten des corellianischen Systems. Wie Sie sehen können, befindet sich Corellia von Tralus und Talus aus betrachtet auf der gegenüberliegenden Seite der Sonne Corell. Drall liegt etwa neunzig Grad vor Corellia, aber Selonia hat fast den Punkt der größten Annäherung an die Doppelplaneten Tralus und Talus erreicht. Wie Sie außerdem sehen können, ist Selonias Umlaufbahn sonnenferner als die der Doppelplaneten. Wenn wir uns Tralus und Talus vom Rand des Systems auf einer direkten radialen Flugbahn nähern, passieren wir automatisch Selonia. Und Selonia ist ein Hauptziel. Die Rebellen werden gezwungen sein, den Planeten zu verteidigen.«

»Falls es dort Rebellen gibt«, sagte Luke. »Wir wissen so gut wie nichts über die dortige Lage.«

»Ich bin mir nicht sicher, ob es überhaupt irgendwo Rebellen gibt«, erklärte Ossilege. »Fünf unabhängige Gruppen sollen gleichzeitig auf fünf Planeten rebelliert haben? Das kommt mir nicht sehr glaubwürdig vor. Ich vermute, daß es zwischen den verschiedenen Rebellionen einen Zusammenhang gibt. Aber das sind nur Spekulationen, und ich möchte dieses Thema jetzt nicht weiterverfolgen. Was Ihren Einwand betrifft, Master Skywalker – ich will Selonia vor allem angreifen, um herauszufinden, was dort vor sich geht, wer reagiert und auf welche Weise reagiert wird. Diese Reaktion wird uns einiges verraten. Wenn man uns als Befreier willkommen heißt, gut. Wenn man uns angreift, womit ich rechne, werden wir auch eine Menge erfahren – und den Gegner dazu zwingen, die Stärke seiner Kurzstreckenstreitkräfte zu enthüllen. Mit etwas Glück gelingt es uns, einen Teil seiner Einheiten nach Selonia zu locken und so die Verteidigung von Tralus und Talus zu schwächen.«

Lando betrachtete das Taktikdisplay. »Es ergibt einen gewissen Sinn«, meinte er, »aber es ist riskant. Extrem riskant. Sie haben eine kleine Streitmacht, die ohne jede Unterstützung tief im feindlichen Gebiet operiert, ohne die Möglichkeit zum Rückzug, falls etwas schiefgeht.«

Ossilege deaktivierte das Taktikdisplay und schaltete wieder das Licht ein. »Ihr Einwand ist natürlich berechtigt«, sagte er. »Aber Kühnheit ist eine ebenso wirksame Waffe wie der Blaster, den Sie im Holster tragen. Doch beide sind nutzlos, wenn sie bleiben, wo sie sind. Kühnheit ist eine Klinge, die manchmal aus der Scheide gezogen werden muß.«

»Das klingt sehr poetisch«, sagte Lando, »aber bei allem schuldigen Respekt, ich habe einige Erfahrung mit diesen Dingen. Ich fürchte, Sie verlangen zuviel von Ihren vier Schiffen.«

Ossilege lächelte dünn. »Nach *meiner* Erfahrung«, erwiderte er, »erreicht man mehr, wenn man eher zuviel als zuwenig erwartet.«

Luke Skywalker sagte nichts. Aber allmählich dämmerte ihm, wie gefährlich Admiral Ossilege war.

Die Frage war natürlich – gefährlich für wen?

Han Solo kroch hinter Dracmus durch den Tunnel, und er hatte es inzwischen satt, ständig auf der Flucht zu sein, ohne genau zu wissen, was vor sich ging. Zwei Tage waren vergangen, seit sie beide von den Selonianern aus der geheimen Festung der Menschenliga befreit worden waren, und seitdem hatte sich Hans Wissensstand nicht verbessert. Ihre Befreier hatten Han und Dracmus aus dem Fluchttunnel zu einem

Hauptstollen begleitet und sich dann verabschiedet. Seitdem waren Han und Dracmus allein unterwegs, auch wenn sie hin und wieder anderen Selonianern begegnet waren.

Er war sich immer noch nicht sicher, ob er ein Gefangener war, ob man ihn zu einem sicheren Ort brachte oder beides. Dracmus hatte eine bemerkenswerte Fähigkeit bewiesen, unwillkommenen Fragen auszuweichen.

Han wußte nur, daß man ihn irgendwohin brachte und daß der Weg dorthin durch scheinbar endlose niedrige Tunnel führte, die in das denkbar düsterste rote Dämmerlicht getaucht waren.

»Wann erreichen wir endlich eine Stelle, wo ich stehen kann?« fragte Han und hob seine Stimme ein wenig, damit Dracmus ihn auch hörte. Dracmus war ihm ein ganzes Stück voraus, wie schon seit Beginn der Flucht. Han hatte den Großteil der letzten Tagen ihr Hinterteil und ihren Schwanz vor Augen gehabt.

Dracmus lachte zischend. Han würde dieses Geräusch bestimmt nicht vermissen, wenn er es nicht mehr hörte. »Immer willst du stehen. Ist es nicht angenehm, sich auf allen vieren zu bewegen? Du mußt dein Gewicht auf die Vorderläufe verlagern.«

Die Selonianerin hatte auch *diesmal* seine Frage nicht beantwortet, obwohl Han sich nicht vorstellen konnte, warum sie ihm auswich. Er hatte den deutlichen Eindruck, daß Dracmus von ihren Befreiern die Anweisung bekommen hatte, den Mund zu halten und keine Fragen zu beantworten. Han hatte sie unverblümt gefragt, ob dies der Fall war, aber wenn ja, dann bezog sich das Antwortverbot sogar auf Fragen nach dem Antwortverbot. Wenn sie den Befehl hatte zu schweigen, dann gehorchte sie auf ziemlich sklavische und kompromißlose Weise. Was konnte es schaden, Han zu verraten, wie hoch die Decke vor ihnen war? Aber er und Dracmus hatten dieses Thema schon mindestens ein dutzendmal durchdiskutiert, seit ihre Freunde sie aus dem Gefängnis der Menschenliga befreit hatten. Han wartete immer noch auf eine ehrliche Antwort, und die meiste Zeit bewegte er sich nach wie vor auf Händen und Knien vorwärts.

Han wußte natürlich, warum die Tunnel so niedrig waren. Die Selonianer waren auf allen vieren genauso flink wie auf zwei Beinen – vielleicht sogar noch schneller. Sie waren in erster Linie Kreaturen der Unterwelt – Tunnelbauer, Gräber, Buddler. Ein Tunnel, durch den sich die Selonianer auf allen vieren bewegten, mußte nur einen Meter breit und einen Meter hoch sein, während ein Tunnel für aufrecht gehende Selonianer mindestens zwei Meter hoch sein mußte – und die Selonianer sahen keinen Sinn darin, doppelt so viel Erdreich auszuschachten, nur um auf den Beinen stehen zu können. Unglücklicherweise nützte es Hans steifem Hals wenig, daß er die Logik ihrer Handlungsweise verstand, und der pochende Schmerz in seinen Knien wurde dadurch auch nicht gelindert.

Wenigstens war er nicht der erste Mensch, der mit diesem Problem konfrontiert wurde. Die Selonianer hatten ihm einen Helm, Knieschoner und gefütterte Handschuhe gegeben, aber manchmal fragte er sich, ob die Lösung nicht schlimmer war als das Problem selbst. Das Helm war schwer und ohne Lüftung, und er hatte nicht ganz die passende Form für einen menschlichen Kopf. Die Handschuhe waren zu groß und zu unförmig, und die Knieschoner drohten bei jedem Schritt zu verrutschen – sofern man die Fortbewegung auf Knien überhaupt als Schreiten bezeichnen konnte. Er hatte Stunden gebraucht, um halbwegs zu lernen, wie man ein Knie so vor das andere setzte, daß die Schoner an ihrem Platz blieben.

Ein- oder zweimal hatte er mit dem Gedanken gespielt, nicht weiterzugehen, Dracmus' Anweisungen zu mißachten und auf eigene Faust einen Ausgang aus dem Tunnelsystem zu suchen. Aber er wußte, daß es ein hoffnungsloses Unterfangen war. Dracmus konnte sich in den Tunneln viel schneller bewegen als er. Und Dracmus kannte sich im Tunnelsystem aus. Hinzu kam, daß Dracmus im Notfall jede Menge Helfer alarmieren konnte. Han und sie waren hier unten keineswegs allein.

Han hörte hinter sich ein Scharren, dann ein zweifaches Heulen, auf das Dracmus mit einem Quieken und Gurgeln antwortete. Die Laute waren keine Worte der selonianischen

Sprache, die Han gelernt hatte. Sie waren Tunnelsignale, die selbst in der hallenden Enge der unterirdischen Gänge klar verständlich waren. Han war recht schnell hinter ihren Sinn gekommen. Beim Weltraum, er hatte sie inzwischen wirklich oft genug gehört. *Ich bin direkt hinter euch,* rief die Selonianerin in seinem Rücken. *Überhol uns, wenn du willst,* antwortete Dracmus. Han seufzte und legte sich flach auf den Bauch. »Jetzt geht das schon wieder los«, murmelte er vor sich hin.

Er hörte hinter sich das Scharren und Klicken von Klauen auf Stein, dann eine Pause, als die Selonianerin in seinem Rücken überrascht feststellte, daß er ein Mensch war, und neugierig an seinen Füßen und seiner Kleidung schnüffelte, bevor sie über ihn hinwegkletterte, dabei mit ihrem ganzen Gewicht auf Hans Rücken drückte und am Ende auf seinen Kopf trat. Han seufzte wieder. Neue Schrammen und blaue Flecken. Die Selonianer, die ihn überholten, schienen immer neue Stellen an ihm zu finden, in die sie ihre Klauen drücken konnten. Jene, die ihm entgegenkamen, schienen immer auf dieselben Stellen an seinem Rücken und seinen Beinen zu treten.

Die überholende Selonianerin stieg dann über Dracmus hinweg, und das war immerhin ein Trost, wenn auch ein kleiner. Die Selonianer waren daran gewöhnt. Aber Han hoffte, daß Dracmus wenigstens ein *paar* blaue Flecke abbekam. Doch wenn dies der Fall war, so ließ sie es sich nicht anmerken.

Han richtete sich halb auf und kroch auf Händen und Knien hinter seiner Führerin her.

Oder seiner Aufseherin. Er war immer noch nicht sicher, was sie wirklich war.

Die Herzogin Marcha von Mastigophorous tröstete sich oft mit dem Gedanken, daß ihr Neffe Ebrihim sein exzentrisches Benehmen nicht von ihrem Zweig der Familie geerbt haben konnte. Und dennoch stand es außer Frage, daß er eine oder zwei Eigenschaften besaß, die auch sie und ihre nächsten Verwandten auszeichneten. Ebrihim war ausdauernd, auch wenn er es nicht immer zeigte. Doch wenn die Umstände es erforderten, konnte er immer noch weitermarschieren, während alle anderen längst vor Erschöpfung zusammengebrochen waren.

Und er war ein guter Lehrer, auch wenn er diese Gabe nicht vernünftig nutzte. Er konnte alle Fakten sammeln, sie objektiv diskutieren, dann eine Situation leidenschaftslos analysieren und realistische Spekulationen anstellen, ohne die Tatsachen mit Meinungen oder Vorurteilen zu vermischen. Und Ausdauer war für einen Lehrer natürlich eine große Hilfe. Man mußte in Bewegung bleiben, durfte nicht einrosten. Kein Zweifel, Ebrihim hätte etwas aus sich machen können, wäre da nicht seine Neigung zum Dilettantismus gewesen. Er interessierte sich für schlichtweg alles – mit dem Ergebnis, daß er keine einzige Sache zu Ende geführt hatte.

Aber in dieser Nacht setzte er zum ersten Mal all seine intellektuellen Fähigkeiten ein. Die Kinder schliefen längst, dieser Wookiee Chewbacca war ebenfalls zu Bett gegangen, und selbst Q9-X2, Ebrihims absurder Droide, war ins Schiff zurückgekehrt, um sich aufzuladen.

Doch Ebrihim war hellwach und lebendig, frisch wie eine Dresselblume an einem taufeuchten Morgen. Sie und er saßen schon seit Stunden in der Küche und unterhielten sich, während sie tassenweise starken Tee tranken und einen Teller guter, fester Hartkekse knabberten, jene Sorte, die die Kiefermuskulatur trainierte und für menschliche Zähne absolut verheerend war.

Natürlich sprachen sie zuerst über die Familie. Nicht ohne Grund hieß es über die Drall: Sollte das Universum von einem gigantischen Schwarzen Loch verschluckt werden, während am selben Tag ein Vetter eine unglückliche Liebesbeziehung beendete, würden Tage vergehen, bis die Verwandten des Vetters Zeit fanden, sich mit dem Ende des Universums zu beschäftigen.

Aber auch wenn Ebrihim lange Zeit fort gewesen war, früher oder später mußte selbst der Familienklatsch den Krisen weichen, die das corellianische Planetensystem in den Grundfesten erschütterten. »So schlimm ist es noch nie gewesen«, sagte Tante Marcha. »Es scheint, als wäre ein halbes Dutzend Separatistengruppen über Nacht aus dem Boden geschossen. Alle tönen, daß sie die corellianische Sektorregierung hassen und daß die Neue Republik nicht besser als daß Imperium ist. Sie rufen alle zum Widerstand gegen die Unterdrücker von der Menschenliga auf, scheinen sich aber gegenseitig am meisten zu hassen. Und dergleichen Unsinn mehr. Es ist überaus undrallisch.«

»Wer war noch einmal für die Anschläge verantwortlich?« fragte Ebrihim. »Hattest du nicht eine Gruppe namens Drallisten erwähnt?«

»Genau. Von allen idiotischen Gruppen sind sie die schlimmste. Sie haben die Stromleitungen gekappt und terrorisieren Reisende. Jeden Tag beschuldigen sie jemand anderen, ein Kollaborateur zu sein. Selbst *mich* haben sie beschuldigt, eine Kollaborateurin zu sein, stell dir das vor! Sie machten sich natürlich nicht die Mühe, mir zu sagen, mit wem ich kollaboriere oder welche Ziele meine imaginären Mitkollaborateure verfolgen. Sie scheinen nur für das Chaos und gegen alles andere zu sein. Aber ich weiß, was passieren kann, wenn man der Kollaboration bezichtigt wird. Es sind schon Häuser in die Luft gejagt worden, weißt du.«

»Was?« entfuhr es Ebrihim. »Drall jagen die Häuser von Drall in die Luft? Ich kann es nicht glauben.«

»Ich konnte es selbst nicht glauben, Neffe, aber ich konnte andere auch nicht in Gefahr bringen. Ich habe alle fortgeschickt – Verwandte, Bedienstete, Freunde, alle. Ohne sie kommt mir das Haus so leer vor. Ich hoffe, daß sie alle zurückkommen können, wenn die Krise vorbei ist. Falls sie jemals vorbei sein *wird*.«

Marcha schüttelte den Kopf und füllte die Teetasse ihres Neffen. »Ich weiß nicht, was als nächstes passieren wird. Ich weiß es wirklich nicht.«

»Ich auch nicht, Tante Marcha. Ich auch nicht.«

»Kann ich dir noch etwas anbieten?« fragte sie, sich wieder an ihre Pflichten als Gastgeberin erinnernd. »Vielleicht noch einen Hartkeks?« fügte sie hinzu und bot ihm die Schüssel an.

»Liebend gern«, versicherte Ebrihim. »Deine Kekse sind wie immer köstlich. Hart wie Holz und überaus schmackhaft. Ich hatte ganz vergessen, wie lecker sie sind. Menschliches Essen fordert die Schneidezähne nicht so wie deine Kekse.«

»Ich freue mich, daß sie dir schmecken, Neffe. Aber was ist mit dir? Bei allen Sternen, wie bist du nur an drei Menschenkinder und einen Wookiee geraten?«

»Es sind nicht nur irgendwelche Menschenkinder, Tante Marcha. Sagen dir ihre Namen denn gar nichts? Ihre Eltern sind hochstehende Persönlichkeiten.«

»Nun, vielleicht sind sie das«, meinte sie etwas schnippisch. »Ich habe mich noch nie dafür interessiert, welche Menschen gerade vornehm tun. Ich nehme an, du hast den Kindern irgendeines unwichtigen Vertreters des corellianischen Kleinadels als Hauslehrer gedient. Dagegen ist nichts einzuwenden, aber du kannst nicht von mir erwarten, daß ich ihre Namen kenne.«

»Ich denke, selbst *du* hast schon von diesen Leuten gehört. Ihr Vater war ein Held im Krieg gegen das Imperium – und er ist, wie es scheint, der Vetter des Führers der Menschenliga, obwohl er ganz und gar nicht erfreut war, das zu hören – glaub's mir! Ihre Mutter ist Leia Organa Solo, Staatschefin der Neuen Republik. Ihr Onkel ist Luke Skywalker persönlich.«

»Bei allen Sternen!« rief Tante Marcha, nun doch beeindruckt. Als Oberhaupt einer adeligen Familie hatte Marcha immer gewußt, ein weit zurückreichender Stammbaum bedeutete nur, daß sich eine Bande von Idioten viel zu lange vermehrt hatte. Sie hatte sich schon immer mehr für Leistungen als für die Herkunft interessiert. Aber manche Familien *waren* beeindruckend. »Du verkehrst *wirklich* in interessanten Kreisen, Neffe. Erzähl mir alles.«

»Sehr gern, Tante Marcha. Aber ich warne dich, es ist eine lange Geschichte.«

»Ich weiß, daß du noch nie etwas für kurze Geschichten übrig hattest, Neffe.«

Ebrihim nahm eine weitere Tasse Tee und erzählte ihr die ganze erstaunliche Geschichte, angefangen von dem Zeitpunkt, als er von Leia Organa Solo eingestellt worden war. Zweifellos war Corellia schon seit einiger Zeit das Zentrum eines Intrigennetzes. Es war typisch für Ebrihim, daß er dabei mitmischte.

Marcha hatte sich schon immer Sorgen um ihren Neffen gemacht. Auf Menschen wirkte er wahrscheinlich ausgeglichen, vernünftig, sogar überkorrekt. Für Drall-Verhältnisse war er flatterhaft, verantwortungslos, ein junger Hüpfer. Sie hatte es schon vor langer Zeit aufgegeben, ihn zu drängen, endlich seßhaft zu werden und eine Familie zu gründen. Aber auch ohne große Psychologiekenntnisse wußte sie, daß seine Zuneigung zu den Menschenkindern vielleicht ein Ersatz für die eigenen Kinder war, die er nie haben würde. Andererseits brauchte sie noch weniger Psychologiekenntnisse, um zu erkennen, daß sie wahrscheinlich zuviel in sein Verhalten hineininterpretierte. Die Herzogin von Mastigophorous hatte wenig Zeit für Unsinn, vor allem für ihren eigenen.

Aber dennoch, jede Familie hatte ihren exzentrischen Neffen oder Vetter, und dieser Umstand hatte fraglos auch seine Vorteile. Der Herzogin Marcha wurde dies wieder bewußt, als sie sich Ebrihims Schilderung seiner Abenteuer mit der Familie Organa Solo anhörte. Das Herumspionieren, die Angriffe aus dem Dunkeln, Han Solos Entführung und Freilassung, der Angriff auf das Corona-Haus – all das war überaus bemerkenswert.

Aber die Tatsache, die sie am meisten schockierte, war natürlich, daß er den hohen Rang seiner Familie benutzt hatte, um Zugang zu einer archäologischen Ausgrabungsstätte zu bekommen, und das nur, um die Ausgrabungsstätte mit eigenen Augen sehen zu können. Wenn sich die Ausgrabungen auch für seine Arbeitgeber als interessant und für die Kinder als lehrreich erwiesen, umso besser. Die Dreistigkeit, die sich hinter dieser Einstellung verbarg, war atemberaubend. Selbst die meisten Menschen hätten davor zurückgeschreckt, ihre gesellschaftliche Stellung auf diese Weise zu mißbrauchen. Kein halbwegs vernünftiger Drall hätte sich auf derartige Machenschaften eingelassen. Zumindest war etwas Gutes dabei herausgekommen. Ohne den Besuch der Ausgrabungsstätte hätte der kleine Anakin nie diese seltsame riesige Kaverne entdeckt.

Aber die Geschichte erinnerte sie an etwas. An etwas Merkwürdiges, von sie vor einiger Zeit in den Zeitungen gelesen hatte. »Neffe«, sagte sie. »Hast du je von einer archäologischen Ausgrabung auf Drall gehört?«

Ebrihim blickte stirnrunzelnd auf. »Natürlich nicht«, erklärte er. »Deswegen war ich auch so sehr daran interessiert, mir eine anzusehen. Es gibt ebensowenig eine Drall-Archäologie, wie es menschliche Schwanzpflege gibt.«

»Das«, sagte Marcha, »war auch mein Eindruck. Wir haben keinen Bedarf für Archäologie. Auf ganz Drall gibt es nichts, was eine Ausgrabung lohnt.« Die Drall waren ein ordentliches Volk und ein sehr altes, das großen Wert auf exakte Aufzeichnungen und perfekte Organisation legte. Seit Tausenden von Jahren war alles Wichtige entweder sorgfältig archiviert oder wiederverwertet worden. Es gab keine Prähistorik, keine unerforschte Frühgeschichte. Und wenn doch, dann war sie schon so lange vergessen, als hätte sie nie existiert. »Deshalb war ich auch so überrascht, als ich vor einiger Zeit in der Presse las, daß in der Nähe des Äquators ein großes archäologisches Ausgrabungsprojekt begonnen wurde.«

»Das ist absurd!« protestierte Ebrihim.

»Ganz meine Meinung«, nickte sie. »Ich fand es jedenfalls so eigenartig, daß ich versucht habe, mehr zu erfahren. Es gelang mir, die genaue Lage der Ausgrabungsstätte herauszufinden, aber das war auch alles. Es gab keine weiteren Zeitungsberichte, und meine privaten Nachforschungen führten zu keinem Ergebnis. Ich habe mich nur aus reiner Neugierde damit beschäftigt, und vielleicht habe ich zu früh aufgegeben. Was mich irritiert, ist die Tatsache, daß die Ausgrabungsstätte, wie sie in den Artikeln beschrieben wurde, sehr an die auf Corellia erinnert.«

Ebrihim starrte seine Tante verblüfft an. »Tante Marcha! Wenn es stimmt, was du sagst, dann ...«

»Ich weiß, ich weiß. Die Konsequenzen sind ungeheuerlich. Aber uns bleibt keine andere Wahl, als die Frage weiterzuverfolgen. Ich denke, wir müssen mehr – viel mehr – über das erfahren, was die Kinder entdeckt haben.«

Tendra Risant steuerte ihr neu erworbenes Schiff durch den Hyperraum zum corellianischen Sonnensystem – und den Dingen entgegen, die sie dort erwarteten. Das Schiff war eine langsame, ältere corellianische Schaluppe, die sie auf den Namen *Gentleman Besucher* getauft hatte, und die *Gent* war äußerlich nicht gerade ein Glanzstück. Aber Äußerlichkeiten bedeuteten nicht viel. Das Schiff würde sie zu ihrem Ziel bringen – auch wenn es etwas länger dauerte. Nur das zählte.

Sacorria lag erst einen halben Tag hinter ihr, aber sie hatte bereits eine Menge interessanter Dinge über interstellare Reisen gelernt, und sie freute sich schon darauf, mit Lando darüber zu reden, falls sie ihn überhaupt fand. Sie hatte das Gefühl, daß er einige dieser Lektionen bereits kannte.

Die erste und wichtigste Lektion war, daß Geld fast alles möglich machte und vieles erleichterte, vor allem, wenn man genug Hartwährung hatte, um mit Bestechungsgeldern förmlich um sich werfen zu können. Embargobestimmungen? Startverbot für alle Raumschiffe und Verkaufsverbot für gebrauchte Raumschiffe? Eintragung ins Schiffsregister? Eine wohldosierte Geldspritze löste alle Probleme.

Die zweite Lektion war, daß alle Welt eine Heldenangst vor Raumreisen hatte. Jeder schien zu glauben, daß das Abfangfeld um Corellia wie eine massive, undurchdringliche Mauer war, die sich durch nichts überwinden ließ. Alles Unsinn. Das Abfangfeld verhinderte lediglich, daß man mit Überlichtgeschwindigkeit in das corellianische System einflog; mehr nicht.

Es war kein Problem, nach Corellia zu gelangen, sofern man genügend Zeit hatte. Der Navcomputer verriet ihr, daß die Reise vom Rand des Abfangfelds bis zum Planeten Corellia drei lange Monate dauern würde, wenn sie die Sublichttriebwerke der *Gentleman* mit Vollschub laufen ließ, aber Tendra rechnete halb damit, ihr Ziel schon früher zu erreichen. Die Corellianer konnten das Abfangfeld schließlich nicht ewig aufrechterhalten. Sie mußten es irgendwann abschalten – sofern es nicht ein anderer für sie erledigte. Und selbst wenn das Abfangfeld bestehen blieb, gab es immer noch die Möglichkeit, daß die Störsender deaktiviert wurden.

Außerdem wußte Tendra, daß sie nicht unbedingt in die Nähe von Corellia gelangen mußte. Die normalen Komfrequenzen mochten vielleicht gestört sein, aber das beeinflußte nicht die spezielle Kommunikationsausrüstung, die Lando ihr vor seinem Abflug nach Corellia gegeben hatte. Sie war als romantisches Geschenk gemeint gewesen, eine Möglichkeit, geheime Liebesbotschaften von und nach Sacorria zu senden, aber das System konnte auch auf andere Weise benutzt werden.

Es war ein seltsames altes System, das er ihr anvertraut hatte. Es sendete und empfing modulierte elektromagnetische Strahlung im Radioband des Spektrums. Da das System elektro-magnetische Impulse zur Signalübermittlung verwendete, arbeitete es nur lichtschnell. Lando hatte gesagt, daß es Funkkommunikationssystem genannt wurde. Aus unbekannten Gründen übertrug es lediglich Tonsignale, keine Bilder. Sehr primitiv. Man sprach in ein Mikrofon, und die Stimme wurde in ein Signal umgewandelt und auf einer Radiobandträgerwelle mit Lichtgeschwindigkeit hinaus ins Universum gestrahlt.

Aber selbst die Lichtgeschwindigkeit war schneller als ein Raumschiff mit Sublichttriebwerken. Das corellianische Sonnensystem hatte einen Durchmesser von wenigen Lichtstunden. Wenn sich Lando im System befand und wenn er – oder sonst jemand – zufällig einen Funkempfänger einschaltete, der auf die richtige Frequenz eingestellt war, dann würde ihn Tendras Warnung vor dem Flottenaufmarsch über Sacorria nur wenige Stunden nach ihrem Einflug ins System erreichen. Es war ein langwieriges Verfahren. Tendra war dies bewußt. Aber auch was lange brauchte, machte sich irgendwann bezahlt.

Außerdem kam sie so von Sacorria weg.

## 11. Kapitel

## *Die Geschichte von der Schlußfolgerung*

Am Morgen nach ihrer Ankunft in der Villa der Herzogin Marcha wollten die Kinder nichts weiter, als so schnell wie möglich frühstücken, um endlich das riesige Haus und das Grundstück erforschen zu können.

Aber in der Küche wurden sie bereits von Q9 erwartet, und obwohl er sich als überaus hilfreich erwies und ihnen sofort das Frühstück servierte, bekam ihre Begeisterung einen erheblichen Dämpfer, als sie hörten, daß sich Ebrihim und Tante Marcha mit ihnen über die riesige unterirdische Kammer unterhalten wollten, die Anakin entdeckt hatte. Das Frühstück verwandelte sich für sie plötzlich in eine Art Henkersmahlzeit.

Es hat noch kein einziges Kind gegeben, das nicht mit Furcht reagiert, wenn es von den Erwachsenen herbeizitiert wird, um etwas zu erklären. Selbst die unschuldigsten Kinderstreiche scheinen die Neigung zu haben, sich unter den kritischen Augen der Erwachsenen völlig unkontrolliert aufzublähen.

Es war schon schlimm genug, wenn es nur um ein versehentlich eingeschlagenes Fenster ging. Auch wenn derartige Unfälle jedem passieren können – ein sensibles Kind, das zu einem klärenden Gespräch bestellt wird, weiß nur zu gut, daß Erwachsene oft ganz andere Vorstellungen davon haben, was ein »Unfall« ist und was nicht.

Wenn es sich bei dem Vergehen um die halb zufällige Entdeckung einer riesigen, uralten, nichtmenschlichen, fieberhaft gesuchten und geheimnisvollen unterirdischen Anlage handelte, war das Problem natürlich viel schlimmer. Jaina fielen auf Anhieb zwei oder drei Möglichkeiten ein, warum die Entdeckung der Kammer sie in große Schwierigkeiten bringen konnte. Vielleicht hatten sie, trotz aller Vorsichtsmaßnahmen, einen Hinweis hinterlassen, der die Schurken von der Menschenliga zu der Anlage geführt hatte. Vielleicht war sie in Wirklichkeit eine fremdartige, riesige Grabkammer, und sie hatten irgendein Tabu verletzt. Oder vielleicht hatte die Entdeckung der Kammer sogar diesen ganzen Krieg erst ausgelöst. Sie konnte sich nicht vorstellen, *wie* das geschehen sein sollte, aber das bedeutete nicht, daß es unmöglich war.

Anakin wollte sich unter dem Vorwand davonschleichen, Chewbacca bei der Reparatur des *Falken* helfen zu müssen, aber davon ließ sich nicht einmal Q9 täuschen. Keins von den Kindern würde sich dem Gespräch entziehen.

»Haben sie nicht gesagt, was sie von uns wissen wollen?« fragte Jaina, während sie mit dem Löffel in ihrem Fruchtsalat herumstocherte.

»Nur daß sie von euch alles über die Kammer hören wollen, die Anakin entdeckt hat. Das habe ich dir jetzt schon dreimal gesagt. Eigentlich hätten schon die ersten beiden Male reichen müssen.«

»Na ja, vielleicht will ich eine andere Antwort hören.«

»Dann schlage ich vor, daß du eine andere Frage stellst.«

»Sieh mal, Q9«, warf Jacen ein, »die eine *große* Frage ist: Stecken wir in Schwierigkeiten?«

»Was für Schwierigkeiten meinst du?« konterte der Droide.

»Ich weiß es nicht«, sagte Jacen. »Wenn ich es wüßte, müßte ich dich nicht fragen.«

»Wie soll ich dir sagen, was du wissen willst, wenn ich nicht weiß, was es ist?« fragte Q9.

»Aber ich will wissen, ob du weißt, was ich nicht weiß«, erwiderte Jacen.

»Aber woher soll ich wissen, was du nicht weißt, wenn du es mir nicht sagst?« entgegnete Q9.

»Ja, schon, aber ...«

»Still!« schrie Anakin. »Ihr seid zu laut.«

»Anakin hat recht«, nickte Jaina. »Frühstücken wir zu Ende, dann werden wir es schon erfahren.«

Die Kinder beendeten in nervösem Schweigen ihr Frühstück und folgten dann Q9 aus der Küche in Tante Marchas Arbeitszimmer, einen seltsamen kleinen Raum mit einer Tür, die so niedrig war, daß sich Jacen bücken mußte, um sich nicht den Kopf zu stoßen. Das Zimmer war fensterlos, Wände, Decke und Boden waren abgerundet und gingen nahtlos ineinander über, und es hing ein trockener, lehmiger Geruch in der Luft. Die Wände hatten einen schlierig wirkenden, dunkelbraunen Anstrich, und die Einrichtung bestand einzig und allein aus großen, flachen, runden Steinen, die überall herumlagen. Allerdings entpuppten sich die Steine als weiche und bequeme Kissen, und die Kinder ließen sich glücklich auf ihnen nieder.

»Warum sieht dieses Zimmer so komisch aus?« fragte Anakin.

»Anakin!« rief Jaina. »Sei nicht so frech.«

»Das ist schon in Ordnung«, sagte Tante Marcha. »Gegen eine ehrliche Frage, die respektvoll gestellt wird, ist nichts einzuwenden. Und obwohl du *vielleicht* lernen solltest, derartige Dinge *etwas* höflicher zu fragen, werde ich es dir verraten. Vor langer, langer Zeit, in den kalten, kalten Wintern, zogen sich alle Drall in unterirdische Höhlen zurück, um dort Winterschlaf zu halten. Einige glauben immer noch, daß die Drall Winterschlaf halten *müssen,* und sie tun es noch heute. Ich gehe nicht so weit, aber vielen Drall gefällt ein Raum, der wie eine gemütliche unterirdische Höhle ist, warm und sicher vor der Kälte. Dort können wir uns entspannen. Ich denke, dies ist ein sehr guter Ort zum Nachdenken und Reden. Was meinst du?«

Anakin sah sich um und nickte. »Irgendwie gefällt's mir hier«, erklärte er.

»Gut«, sagte Tante Marcha. »Fangen wir also an. Kinder, Q9-X2 hat uns die Bilder gezeigt, die ihr bei eurem Besuch in dieser Kaverne aufgenommen habt. Aber tun wir so, als hätten wir sie nicht gesehen. Erzählt mir alles, was ihr über sie wißt. Laßt nichts aus.«

»Nun«, sagte Jaina, »okay.« Tante Marcha klang nicht böse. Vielleicht war es doch nicht so schlimm, wie sie gedacht hatte. Vielleicht steckten sie doch nicht in Schwierigkeiten. Vorausgesetzt, Ebrihims Tante Marcha war nicht hinterlistig. »Zunächst einmal, wir haben sie nicht gefunden. Es war

Anakin. Und ich weiß auch nicht, wie er es geschafft hat. Er schien irgendeine Linie oder einen Pfeil zu sehen, der sich unter dem Tunnelboden befand und für uns unsichtbar war, und dieser unsichtbare Pfeil hat ihn zur Kaverne geführt.«

»Anakin macht dauernd so unheimliche Sachen«, sagte Jacen offen.

»Ich verstehe«, murmelte Tante Marcha, aber ihr Tonfall verriet, daß sie keineswegs verstand.

»Alle drei Kinder sind sehr stark in der Macht«, erklärte Ebrihim. »Anakins Fähigkeiten sind – ah – sehr ungewöhnlich.«

»Genau«, bestätigte Jacen. »Mit Maschinen kennt er sich verflucht gut aus. Er ist ein richtiger Zauberer. Mam und Paps sagen, daß sich das vielleicht legt, wenn er älter wird.«

»Vielleicht aber auch nicht«, wandte Anakin ein. Jaina hatte das Gefühl, daß ihr kleiner Bruder glaubte, sie würden ihm für irgend etwas die Schuld geben. »Ich glaube nicht, daß irgend jemand *böse* auf dich ist, weil du die Kammer gefunden hast«, sagte sie beruhigend.

»Ganz im Gegenteil«, bekräftigte Tante Marcha. »Es könnte sich als sehr, sehr wichtig erweisen, daß du sie entdeckt hast. Aber erzählt bitte weiter. – Anakin folgte dieser unsichtbaren Spur. Was ist dann passiert?«

Jaina und Jacen erzählten den Rest der Geschichte, wobei jeder die Sätze des anderen beendete und zu allem, was der andere sagte, zusätzliche Einzelheiten beisteuerte, wie es für Zwillinge typisch war. Anakin meldete sich hin und wieder zu Wort, doch niemand konnte mit seinen Bemerkungen wirklich etwas anfangen. Nichtsdestotrotz gelang es ihnen, Tante Marcha ein halbwegs klares Bild der Kaverne zu vermitteln, auch wenn es zum Teil widersprüchlich war.

Sie schilderten, wie Anakin sie zu einer schmucklosen Wand geführt hatte, die äußerlich nicht von allen anderen Wänden zu unterscheiden gewesen war, wie er die versteckte Kontrolltafel gefunden und die massive Tür geöffnet hatte. Sie beschrieben den seltsamen silbernen Laufgang hinter der Tür und die Plattform, zu der er führte. Und sie beschrieben die riesige kegelförmige Kammer unter der Plattform mit den sechs silbernen, in einem Kreis angeordneten Silberkegeln am Boden und einem siebten Kegel in der Mitte.

Ebrihims Tante Marcha unterbrach sie gelegentlich, um Fragen zu stellen. Sie ließ Q9 das von ihm aufgenommene Bildmaterial projizieren und ging es Aufnahme für Aufnahme mit den Kindern durch, fragte, wie alt die Anlage ausgesehen hatte, wie heiß es dort gewesen war und ob sie irgend etwas an der Decke der kegelförmigen Kammer bemerkt hatten. Die Kinder antworteten nach bestem Wissen und Gewissen, und Tante Marcha schien im allgemeinen die Antworten zu bekommen, die sie erwartet hatte.

Schließlich schien sie der Überzeugung zu sein, daß sie von den dreien alle Informationen bekommen hatte, die sie geben konnten. »Vielen Dank, Kinder«, sagte sie. »Was ihr mir erzählt habt, ist sehr wichtig. Viel wichtiger, als ihr euch überhaupt vorstellen könnt. Ich denke, ich muß das jetzt erst einmal in aller Ruhe mit Ebrihim besprechen. Ihr dürft gehen.«

Jacen und Anakin sprangen auf und eilten zur Tür der seltsamen kleinen Höhle. Aber Jaina blieb an ihrem Platz. Ebrihims Tante mochte vielleicht denken, daß sie alles Wissenswerte gehört hatte, aber da irrte sie sich. Jaina war sich dessen sicher. Außer der merkwürdigen versteckten Kammer gab es noch mehr. Es war ihr schon die ganze Zeit durch den Kopf gegangen, und sie war entschlossen, es zu sagen, selbst wenn sie sich dadurch in große Schwierigkeiten brachte. »Hm, äh, Eure Hoheit?«

»Ja, mein Kind? Was ist?«

»Da ist noch etwas, das Sie wissen sollten. Etwas, das wir alle gehört haben, obwohl es nicht für unsere Ohren bestimmt war.«

»Jaina!« protestierte Jacen. »Tu's nicht!«

»Wir *müssen* es tun, Jacen. Es könnte echt wichtig sein. Und wir können ihr vertrauen. Wir *können* es. Wir *müssen* es sogar.«

Jacen wandte sich von der Tür ab und setzte sich wieder. »Ich halte es für einen Fehler.«

»Nun, wenn es einer ist, dann ist es mein Fehler«, meinte

Jaina. Sie sah wieder die Herzogin an. »In der Nacht vor dem Angriff auf das Corona-Haus haben sich unsere Eltern mit Generalgouverneur Micamberlecto und einer Dame namens Mara Jade getroffen. Sie ist ...«

»Ich kenne die Meisterhändlerin Mara Jade«, unterbrach Tante Marcha, wobei sie sich um einen auffällig neutralen Tonfall bemühte. »Sprich weiter.«

»Nun, sie überbrachte ihnen einen Botschaft von jemand, der wie Paps klang ...« Jaina erzählte der Herzogin alles über das Treffen, das die Kinder belauscht hatten, und über die schriftliche Botschaft an der Wand, die sie gesehen, und die gesprochene Botschaft, die sie mitgehört hatten, und über die Drohung, eine ganze Reihe von Sternen und sogar Corell selbst zu sprengen. Tante Marcha hörte aufmerksam zu und stellte hin und wieder eine Frage. Jaina erzählte die ganze Geschichte, aber am Schluß zögerte sie für einen Moment. Nein. Sie mußte die Sache zu Ende führen. »Da ist noch etwas. Ich kann nicht genau sagen, wie oder warum, aber es gibt irgendeine Verbindung zwischen dem Inhalt der Botschaft und der Anlage, die Anakin entdeckt hat. Ich kann es nicht erklären, aber sie *fühlten* sich irgendwie ähnlich an.«

»Ich kann mir nicht vorstellen, wie das möglich sein soll«, meinte Tante Marcha. »Nicht, wenn mein Verdacht, was die von Anakin entdeckte Anlage betrifft, richtig ist – und ich bin mir fast sicher, daß ich recht habe.«

»Wenn es dich irgendwie tröstet, Jaina, ich glaube nicht, daß du irgendwelche Geheimnisse verraten hast«, warf Ebrihim ein. »Chewbacca und ich haben eine ähnliche Botschaft gehört, die am Tag danach auf ganz Corellia ausgestrahlt wurde. Wir wollten euch nichts davon erzählen, um euch nicht zu ängstigen. Wir wußten auch zuwenig.«

»Aber warum hieß es dann in der Botschaft, die wir gehört haben, daß alles unbedingt geheimgehalten werden muß?« protestierte Jaina. »Warum hat die ganze Welt schon am nächsten Tag davon erfahren?«

»Das«, sagte Ebrihim, »ist eine ausgezeichnete Frage.«

»Ich habe selbst ein paar Fragen«, erklärte Tante Marcha. »Die meisten beziehen sich auf diese Liste mit den Zeitpunkten und Koordinaten. Wie sah der Zeitplan aus? Um welche Koordinaten handelte es sich? Der Zeitplan könnte uns vielleicht wertvolle Informationen liefern, aber leider kennen wir ihn nicht.«

»Ich *kenne* ihn!« rief Anakin. »Ich könnte ihn für Sie aufschreiben.«

Marcha lächelte ihn an. »Ich bin sicher, daß du das könntest, Anakin. Aber wir brauchen die richtigen Zahlen, keine ausgedachten, die ...«

»Oh, er könnte die richtigen aufschreiben«, meinte Jacen gelassen. »Haben Sie Papier und etwas zum Schreiben da?«

»Was?« fragte Marcha. »Wie kann er ...«

»Wenn du gestattest«, unterbrach Ebrihim. Er stand auf und öffnete die Tür eines Wandschranks. Er nahm ein großes Blatt Papier und einen Stift heraus und gab beides Anakin. Anakin legte sich auf den Bauch und begann fein säuberlich ganze Zahlenreihen aufs Papier zu malen. »Das Gedächtnis des Jungen ist – ah – wirklich bemerkenswert.«

»Was er sieht, merkt er sich auch«, stimmte Jaina zu. »Natürlich weiß er nicht immer, was es bedeutet, aber er merkt sich alles.«

»Er weiß nicht immer, was es bedeutet?« wiederholte Marcha. »Wie meinst du das?«

»Nun, er kann noch nicht besonders gut lesen«, sagte Jacen, »aber er kennt alle Buchstaben und Zahlen.«

Eineinhalb sehr lange Stunden später schickten Ebrihim und Marcha die Kinder fort. Sie glaubten, alles von ihnen erfahren zu haben, was sie erfahren konnten – und sie hatten zweifellos eine Menge erfahren. Anakin hatte sich nach einigen Ermunterungen an den genauen Inhalt des gesamten Gesprächs in jener Nacht erinnert und es Wort für Wort in Marchas Bürosystem diktiert, das eine Abschrift angefertigt und ausgedruckt hatte. Sie hatten sich Sal-Solos öffentliche, an Bord des *Millennium Falken* aufgezeichnete Botschaft immer wieder angehört und mit den Sternenpositionen verglichen, die Anakin aufgeschrieben hatte.

Und das Ergebnis war äußerst verwirrend.

»Neffe«, sagte Tante Marcha, »wir halten ein Geheimnis in den Händen. Eins, das wir *aufdecken* müssen. Aber ich weiß einfach nicht, wo ich anfangen soll. Die eine Botschaft, die von den Kindern mitgehört wurde, liefert den Beweis dafür – oder zumindest überzeugende Hinweise –, daß die Verfasser in der Lage waren, einen Stern zu sprengen. Die Botschaft verlangt Geheimhaltung, enthüllt nicht die Identität ihrer Verfasser und liefert trotzdem viele Details über Zeit und Ort der nächsten Angriffe. Sie verlangt von den Empfängern, sich an Instruktionen zu halten, ohne irgendwelche Instruktionen zu geben.

Die zweite Botschaft, jene, die du gehört hast, wurde nur einen Tag später veröffentlicht und informierte alle auf dem Planeten darüber, daß die Verfasser Sterne zerstören können. Außerdem stellten sie absolut unerfüllbare Forderungen. Kurz darauf wurden die systemweiten Störsender und das Abfangfeld aktiviert, was es jedem völlig unmöglich machte, auch nur zu *versuchen,* die Forderungen zu erfüllen. Außerdem wurde die zweite Botschaft *nicht* auf den anderen Planeten verbreitet. Allerdings, wenn ich den promenschlichen, antidrallschen und antiselonianischen Inhalt der zweiten Botschaft bedenke, kann ich verstehen, warum sie nicht auf den Welten mit nichtmenschlicher Mehrheit ausgestrahlt wurde, wo die Möglichkeit besteht, daß sich diese Rassen an der menschlichen Bevölkerung rächen werden. Es ergibt keinen Sinn. Überhaupt keinen Sinn.«

»Sehr richtig«, nickte Ebrihim. »Aber nur, wenn man davon ausgeht, daß beide Botschaften von denselben Leuten stammen.«

»Aber natürlich ist es so. Wie könnte es anders sein?«

»In der ersten Botschaft gibt es einige Hinweise, die stark in eine andere Richtung deuten.«

»Das mußt du mir erklären.«

Ebrihim griff nach dem Ausdruck. »Das erfordert ein gewisses Maß an Reflexion, an deduktivem Denken. Wir können aus der Tatsache, daß einige Informationen fehlen, bestimmte Rückschlüsse ziehen. ›Dies ist Ihre einzige Benachrichtigung‹«, las Ebrihim. »›Informieren Sie niemand über diese Botschaft und erwarten Sie weitere Instruktionen, um schärfere Maßnahmen zu vermeiden. Wir überwachen Ihre Kommunikationssysteme. Versuchen Sie nicht, Hilfe anzufordern. Jeder Verstoß gegen diese Instruktionen wird mit einer Beschleunigung des Zeitplans geahndet.‹ Mehr hat der Sprecher nicht gesagt. Bedenke, daß die erste Botschaft aus zwei Teilen bestand – einer schriftlichen Liste mit Zeitpunkten und Koordinaten ohne Verweise auf die anonyme Tonbandstimme und einer Tonbandstimme ohne Verweise auf die schriftliche Liste.

Da die Kinder sagten, daß die Stimme der ihres Vaters ähnelt, halte ich es für höchstwahrscheinlich, daß der Sprecher Thrackan Sal-Solo war. Gehen wir einmal davon aus. Angenommen, er bekam eine fertige Rede ausgehändigt und die Anweisung, sie vorzutragen, ohne daß man ihm sagte, worum es ging. Vielleicht wollten die Verfasser dieser Botschaft einen Sprecher mit corellianischem Akzent haben. Vielleicht wollten sie speziell Thrackans Stimme, um mit ihm in Verbindung gebracht zu werden, sobald er an die Öffentlichkeit trat. Vielleicht war er aber auch nur gerade verfügbar, als sie die Botschaft aufzeichnen wollten.

Jedenfalls wurde die Botschaft aufgenommen. Wenn Mara Jade nicht zu der Verschwörung gehört, muß die Rede spätestens vor drei Wochen aufgezeichnet worden sein, denn zu diesem Zeitpunkt gelangte sie in Jades Besitz. Natürlich, wenn sie *doch* zur Verschwörung gehört, könnte sie jederzeit aufgenommen worden sein – bis zu dem Moment, in dem Leia Organa Solo den Nachrichtenwürfel öffnete. Aber gehen wir einmal davon aus, daß Jade nicht in das Komplott verwickelt ist. In diesem Fall ist es möglich, daß die Botschaft schon vor Monaten, sogar Jahren aufgezeichnet wurde.«

»Aber warum?« fragte Marcha.

»Das kann ich dir erklären. Ich glaube, es ist ungefähr so gewesen: Die Absender der ersten Botschaft traten an Sal-Solo heran, aus welchen Gründen auch immer. Meine Vermutung ist, daß er in irgendeiner Weise in die Verschwörung verwickelt war und sie eine corellianische Stimme brauchten.

Er liest also die mündliche Botschaft und erfährt irgendwie vom Inhalt der schriftlichen Botschaft – oder zumindest vom Nova-Plan. Und er entschließt sich, seine eigene Trittbrettfahrer-Verschwörung zu inszenieren. Er weiß, wann die Botschaft übermittelt werden soll, oder erfährt zumindest im Nachhinein den genauen Zeitpunkt der Übermittlung. Er muß nur noch warten, bis Mara Jade eintrifft und sich mit Leia Organa Solo in Verbindung setzt. Dann tritt sein eigener Aufstandsplan in Aktion. Er behauptet öffentlich, daß er die Novamaschine kontrolliert, und aktiviert dann die Störsender und das Abfangfeld.«

Tante Marcha schüttelte den Kopf. »Ich kann dir nur zum Teil zustimmen. Was ist mit den Revolten, die gleichzeitig auf den anderen Planeten losbrachen? Entweder müßte Sal-Solo hinter den nichtmenschlichen Revolten stecken, oder es handelt sich um einen unglaublichen Zufall. Nach allem, was wir wissen, verfügt die Menschenliga nicht über die Mittel für ein derart leistungsstarkes Störsendersystem, ganz zu schweigen von Superwaffen wie dem systemweiten Abfangfeldgenerator oder der Novamaschine. Außerdem, wenn du das Störsender- und Abfangfeldsystem Thrackan zuschreibst, dann hast du *zwei* Geheimorganisationen mit hochentwickelter Technologie. Mach aus ihm einen Botenjunge und einen machtlosen Unruhestifter, und du kommst mit einer Verschwörergruppe aus.«

Ebrihim dachte einen Moment lang nach. »Warum soll er nicht das Störsendersystem kontrollieren? Es ist eine primitive, aber sehr wirkungsvolle Technologie, für die keine Neuentwicklung nötig ist. Ich denke, ich kann beweisen, daß Thrackan über sie verfügt.«

Tante Marcha nickte zögernd. »Schon möglich«, sagte sie. »Mal sehen, ob du mich überzeugen kannst.«

»Vielen Dank. Versuchen wir es einmal mit einem abgeänderten Szenario.« Ebrihim schwieg einen Moment und überlegte sorgfältig, bevor er wieder das Wort ergriff. »Thrackan Sal-Solos Gruppe hat den Auftrag, die Botschaft vor der Nova-Explosion zu übermitteln, um so zu beweisen, daß die Verfasser der Botschaft nach Belieben ganze Sterne sprengen können. Vielleicht ist es Zufall, vielleicht auch Absicht – jedenfalls führen Sal-Solos Leute den Auftrag nicht pünktlich aus, so daß die Botschaft erst *nach* der Explosion des Sternes eintrifft. Sal-Solos Leute sollen außerdem sofort ihre Herren informieren, wenn die Botschaft Leia Organa Solo erreicht, denn dies ist das Zeichen für den Beginn aller Revolten. Leia Organa Solo erhält die Botschaft, und die Revolutionäre bekommen den Befehl zum Losschlagen.

Die Absicht der Hintermänner der Verschwörung war es, das Abfangfeld zu aktivieren, die Staatschefin der Neuen Republik gefangenzunehmen und die Neue Republik am Eingreifen zu hindern. Allerdings sollten einige Kommunikationskanäle geöffnet bleiben, um die geplanten Verhandlungen zu führen – aber zuerst mußten alle Planeten im Chaos versinken und die Lakaien der Hintermänner – allesamt Hitzköpfe und Unruhestifter, die vor Ort rekrutiert wurden – die jeweiligen planetaren Regierungen stürzen. Die Hintermänner wollten dann die Regierung der Neuen Republik erpressen und einen Stern nach dem anderen sprengen, bis man ihre Forderungen erfüllt. Die Hintermänner hätten dann das corellianische Planetensystem kontrolliert und damit den corellianischen Sektor, während ihre Lakaien auf den Planeten die direkte Macht ausübten.

Doch Thrackan Sal-Solo durchkreuzt den Plan seiner Herren. Er zettelt seine Revolte an, strahlt dann aber seine Botschaft aus, in der er fälschlicherweise behauptet, für die Nova verantwortlich zu sein – und dann stört er alle Kommunikationsverbindungen, so daß die Hintermänner der Verschwörung die Lüge nicht aufdecken können. Entweder übernimmt er die Kontrolle über den Abfangfeldgenerator oder er hindert die Hintermänner einfach daran, ihn abzuschalten.

Anschließend nutzt er das von ihm erzeugte Chaos. Vielleicht plant er, selbst die Macht im corellianischen System zu übernehmen, bevor die Hintermänner der Verschwörung reagieren können. Er kann die Kommunikationsverbindungen nicht ewig blockieren, und früher oder später muß auch das Abfangfeld deaktiviert werden. Aber wenn es dazu kommt, wenn sich der Rauch verzogen hat, wird das gesamte corellianische Planetensystem unter seiner Kontrolle stehen.«

Die Herzogin sah ihren Neffen bedrückt an. »Ich muß zugeben, daß du eine überzeugende Theorie entwickelt hast«, sagte sie. »Aber sie ist unglücklicherweise äußerst beunruhigend. Wenn du recht hast, dann haben sich die Verschwörer bereits entzweit und bekämpfen einander.«

»Selbst wenn meine Hypothese richtig ist – und ich glaube, daß sie der Wahrheit zumindest nahe kommt –, kennen wir unglücklicherweise nicht die ganze Geschichte«, erwiderte Ebrihim. »Sie erklärt zum Beispiel nicht, was die Kinder in dieser Kammer entdeckt haben, warum die Menschenliga so fieberhaft danach gesucht hat, oder ob es eine Verbindung zu der archäologischen Ausgrabungsstätte hier auf Drall gibt und wie sie aussieht.«

»Ich denke, es besteht eine sehr enge Verbindung«, antwortete Marcha. »Q9s Bildmaterial und die Informationen, die ich über die hiesige Ausgrabungsstätte gesammelt habe, deuten darauf hin, daß die beiden Stätten so gut wie identisch sind. Der einzige Unterschied ist, daß auf Corellia ein größerer Teil der Anlage freigelegt wurde. Ich habe eine ziemlich genaue Vorstellung von dem, was die Kinder entdeckt haben, und ich vermute, daß sich in der Ausgrabungsstätte hier auf Drall eine identische Kammer befindet. Aber zuerst müssen wir sie finden, und dafür, so fürchte ich, brauchen wir die Hilfe der Kinder – oder zumindest Anakins Hilfe.«

Ebrihim sah seine Tante an. »Glaube mir, wenn du Anakin brauchst, brauchst du alle drei. Die beiden älteren scheinen in den letzten Tagen ihre Verantwortung für ihn sehr ernst genommen zu haben. Außerdem scheinen sie die einzigen zu sein, die ihn dazu bringen können, etwas zu tun.«

»Ich verstehe. Ich muß sagen, das überrascht mich nicht. Wie dem auch sein mag, ich habe vor, die Kinder zu der hiesigen Stätte zu bringen und abzuwarten, ob Anakin eine ähnliche Kammer findet. Es ist natürlich mit einem gewissen Risiko verbunden. Glaubst du, daß die Kinder mitmachen werden?«

»Ich denke schon. Menschliche Kinder sind weit weniger ängstlich, als es gut für sie ist. Aber das ist nicht der Punkt. Du begibst dich auf unsicheren ethischen Boden, wenn du Kinder bittest, dir bei einem gefährlichen Unternehmen zu helfen; sie sind viel zu jung, um die Risiken und Vorteile abwägen zu können. Sie haben noch längst nicht das Alter erreicht, in dem Menschen für sich selbst Entscheidungen treffen können.«

Die Herzogin Marcha warf einen Blick auf die Liste mit den Sternenkoordinaten, die Anakin aufgeschrieben hatte. Eine Liste von Sternen in einer ungewöhnlich klaren Kinderschrift, eine Liste von Sternen mit Planeten voller intelligenter Wesen. Eine Liste von Sternen, die jemand für die Vernichtung ausgewählt hatte. »Mir gefällt der Gedanke ganz und gar nicht, Kinder benutzen zu müssen«, erklärte sie, »aber wir haben keine andere Wahl.«

Tendra Risant saß hellwach im Pilotensitz der *Gentleman Besucher* und bemühte sich, alle Instrumente gleichzeitig im Auge zu behalten. Sie war dem corellianischen Abfangfeld ganz nah und wußte nicht genau, was sie tun sollte. »Nähe« war ein relativer Begriff. Sie wußte, daß sie sich *ungefähr* am Rand des Feldes befand, aber die von ihr gekaufte Information war äußerst vage. Sie konnte im nächsten Moment hineinfliegen, aber es war auch möglich, daß sie noch eine Milliarde Kilometer von seinem Rand entfernt war. Theoretisch hinderte sie nichts daran, hier und jetzt aus dem Hyperraum zu springen und im Normalraum nach Corellia zu fliegen. Aber angenommen, sie war wirklich noch eine Milliarde Kilometer entfernt? Das würde ihre Reisezeit um eine weitere Woche oder zehn Tage verlängern, und die paar Tage, die sie jetzt schon an Bord der *Gent* verbracht hatte, reichten ihr vollauf.

Nein, sie würde so lange wie möglich im Hyperraum bleiben und abwarten, bis das Abfangfeld sie zurück in den Normal …

Ein Schlag erschütterte das Schiff.

Die *Gentleman Besucher* stampfte heftig, als sie aus dem

Hyperraum in das Normaluniversum geschleudert wurde. Vor den Sichtluken leuchtete ein verdrehtes, wirres Geflecht von Sternlinien auf, und im Schiff schienen alle Alarmsirenen gleichzeitig loszuheulen. Tendra, als Pilotin eine blutige Anfängerin, geriet für einen Moment in Panik und erstarrte, als die Beleuchtung erlosch und das Schiff ins Trudeln geriet. Dann riß sie sich zusammen und griff nach der manuellen Hyperantriebskontrolle.

Das Heulen der Alarmsirenen wurde abrupt leiser, als sie das Hypertriebwerk abschaltete und die Maschinen nicht mehr versuchten, das Schiff im Hyperraum zu halten. Mit etwas Glück hatte sie den Antrieb deaktiviert, bevor er durchgebrannt war. Nicht, daß es in nächster Zeit eine große Rolle spielte. Sie brachte die restlichen Alarmsirenen zum Schweigen und machte sich daran, das trudelnde Schiff zu stabilisieren. Natürlich gab es in dieser Hinsicht keinen Grund zur Eile, aber es war nicht besonders angenehm, mitansehen zu müssen, wie sich das Universum vor den Sichtluken wie verrückt drehte.

Außerdem wollte sie feststellen, wohin sie flog.

Da. Da war er. Noch immer zu weit entfernt, um als Scheibe erkennbar zu sein. Dort, der nahe, helle Stern. Das war Corell, die Sonne von Corellia.

Sie würde vielleicht noch eine Weile brauchen, um sie zu erreichen, aber sie war auf dem Weg. Niemand konnte sie jetzt noch aufhalten.

## 12. Kapitel

# *Unter dem Eisberg*

Han Solo hatte jedes Zeitgefühl verloren. Sie krochen weiter und weiter durch die scharlachrot erhellten Tunnel und kamen nur im Schneckentempo vorwärts. Die Tunnel wirkten auf undefinierbare Weise alt, und obwohl sie alle trocken, stabil gebaut und in einem guten Zustand waren, spürte Han, daß es sie schon sehr lange geben mußte. Nun, warum auch nicht? Auf – oder genauer: *in* – Corellia lebten schon seit vielen tausend Jahren Selonianer, und wenn ein Tunnel erst einmal gegraben war, blieb er auch erhalten. Allein unter der Hauptstadtregion mußte es Tausende von Kilometern Tunnel geben.

Allerdings hätte es Han lieber gesehen, wenn die Selonianer weniger Tunnel, dafür aber größere gegraben hätten. Hin und wieder erfüllte sich sein Wunsch, und sie erreichten einen größeren Stollen, der manchmal sogar breit genug war, daß sich zwei Selonianer nebeneinander darin bewegen konnten, oder der sich zu einer riesigen künstlichen, in jenes düstere, rote Licht getauchten Höhle mit einem Durchmesser von mehreren hundert Metern öffnete. Han war schon glücklich, wenn er einen Abschnitt erreichte, in dem er aufrecht stehen konnte – selbst wenn er dann zu schwach zum Stehen war. Nach den endlosen Stunden, die er durch die engen Tunnel gekrochen war, schmerzte sein Rücken, und seine Knie waren so wund und zerschrammt, daß er sie kaum noch strecken konnte. Aber er stolperte lieber steifbeinig und mit stechenden Schmerzen im Rücken weiter, als durch die niedrigen Tunnel zu kriechen.

Er war bei dieser elenden Plackerei auch nicht allein. Zuschauer gab es bei weitem genug. In jeder Kaverne, die groß genug war, um einer größeren Anzahl Selonianer Platz zu bieten, hielten sich auch eine größere Anzahl dieser Wesen auf. Zu Dutzenden, zu Hunderten wimmelten sie überall herum und machten sich an Maschinen zu schaffen, die Han nicht identifizieren konnte, schleppten Lasten hin und her, schwatzten und stritten sich und riefen und lachten, teils auf Standard-Selonianisch, das Han beherrschte, teils in dieser aus Pfiffen und Geheul bestehenden Sprache, die er früher schon in den Tunneln gehört hatte. Es wurde allmählich Zeit, sich zu fragen, ob Standard-Selonianisch überhaupt der Standard war.

Überall, wo er auftauchte, beobachteten sie ihn. Alle Augen richteten sich auf den fremden Eindringling von der Oberwelt. In den Kammern, wo dichtes Gedränge herrschte, ging man ihm, soweit es möglich war, aus dem Weg – ob nun aus Furcht oder Abscheu oder Respekt oder einfach deshalb, weil man es ihnen befohlen hatte.

Han störte es nicht besonders. Es gab ihm das Gefühl, wirklich dort zu sein. Nicht einmal die Tatsache, daß er von allen Seiten angestarrt wurde, störte ihn sehr. Er konnte es sogar verstehen. Denn wenn es so etwas wie den geborenen Touristen gab, dann Han. Selbst im größten Elend war er entschlossen, sich alles anzusehen, was es zu sehen gab, denn er wußte sehr gut, daß dieses Privileg nur den wenigsten vergönnt war.

Er erhaschte sogar einen Blick auf die anderen Kasten, die fruchtbaren Männchen und Weibchen – oder zumindest glaubte er es. In einer großen Kammer, die er passierte, sah er fünf größere, plumper wirkendere Selonianer abseits sitzen, von einer Menge Diener umgeben. Und dennoch war an dem Verhalten dieser Selonianer nichts Unterwürfiges. Alles machte vielmehr einen unpersönlichen, kühlen, nüchternen Eindruck. Han sah, wie ein Diener den Fruchtbaren ein Tablett mit Essen brachte – aber ohne jedes zeremonielle Beiwerk, ohne viel Aufhebens um die Mahlzeit zu machen. Irgendwie erinnerte es eher an einen Bauern, der sein Vieh fütterte, denn an einen Diener, der der königlichen Familie das Mahl servierte.

Nach und nach bemerkte er einen schwachen, würzigen Geruch in den Tunneln, nicht unangenehm, aber scharf und durchdringend. Es war der Körpergeruch vieler Selonianer auf engem Raum. Han fand ihn irgendwie angenehm, sogar beruhigend.

Han hatte nie auch nur geahnt, daß die selonianischen Tunnel so weit verzweigt waren. Als Kind hatte er gehört, daß die Selonianer am liebsten unter der Erde lebten, aber er hatte dies immer auf ihre primitive Vergangenheit zurückgeführt, ein Relikt aus der Vorzeit. Moderne, städtische, zivilisierte Selonianer lebten nicht in unterirdischen Tunneln. Sie lebten in hübschen, normalen Häusern und Wohnungen, wie die Menschen, auf *normale* Art.

Allmählich dämmerte Han, daß die Selonianer, die man in den Städten sah, nur die Spitze des Eisbergs darstellten, daß sie speziell für den Umgang mit anderen Rassen ausgebildet waren. Und ihm wurde immer mehr bewußt, daß sie lediglich Aushängeschilder waren, sorgfältig darauf trainiert, die Menschen nicht zu beunruhigen und die Selonianer in ihren Augen weniger fremdartig, weniger unheimlich erscheinen zu lassen. Natürlich hatte er immer gewußt, daß die alten unterirdischen Höhlen und Gänge noch immer existierten, doch er hatte sie für bloße Überbleibsel aus der Vergangenheit gehalten, ohne jede Bedeutung für die moderne selonianische Lebensart. Jetzt begann er zu verstehen, daß die moderne Lebensart ohne Bedeutung war.

Er sah Dinge, von deren Existenz er nie etwas gewußt hatte, die aber zu der Welt gehört hatten, in der er aufgewachsen war, seiner Heimat. Wie blind war er nur gewesen, wie blind waren alle Menschen auf Corellia gewesen, daß sie nichts von der wahren Natur der selonianischen Kultur geahnt hatten? Und was war mit den Drall? Hatten sie ähnlich tief verborgene Geheimnisse?

Als Han an diesem Punkt seiner Überlegungen angelangt war, schlüpften sie aus einem besonders engen Kriechtunnel in eine riesige Kammer, die doppelt so groß war wie die größte Kaverne, die er bisher gesehen hatte. Sie hatte die Größe einer unterirdischen Stadt und war genauso dicht bevölkert. Ein Hauch von Verzweiflung hing in der Luft – und das im wahrsten Sinn des Wortes. Da war wieder jenes pfefferige Aroma vieler selonianischer Körper, stärker als je zuvor, aber ein anderer Geruch mischte sich hinein, ein Geruch, bei dem es sich nur um Angstschweiß handeln konnte.

Han folgte Dracmus aus dem winzigen Seitentunnel und richtete sich unter Schmerzen auf. Jeder Quadratzentimeter seines Körpers tat weh. Er hatte sich noch immer nicht von den Prügeln erholt, die Dracmus ihm zu Thrackans Vergnügen verabreicht hatte. Das war jetzt erst ein paar Tage her, und dennoch schien es mindestens ein halbes Leben zurückzuliegen. Diese Verletzungen wären schon schlimm genug gewesen, auch ohne die Torturen des Marsches durch die selonianischen Tunnel. Es war fast ein Wunder, daß er sich überhaupt noch bewegen konnte. Aber trotz allem tat es unbeschreiblich gut, wieder aufrecht zu stehen. Er streckte sich – und änderte seine Meinung abrupt, als stechende Schmerzen durch seinen Rücken jagten. So gut tat es nun doch nicht.

Aber er hatte keine Zeit, sich um seinen schmerzenden Rücken zu kümmern. Er sah sich um und bemerkte, daß es in der Menge eine große Zahl schwerverletzter Selonianer gab, von denen viele auf Tragen lagen. Einige trugen blutgetränkte Verbände, und in dem allgemeinen Hintergrundlärm hörte Han hohes Wimmern, das Schmerz und Angst verriet, und Schreie jenseits aller Hoffnung auf Hilfe oder Linderung, klagende Stimmen voller Leid und Trauer. Selbst jene, die unverletzt waren, wirkten verloren, verängstigt, ausgemergelt, betäubt.

»Wer sind sie?« fragte Han.

»Flüchtlinge«, sagte Dracmus mit harter, zorniger Stimme. Auch wenn man ihr befohlen hatte, keine Fragen zu beantworten – sie konnte sich nicht länger beherrschen. »Flüchtlinge, von deinem Vetter Sal-Solo und seiner Menschenliga vertrieben. Ihre Oberflächenhäuser verbrannt, ihre Tunnel mit Gasbomben ausgeräuchert. Gehetzt und gejagt und beschossen. Die Haupttunnel sind bereits von Flüchtlingen verstopft, und alle anderen müssen durch die kleinen Tunnel fliehen.

Wir wehrten uns, wo es möglich war, aber die Menschenliga hatte mehr Soldaten und Waffen und das Überraschungsmoment. Also fliehen wir, ziehen uns zurück, verstecken uns. Die Vorräte sind vernichtet oder lagern weit entfernt. Keine Verbände, keine Medizin, nicht einmal Nahrungsmittel. Wir können keinen Nachschub besorgen, weil die Menschenliga die Tunnelzugänge blockiert. Mein Volk leidet, weil Thrackan Sal-Solo, ein Mensch von deinem Blut, es so will, und aus keinem anderen Grund.«

Han wollte protestieren, wollte daran erinnern, daß es nicht seine Schuld war, daß Thrackan nicht nur Dracmus' Feind, sondern auch sein Feind war. Aber dann erkannte er, daß dies nicht stimmte. Thrackan Sal-Solo würde niemals alle Mitglieder von Hans Familie massakrieren, nur weil sie Menschen waren, oder verlangen, daß sie von ihrem Heimatplaneten deportiert wurden, um Platz für eine andere Rasse zu machen.

Han versuchte, die Lage so zu sehen, wie sie sich Dracmus darstellte. Selonianische Familienbande waren auf eine Weise unauflöslich, die für Menschen fast unbegreiflich war. Man wurde in seinen Stock, seinen Clan hineingeboren, und man konnte ihn nie verlassen – man konnte sich nicht einmal vorstellen, daß so etwas überhaupt möglich war. Man war auf eine Weise ein Teil des Ganzen, wie es ein Mensch niemals sein konnte. Der Clan, der Stock handelte als Einheit. Eine Stockschwester würde sich ebensowenig gegen den Stock wenden, wie die Hand eines Menschen versuchen würde, sich um die Kehle ihres Besitzers zu legen, um ihn zu erwürgen. In den Augen der Selonianer war Han ein Teil des Ganzen der Familie seines Vetters. Und da ein Mitglied seiner Familie für das Elend der Selonianer verantwortlich war, wunderte es Han nicht, daß ihm die Selonianer so sehr mißtrauten.

Die eigentliche Überraschung war, daß sie ihn noch nicht getötet hatten. Er hoffte nur, daß sie es sich nicht noch anders überlegten.

»Komm, ehrenwerter Solo«, sagte Dracmus. »Wir müssen weiter. Das Ende ist nah, aber die Zeit ist knapp.«

*Das Ende ist nah?* Ein Satz, der unerfreuliche Schlußfolgerungen zuließ. Han wagte nicht einmal zu fragen, was genau sie damit meinte. Aber die anderen Erklärungen … »Wohin gehen wir?« fragte Han, während er sich mühsam vorwärts schleppte. Er war völlig steif und erschöpft. »Und warum ist die Zeit knapp?«

Ihr Gesichtsausdruck war selbst für eine Selonianerin undurchdringlich. »Ich habe schon zuviel gesagt«, erwiderte sie. »Komm jetzt.«

Han stolperte weiter und folgte Dracmus durch das Gewimmel in der riesigen Höhle.

Luke Skywalker betrat den Garten von Gaeriel Captisons Haus und setzte sich still auf die Bank gegenüber dem Gedenkstein. Darunter, so hatte er erfahren, ruhte die Asche von Pter Thanas, Gaeriels toten Gemahl. Es fiel ihm schwer, nicht diesen Stein anzustarren und nicht an den Mann zu denken, an den er sich noch gut erinnern konnte. Ein guter Mensch, der nach allem, was er wußte, Gaeriel auch ein guter Ehemann gewesen war.

Aber dieser Ehemann hatte nicht Luke Skywalker geheißen. Das war das Problem. Das war es, was er nicht akzeptieren konnte. Ein anderer Mann war für sie das gewesen, was er hätte sein können, was er vielleicht geworden wäre, hätte das Schicksal einen anderen Verlauf genommen.

Aber das war nicht der Fall gewesen. Jetzt konnte er nichts mehr dagegen tun. Jetzt, am Morgen ihres Abflugs, war es Zeit, die Dinge so zu akzeptieren, wie sie waren, und weiterzumachen. Der corellianische Sektor, seine Schwester, seine Familie waren in Gefahr. Seine Sorge mußte ihnen gelten, nicht dem, was hätte sein können.

Aber es würde nicht so einfach sein, die Vergangenheit zu vergessen. Nicht an diesem Morgen. Er hörte hinter sich ein Geräusch, stand auf und drehte sich um. Da waren sie, auf der Hintertreppe. Gaeriel. Gaeriel und ihre Tochter Malinza.

Das kleine Mädchen hatte volles schwarzes, zu langen Zöpfen geflochtenes Haar, helle Haut und ernst dreinblickende braune Augen. Mutter und Tochter trugen lange weiße, schlicht geschnittene Roben. Gaeriel kam mit langsamen, würdevollen Schritten die Treppe herunter, aber Malinza machte ein Spiel daraus, hüpfte von Stufe zu Stufe und sang dabei ein kleines Lied vor sich hin.

Luke ging ihnen entgegen und begrüßte sie am Fuß der Treppe. »Guten Morgen, Luke«, sagte Gaeriel. »Schön, daß du gekommen bist. Ich wollte, daß ihr beide euch vor dem Abflug kennenlernt.«

»Ich hätte es um keinen Preis versäumt«, versicherte Luke.

Gaeriel lächelte. »Das freut mich«, sagte sie und wandte sich an ihre Tochter. »Malinza«, fuhr sie fort, »ich möchte dir einen sehr guten Freund von mir vorstellen. Er wird mich auf meiner Reise begleiten.«

Malinza hörte zu singen auf und sah Luke mit sehr ernstem Gesicht an. »Hallo«, sagte sie. »Wirst du auf meine Mama aufpassen?«

Luke kniete vor dem Kind nieder. Durch seinen Umgang mit Leias Kindern hatte er einiges gelernt. Er wußte, daß man manche Fragen umdrehen mußte, wenn man wissen wollte, was das Kind wirklich dachte. Malinza machte sich eher Sorgen, wer auf *sie* aufpassen würde, während ihre Mutter fort war. Am besten versuchte er, das Gespräch auf dieses Thema zu lenken und sie nach Möglichkeit zu beruhigen. »Ich werde leider nicht immer in der Nähe sein, um auf sie aufpassen zu können«, erklärte Luke, »aber ich werde mich um sie kümmern. Und selbst wenn deine Mutter für eine Weile fort muß, wird sie schon dafür sorgen, daß sich jemand um *dich* kümmert.«

»Das ist richtig, Malinza«, sagte Gaeriel. Sie kniete sich neben ihre Tochter und tätschelte ihre Schulter. »Madame Boble wird bei dir bleiben, und Lady Corwell wird jeden Tag vorbeikommen, um zu sehen, ob alles in Ordnung ist. Und außerdem wird deine ganze Familie hier sein. Sie werden *alle* auf dich aufpassen.«

»Aber ich will, daß *du* bei mir bleibst, Mama«, sagte Malinza.

»Das weiß ich, mein Schatz. Es würde mir das Herz brechen, wenn es anders wäre. Aber manchmal müssen Erwachsene Dinge tun, die sie nicht tun wollen. Ich will nicht fort, aber ich muß. Lukes Freunde haben uns vor langer Zeit sehr geholfen. Jetzt brauchen *sie* Hilfe, und wir müssen unsere Schuld begleichen.«

Malinza sah Luke ernst an. »Muß meine Mama dir wirklich helfen?« fragte sie.

Luke dachte an seine Nichte und seinen Neffen, die mit dem *Millennium Falken* hinter dem corellianischen Abfangfeld verschollen waren. Ohne Gaeriel würde die bakuranische Flotte ihnen nicht zu Hilfe kommen. Und ohne die bakuranische Flotte konnten sie Corellia nicht befreien. »Ja«, sagte er. »Wir brauchen ihre Hilfe wirklich.«

Malinza dachte für einen Moment nach und nickte dann. »In Ordnung«, sagte sie mit sehr ernster Stimme. »Aber du mußt auf sie aufpassen, wie du es versprochen hast.«

»Das werde ich«, versicherte Luke. »Das werde ich.«

Die *Gentleman Besucher* näherte sich mit gemächlichem Tempo Corellia, folgte mit Sublichtgeschwindigkeit einem Kurs, der das Schiff zu dem Planeten bringen würde – irgendwann.

Tendra Risant überprüfte zum wohl hundertsten Mal den Sender. Er *schien* zu funktionieren. Alle Betriebsdioden leuchteten grün, er verbrauchte so viel Energie, wie zu erwarten war, und die Wiederholfunktion strahlte ihren Ruf immer wieder hinaus in den Weltraum. »Tendra an Lando«, drang ihre Stimme aus dem Lautsprecher. »Antworte bitte auf der vereinbarten Frequenz.« Pause. »Tendra an Lando. Antworte bitte auf der vereinbarten Frequenz.« Pause. »Tendra an Lando. Antworte bitte auf der vereinbarten Frequenz...« Dann folgte eine zehn Sekunden lange Pause, und dann wurde dieselbe Botschaft erneut ausgestrahlt, ad infinitum.

Aber sie funkte inzwischen schon seit Tagen, ohne eine Antwort bekommen zu haben. Lando hatte ihr gesagt, daß die Funkstation an Bord der *Glücksdame* ständig eingeschaltet war und die Frequenzen ohne Unterbrechung nach Botschaften absuchte. Warum hatte er noch nicht geantwortet? Befand er sich überhaupt im System? Hatte er die *Glücksdame* verlassen? War er tot? Oder hatte irgendeine Komponente im Wert von einem Zehntelkredit versagt, war ihr Sender oder sein Empfänger beschädigt? Vielleicht funkte

Lando schon die ganze Zeit eine Antwort und fragte sich, warum *sie* nicht reagierte. Aber der Empfänger schien auch einwandfrei zu funktionieren. Wenn sie den Lautstärkeregler aufdrehte, hörte sie zumindest leises statisches Rauschen, bei dem es sich um natürliche Störungen handeln mußte. Wenn die Einheit statisches Rauschen empfangen konnte, dann bestimmt auch ein moduliertes Signal. Oder war das ein Trugschluß? Tendra wußte einfach zu wenig über antiquierte Funktechnologie, um es mit Sicherheit sagen zu können.

Aber was das Warten anging – und das sich Sorgen –, entwickelte sie sich allmählich zu einer Expertin von galaktischem Format.

Sicherheitshalber erhöhte sie die Leistung des Senders. »Tendra an Lando. Antworte bitte auf der vereinbarten Frequenz. Tendra an Lando. Antworte bitte auf der vereinbarten Frequenz. Tendra an Lando. Antworte bitte auf der vereinbarten Frequenz …«

## 13. Kapitel

# *Yggyns Entscheidung*

»Es wird Zeit«, sagte Mara zu Leia. »Zeit für eine Entscheidung.«

Mara saß an der Pilotenstation der *Jadefeuer* und sah Leia ruhig an. Leia, die am Navigatorpult Platz genommen hatte, erwiderte ihren Blick gelassener, als sie sich fühlte. »Richtig«, nickte sie. »Es wird Zeit für eine Entscheidung.«

Nachdem Mara ihre Verfolger abgeschüttelt hatte, waren sie mit der *Jadefeuer* in einen Parkorbit um den Stern Corell eingeschwenkt, hatten alle Systeme auf Minimalleistung heruntergefahren und die Umlaufbahn vom Zufallsgenerator des Bordcomputers festlegen lassen. Sie hofften, durch den zufallsgenerierten Orbit und die Reduzierung des Energieausstoßes der Ortung durch etwaige Verfolger zu entgehen. Ihr Kurs war instabil; sich selbst überlassen, würde das Schiff nach ein paar Monaten Spiralflug in die Sonne Corell stürzen.

Nicht, daß dies wirklich passieren würde. Sie konnten den Kurs jederzeit ändern. Das Problem war, welchen neuen Kurs sie einschlagen sollten. Sie hatten sich gegenseitig bei der Flucht geholfen, aber keine der beiden Frauen hatte einen Plan für die Zeit danach gehabt. Sie hatten versucht, sofort nach der geglückten Flucht einen Plan zu entwickeln, aber ohne Erfolg. Die Diskussion hatte sich in sinnlosem Gezänk erschöpft. Sehr schnell war ihnen klar geworden, daß sie zu ausgelaugt waren, um eine Entscheidung zu treffen. Beide Frauen brauchten wenigstens etwas Zeit, um ihre Wunden zu behandeln und sich zu erholen; und außerdem schien kein Grund für eine sofortige Entscheidung zu bestehen. Sie hatten sich auf eine Ruhepause von dreißig Stunden geeinigt und wollten erst danach eine endgültige Entscheidung treffen.

Jetzt war die Zeit gekommen, ein Ziel auszuwählen und einen Plan zu entwickeln, aber Leia hatte das sichere Gefühl, daß es nicht einfach werden würde. »Ich nehme an«, sagte Leia, »daß Sie noch immer nach Corellia zurückkehren wollen.«

»Ja, das will ich«, bestätigte Mara. »Dort ist das Zentrum der Aktivitäten. Alle für das System wichtigen Entscheidungen werden dort getroffen.«

»Warum ist Ihnen das eigentlich so wichtig?« fragte Leia. »Warum kümmert es Sie überhaupt, wer in diesem Planetensystem das Sagen hat und wer nicht? Sie sind keine Corellianerin, und Sie haben weder für die Menschenliga noch für die Neue Republik irgend etwas übrig. Was also wollen Sie im Zentrum der Aktivitäten? Warum verschwinden Sie nicht einfach?«

»Weil alles, was hier geschieht, auch mich betrifft«, erklärte Mara. »Ich leite ein Handelsunternehmen, und wir haben auf Corellia viel investiert. Wir haben Zeit und Geld und Energie in dieses System gesteckt und standen kurz davor, endlich Profit zu machen. Wir waren dabei, eine sehr vielversprechende Handelsroute in diesem Sektor zu etablieren. Als die Revolten begannen, sind meine Kosten explodiert. Ich brauche Stabilität, um Gewinn zu machen. Operettendiktatoren können nicht für Stabilität sorgen. Und auch wenn ich nicht viel für die Neue Republik übrig habe – der Gedanke, daß irgend jemand ganze Sonnensysteme ausradiert, gefällt mir ganz und gar nicht.« Mara schwieg einen Moment und sah Leia direkt in die Augen. »Aber Sie wollten mit Ihrer Frage auf etwas ganz anderes hinaus, nicht wahr?«

Leia widerstand dem Drang, Maras Vermutung abzustreiten. Es hatte keinen Sinn zu leugnen, wo sie beide die Wahrheit kannten. »Ja«, gab sie zu. »Sie haben recht.«

»Sie wollten wissen, ob ich Ihnen eine plausible Erklärung für mein Verweilen in diesem System geben kann, ein Motiv, das Ihr Mißtrauen gegenüber meinem Verhalten zerstreut. Schließlich haben Sie von mir die Botschaft mit der Nova-Drohung bekommen. Sie müssen sich fragen, ob ich zu der Verschwörung gehöre. Darf ich Sie daran erinnern, daß ich Gründe habe, *Sie* der Mitwirkung an der Verschwörung zu verdächtigen? Die Botschaft war an Sie gerichtet, und die Absender hielten es für angebracht zu demonstrieren, daß sie Ihren Privatkode entschlüsseln können. Außerdem enthielt diese Botschaft Daten, die eindeutig aus klassifizierten Quellen der Neuen Republik stammen.«

»Was für ein Motiv sollte ich wohl haben, die Regierung der Neuen Republik im corellianischen Sektor zu stürzen?« fragte Leia.

»Ich habe keine Ahnung«, gestand Mara. »Anderseits, was für ein Motiv sollte *ich* wohl haben, das System ins Chaos zu stürzen? Sie scheinen überhaupt kein Problem zu haben, mich zu verdächtigen, ohne einen Gedanken an meine Motive zu verschwenden. Warum gestehen Sie mir diesen Luxus nicht auch zu? Außerdem könnte ich mir ein absolut überzeugendes Szenario zurechtspinnen, in dem Sie einen Plan ausgebrütet haben, um die Menschenliga und die anderen Rebellengruppen aus der Deckung zu locken und sie dann zu zerschlagen. Das wäre, um es vorsichtig zu formulieren, ein gefährliches Spiel, und falls Sie sich wirklich darauf eingelassen haben, ist es offenkundig schiefgegangen. Aber es ist eine Möglichkeit.«

Leia lächelte dünn. »Warum an diesem Punkt aufhören? Warum lassen wir der Phantasie nicht freien Lauf? Vielleicht sind wir *beide* in die Verschwörung verwickelt, ohne daß die eine von der Rolle der anderen weiß. Oder wir beide sind die Betrogenen, ahnungslose Bauern in einem Spiel unbekannter Mächte. Sie wissen so gut wie ich, wenn man mit den Verdächtigungen erst einmal beginnt und überall Verschwörungen wittert, kann man irgendwann nicht mehr damit aufhören.«

»Das ist richtig«, nickte Mara. »Aber der Punkt ist doch der, daß ich Ihnen oder Ihren Motiven genausowenig trauen kann, wie Sie mir oder meinen Motiven trauen können.«

»Nun, wenigstens sind wir uns darin einig«, seufzte Leia. »Aber tun wir einfach so, als könnten wir einander vertrauen. Was wollen Sie tun?«

Mara lehnte sich in ihrem Pilotensitz zurück und blickte hinaus zu den Sternen. »Rein logisch betrachtet, müßte ich sagen, dies ist nicht mein Kampf, und ich habe keine Lust, im Kreuzfeuer anderer Leute getötet zu werden. Die vernünftigste Reaktion wäre, die Sublichttriebwerke hochzufahren und das corellianische System zu verlassen. Es würde zwar eine ganze Weile *dauern,* aber wir *würden* es schaffen. Und ich glaube, es würde sogar schneller gehen, als wir meinen.«

»Richtig«, sagte Leia. »Sie können das Abfangfeld nicht ewig aufrechterhalten. Es *muß* ungeheure Mengen an Energie verschlingen. Aber selbst wenn dies technisch kein Problem ist, wird ihnen die Isolation auf Dauer mehr schaden als nutzen. Politisch, wirtschaftlich und so weiter.«

»Genau«, sagte Mara. »So sehe ich es auch. Trotzdem, ich will das System nicht verlassen, auch wenn es noch so vernünftig wäre. Jemand hat mir einen Haufen Ärger gemacht, und ich will es ihm heimzahlen. Außerdem dürfen wir nicht vergessen, daß wir von dem Moment an, in dem wir die Sublichttriebwerke aktivieren, Gefahr laufen, geortet und abgeschossen zu werden.«

»Sie kennen dieses Schiff und wissen, wie leicht oder schwer es zu orten ist«, erwiderte Leia. »Hilft uns das bei unserer Entscheidung? Gibt es irgendein Ziel, das wir erreichen können, ohne entdeckt zu werden?«

»Ein guter Gedanke«, meinte Mara, »aber er führt uns nirgendwohin. Wir sind Corellia immer noch nah genug, um den Planeten zu erreichen, ohne unsere Triebwerke zu aktivieren. Wenn wir uns auf der Nachtseite über dem Ozean halten und unser Ziel – wo immer es auch liegen mag – im Tiefflug ansteuern, ist die Wahrscheinlichkeit einer Entdeckung sehr gering. Selonia und die Doppelwelt Tralus und Talus haben im Moment den Punkt ihrer größten Annäherung erreicht. Sie sind von hier am weitesten entfernt, auf der anderen Seite der Sonne. Andererseits hätten wir dann die Sonne im Rücken, was eine Entdeckung von Corellia oder Selonia oder der Doppelwelt aus erschwert. Drall ist näher und schneller erreichbar, aber dann müßten wir auf den Ortungsschutz der Sonne verzichten. Allerdings hat Drall nach meinen Informationen von allen Planeten das leistungsschwächste Raumschiffortungsnetz. Es gleicht sich alles aus.«

»Also gut«, sagte Leia. »Sie wollen das System nicht verlassen, und die Chancen, irgendeines der plausiblen Ziele zu erreichen, sind in etwa gleich, aber Sie wollen nach Corellia, weil dieser Planet das Zentrum der Krise ist. Ich halte eine Rückkehr für Selbstmord. Sie werden uns jagen, und sie werden verdammt wütend auf uns sein. Auf Corellia erwartet uns garantiert ein feindseliger Empfang.«

»Und Sie wollen nach Drall, weil sich dort höchstwahrscheinlich Ihre Kinder befinden, richtig?« fragte Mara.

»Ja, das will ich. Der einzige Corellianer an Bord des *Millennium Falken* war ein Drall. Er ist bestimmt zu seiner Heimatwelt zurückgekehrt, wo er sich am besten auskennt und die Kinder am sichersten sind.«

»Und ich sage, es ist sinnlos«, wehrte Mara ab. »Wir wissen nicht, was auf den anderen Planeten passiert ist, aber wir müssen davon ausgehen, daß die Dinge auch dort sehr schlimm stehen. Wenn Ebrihim Ihre Kinder nach Drall gebracht hat, dann mußte er sie um ihrer und seiner eigenen Sicherheit willen verstecken. Und *wir* müßten uns ebenfalls verstecken – was auf einem Planeten, auf dem nur ein paar hundert Menschen leben, nicht einfach ist. Wie sollen wir uns verstecken und gleichzeitig eine andere Gruppe finden, die sich ebenfalls versteckt?«

»Mit der Macht«, erklärte Leia. »Bringen Sie mich in die Nähe des Planeten, und ich werde spüren, wo sie sich aufhalten. Ich weiß es.«

»Das würde uns auch nicht weiterbringen. Selbst wenn es uns gelingt, sie zu finden, was wollen Sie *dann* tun? Ihnen den Kopf tätscheln und sich mit ihnen verstecken? Würde die Ankunft eines menschlichen Schiffes für Ihre Kinder mehr Sicherheit oder mehr Gefahr bedeuten? Wenn die Lage so chaotisch ist wie auf Corellia, dürften wir sie damit nur in größere Gefahr bringen. Und was soll *ich* tun? Drall ist ein verschlafener Provinzplanet. Nein, auf Drall erreichen wir nichts.«

Leia schwieg zunächst. Maras Argumente kamen ihr fast zu überzeugend vor. Wenn sie ihre Kinder fand, würde sie sich besser fühlen, aber es würde ihre Situation nicht verbessern. Sie konnte ihnen nur helfen, indem sie dieser Krise ein Ende machte. »Ich kann meine Kinder nicht im Stich lassen«, sagte sie schließlich zu Mara.

»Niemand verlangt das von Ihnen. Überlegen Sie doch. Wenn sie am Leben und gesund und auf Drall sind, dann stehen ihnen Chewbacca und der *Millennium Falken* und ihr

Drall-Lehrer und all seine Kontakte zur Verfügung. Das bedeutet genug Schutz für sie. Wenn Sie zu ihnen fliegen – würde das die Sicherheit Ihrer Kinder erhöhen oder Ihnen nur ein besseres Gefühl geben?«

Leia runzelte die Stirn. »In Ordnung«, seufzte sie. »Vielleicht sollte ich nicht zu ihnen fliegen – noch nicht. Aber ich werde sie nicht eine Minute länger alleinlassen, als es unbedingt nötig ist.« Sie schwieg für einen Moment. »Es ist offensichtlich«, fuhr sie fort, »daß wir in eine Sackgasse geraten sind. Mir scheint, wir könnten gegen jede mögliche Entscheidung eine Reihe guter Argumente ins Feld führen.«

»Und wie soll eine von uns die andere überzeugen, wenn keine von uns den Argumenten der anderen traut?« fragte Mara. »Ich könnte ja versuchen, Sie in eine Falle zu locken, und umgekehrt.« Mara verstummte. Dann schienen ihre Augen aufzuleuchten, und sie sah Leia an. »Mir ist gerade etwas eingefallen. Sind Sie mit dem Konzept des Yggyn-Kompromisses vertraut? Damit wurden schon manche festgefahrenen Handelsverhandlungen gerettet.«

Leia lächelte. »Ich kenne ihn sehr gut. Wenn keine Partei die Vorschläge der anderen akzeptieren kann, einigen sich beide auf eine dritte Alternative. Ich will nach Drall. Sie wollen nach Corellia. Nach dem Yggyn-Konzept müßten wir dann Kurs auf Selonia nehmen.«

Mara zuckte die Schultern. »Ich dachte eher an Talus und Tralus, aber Selonia ist in Ordnung. Wir brauchen ein Ziel, und zumindest besteht auf Selonia die Chance, daß wir freundlich empfangen werden. Es ist jedenfalls besser, als hier herumzusitzen und uns zu streiten, bis wir in die Sonne stürzen.«

»Also gut«, sagte Leia, holte tief Luft und blickte hinaus in die sternenübersäte Dunkelheit. »Also gut. Wir fliegen nach Selonia.«

»Ich wünschte immer noch, wir hätten den *Millennium Falken* genommen«, nörgelte Q9. »Dieser Schwebewagen hat keine Verteidigungssysteme.«

»*Und* es ist hier drinnen verdammt eng«, drang Anakins Beschwerde vom Rücksitz. »Wann sind wir endlich da?«

»Oh, oh«, machte Jaina, die vorne saß. »Jacen, lenk ihn bloß schnell ab, oder wir müssen uns diese Frage eine Trillion Mal anhören.«

Die Herzogin Marcha saß vorne zwischen Jaina und Chewbacca, der den Wagen flog. Sie war noch nie zuvor einem Wookiee so nahe gewesen, und es war nicht gerade die entspannendste Erfahrung. Aber sie konnte nicht verstehen, warum Jaina so gereizt auf die Frage ihres kleinen Bruders reagierte. »Kannst du ihm nicht einfach die Frage beantworten und ihn dann bitten, still zu sein?« flüsterte sie Jaina zu. Außerdem hätte sie auch gern gewußt, wann sie ihr Ziel erreichten. Es war nicht einfach, Chewbacca irgendwelche Informationen zu entlocken.

»So funktioniert das nicht«, flüsterte Jaina zurück. »Wenn ich darauf antworte, hört die Fragerei gar nicht mehr auf. In zwei Minuten heißt es dann wieder: ›Wann sind wir endlich da?‹ Und so wird es dann alle zwei Minuten weitergehen.«

»Ich verstehe«, sagte Tante Marcha, obwohl dies eine glatte Lüge war. Diese Menschen waren wirklich seltsame Kreaturen, und die Kinder waren noch unbegreiflicher als die Erwachsenen. Wie sie es geschafft hatten, zur dominierenden Spezies der Galaxis aufzusteigen, war Marcha völlig rätselhaft.

Aber zumindest wußten die älteren Kinder, wie man mit den jüngeren umgehen mußte. »Anakin!« rief Jacen, der endlich eine geeignete Ablenkungsmöglichkeit entdeckt hatte. »Schau mal nach unten! Siehst du? Das ist das Kochende Meer.«

Anakin, der hinter Jacen und neben Q9 saß, blickte zum dunklen Ozean hinunter. »Ich sehe nichts kochen«, widersprach er.

»Es kocht nicht immer«, sagte Jacen. »Nur manchmal. Im Sommer. Aber Q9 wird dir alles genau erklären.«

»Werde ich das?« fragte der Droide.

»Ja, Q9«, bestätigte Ebrihim von seinem Platz neben Jacen. »Das wirst du. Und zwar leise. Das ist ein Befehl.«

»Wie Sie wünschen«, sagte Q9 nicht gerade begeistert. Der Droide erklärte Anakin, daß in den Sommermonaten die Temperaturen so weit anstiegen, daß das kleine, vom Land umschlossene Meer zu kochen begann, und daß die Schnee- und Regenfälle im Winter es wieder abkühlten und auffüllten. Anakin hörte aufmerksam zu, selbst als Q9 hinzufügte, daß das Meer in ein paar tausend Jahren aufgrund der Erosion und der von den einmündenden Flüssen mitgetragenen Schlammassen zweifellos verschwinden würde.

Marcha schüttelte erneut den Kopf. Warum sich ein kleiner Junge ausgerechnet für derartige Dinge interessierte, war ihr schleierhaft, aber sie war auch dankbar dafür. Der Flug zog sich in die Länge, doch das war zu erwarten gewesen. Sie waren in der Nacht gestartet und näherten sich auf Umwegen ihrem Ziel, wobei sie sich immer dicht über den Wellen oder über den Baumwipfeln hielten. Chewbacca mochte vielleicht kein besonders umgängliches Wesen sein, aber sie war froh, daß sie einen Piloten mit seinen Fähigkeiten hatte.

Dann, endlich, gab Chewbacca ein gedämpftes Heulen von sich und bremste den Wagen ab, bis er zehn Meter über dem Boden bewegungslos in der Luft hing. Marcha schaltete das Infrarotsystem ein und studierte den Bildschirm. Sie richtete die Kamera auf einen niedrigen, etwa drei Kilometer entfernten Hügel und zoomte ihn heran. Dort, geisterhaft grün im Infrarotmodus leuchtend, an den Hügelkamm geduckt, befand sich ein niedriges, kastenförmiges Gebäude. »Das ist es«, sagte sie. »Das muß es sein. Fliegen Sie langsam näher, dann um den Fuß des Hügels herum, bis wir auf der Südseite des Gebäudes sind. Landen Sie etwa drei Kilometer südlich des Gebäudes, aber so, daß uns keiner sieht. Ich kann doch davon ausgehen, daß Sie unsere Positionsleuchten ausgeschaltet haben, oder?«

Chewbacca funkelte sie an, sagte aber nichts.

Marcha kümmerte es nicht. Sie hatte andere Probleme. Die archäologische Ausgrabungsstätte zu finden, war einfach gewesen. Hineinzukommen – und wieder heraus – würde schwieriger sein. Doch wenn ihre Theorie stimmte, würde ihnen Anakin dabei helfen können …

Vorausgesetzt, sie konnten ihn vom Kochenden Meer ablenken. Q9 gingen allmählich die Informationen zu diesem Thema aus.

## 14. Kapitel

## *Aktivitäten im Untergrund*

Aus unerfindlichen Gründen wurden die Stollen und Tunnel immer größer, während sie weitermarschierten. Wenigstens hatte Han diesen Eindruck. Vielleicht hatten sie zuvor die größeren Tunnel aber auch nur umgangen, oder sie waren von Flüchtlingen verstopft gewesen. Oder vielleicht zogen es die Selonianer in diesem Teil der Welt vor, aufrecht zu gehen. Die Tunnel hier waren so kühl, trocken und leicht muffig wie die anderen und in das gleiche düstere, unheimliche Rotlicht getaucht. Boden und Wände waren so sorgfältig bearbeitet und geglättet wie in den Tunneln, die hinter ihnen lagen – aber diese Tunnel waren größer und weniger belebt.

Was auch immer die Gründe für die Veränderung sein mochten, Han war dankbar dafür. Er konnte endlich wieder aufrecht gehen, was wahre Wunder bewirkte und die schlimmsten Verspannungen in seinem Rücken und seinen Beinen linderte. Außerdem kamen sie schneller voran. Hans geringes Tempo in den Kriechtunneln hatte Dracmus fast zur Verzweiflung gebracht. Die bloße Tatsache, daß er jetzt mehr oder weniger in der Lage war, mit ihr Schritt zu halten, schien sie zu erleichtern.

Allerdings machte es sie nicht gesprächiger, und Han entschied sich, es mit einer anderen Methode, anderen Fragen zu versuchen. »Ehrenwerte Dracmus, ich weiß, daß du mir nicht sagen darfst, wohin wir gehen oder was uns erwartet, aber kannst du mir wenigstens verraten, wer dir deine Befehle gegeben hat?«

Dracmus antwortete nicht, machte sich nicht einmal die Mühe, ihm zu sagen, daß sie nicht antworten durfte. Han sah darin ein stillschweigendes Eingeständnis, daß er auf der richtigen Spur war. »Steckt nur dein Stock dahinter?« bohrte er weiter. »Oder ist es etwas Größeres? Eine Allianz, irgendeine Gruppe?«

»Ehrenwerter Solo – bitte! Ich habe … ausdrückliche Befehle von höchster Stelle. Du hast das Recht, alles zu erfahren, aber ich kann und darf es dir nicht sagen.«

Das war mehr, als er erwartet hatte, wenn auch nicht besonders viel. Han dachte darüber nach, während sie ihren Marsch fortsetzten. Er hatte vielleicht keine genauen Informationen, aber sie genügten, um einige Vermutungen anzustellen. *In Ordnung,* sagte er sich. *Sie vertrauen dir nicht, aber sie haben dich nicht getötet oder zurückgelassen. Was bedeutet das?* Die Antwort lag auf der Hand, auch wenn sie ihn nicht viel weiterbrachte: Sie wollten etwas von ihm. Er konnte irgend etwas tun, irgend etwas sagen, das sie brauchten. Es konnte alles mögliche sein. Technische Hilfe, politische Verbindungen, militärische Ratschläge, Informationen, die er hatte, ohne sich über ihre Bedeutung im klaren zu sein. Sein Rezept für einen doppelten Mutantenzombie-Cocktail. Es konnte alles sein.

Nein, das war nicht *ganz* richtig. Wenn sie ihn *brauchten,* dann würden sie ihn nicht durch dieses Labyrinth hetzen, ohne ihm irgendwelche Informationen zu geben. Wahrscheinlicher war, daß sie ihn *vielleicht* brauchten. Ihn *vielleicht* um Hilfe bitten würden. Bis sie sicher waren, ob es sich lohnte, das Risiko einzugehen und ihm zu vertrauen, würden sie ihn auf Eis legen. Das mußte es sein, sagte sich Han. Sie brauchten ihn für irgend etwas, waren sich aber nicht sicher, ob sie ihm trauen konnten. Oder vielleicht waren sie sich nicht sicher, ob er kooperieren würde.

Was das betraf, war auch Han sich nicht sicher. Er wußte nicht, auf welcher Seite sie standen oder wie die Seiten in diesem Kampf aussahen. Er war sich nicht einmal ganz sicher, um was für einen Kampf es sich überhaupt handelte. Selbst vor seiner Gefangennahme durch die Menschenliga hatte sich die Lage auf Corellia am besten als Kampf aller gegen alle beschreiben lassen. Er wußte nicht, ob sich die Lage seitdem verbessert oder verschlechtert hatte. Dracmus' Stock konnte praktisch für oder gegen jeden sein.

Als Han zu dieser erfreulichen Schlußfolgerung gelangte, dämmerte ihm plötzlich, daß er in der Ferne etwas hörte. Eine Serie leiser, regelmäßiger mechanischer Laute, ein Klikken und Sirren und Brummen. Sie näherten sich den Geräuschen. Dann hörte er auch Stimmen. Die Stimmen von Selonianern, die sich irgend etwas zuriefen, und da war etwas im Rhythmus und im Tonfall ihrer Rufe und Schreie, das frappierend an einen Bautrupp bei der Arbeit erinnerte.

Dracmus hörte es auch und beschleunigte ihre Schritte.

Plötzlich erkannte Han, daß sie das Ende ihrer Reise oder zumindest einer Etappe erreicht hatten. Er eilte hinter Dracmus her und eine lange Rampe hinunter. Von unten drang weißgelbes Licht herauf, und Han war überrascht, wie sehr er auflebte, als er endlich etwas anderes als die blutrote Beleuchtung der selonianischen Tunnel sah. Hastig stolperte er dem Licht und den Geräuschen entgegen.

Die Rampe führte in eine Kammer, die nicht aus nacktem Stein, sondern aus Metall und glänzendem Plastik bestand und von Lärm und hektischer Betriebsamkeit erfüllt war. Es handelte sich offenbar um einen Knotenpunkt. In der Mitte befand sich ein kleines Landefeld mit drei kleinen Raumschiffen, an denen Wartungstechniker arbeiteten. Han blickte auf und sah, daß die Decke aus einer aufklappbaren Kuppel bestand. Auf der gegenüberliegenden Seite der Kaverne, vor einer großen Tunnelöffnung, wartete eine Monobahn auf das Signal zur Abfahrt, während auf den Nachbargleisen Kabinenroller hin und her huschten und in kleineren Seitentunneln verschwanden. »Was für ein Ort«, war alles, was ihm als Kommentar dazu einfiel.

»Es gibt viele derartige Orte«, erwiderte Dracmus. »Sie sehen alle gleich aus.«

Das überraschte Han. »Aber ich dachte, ihr würdet nur zu Fuß durch die Tunnel laufen«, sagte er.

»Warum denkst du das? Glaubst du etwa, wir Selonianer könnten keine Maschinen und Fahrzeuge bauen? Wir wären nur unwissende Primitive, ohne die Hilfe unserer guten menschlichen Freunde zu einem Leben unter der Erde verdammt?«

»Schon gut, schon gut«, brummte Han. »Das wollte ich damit nicht sagen. Tut mir leid.« Er sah sich um und begriff, wie tief er in dieser Sache steckte. Dieser Ort war geheim, nur den Selonianern bekannt. Er hatte keinen Beweis dafür, aber er wußte es trotzdem. Hierher kamen keine Drall und keine Menschen; sie ahnten nicht einmal etwas von der Existenz dieses Ortes. »Wer weiß von dieser Anlage?« fragte er. »Außer den Selonianern?«

»Du«, sagte Dracmus. »Sonst niemand.«

»Das ist genau die Antwort, die ich nicht hören wollte«, erwiderte Han. Offenbar hatte man Dracmus nicht verboten, *diese* Frage zu beantworten. Es war kein Zufall, daß man ihm dieses Geheimnis enthüllt hatte. Aber was war, wenn die Selonianer später zu der Überzeugung kamen, daß es doch keine so gute Idee gewesen war, ihn einzuweihen? Es gab nur eine einzige sichere Methode, die Weitergabe eines Geheimnisses zu verhindern ...

»Komm«, befahl Dracmus. »Wir müssen weiter.« Sie ließen den Tunnel hinter sich und gingen einen Weg hinunter, der zum Zentrum des Komplexes führte.

Han hatte halb erwartet, daß Dracmus einen der Kabinenroller oder die Monobahn besteigen würde, aber statt dessen brachte sie ihn direkt zu dem größten der drei wartenden Raumschiffe. Ein Raumschiff? Zum Teufel, wohin wollten sie ihn bringen? Wahrscheinlich zu irgendeinem anderen Ort auf Corellia, einem Ort, der zu weit entfernt war, um ihn mit der Monobahn zu erreichen. Aber wohin genau? Und warum?

Han sah sich das Schiff näher an. Ein Blick genügte, um ihm zu verraten, daß es nicht in einer der von Menschen geführten corellianischen Werften gebaut worden war. Es mußte sich um eine selonianische Konstruktion handeln. Das Schiff war relativ klein, nur für kurze Strecken geeignet und eindeutig nicht hyperflugtauglich. Es hatte die Form eines Stumpfkegels mit einer Höhe und einem Durchmesser von etwa zwanzig Metern. Offenbar war es so gebaut, daß es nur vertikal starten und mit dem Bug voraus fliegen konnte, was ziemlich ungewöhnlich war. Die vorderen Sichtluken waren an der stumpfen Kegelspitze angebracht, so daß der Pilot beim Start nach oben blickte. Jedenfalls war es klar, daß die Selonianer technisch in der Lage waren, nicht nur ihre eigenen Kabinenroller und Monobahnen zu bauen.

Während Han das Schiff begutachtete, öffnete sich in eineinhalb Metern Höhe eine Luke, und eine Einstiegsleiter wurde zu Boden gelassen. Eine energisch wirkende Selonianerin kletterte behende die Leiter herunter und trat zu Dracmus und Han. Sie grinste Han an und lachte zischend. »Das also ist die Nackthaut, von der ich gehört habe«, sagte sie so schnell auf Selonianisch, das Han ihr kaum folgen konnte. »Sie sieht nicht besonders beeindruckend aus, nicht wahr.«

»Er«, korrigierte Dracmus milde. »Der Mensch ist ein Mann, junge Salculd. Und er hat viele Entbehrungen erlitten, viele Schwierigkeiten überwunden, viele Verletzungen überstanden. Daß er es bis hierher geschafft hat, sagt genug über ihn.«

Han war mehr als nur ein wenig überrascht, ein Lob aus Dracmus' Mund zu hören. »Sehr freundlich von dir, das zu sagen, ehrenwerte Dracmus«, erklärte er etwas holprig auf Selonianisch.

Salculd starrte Han mit halb offenem Mund an, das selonianische Äquivalent hochgezogener Brauen. »Sie – er spricht die Heimatsprache! Oder zumindest halbwegs. Nun gut, ehrenwerte Dracmus. Ich werde daran denken, daß in ihm mehr steckt, als auf den ersten Blick zu vermuten ist.« Sie wandte sich an Han. »Du – komm mit.«

Han sah Dracmus an. »Ich gehe mit Salculd?« fragte er auf Selonianisch. »Du kommst nicht mit?«

»Ich muß mich mit ... gewissen anderen beraten, bevor ich an Bord gehen kann und wir abfliegen. Ich komme bald nach. Pilotin Salculd wird ... auf dich aufpassen, während ich weg bin.« Dracmus zögerte einen Moment und sprach dann schnell auf Basic weiter; offenbar wollte sie nicht, daß Salculd verstand, was sie zu Han sagte. »Unsere Pilotin kommt aus einem ungewöhnlichen Stock, und selonianische Piloten sind oft seltsam. Möglicherweise verhält sie sich hin und wieder etwas eigenartig. Achte nicht darauf und mach dir keine Sorgen.«

»Wie kommt es eigentlich, daß mir das nicht gefällt?« knurrte Han.

»Ich weiß es nicht, ehrenwerter Solo. Wir sehen uns bald

an Bord wieder.« Dracmus neigte vor Han den Kopf, verbeugte sich tief vor Salculd und ging davon.

»Worüber habt ihr gesprochen?« fragte Salculd auf Selonianisch.

Aus irgendwelchen Gründen hatte Han den Eindruck, daß Salculd jemand war, mit dem er reden konnte. »Sie hat mich gewarnt, daß du etwas seltsam bist«, erwiderte Han.

»Ach so«, meinte Salculd. »Das denken alle. Sie bleiben am liebsten unter der Erde. Sie mögen den Weltraum nicht, das ist alles. Komm an Bord, ah – wie nannte sie dich?«

»Sie nennt mich Solo. Han Solo. Meine Freunde sagen Han zu mir.«

Salculd lächelte verstehend. »Dann werde ich dich Han nennen, und du kannst dich selbst überzeugen, ob ich seltsam bin oder nicht. Komm an Bord.«

Han folgte Salculd die Einstiegsleiter hinauf und in das Schiff, wobei er sich sorgfältig umsah. Schon von außen hatte das kegelförmige Raumschiff primitiv gewirkt, und das Innere verstärkte diesen Eindruck noch. »Gutes Schiff«, log Han der Höflichkeit wegen auf Selonianisch. Er zeigte mit dem Finger auf sich. »Ich bin Pilot und habe ein eigenes Schiff. Kannst du mir deins zeigen?«

Salculd legte den Kopf zur Seite und sah Han forschend an. »Du bist Pilot, ja? Das hat mir keiner gesagt. Sicher, ich führe dich herum.«

Es war klar, daß Salculd Hans Behauptung, ein Pilot zu sein, nicht ganz glaubte. Sie wollte ihn testen und feststellen, ob er wußte, wovon er redete. Han war mehr als froh über die Herausforderung. Er war bereit, alles zu tun, um mehr Informationen zu bekommen. Es dauerte nur ein paar Minuten, bis er Salculd überzeugt hatte; er stellte die richtigen Fragen, identifizierte diverse technische Geräte und schwadronierte über die Probleme, die alle Piloten kannten – unvernünftige Passagiere, schlecht verstaute Fracht, unfähiges Bodenpersonal und so weiter. Kaum war dieser Punkt geklärt, war Salculd nicht mehr zu bremsen. Sie bot an, Han alles zeigen, und Han erwies sich als dankbares Publikum.

Während sie durch das Schiff spazierten, bemerkte Han sehr schnell, daß praktisch alles an Bord in eine von zwei Kategorien paßte. Zu der ersten gehörten allgemeine Ausrüstungsgegenstände und technische Einrichtungen, wie es sie überall zu kaufen gab, Dinge wie die Einstiegsleiter oder der Pilotensitz oder die Energiekupplungen.

Zur zweiten Kategorie gehörte die Spezialausrüstung, bei der es sich entweder um bereits existierende und für einen bestimmten Zweck modifizierte Geräte handelte, oder um handgefertigte Einzelstücke. Alles in der zweiten Kategorie ersetzte etwas, dessen Spur sich leicht zurückverfolgen ließ, wenn man es auf dem freien Markt – oder auf dem Schwarzmarkt – kaufte. Der Navigationscomputer und die Landerepulsoren beispielsweise waren eindeutig handgefertigte Einzelstücke, und niemand baute derartige Dinge selbst zusammen, wenn es nicht unbedingt sein mußte.

Diese Information verriet ihm eine ganze Menge. Die von Menschen geführten corellianische Raumschiffswerften gehörten zu den berühmtesten in der Galaxis, und das mit Recht. Der *Millennium Falke* – oder zumindest der leichte Frachter, aus dem nach ein paar tausend Modifikationen der *Falke* geworden war – war dort gebaut worden. Die corellianischen Werften hatten Schiffe jedes Typs, vom kleinsten Planetenflitzer bis hin zum gigantischsten Sternzerstörer, an jeden beliebigen Interessenten geliefert. Und bei der derzeitigen Wirtschaftslage, soviel war Han klar, waren Raumschiffe – und gebrauchte Schiffe, die größer waren als Salculds – billig und leicht zu bekommen.

Aber warum sollte jemand all die Mühen und Kosten auf sich nehmen, seine eigenen Schiffe zu bauen, wenn es auf dem Markt billigere und leistungsfähigere Einheiten zu kaufen gab? Selbst eine Schrottmühle wäre sicherer und zuverlässiger als diese Kiste. Es gab im Grunde nur eine Erklärung, und sie gefiel Han nicht. Man baute sich nur seine eigenen Raumschiffe, wenn man nicht wollte, daß irgend jemand davon erfuhr, wenn man unerkannt und im Verborgenen bleiben wollte.

Und das wiederum verriet Han noch mehr über die Selonianer, in der Hand er war, etwas, das er schon seit einiger Zeit vermutet hatte.

Sie waren Rebellen.

Oder zumindest eine Gruppe von Selonianern, die sich für Rebellen hielten. Aber gegen wen rebellierten sie? Gegen die Menschenliga? Die Regierung der Neuen Republik? Vielleicht war es sogar eine Gruppe, die gegen das Imperium opponiert hatte und nach dem Ende des Imperiums im Untergrund geblieben war, keinem Außenstehenden traute. Alles war möglich. Alles, was Han je über selonianische Politik gelernt hatte, war, daß sie für Außenstehende undurchschaubar war.

Nun, vielleicht stimmte dies, aber andererseits konnte es nicht schaden, einfach zu fragen – und von Salculd hatte er in den beiden letzten Stunden mehr erfahren als von Dracmus in den beiden letzten Tagen.

»Ehrenwerte Salculd«, sagte auf Selonianisch und bemühte sich, möglichst flüssig zu sprechen, »wer seid ihr alle? Was ist das für eine Gruppe, bei der ich bin? Was geht hier vor?«

Salculd schien die Frage zu überraschen. »Hat es dir niemand gesagt?« erwiderte sie.

»Niemand«, erklärte Han.

»Wir sind der Hunchuzuc-Stock. Wir und unser Stock kämpfen für die Freiheit der Selonianer auf Corellia.«

»Gegen wen kämpft ihr? Die Neue Republik? Die Menschenliga?«

»Was? Nein! Was gehen die uns an? Wir kämpfen gegen den Oberstock, die Zentralmacht auf Selonia. Alles andere ist zweitrangig. Aber der Aufstand der Menschenliga kommt uns natürlich gelegen, weil er den Oberstock ablenkt und uns die Chance gibt, unseren eigenen Plan zu verwirklichen. Und du bist ein Teil dieses Plans.«

»Aber *wie* sieht meine Rolle aus?« fragte Han. »Was habt ihr mit mir vor?«

Salculd blickte erneut überrascht drein und legte den Kopf zur Seite. »Wir bringen dich natürlich nach Selonia. Was hast du denn gedacht?«

Der Schwebewagen senkte sich lautlos vom Himmel über Drall und ging hinter einer großen Felsformation nieder. Alle stiegen so leise wie möglich aus. Es war eine kalte und windige Nacht, vor allem für die pelzlosen Menschen, und die Kinder froren sichtlich. Ebrihim schickte sie zurück in den Schwebewagen, während die beiden erwachsenen Drall die Umgebung erkundeten und Chewbacca, unterstützt von Q9, den Schallkartographen und den Bohrer aufbaute. Ebrihim nutzte das Alleinsein mit seiner Tante, um ihr ein paar Fragen zu stellen. »Denkst du immer noch, daß Anakin es für uns finden kann?«

»Ich glaube schon.«

»Erwartest du nicht zuviel von einem kleinen Jungen?« fragte Ebrihim.

»Ich erwarte nichts«, erklärte Marcha. »Ich hoffe, daß ein Wesen – ein junges Wesen – mit außergewöhnlichen Fähigkeiten in der Lage sein wird, uns zu helfen. Ich glaube, daß wir jedenfalls am richtigen Ort sind. Ich habe alle Informationen analysiert, die Q9 bei seiner Erforschung des Tunnelsystems auf Corellia gewonnen hat. Danach liegt die Kammer, die wir suchen, exakt drei und zwei Zehntel Kilometer südlich vom Haupteingang und einundhundertneunzig Meter unter dem Eingangsniveau. Nach unseren Instrumenten sind wir exakt diese Strecke vom Eingang auf dem Hügel entfernt – und der Boden hier liegt hundertsiebzig Meter unter dem Eingangsniveau. Sofern ich mich nicht sehr, sehr irre, müssen wir nur zwanzig Meter tief bohren, um auf das Tunnelsystem stoßen.«

»Vielleicht ist es so, liebe Tante. Angenommen, all deine Vermutungen sind richtig. Angenommen, unsere Drall-Freunde oben auf dem Hügel entdecken uns nicht und fallen nicht über uns her. Angenommen, alles geht gut. Von mir aus kannst du annehmen, was du willst. Aber nach dieser Nacht wage es ja nicht noch einmal, mich den Bruder Leichtfuß der Familie zu nennen.«

Marcha lächelte. »Einverstanden«, sagte sie.

In diesem Augenblick erschütterte ein seltsamer dumpfer Schlag den Boden und hielt etwas zu lange an, um natürlichen Ursprungs zu sein. Chewbacca hatte bereits den Schallkartographen aufgebaut und in Betrieb genommen. Sie gingen hinüber, um zu sehen, was er dort trieb, und als sie ihn erreichten, brachte ein weiterer dumpfer Schlag den Boden zum Vibrieren.

Chewbacca studierte die Anzeige eines Datenblocks. Er nickte befriedigt und trug den Schallkartographen dann ein paar Meter weiter, um seine Messungen fortzusetzen.

Der Kartograph und der Bohrer waren kompakte Bergbaugeräte, die Chewbacca in den unergründlichen Frachträumen des *Millennium Falken* aufgestöbert hatte. Der *Falke* hatte eine Menge derartige Geräte an Bord, das Übliche eben, was ein Schiff so brauchte, wenn es auf sich allein gestellt war.

Der Kartograph bestand aus einer Art Trommelvorrichtung, die den Boden mit einer Serie rasch hintereinander folgender Dampfhammerschläge bearbeitete, und einem Schalldetektor, der aus den sich daraus ergebenden Vibrationsmustern eine dreidimensionale Karte der geologischen Struktur unter der Oberfläche errechnete. Nachdem Chewbacca an vier oder fünf verschiedenen Stellen seine Meßwerte gesammelt hatte, besaß er genug Daten für eine genaue Karte der unterirdischen Gesteinsformationen. Er stellte den Schalldetektor auf einen Felsen und aktivierte das halographische Display.

Ein kompliziertes Bild erschien, eine Dichtekarte, in der Blau für die größte, Rot für die mittlere und Gelb für die geringste Dichte stand. Chewbacca hantierte an den Kontrollen und blendete die blauen Bereiche aus, dann die roten. Auf dem Display leuchtete ein heller Balken aus gelbem Licht, der etwa dreißig Meter weiter nördlich lag.

»Ausgezeichnet«, sagte Marcha. Sie wies auf das Display. »Wir graben dort.«

Ebrihim griff nach den Displaykontrollen. Er ließ die Rot- und Blaubereiche wieder erscheinen und aktivierte den Zoommodus. »Es ist nichts zu sehen, was der Kammer auch nur ähnelt, die wir suchen«, erklärte er.

»Natürlich nicht«, meinte Tante Marcha. »Vergiß nicht,

wie sorgfältig die Kammer auf Corellia versteckt war. Hier wird es nicht anders sein. Sie ist bestimmt auf irgendeine Art getarnt.«

»Ich wünschte nur, ich wäre so optimistisch wie du, liebste Tante. Nun gut, Freund Chewbacca. Mal sehen, ob dieser Bohrer funktioniert.«

Der Bohrer war ebenfalls ein einfaches Gerät, das aus einer Reihe Hochleistungs-Kurzstreckenblaster bestand, die in einen Drehbohrkranz mit einem Durchmesser von etwa siebzig Zentimetern eingelassen waren. Der Bohrkopf rotierte, und die Blaster feuerten und desintegrierten so den Fels- oder Erdboden. Der Bohrkopf selbst steckte in einer Schutzhülle. Am Ende der Hülle war ein flexibles Rohr befestigt.

Chewbacca hängte den Bohrkopf und die Hülle an eine dreibeinige Winde, die über der ausgewählten Bohrstelle stand und drei Meter hoch war. Die Winde würde den Bohrkopf nach und nach ins Bohrloch senken und nach getaner Arbeit wieder herausziehen. Chewbacca nahm das Ende des Abraumrohrs und trug die Auslaßöffnung so weit wie möglich von dem Bohrloch und dem Schwebewagen weg. Er rammte einen Haken in den Boden, zog das Rohr hindurch, klemmte es sorgfältig fest und begutachtete sein Werk. Das superheiße Gemisch aus verdampftem Gestein, Erdreich und Staub würde mit Hochdruck aus der Auslaßöffnung schießen und auf alles, was im Wege stand, wie ein Sandstrahlgebläse wirken. Chewbacca wollte nicht, daß ihm das Rohr eine böse Überraschung bereitete.

Er überprüfte ein letztes Mal die Festigkeit des Hakens und gab dann eine – für seine Verhältnisse – lange und sehr komplizierte Serie von Heul-, Knurr- und Grunzlauten von sich. Ebrihim hörte konzentriert zu und nickte. »Ich verstehe. Wenn jemand die Umgebung des Hügels akustisch oder im Infrarotbereich überwacht, wird man uns mühelos entdecken. Ich habe kein Anzeichen für eine Überwachung bemerkt, aber es hat keinen Sinn, überflüssige Risiken einzugehen. Ich werde den Luftwagen startklar machen und im Pilotensitz warten. Wenn etwas passiert, können wir sofort von hier verschwinden.« Chewbacca nickte.

Ebrihim wandte sich an Marcha. »Kommst du mit, liebe Tante?« fragte er. »Der Lärm wird wahrscheinlich unerträglich sein.«

Tante Marcha schüttelte den Kopf. »Nein«, lehnte sie ab. »Ich will sehen, was passiert.«

»Wie du meinst«, sagte er.

Ebrihim kehrte zum Wagen zurück und öffnete so leise wie möglich die Tür. Schließlich schliefen die Kinder im Wagen. Selbst Q9 schien in den Bereitschaftsmodus geschaltet zu haben. Ebrihim nahm Chewbaccas Platz an den Kontrollen ein und verstellte den Pilotensitz, bis er statt des Steuerknüppels die Windschutzscheibe vor Augen hatte.

Er gab Chewbacca ein Zeichen, der Wookiee winkte zurück – und drückte den Startknopf.

Der Lärm war selbst im Inneren des Wagens sehr laut. Ein ohrenbetäubendes Dröhnen, das eine Ewigkeit anzuhalten schien, um dann, während sich der Bohrkranz in den Boden fräste, ein paar Dezibel an Lautstärke und ein oder zwei Oktaven an Tonhöhe zu verlieren. Dann war ein Rattern und Sirren zu hören, als das Abraumrohr ein paar Sekunden lang bockte und tanzte, und dann, plötzlich, mit einem dumpfen, grollenden Rauschen, schoß eine dichte Säule aus Felsstaub aus dem Rohr, heiß genug, um in der Dunkelheit rot zu glühen.

Jacen schreckte aus seinem Schlaf hoch. »Das Ding macht ja einen Höllenlärm«, sagte er und kletterte auf den Vordersitz, um besser sehen zu können.

»Hoffentlich hört es keiner«, meinte Jaina gähnend.

Anakin kletterte auf den Schoß seines Bruders und runzelte nachdenklich die Stirn. »Chewie hat den Blastermatrixfokus zu eng eingestellt«, erklärte er.

»Woher weißt du das?« fragte Ebrihim, froh darüber, daß das Kind zu müde war, um auf den Gedanken zu kommen, den Fokus neu zu justieren.

»Keine Ahnung«, gestand Anakin gähnend. »Aber ich schätze, es funktioniert auch so.« Er sah aus dem Fenster und schien angestrengt zu überlegen. »Es dürfte nicht länger als zwanzig Minuten dauern«, sagte er.

## 15. Kapitel

# *Positionen und Repulsoren*

Admiral Hortel Ossilege stand auf dem Flaggdeck, von dem aus er die Brücke der *Eindringling* überblicken konnte, des bakuranischen leichten Kreuzers, der bei dieser Mission als sein Flaggschiff diente. Die anderen drei Schiffe seiner kleinen Flotte, die Zerstörer *Wächter*, *Paladin* und *Verteidiger*, flogen in einer perfekten Formation und meldeten, daß sie gefechtsbereit waren. Alles verlief nach Plan. Er richtete sich zu seiner vollen Größe auf und warf sich in die Brust, eine prächtige Erscheinung in seiner strahlend weißen Paradeuniform.

»Ihnen scheint die Situation zu gefallen«, sagte Luke zu dem Admiral. »Freuen Sie sich darauf, sich wieder ins Schlachtgetümmel zu stürzen?«

Ossilege war einen ganzen Kopf kleiner als Luke, und dennoch, als der Admiral jetzt zu ihm aufschaute, lag soviel Selbstvertrauen, soviel Autorität in seinem Blick, daß sich Luke wie ein Schuljunge vorkam, der für eine dumme Bemerkung gerügt wurde. »Kein halbwegs vernünftiger Mensch, der sich schon einmal ›ins Schlachtgetümmel gestürzt‹ hat, wie Sie es ausdrücken, hegt den Wunsch, diese Erfahrung zu wiederholen. Der Nervenkitzel, die Erregung sind in keiner Weise ein Ausgleich für das Grauen und das Blutvergießen. Ein Offizier hat in einer Schlacht viel zu oft die Aufgabe zu entscheiden, welche von seinen Untergebenen er in den Tod schickt. Ich wäre froh, wenn mir diese Entscheidung für den Rest meines Lebens erspart bliebe.«

Ossilege zögerte einen Moment und fuhr dann fort: »Und dennoch muß ich ehrlicherweise hinzufügen: Krieg *hat* etwas Erregendes an sich. Ich kann es nicht leugnen. Ich bin nicht stolz darauf, aber es ist so. Finden Sie es seltsam, daß ich derart widersprüchliche Gefühle hege?«

»Ich würde es nie wagen, Ihr Urteil in Frage zu stellen, Admiral, vor allem nicht am Vorabend einer Schlacht. Aber ein kluger Commander ist sich bewußt, daß er den Krieg gleichzeitig liebt und haßt. Das Problem ist, den goldenen Mittelweg zwischen diesen beiden Extremen zu finden.«

»Gut formuliert, Master Skywalker. Aber ein Commander muß auch den Preis bedenken, der für übertriebene Vorsicht zu zahlen ist. Was, wie ich meine, durch die Namen unserer Schiffe symbolisiert wird. Die drei Zerstörer wurden ursprünglich gebaut, um eine mögliche Rückkehr der Ssi-ruuk zu verhindern, und so modifiziert, daß sie ein Abfangfeld durchdringen können. *Wächter, Paladin, Verteidiger.* Das sind ohne Zweifel stolze Namen, und sie verraten die wichtigste Aufgabe unserer Flotte: die Abwehr einer möglichen Rückkehr der Ssi-ruuk. Aber eine Verteidigungsstreitmacht allein kann keinen Krieg gewinnen. Widerstand allein genügt niemals. Man muß auch die Fähigkeit zum Gegenschlag haben.«

»Aber wir sind hier an Bord der *Eindringling*«, erinnerte Luke.

»Exakt! Der richtige Name für das erste Schiff, das speziell für die Durchdringung eines Abfangfelds konstruiert wurde, meinen Sie nicht auch? Die bakuranische Strategie hat sich viel zu lange auf die Verteidigung konzentriert. Ich bin froh, daß sich unsere Regierung endlich dazu durchgerungen hat, den Vorteil einer aggressiveren Haltung zu nutzen.«

»Ihre Haltung ist meine geringste Sorge, Admiral«, sagte Luke, wobei er seine Worte vorsichtig wählte. »Mir geht es mehr um den Erfolg unserer Mission.«

Ossilege sah ihn wieder an und lächelte matt. »Das klingt in meinen Ohren wie ein Verweis, Sir. Vielleicht habe ich ihn verdient. Aber warten wir ab, wie sich die Lage entwickelt. Sie werden noch früh genug erfahren, ob ich mein Fach beherrsche oder nicht.«

Irgendwie war dies keine sehr beruhigende Bemerkung.

Der ohrenbetäubende Lärm der Blaster nahm langsam ab, während sich der Bohrkopf immer tiefer in den Boden grub. Schließlich war nur noch ein gedämpftes Brummen zu hören, das im Brausen und Brüllen des Abraumrohrs fast unterging. Genau zwanzig Minuten nach Beginn der Arbeiten brachen die Bohrgeräusche abrupt ab, und das Gebläse des Abraumrohrs lief fauchend aus.

»Das war die automatische Abschaltung«, erklärte Anakin. »Wir müssen die Decke des Tunnels durchstoßen haben. Kommt!«

Ebrihim, die drei Kinder und Q9 stiegen aus dem Schwebewagen und eilten zur Bohrstelle. Chewbacca hievte den Bohrkopf bereits aus dem Loch und achtete darauf, nicht die noch immer rotglühenden Komponenten zu berühren. Neugierig spähte er in das Loch. Die Kinder drängten sich um ihn und blickten ebenfalls in die Tiefe. Ebrihim gesellte sich zu ihnen und beugte sich über die Öffnung, aber das einzige Ergebnis war, daß ihm ein Schwall heißer Luft entgegenschlug. Erkennen konnte er nichts. Was nicht verwunderlich war, denn schließlich gab es nur ein schwarzes Loch zu sehen. Jacen leuchtete mit einer Taschenlampe in die Tiefe, und als Ebrihim angestrengt nach unten starrte, glaubte er, am Grund einen dunkelbraunen Fleck zu erkennen.

Während Chewbacca darauf wartete, daß das Loch abkühlte, baute er neben der ersten Winde eine zweite auf und wuchtete den Bohrkopf mit Hilfe eines komplizierten Systems aus Rollen und Flaschenzügen auf das zweite Gestell. Das erste Dreifußgestell mit der nun freien Winde blieb direkt über dem Bohrloch stehen.

»Ich denke, wir machen uns besser sofort an den Abstieg«, sagte Ebrihim ohne große Begeisterung. Eine hübsche, gemütliche Höhle war eine Sache, aber ein Bohrloch, das bis in ein uraltes Tunnelsystem reichte, war etwas ganz anderes. »Du gehst zuerst, Q9.«

»Ich? Warum ich? Warum gehen Sie nicht zuerst?«

»Weil ich es bin, der die Befehle gibt, und weil du all diese eingebauten Sensoren hast, auf die du so stolz bist. Vielleicht entdeckst du wirklich etwas mit ihnen. Du kannst uns über die Kabelverbindung auf dem laufenden halten.«

»Sie halten mich für entbehrlich, das ist alles.«

»Bring mich bloß nicht auf solche Gedanken«, grollte Ebrihim.

»Was ist, wenn … wenn ich etwas sehe?«

»Wenn du in Gefahr gerätst, ziehen wir dich sofort wieder hoch und verschwinden von hier. Jetzt beweg dich endlich.«

Q9 schwebte mit offensichtlichem Widerwillen über das Bohrloch. Die Repulsoren des Droiden waren nicht stark genug, daß er den Abstieg aus eigener Kraft schaffen konnte. Sie mußten ihn an der Winde nach unten lassen, genau wie alle anderen. Chewbacca befestigte das Windenkabel an ihm und überprüfte ein letztesmal die Halterungen. Die systemweiten Störsender blockierten sogar die Kurzstreckenkoms, so daß eine Kabelverbindung zwischen zwei Kommunikatoren nötig war, damit ein Komsystem funktionierte.

Ebrihim steckte ein Kom in Q9s entsprechende Buchse und setzte einen Kopfhörer auf, der durch ein Kabel mit dem Droiden verbunden war. »Runter mit dir«, befahl er dem Droiden und gab Chewbacca ein Zeichen. Er verfolgte, wie Q9-X2 im Loch verschwand.

»Meine Infrarotsensoren zeigen, daß die Wände des Bohrlochs noch immer sehr warm sind«, berichtete Q9. »Allerdings kühlen sie schnell ab und dürften bald kalt genug sein, daß Sie sich Ihre kostbare Haut nicht verbrennen, falls Sie den Mut aufbringen, mir zu folgen.«

»Das reicht, Q9. Noch so eine Bemerkung, und ich schalte dich ab und laß dich von Anakin neu verdrahten.«

»Ich glaube, ich sollte diese Drohung ernst nehmen«, kommentierte Q9. »Ich erreiche soeben den Grund des Bohrlochs und befinde mich jetzt in einem Tunnel, der denen auf Corellia sehr ähnlich ist, auch wenn sein Zustand zu wünschen übrig läßt. Halten Sie bitte die Winde an. Ich bin jetzt tief genug, um meine Repulsoren zu benutzen.«

Ebrihim gab Chewbacca ein Zeichen. Der Wookiee zog an einem Hebel, und die Winde kam abrupt zum Halt.

*»Fiep! Verwunzt!«* drang Q9s Geschrei herauf, gefolgt von einer Serie elektronischer Töne, die nach einem Moment abbrachen.

»Q9! Ist alles in Ordnung? Q9!«

»Misch grin kayo«, sagte Q9. »Äh, ich bin okay. Dieser harte Stopp hat für einen Moment meine Stimmatrix durcheinandergebracht. Sagen Sie dem Wookiee, er soll beim nächsten Mal nicht so hart auf die Bremse treten. Ich werde mich jetzt vom Winden- und Komkabel lösen und mich umschauen. Warten Sie bitte.«

Für einige Minuten war es still, dann drang ein Klicken aus dem Empfänger, als sich Q9 wieder an das Kommunikatorkabel anschloß. »Hier unten ist alles ruhig«, erklärte er. »Ich kann weder Geräusche noch Bewegungen noch Energieflüsse registrieren. Sie können gefahrlos herunterkommen.«

Chewbacca machte sich als letzter an den Abstieg, und das Bohrloch erwies sich als ein wenig zu eng für ihn. Er bediente die Winde über eine Kabelfernsteuerung und ließ sich langsam in die Tiefe sinken.

Als er den Boden erreichte, hatten die anderen bereits angefangen, die Tunnel zu erforschen. Das Stollensystem war vom Grundriß her mit dem auf Corellia identisch und bestand aus breiten, in den gewachsenen Fels gefrästen Gängen. Aber die Wände und Böden dieser Tunnel waren rissig und eingefallen, und es gab Anzeichen dafür, daß sie im Lauf der Jahre wiederholt überflutet worden waren. Während in den corellianischen Tunneln alles von einer dünnen Staubschicht überzogen gewesen war, so lag hier alles unter einer dicken, schmierigen Schlammdecke begraben. Es gab auch keine funktionierende Beleuchtung. Die Gruppe mußte sich in der absoluten Dunkelheit auf ihre Taschenlampen verlassen. Q9 fuhr zwei Scheinwerfer aus seinem Kuppelkopf aus. Den einen richtete er auf die Decke, um ihre direkte Umgebung zu erhellen, den anderen nach vorne.

Der Tunnel war voller drohender Schatten und unheimlicher Phantome, die vor den Strahlen ihrer Taschenlampen flohen. Es war kühl und feucht, und die Luft war klamm.

Ebrihim hatte sich Sorgen gemacht, daß die Kinder in den düsteren, bedrohlich wirkenden Tunneln Angst bekommen würden, aber sehr schnell wurde ihm klar, daß er sie erneut unterschätzt hatte. Sie waren zweifellos an extreme Situationen gewöhnt.

Es gab auch noch eine andere gute Nachricht, wie sich bald herausstellte: Daß die Drallisten in nächster Zeit dieses Tunnelstück finden würden, war höchst unwahrscheinlich. Vor vielen Jahren hatte ein unterirdischer Steinschlag den Haupttunnel verschüttet und vom Haupteingang abgeschnitten. Alles deutete darauf hin, daß auch noch weitere Gänge eingestürzt waren. Vielleicht waren sie wirklich sicher.

Anderseits, sagte sich Ebrihim, konnten die Drallisten genau wie sie ein vertikales Loch bohren. Es war besser, wenn sie weiter wachsam blieben.

Ebrihim hielt sich im Hintergrund, während sich seine Freunde ans Werk machten. Es herrschte schon genug Gedränge, auch ohne daß er sich einmischte. Chewbacca überprüfte die Windenvorrichtung, um sicherzugehen, daß sie im Notfall sofort nach oben verschwinden konnten. Tante Marcha erkundete den Tunnel vor ihnen, und Q9 schwebte herum und war allen nur im Weg. Die beiden älteren Kinder versuchten indessen ihr Bestes, um Anakin dazu zu bringen, seine Fähigkeit in der Macht zu nutzen und nach einer ähnlichen Anlage wie in den corellianischen Tunneln zu suchen.

»Ich *glaube,* ich spüre was«, sagte er zögernd. Er streckte die Hand aus, als wollte er nach etwas Unsichtbarem greifen. »Es ist nicht so stark wie auf Corellia. Nicht so scharf. Mehr eine Art Echo. Vielleicht ist die Anlage kaputt. Vielleicht ist die Decke eingestürzt, und irgendwas ist beschädigt worden.«

»Versuch es, Anakin«, drängte Jacen. »Versuch es.«

Anakin zuckte hilflos die Schultern. »Ich *versuch* es ja«, sagte er. »Aber es ist einfach nicht *stark* genug.«

»Entschuldigung«, mischte sich Q9 ein, »aber vielleicht kann ich helfen. Eure Hoheit«, wandte er sich an Marcha, »Sie glauben, daß die Anlage hier mit der auf Corellia identisch ist?«

»Das ist richtig.«

»Dann kann ich uns mit Hilfe meiner gespeicherten Daten zum Eingang der Kammer führen. Nach meinen Berechnungen sind wir im falschen Gang und haben noch ein ganzes

Stück Weg vor uns. Allerdings sollte ich in der Lage sein, die genaue Position der gesuchten Kammer mit einer Abweichung von dreißig Metern zu bestimmen.«

Anakin nickte eifrig. »Bring mich so nah ran, und ich finde den Eingang!«

»Dann gestatte, daß ich vorangehe«, sagte Q9 mit sichtlichem Stolz.

Der Rest der Gruppe hatte einige Mühe, mit dem Droiden Schritt zu halten, denn schließlich verfügte keiner von ihnen über Repulsoren, und außerdem hatten sie mit dem unebenen Boden und gelegentlichen Geröllmassen zu kämpfen, die den Weg versperrten. *Wie lange mögen diese Tunnel schon existieren?* fragte sich Ebrihim.

Den beiden Drall fiel es am schwersten, nicht den Anschluß zu verlieren. Die Kinder konnten über jedes Hindernis hinwegklettern, und Chewbacca konnte schneller gehen, als der Rest laufen konnte. Aber die Drall hatten kurze Arme und Beine und waren schlechte Kletterer, was es ihnen erschwerte, die diversen Barrieren zu überwinden.

Q9s Vorsprung wurde mit jedem Moment größer. Weit vor ihnen tanzten seine Scheinwerferstrahlen durch den Tunnel. Dreimal blieb er an einer Kreuzung abrupt stehen und verschwand jeweils in dem linken Seitengang. Zweimal kam er wieder zurück. Beim dritten Mal schien er den Weg gefunden zu haben, den er suchte. Ebrihim und Marcha beschleunigten keuchend ihre Schritte, um ihn einzuholen. Sie bogen gerade rechtzeitig in den linken Tunnel, um zu sehen, wie sich der Wookiee und die Kinder nach rechts wandten und in einem weiteren Seitengang verschwanden. Die beiden Drall verdoppelten ihre Anstrengungen, aber das einzige Ergebnis war, daß sich Q9s Vorsprung nicht noch mehr vergrößerte.

Die Kinder jedoch, angetrieben von Anakin, der es kaum noch erwarten konnte, ihr Ziel zu erreichen, holten Q9 langsam ein.

»Versuch es weiter, Anakin!« rief Jaina, als ihr Bruder für einen Moment stehenblieb und sich ein wenig verloren umsah. Anakin nickte und deutete dann auf etwas Unsichtbares unter dem Boden.

»Spürst du es jetzt?« fragte Jacen seinen Bruder, während er über einen Geröllhaufen kletterte. »Ja?«

»Ja!« rief Anakin. »Hier fängt es an! Es ist unter dem Boden, genau wie in der anderen Anlage. Q9! Bleib stehen! Du bist schon zu weit gegangen.«

Der Droide blieb stehen und drehte sich um – und blendete für einen Moment alle mit seinem vorderen Scheinwerfer. »Q9! Mach dieses Ding aus!« brüllte Ebrihim verärgert. Es gefiel ihm nicht, hinter seinem Droiden herlaufen zu müssen.

»Ich bitte um Entschuldigung, Master Ebrihim«, sagte der Droide und löschte seinen Frontscheinwerfer. »Hast du es gefunden, Anakin?«

»Ja! Da!« sagte der Junge und deutete auf eine leere Stelle an der schlammverdreckten Wand. »Jemand muß mich hochheben und – *uff!*« Anakin schnappte nach Luft, als ihn Chewbacca in die Arme nahm, und zappelte aufgeregt. »Da! Da!« rief er und drückte gegen die Wand, aber nichts geschah. »Das liegt nur am vielen *Dreck«*, murmelte er und kratzte mit den Fingern die Schlammkruste ab, bis er ein etwa fünfzehn Zentimeter großes Quadrat freigelegt hatte. Die darunterliegende Wand sah für Ebrihim völlig glatt aus, aber Anakin drückte wieder dagegen, stärker diesmal, und ein Stück der Wand gab nach, als wollte es sich öffnen; aber als ein fingerbreiter Spalt entstanden war, rührte es sich nicht mehr. Anakin schob seinen Finger in den Spalt, doch er konnte die Öffnung nicht verbreitern. Schließlich klemmte Chewbacca Anakin unter einen Arm und zog selbst an der kleinen Klappe. Sogar er mußte sich etwas anstrengen, aber dann gab die Abdeckung nach und schwang auf, während Lehm- und Dreckklumpen zu Boden prasselten.

Eine dünne Lehmschicht verkrustete das Innere, und Anakin kratzte sie hastig ab. Zum Vorschein kam eine Tastatur mit fünf mal fünf grünen Knöpfen, die plötzlich purpurrot aufleuchteten. Anakin sah die Knöpfe stirnrunzelnd an und murmelte: »Das wird nicht einfach. Muß ein bißchen probieren ...« Er tippte eine Kombination ein und wartete ein paar Sekunden, ob etwas geschah. Nichts passierte. Er ballte die Faust und hämmerte gegen den oberen Teil des Tastenblocks. Die Knöpfe flackerten, leuchteten dann wieder grün. Anakin versuchte erneut die Kombination – und diesmal passierte tatsächlich etwas.

Ein Knirschen ertönte, gefolgt von einem dumpfen Schlag und einem tiefen, durchdringenden Rumpeln, und plötzlich platzte die Schmutzkruste an der Wand vor ihnen auf, blätterte ab und überschüttete alle mit getrocknetem Schlamm und Dreck. Die Steinwand unter der Schlammschicht senkte sich in den Boden.

In den corellianischen Tunneln hatte das Paneel hinter der falschen Wand aus glänzendem Silber bestanden. Das Paneel hier war stumpf und fleckig. Aber trotz aller Alterserscheinungen funktionierte es noch. Eine Linie teilte das Paneel und verbreiterte sich zu einer Naht. Dann zeigten sich in der Wand die Umrisse einer riesigen Tür, und sie schwang so plötzlich auf, daß alle zurückspringen mußten. Die große Tür fegte die Dreckhaufen zur Seite, als würden sie aus Luft bestehen.

Hinter der Tür lag ein langer Korridor aus demselben silbernen Material, fleckenlos und glänzend, ein perfektes Duplikat des Korridors auf Corellia.

Aus dem Gang flutete Licht in den schmutzigen Korridor, und alle schalteten ihre Taschenlampen aus. Q9 löschte seine Kopfscheinwerfer und zog sie wieder ein.

Chewbacca stellte Anakin auf den Boden und trat langsam und vorsichtig in den silbernen Korridor. Die Zwillinge und die anderen Erwachsenen folgten ihm. Der Wookiee mußte sich bücken, um sich nicht den Kopf an der Decke zu stoßen, was bedeutete, daß er noch langsamer vorankam. Aber kaum berührten Anakins Füße den Boden, flitzte er schon los und rannte vor den anderen den Korridor hinunter.

»Oh, Mann«, sagte Jaina zu ihrem Bruder. »Wenn er von der Plattform fällt, bringen Mam und Paps uns um.« Die Zwillinge liefen hinter ihrem Bruder her, obwohl es kaum Hoffnung gab, daß sie ihn einholten, bevor er das Ende erreichte.

Der Korridor führte in eine riesige Höhle und endete in einer rund fünf Meter durchmessenden, ins Nichts ragenden Plattform. Es gab kein Geländer. Chewbacca machte der Abgrund offenbar keine Angst. Er trat an den Rand und blickte nach unten. Die anderen blieben zusammengedrängt in der Mitte der Plattform stehen.

Die Kaverne war mit der auf Corellia identisch und bildete einen etwa fünfhundert Meter hohen Spitzkegel mit Wänden aus dem gleichen silbernen Metall – *falls* es überhaupt Metall war.

Die Kinder und Q9 hatten die riesige Höhle auf Corellia sofort wieder verlassen müssen, kaum daß sie sie entdeckt hatten, aus Furcht, daß sie unabsichtlich die Menschenliga zu der Anlage führten. Sie hatten keine Gelegenheit gehabt, sie genauer zu studieren oder zu erkunden. Diesmal bot sich ihnen die Chance – aber keiner wußte, wie sie vorgehen sollten. Am besten begannen sie am Boden der Kaverne mit der Untersuchung, aber der einzige Weg nach unten schien ein Sprung von der Plattform zu sein. Ebrihim wollte schon den Vorschlag machen, die Winde einzusetzen, als sich die Ereignisse plötzlich überschlugen. Die Aussichtsplattform begann sich *zu bewegen* und glitt an der Wand hinauf zum Scheitelpunkt der kegelförmigen Höhle. Chewbacca fuhr herum und sprang aufgeschreckt zur Mitte der Plattform.

Ebrihim drehte sich zusammen mit den anderen um, und alle erstarrten vor Entsetzen bei dem Anblick, der sich ihnen bot. Anakin hatte eine weitere verborgene, in den Boden der Plattform eingelassene Kontrolltafel entdeckt. Er kniete vor ihr und tippte Befehle ein. Während sie zusahen, entpuppte sich die Schalttafel als Deckplatte eines Kontrollpults, das langsam aus dem Boden gefahren wurde. Die Schalttafel selbst wurde hochgeklappt, um die Bedienung zu erleichtern. Anakin sprang auf und gab eilig eine Reihe von Befehlen ein. Die Plattform hielt an und bewegte sich dann zur Seite. Sie schien immer noch an der Höhlenwand befestigt zu sein, obwohl sich nicht erkennen ließ, auf welche Weise. Wand und Plattform gingen einfach ineinander über.

Die Öffnung des Korridors, durch den sie gekommen waren, befand sich jetzt schräg unter ihnen. Aus dem Korridor drang ein dumpfes Donnern, und Ebrihim begriff, daß sich die Tür zum Tunnelsystem soeben von selbst geschlossen haben mußte.

Dann gerieten rechts und links von der Korridoröffnung die Silberwände des Kegels in Wallung und flossen zusammen, bis die Öffnung verschwunden war. Fast im selben Moment setzte sich die Plattform wieder in Bewegung und glitt, obwohl es unmöglich schien, sanft und stetig an der Seite der konischen Kammer in die Höhe.

»Anakin!« rief Tante Marcha. »Bei Drall, was machst du da? Bring sofort diese Plattform zum Stehen!«

Aber Anakin antwortete nicht; er schien sie nicht einmal gehört zu haben, sondern war völlig auf die Schalttafel konzentriert. Ebrihim trat zu ihm, um ihn von der Tafel wegzuziehen, aber Jacen hob warnend eine Hand.

»Nicht!« rief er. »Was immer er auch da macht, er macht es, und er macht es richtig. Wenn Sie ihn jetzt stören und er durcheinander gerät und den falschen Knopf drückt ...«

Ebrihim begriff, worauf Jacen hinauswollte. Was war, wenn er versehentlich einen Knopf drückte, der die Plattform verschwinden ließ? Sie stiegen höher und höher, die Wände des Kegels rückten immer mehr zusammen und versperrten den Blick nach unten – aber selbst Chewbacca war nicht mehr darauf erpicht, in die Tiefe zu sehen.

Sie näherten sich dem Scheitelpunkt des Kegels. »Wir können jeden Moment zerquetscht werden«, kommentierte Q9 gelassen, fast im Plauderton. Die Plattform kam dem Scheitelpunkt näher und näher – und dann, etwa zwanzig Meter unter der Spitze, hielt sie abrupt an.

Gleichzeitig geschah etwas mit der Spitze des Kegels. Sie schimmerte, kräuselte sich und wallte, begann dann nach oben hin zu pulsieren. Sie hörten, wie etwas Großes und Hartes wieder und wieder in den Fels gerammt wurde.

»Das hört sich nicht gut an«, sagte Jaina ängstlich. »Als ob ...«

Mit einem ohrenbetäubenden Donnerschlag durchstieß die pulsierende Kegelspitze die Decke und schleuderte tonnenweise Fels und Erdreich zur Seite. Plötzlich konnten sie den Nachthimmel sehen.

Felsen und Geröll stürzten in die Kammer, aber eine Art energetisches *Flackern* – anders ließ es sich nicht beschreiben – knisterte über der Plattform, auf der sie standen, packte die Trümmer und schleuderte sie durch das Loch und hinaus in die Nacht.

Unvermittelt kehrte wieder Stille ein. Wo sich der Scheitelpunkt des Kegels befunden hatte, befand sich jetzt ein perfekter Zylinder mit einem Durchmesser von dreißig Metern.

Anakin drückte einen anderen Knopf, und die Plattform stieg wieder in die Höhe und wurde dabei immer breiter, bis sie mit den Seiten des Zylinders verschmolz; und sie schraubte sich weiter in die Höhe, der Nacht entgegen.

Als die Plattform die Oberfläche erreichte, hielt sie an. Sie standen auf der silbernen, dreißig Meter durchmessenden Scheibe, sahen über sich den kalten, sternenbedeckten Nachthimmel mit Talus und Tralus am Horizont. Ebrihim konnte etwa einen Kilometer entfernt den Schwebewagen erkennen, matt erhellt vom Schein der Innenbeleuchtung.

»Anakin«, fragte die Herzogin mit mühsam beherrschter Stimme, »kannst du die Plattform steuern? Kannst du mit ihr nach Belieben rauf und runter fahren?«

»Sicher!« sagte Anakin. »Ich muß nur diesen …«

»Nicht!« rief Marcha, bevor Anakin nach den Kontrollen greifen konnte. »Nicht jetzt. Noch nicht. Aber ich denke, daß wir am besten hierbleiben und in der Kammer unser Lager aufschlagen. Wir müssen diese Anlage untersuchen, doch niemand darf uns bemerken. Wenn wir ständig rein und raus gehen, werden wir bestimmt entdeckt, und das können wir nicht riskieren. Wir müssen diese Anlage studieren und lernen, wie man sie bedient, und gleichzeitig verhindern, daß die falschen Leute sie finden.«

»Was *ist* das für eine Anlage?« fragte Ebrihim. »Was ist ihr Zweck? Wer hat sie gebaut und wann und warum?«

»Ich kann *einige* dieser Fragen beantworten, Neffe, und ich nehme an, mit ein bißchen Nachdenken kannst du es auch. Du hast gesehen, wie das Kraftfeld die herunterfallenden Felsbrocken zurückgeschleudert hat. Das bestätigt meine Vermutung. Diese Anlage ist ein Repulsor, ein planetengroßer Repulsor, mächtig genug, um die ganze Welt Drall zu bewegen. Und sie *hat* die Welt Drall bewegt – vor langer, langer Zeit.«

»Was?« entfuhr es Ebrihim. »Sie hat nur ein paar Felsen entfernt. Wie könnte sie einen ganzen Planeten bewegt haben?«

»Ganz einfach«, sagte sie. »Du hast gesehen, wie ein Riese eine Mücke verscheucht hat. Meinst du nicht, daß der Riese noch mehr kann? Ich wußte schon vom ersten Moment an, als ich die Bilder von der corellianischen Kammer sah, daß es ein Repulsor sein muß. Die Konstruktion ist identisch mit den frühen Drall-Repulsoren, auch wenn sie viel größer ist.«

»Aber ich kapier das nicht«, wandte Jacen ein. »Was meinen Sie damit, daß die Repulsoren den Planeten bewegt haben? Woher kam er denn?«

»Aus einem anderen Sonnensystem. Die Wissenschaftler streiten sich schon seit Jahrhunderten über die Theorie, daß das corellianische Planetensystem nicht auf natürliche Weise entstanden sein kann, daß jemand all diese Planeten aus anderen Teilen des Weltraums hergebracht haben muß. Nun, hier ist endlich der Beweis dafür. Wir stehen auf dem Dach einer Anlage, die diese Welt vor unendlich langer Zeit durch das All bewegt hat. Wir wissen, daß eine identische Einrichtung auf Corellia existiert. Auf Selonia und Talus und Tralus muß es ebenfalls identische Anlagen geben. All diese Welten wurden hierhergebracht, als wir in der Frühzeit der Alten Republik unsere Zivilisation errichteten; aber das war vor so langer Zeit, daß es in Vergessenheit geraten ist. Wer es getan hat und warum, weiß ich nicht.« Sie schüttelte nachdenklich den Kopf. »Und wir Drall glaubten, unsere Vergangenheit zu kennen.«

»Aber warum suchen alle wie verrückt nach diesen Anlagen?« fragte Jacen. »Sie sind interessant und wichtig, aber warum sollten Typen wie die Drallisten und die Menschenligisten nach uralten Maschinen suchen? So was interessiert sie doch gar nicht.«

»Nein«, stimmte die Herzogin zu, »aber sie interessieren sich für Waffen. Ein Repulsor von dieser Größe könnte unvorstellbaren Schaden anrichten. Ein Repulsor, der einen Planeten bewegen kann, kann auch ein Raumschiff bewegen – oder es zerfetzen. Wir haben es hier mit einer ungeheuer mächtigen Verteidigungswaffe zu tun. Mit einem funktionsfähigen planetaren Repulsor könnte ein Planet jedem denkbaren Angriff widerstehen.«

»Das ist alles gut und schön, Tante Marcha«, sagte Ebrihim scharf, »aber es droht kein solcher Angriff – oder drohte zumindest nicht bis zum Ausbruch dieser Krise. Außerdem waren alle Planeten schon vorher mit hervorragenden Abwehrsystemen ausgerüstet. Ich kann nicht glauben, daß dieses ganze Theater wegen einer Verteidigungswaffe veranstaltet wird. Die planetaren Repulsoren wären natürlich eine nützliche Waffe, aber nicht so lebenswichtig, daß man sie um jeden Preis ausgraben muß.«

»Du könntest recht damit haben, Neffe, aber über diesen Punkt sollten wir uns später den Kopf zerbrechen. Ich schlage vor, daß wir von Q9 diesen Eingang bewachen lassen, während wir anderen zum Schwebewagen zurückkehren, um uns aufzuwärmen, bevor wir uns an die Untersuchung des Repulsors machen.«

»Aber was haben Sie mit ihm vor, außer zu verhindern, daß die Bösen ihn in die Finger bekommen?« fragte Anakin.

Der Herzogin von Mastigophorous schüttelte den Kopf und machte ein besorgtes Gesicht. »Wenn ich das wüßte, mein Lieber, würde ich es dir sagen.«

## 16. Kapitel

# *Ankunftsignale*

»Noch dreißig Sekunden bis zum geschätzten Rand des Abfangfelds«, meldete die Taktikoffizierin. Ihre Stimme hallte über alle Decks der *Eindringling.* Der entscheidende Moment war gekommen, und sie waren so bereit, wie sie nur sein konnten. Die Besatzungen aller vier Schiffe waren angeschnallt und wappneten sich für den rauhen Flug, der sie erwartete. »Noch fünfundzwanzig Sekunden.«

Luke blickte vom verglasten Flaggdeck hinunter auf die Brücke. Er und seine Gefährten hatten auf dem erhöhten Deck ihre Plätze eingenommen und sich angeschnallt; nun fieberten sie ungeduldig dem Einsatz entgegen. Belindi Kalenda, Lando, Gaeriel, R2 und 3PO. Und natürlich Ossilege mit seinen Stabsoffizieren.

Die Brücke unter ihnen war eine Standardkonstruktion, die zum großen Teil auf imperialen Schiffsentwürfen basierte. Es gab einen zentralen erhöhten Laufgang und einen Ring aus Kontrollstationen, die in den tiefer gelegenen, grabenähnlichen Operationszentren am Rand der Brücke untergebracht waren.

Luke blickte zu Lando hinüber und grinste. »Mal sehen, ob wir es diesmal bis zu unserem Ziel schaffen«, sagte er.

Lando lächelte zurück. »Aber klar«, versicherte er. »Ich mag es nicht, wenn man mir die Tür vor der Nase zuschlägt.«

»Zwanzig Sekunden.«

»Ich frage mich, warum sie sich überhaupt die Mühe mit dem Countdown gemacht haben«, unkte Lando. »Wo sich der Rand des Feldes befindet, läßt sich doch nur grob schätzen. Er könnte auch viel weiter entfernt sein.«

»Es schadet nichts, wenn die Crew etwas hat, mit dem sie sich beschäftigen kann«, erklärte Admiral Ossilege. »Und es erleichtert die Koordination zwischen den vier Schiffen ungemein.«

»Fünfzehn Sekunden.«

»Ich muß Captain Calrissian zustimmen«, mischte sich 3PO ein. »Ich habe Countdowns schon immer als äußerst enervierend empfunden.«

»Entspann dich, 3PO«, knurrte Lando. »Und ich will nicht noch einmal hören, daß du mir zustimmst. Ist das klar?«

»Aber, Captain Calrissian ...«

R2 fiel 3PO mit einem rüden Geräusch ins Wort.

»Also wirklich!« ereiferte sich 3PO. »Was sind das für Ausdrücke! R2, du solltest dich schämen.«

»Zehn Sekunden.«

Luke warf einen Blick auf das Taktikdisplay. Die bunten Reflexe der vier Schiffe näherten sich unaufhaltsam der gepunkteten blauen Linie, die die geschätzte Grenze des Abfangfelds darstellte. Dann wandte er sich wieder der Bugsichtluke zu, um zu beobachten, was passierte, wenn die *Eindringling* in das Abfangfeld hineinflog.

»Fünf Sekunden.«

»Vier.«

»Drei.«

»Zwei.«

»Eins.«

»Null.«

Nichts geschah, aber Luke hatte im Grunde auch nicht damit gerechnet. Er warf Lando einen Blick zu, und Lando zuckte die Schultern. Die beiden hatten ihr Bestes getan, um das Feld mit den Instrumenten der *Glücksdame* zu vermessen, aber sie wußten besser als jeder andere, wie grob und ungenau diese Messungen gewesen waren. Es war keine große Überraschung, daß sie den Rand verfehlt hatten.

»Plus zwei Sekunden.«

»Plus drei.«

Lando sah Luke an. »He, wer weiß?« sagte er. »Vielleicht haben sie das Feld abgeschaltet. Vielleicht können wir direkt nach ...«

KA-RAM. Luke wurde nach vorn in seinen Sicherheitsgurt geschleudert und gleichzeitig zur Seite geworfen. Vor der Bugsichtluke gleißte grelles Licht, von roten und orangefarbenen Fäden durchzogen, als die Sternlinien aufflackerten und wieder verschwanden.

»WIR BEFINDEN UNS INNERHALB DES ABFANGFELDS!« dröhnte die Stimme der Taktikoffizierin durch das Heulen der Alarmsirenen und Notfallsysteme. »STATISCHE HYPERRAUMBLASE AKTIVIERT. DIE LEISTUNG DES ERSTEN STATISCHEN BLASENGENERATORS FÄLLT MIT DER BERECHNETEN GESCHWINDIGKEIT. AUSFALL STEHT UNMITTELBAR BEVOR ...«

WUMM! Das ganze Schiff stampfte und bockte, als der erste Blasengenerator durchbrannte und der zweite ansprang. Die Hauptbeleuchtung fiel für einen Moment aus, flammte aber wieder auf, bevor die Notsysteme übernehmen konnten. Das Stampfen und Schlingern wurde mit jedem Moment heftiger, und Luke hörte, wie in einem der unteren Decks irgend etwas krachend gegen eine Wand prallte.

WUMMM! Der zweite Generator versagte und der dritte wurde aktiviert, abrupter als die ersten beiden. Eine Deckenleuchte brannte durch und zerplatzte, ließ einen Funkenregen auf das Flaggdeck niedergehen. Ein Funke brachte den Teppichboden des Decks zum Glimmen, und schon schlugen die ersten Flammen hoch, aber bevor Luke eine Warnung rufen konnte, hatte R2 seinen eingebauten Feuerlöscher ausgefahren und erstickte den Brand.

WU-UUMM! Der dritte Generator gab den Geist auf und der vierte sprang an. »Hyperraumblase weiter stabil«, meldete die Taktikoffizierin. Der Lärm hatte sich inzwischen soweit gelegt, daß sie nicht mehr schreien mußte. »Verlust des Hyperraumbewegungsimpulses entspricht der geschätzten Rate. Geschätzter virtueller Stopp relativ zum Abfangfeld in dreißig Sekunden.«

»Falls wir solange durchhalten!« brüllte Lando. Wie um seine Befürchtung zu untermauern, drang aus einem der Unterdecks ein weiteres lautes Krachen.

WUU-UUMMMM! Es gab keinen Zweifel mehr. Jeder Sprung in und aus dem Hyperraum war etwas langsamer – aber etwas weniger heftig – als der vorherige. Sie hatten das

Schlimmste hinter sich. Hoffentlich überstand das Schiff auch noch die letzten Belastungsproben …

WUMMMM! Die Erschütterung war die bisher heftigste, und plötzlich versagte die künstliche Schwerkraft an Bord, während gleichzeitig die Beleuchtung erlosch. Das Schiff geriet ins Trudeln, und wieder heulten Alarmsirenen. Die rote Notbeleuchtung flammte auf und enthüllte ein Bild des Chaos. Zwei oder drei Brückenoffiziere waren von ihren Stationen geschleudert worden und trieben, hilflos mit den Armen rudernd; durch die Luft, suchten verzweifelt nach einem Halt, irgend etwas, an dem sie sich festklammern konnten.

Durch die Erschütterung hatten sich Dutzende kleiner Objekte losgerissen und prallten von der Brückeneinrichtung ab. Eine ähnliche Trümmerwolke hing über dem Flaggdeck. Unten auf der Brücke sprühte eine Kommandostation Funken, ging in Flammen auf und warf im rötlichen Dämmerlicht unheimliche Schatten.

»Hauptenergiekupplung ausgefallen!« meldete die Taktikoffizierin. »Wir haben die Kontrolle über die Steuerung verloren, aber die Hyperraumblase ist stabil.«

Ossilege aktivierte die direkte Komverbindung zum Captain des Schiffes. »Captain Nisewarner! Schalten Sie den Blasengenerator ab! Bringen Sie uns unverzüglich in den Normalraum zurück.«

»Verstanden, Sir«, drang Semmacs Stimme aus dem Kom. Einen Moment später rollte ein lang anhaltendes, dumpfes, fast unterhalb der Hörschwelle liegendes Grollen durch das Schiff, ein Geräusch, das mehr zu spüren als zu hören war. Die Sternlinien flackerten fast halbherzig auf, um dann zu verschwinden und den Sternen Platz zu machen, die sich vor den Sichtluken drehten, während die *Eindringling* träge durch den Weltraum trudelte.

»Flottenstatus«, befahl Ossilege, den Blick starr auf den Weltraum gerichtet.

Einer der Flaggdecktechniker überprüfte seine Displays, lauschte für einen Moment den Meldungen, die aus seinem Kopfhörer drangen, und berichtete dann: »Die *Verteidiger* und die *Paladin* sind zusammen mit uns innerhalb der geschätzten Parameter aus dem Hyperraum gefallen. Die *Paladin* meldet nur geringe Schäden, die *Verteidiger* meldet alle Systeme grün. Bis jetzt haben wir noch keine Spur von der *Wächter* entdeckt.«

»Wie ist die Position der *Eindringling?«* fragte Ossilege, ohne die Sichtluken aus den Augen zu lassen.

»Die Navigationsberechnungen sind noch nicht abgeschlossen, Sir. Warten Sie, die ersten Daten kommen herein.«

Die Hauptbeleuchtung flammte plötzlich wieder auf, und eine Automatenstimme dröhnte: *»Warnung. Warnung.* Die künstliche Schwerkraft wird in dreißig Sekunden wieder aktiviert und binnen zwanzig Sekunden von null auf hundert Prozent Standardgravitation hochgefahren. Halten Sie sich bereit.«

Den Brückenoffizieren, die den Boden unter den Füßen verloren hatten, war es inzwischen gelungen, einen Halt zu finden; sie hangelten sich an der Decke entlang zur nächsten Leiter. Die Gravitation setzte mit einem tiefen Summen wieder ein, das fast sofort in den unhörbaren Infraschallbereich überging. Die in der Luft treibenden Trümmer sanken zu Boden, prasselten und polterten aufs Deck, als die Schwerkraft zurückkehrte.

Die Navigationscrew bekam das Schiff wieder unter Kontrolle, und das Kreiseln der Sterne vor den Sichtluken hörte auf. Einer der Zerstörer – allem Anschein nach die *Verteidiger* – schob sich in Lukes Blickfeld.

»Es liegt jetzt eine zuverlässige Positionsbestimmung vor«, erklärte der Flaggdecktechniker. »Wir sind rund zehn Millionen Kilometer vom geschätzten Kurs abgewichen und bei Maximalgeschwindigkeit noch zweiundsiebzig Stunden von Selonia entfernt.«

»Können wir schon Maximalgeschwindigkeit erreichen?« fragte Ossilege.

»Die Schadensberichte kommen soeben herein, Sir. Der Maschinenraum meldet, daß wir auf ein Drittel der Maximalgeschwindigkeit gehen können. Es war ein ziemlich rauher Flug. Einen Moment. Sir, die *Wächter* ist soeben aus dem Hyperraum gefallen. Ich versuche, ihre genaue Position zu bestimmen. Wir können keine Kom- oder Datenverbindung zur *Wächter* herstellen. Der Energieausstoß des Schiffs liegt unter dem normalen Minimum. Sie trudelt steuerlos durch den Raum, Sir.«

»Sie haben vermutlich versucht, zu lange im Hyperraum zu bleiben. Nun gut«, sagte Ossilege. »Richten Sie den Captains der *Eindringling*, *Verteidiger* und *Paladin* meinen Dank aus. Stellen Sie eine visuelle Laserverbindung zu den Schiffen her und sagen Sie ihnen, daß wir uns bei der *Wächter* sammeln. Sie ist am weitesten ins System vorgedrungen, und wahrscheinlich braucht sie unsere Hilfe. Informieren Sie mich unverzüglich über jede Statusänderung meines Schiffes.«

»Verstanden, Sir.«

Ossilege wandte sich an Luke und Lando. »Nun«, sagte er, »wie es scheint, haben wir den Flug halbwegs unbeschädigt überstanden. Und ich erwarte, daß unsere Freunde auf Corellia mehr als nur ein wenig überrascht sind, uns nicht mehr als drei Tage vom inneren System entfernt aus dem Hyperraum fallen zu sehen. Ich frage mich, ob sie in der Lage sind, rechtzeitig zu reagieren.«

R2-D2 arbeitete mit Hochdruck. Es gab so viel zu tun, so viele Dinge, um die er sich kümmern mußte. Aber auch die Fähigkeiten eines Droiden waren begrenzt. Er mußte nicht nur Master Lukes X-Flügler startklar machen, sondern auch Lando Calrissians *Glücksdame.* Daß er gleichzeitig an zwei Schiffen den Standardsystemcheck durchführen, die Startvorbereitungen treffen und die Navigationsdaten auf den neuesten Stand bringen mußte, war an sich kein großes Problem. Aber Master Luke Skywalker hatte noch eine Menge anderer Aufträge für ihn, und von den bakuranischen Droiden die nötigen Versorgungsgüter, Ausrüstungen und Daten zu bekommen, erwies sich als äußerst zeitraubend. Er mußte sich sehr anstrengen, damit alles wie am Schnürchen lief.

R2 befand sich im Moment an Bord der *Glücksdame.* Lando Calrissians Schiff war sicher auf dem Flugdeck der *Ein-*

*dringling* verankert, direkt neben Lukes X-Flügler, umringt von den bakuranischen Raumjägern. Techniker und Droiden wimmelten um die bakuranischen Jäger herum und überprüften, ob der rauhe Flug der *Eindringling* sie beschädigt hatte. Die Bakuraner setzten für jeden Jägercheck mindestens einen menschlichen Techniker und zwei Droiden ein. R2 mußte denselben Check bei dem X-Flügler und der *Glücksdame* allein durchführen, und beide waren weitaus komplexere Raumfahrzeuge als die bakuranischen Jäger. Er war auf sich allein gestellt, sah man von 3POs lächerlichen Versuchen ab, ihm zu helfen.

R2 begann mit der Überprüfung der Navigationssysteme. Er schob seinen Datenstecker in die Anschlußbuchse der Hauptnavigationssensorphalanx und stellte fest, daß die obere Infraroteinheit neu justiert werden mußte. Aber die Einstellung ließ sich über die Datenleitung vornehmen. Dann schaltete er um und testete den Navcomputer. Die Einheit arbeitete einwandfrei und löste alle simulierten Probleme mit äußerster Präzision.

Nachdem sich die Navigationssysteme als voll funktionsfähig erwiesen hatten, wandte sich R2 zufrieden der Kommunikationsanlage zu. Da alle normalen Komfrequenzen gestört wurden und die Komanlage nutzlos war, hatte die Überprüfung der Kommunikation eine niedrigere Priorität als gewöhnlich, aber früher oder später würden die Störungen aufhören. Es war ratsam, zumindest einen oberflächlichen Check durchzuführen.

Die Standardhyperwellenkanäle arbeiteten einwandfrei und zeigten keine Anomalien. Solange die Störsender in Betrieb waren, konnte er natürlich keinen detaillierten Check durchführen, und die optischen Laserkommunikatoren konnten ebenfalls nicht gründlich überprüft werden, solange sich das Schiff im leeren Raum befand. Aber die Schaltkreise schienen normal zu arbeiten, und das Komkontrollsystem war funktionsfähig.

»R2! Wo bist du?« 3POs Stimme nach zu schließen, stand der Droide in der Hauptschleuse der *Glücksdame.* R2 entschied sich, seine derzeitige Aufgabe zu beenden, bevor er antwortete. Er setzte den Komcheck fort und schloß ihn mit dem Test der Funkstation ab, der Kommunikationseinheit des Schiffes mit der niedrigsten Priorität.

Alle Funksysteme schienen einwandfrei zu funktionieren. Aber dann machte R2 eine seltsame Entdeckung. Trotz der Störsender schienen sie ein Signal zu empfangen. Aber natürlich. Das altertümliche, auf modulierten elektromagnetischer Strahlung beruhende System wurde von der Störung der Hyperwellen-Subraumfrequenzen ebensowenig in Mitleidenschaft gezogen, wie vergiftete menschliche Nahrung einem Droiden schaden konnte. Die Funkstation war nicht in der Lage, Subraumsignale zu empfangen, und konnte daher auch nicht von ihnen gestört werden.

R2 machte sich an die Untersuchung des Signals. Es wurde ständig wiederholt. Ein Funkfeuer vielleicht, oder ein Notsignal.

»R2! R2! Wo steckst du?« erklang wieder 3POs Stimme, näher diesmal und ungeduldiger. R2 versuchte sich auf die Interpretation des Signals zu konzentrieren. Es war in vielerlei Hinsicht ein überaus einfaches Muster, aber er war an den Umgang mit nichtdigitalen Signalen nicht gewöhnt. Es schien sich um eine analoge Übertragung zu handeln, aber er war sich dessen nicht ganz sicher. Er mußte …

3PO schlug mit der Hand auf R2s Sensorkuppel, so daß sie blechern schepperte. »R2! Komm zu dir, ja? Master Luke möchte dich sofort auf dem Flaggdeck sehen, damit du die taktischen Berichte aufzeichnest. Hör mit diesen überflüssigen Checks auf, Stöpsel dich aus und komm sofort mit mir!«

R2 brach sofort seine Analyse ab, zog den Stecker aus der Datenbuchse der *Glücksdame* und eilte hinter 3PO her. Die Analyse der Signale mit niedriger Priorität mußte eben warten.

Han lehnte sich ruhelos in seinem Kopilotensitz zurück. Tatenlos mitansehen zu müssen, wie Salculd ihr Schiff flog und sich dabei als nicht besonders kompetent erwies, hob seine Stimmung nicht gerade. Han war an Bord des namenlosen selonianischen Kegelschiffs, das durch den Weltraum schlich und für den Flug nach Selonia eine Ewigkeit zu brauchen schien. Han verlor allmählich den letzten Rest Geduld. Sie waren seit dem Start von Corellia schon eineinhalb Tage unterwegs, und wahrscheinlich lag noch ein weiterer ganzer Tag vor ihnen. Unglücklicherweise war das Schlüsselwort »wahrscheinlich«. Han begann schon zu glauben, daß sie nie irgendwo ankommen würden.

Schon zweimal hatten die Triebwerke des Kegelschiffs versagt, und Han war beide Male gezwungen gewesen, die Reparaturen selbst vorzunehmen. Der Zustand der Antriebssysteme hatte ihn auch nicht gerade beruhigt. Das gesamte Sublichtantriebssystem schien nur durch Spucke und Bindfäden zusammengehalten zu werden.

Außerdem hatte Dracmus, die selbsternannte Kommandantin des Schiffes, nicht gerade das beste Urteilsvermögen gezeigt. Dracmus hatte dreimal einen Kurswechsel befohlen, weil sie sich einbildete, daß sie von der Handvoll Raumschiffe bedroht wurden, die sich in den Weltraum gewagt hatten. Angesichts der extrem begrenzten Leistungskraft der Sensoren des Kegelschiffs schien ein Ausweichmanöver wenig Sinn zu machen. Die einzigen Schiffe, die sie orten konnten, waren sehr langsam und nicht weit von ihnen entfernt. Im Falle eines Angriffs konnte das Kegelschiff auch nicht mit hoher Geschwindigkeit fliehen, und da es unbewaffnet war, auch nicht zurückschießen. Wenn sie nicht gerade von einem überladenen Raumschlepper attackiert wurden, waren sie für jeden eine leichte Beute. Deswegen hatte es keinen Sinn, auch nur den Versuch zu machen, sich zu verstecken. Dracmus jedoch ließ sich von diesen Argumenten nicht überzeugen. Allmählich dämmerte Han, daß die Selonianer vielleicht die Herren der Unterwelt waren, aber – vorsichtig ausgedrückt – noch sehr viel Übung brauchten, um gute Raumfahrer zu werden.

Natürlich hatte es auch seine Vorteile, Passagier an Bord eines langsamen Schiffes zu sein. Es bedeutete, daß er nicht mehr auf Händen und Knien herumkriechen mußte und die Möglichkeit hatte, zu baden und seine Kleidung zu waschen – Dinge, die ihm seit seiner Gefangennahme durch die Streitkräfte der Menschenliga verwehrt gewesen waren. Es bedeutete, daß er sich ausruhen und erholen konnte, daß ein ganzer Tag verging, ohne daß er sich neue Verletzungen zuzog und sich mit dem Mediset wieder notdürftig zusammenflicken mußte.

Ja, tatsächlich, so gesehen hatte es seine Vorteile. Vielleicht sollte er ein kleines Nickerchen machen. Er wollte gerade seine Augen schließen, als der Alarm losheulte. Er war schon halb aus seinem Sicherheitsgeschirr und wollte zu den Kampfstationen rennen, als ihm einfiel, daß es auf diesem Kahn keine Kampfstationen gab.

Dracmus stürzte aus ihrer Kabine. »Was ist los?« rief sie Salculd zu.

Salculd saß an ihrer Pilotenstation, drückte fieberhaft Knöpfe, legte Schalter um und antwortete nicht sofort. Sie brauchte volle fünfzehn Sekunden, um den Alarm abzuschalten und die Flugsysteme halbwegs unter Kontrolle zu bekommen. *Gut, daß es kein echter Notfall war,* dachte Han. *Sonst wären wir alle getötet worden, ehe sie den Alarm zum Schweigen gebracht hätte.*

»Detektoralarm«, sagte Salculd endlich. »Ein anderes Schiff. Nein, *drei* – nein, *vier* andere Schiffe. Sie sind plötzlich aus dem Nichts aufgetaucht, aus dem Hyperraum.«

»Aber was ist mit dem Abfangfeld?« protestierte Han.

»Es ist immer noch da«, sagte Salculd. »Aber die Schiffe sind irgendwie durchgekommen. Sie nähern sich uns von steuerbord, und ihr Kurs führt sie direkt nach Selonia.«

»Volles Ausweichmanöver!« befahl Dracmus sofort, ohne auf weitere Einzelheiten zu warten.

»Moment! Nicht!« rief Han, um sie noch rechtzeitig an ihrem Vorhaben zu hindern. Ein Blick auf die Kontrollpulte verriet ihm, daß die Neuankömmlinge noch mindestens zweieinhalb Tage Sublichtflug entfernt waren. Außerdem, wer würde schon so verrückt sein und dieser elenden Schrottkiste vier große Raumschiffe hinterherhetzen?

Aber es war zu spät. Trotz ihres respektlosen Verhaltens hatte Salculd nie gezögert, Dracmus' Befehle auf der Stelle auszuführen. Sie fuhr die Sublichttriebwerke auf Maximalleistung hoch und drehte das Schiff hart bei.

»Nicht so hart beschleunigen!« schrie Han. »Die Energierelaisinverter halten das nicht lange aus!«

Und das dumpfe Krachen, das sie einen Moment später hörten, verriet Han, daß er noch untertrieben hatte. Die Inverter hatten es nicht einmal *eine Sekunde* lang ausgehalten.

»Du hast die primären Energieregulatoren ruiniert!« brüllte Han. »Triebwerke drosseln, oder wir verlieren auch noch die Notsysteme!«

Salculd sah verzweifelt zu Han hinüber. »Aber Dracmus hat mir befohlen ...«

»Vergiß es! Du kannst mit ausgebranntem Antrieb sowieso kein Ausweichmanöver fliegen! Triebwerke drosseln!«

Das überzeugte Salculd. Sie fuhr zu den Kontrollen herum und zog den Schubhebel zurück.

Nichts geschah. Das Schiff beschleunigte weiter mit Vollschub.

»Der Notregulator ist durchgebrannt!« sagte Han. Ohne die Regulatoren würden die Sublichttriebwerke solange mit Maximalleistung arbeiten, bis sie schmolzen oder zusammen mit dem Schiff explodierten.

Han schwang sich von seinem Sitz und stürzte zur Leiter, die zu den unteren Decks führte. Er stieg eilig die Leiter hinunter und rannte zur Energierelais-Inverterphalanx. Dort riß er die Wartungsklappe auf und suchte ein paar verzweifelte Momente lang in dem Gewirr der nichtstandardisierten Komponenten nach der manuellen Notabschaltung. Er fand sie und legte mit einem Ruck den Schalter um. Die Sublichttriebwerke liefen wummernd aus. Der Schalter war schon so heiß, daß Han sich die Finger verbrannte. Ein kurzer Check bestätigte seine schlimmsten Befürchtungen. Das Versagen der Energiekupplung hatte die Initiatorverbindung zu den Sublichttriebwerken durchschmelzen lassen. Dann hatte es auch keinen Sinn, den Antrieb zu überprüfen. Ohne die Initiatorverbindung gab es ohnehin keine Möglichkeit, die Triebwerke zu zünden.

Sie waren gestrandet. Großartig.

Han vergewisserte sich, daß die Phalanx in den Kühlmodus umgeschaltet hatte, und kehrte dann in die Kontrollkabine an der Spitze des Kegels zurück, nahm sich vorher aber die Zeit, ein Handtuch naßzumachen und es um seine verbrannte Hand zu wickeln.

»Im Moment droht uns keine Gefahr«, erklärte er. »Ich habe gerade noch rechtzeitig die Notabschaltung gefunden, um eine Explosion des Schiffes zu verhindern. Aber wir treiben.«

»Treiben?«

»Wir können das Schiff nicht steuern«, sagte Han. »Wir bleiben auf dem Kurs, den wir zum Zeitpunkt der Notabschaltung eingeschlagen hatten, bis uns jemand rettet.«

»Können wir es nicht reparieren?« fragte Dracmus.

»*Vielleicht*«, meinte Han, »wenn wir Glück haben und vorher nicht auf einen Planeten oder in die Sonne Corell stürzen oder verhungern. Wenn die Triebwerke noch in Ordnung sind, können wir vielleicht eine neue Initiatorverbindung bauen – aber das wird Monate dauern.« Im Vergleich zu dem Kegelschiff war der *Millennium Falke* geradezu erstklassig in Schuß. »Wer wartet dieses Schiff für euch – euer schlimmster Feind?«

»In gewissem Sinne, ja«, gestand Dracmus. »Da uns unsere Feinde den Zugang zu den regulären Raumhäfen verwehrt und all unsere Schiffe beschlagnahmt haben, sind wir auf diese Einheiten angewiesen. Sie wurden schon vor zwanzig Standardjahren ausgemustert.«

»Und ihr habt sie einfach wieder hervorgeholt, den ›Ein‹-Schalter gedrückt und das Beste gehofft?« fragte Han.

»Wir hatten keine andere Wahl«, verteidigte sich Dracmus. »Wir führen einen Kampf auf Leben und Tod, und auf die Frage, was ein akzeptables Risiko ist, gibt es plötzlich andere Antworten.«

»Aber warum riskiert ihr euer Leben und ein unersetzliches Schiff, nur um mich nach Selonia zu bringen?«

»Vielleicht legen wir nicht so gewaltigen Wert auf unser Leben wie die Menschen. Wir sind eher bereit, für das Wohl der Gemeinschaft unser Leben zu opfern.«

»Laß mich dabei bloß aus dem Spiel«, murmelte Salculd.

»Trotzdem ist deine Frage natürlich berechtigt«, fuhr Dracmus fort. »Allerdings darf ich nicht mehr dazu sagen.«

»Ich hatte so eine Ahnung, daß ich genau die Antwort bekommen würde«, grollte Han. »Leider beantwortet das nicht meine Frage.«

»Wenn du mich fragst«, warf Salculd ein, »es wird höchste Zeit, daß wir ...«

Plötzlich heulte ein neuer Alarm los. Salculd fuhr zu den Kontrollen herum. »Oh, oh«, machte sie. »Noch mehr schlechte Nachrichten. Das Navcomputer hat soeben versagt.«

»Das ist keine schlechte Nachricht. Wen interessiert der Navcomputer, wenn die Triebwerke nicht funktionieren?« erwiderte Han. »Sieh es doch positiv. Wenn wir nicht navigieren können, spielt es auch keine Rolle, ob das Antriebssystem zu Schlacke geschmolzen ist.«

Die *Jadefeuer* war von Selonia weiter entfernt und verfügte über viel bessere Detektoren – und ein viel besseres Tarnvermögen als das Kegelschiff. Die *Jadefeuer* konnte das Kegelschiff orten – obwohl die Besatzung keinen Grund hatte, ihm irgendwelche Aufmerksamkeit zu widmen. Allerdings konnte das Kegelschiff die *Feuer* nicht orten. Davon ganz abgesehen verfügte die *Jadefeuer* über eine viel umfangreichere Datenbank zur Identifizierung anderer Schiffe. Das Kegelschiff hatte nur die plötzlich Ankunft von vier großen Ortungsreflexen registriert. Die *Jadefeuer* hatte sie sofort als bakuranische Kriegsschiffe identifiziert – drei Zerstörer und einen Kreuzer.

Und es gab noch einen weiteren Unterschied. Die Besatzung der *Jadefeuer* reagierte auf das Auftauchen der Bakuraner viel gelassener.

»Was zur Hölle machen die hier?« fragte Mara. »Wie haben sie das Abfangfeld überwunden? Und wer ist an Bord?«

»Ich weiß nicht, wie sie hierhergekommen sind«, erwiderte Leia. »Aber ich bin froh, sie zu sehen. Und was die Frage betrifft, wer an Bord ist – ich glaube es zu wissen.« Sie griff mit ihren Machtsinnen hinaus und schloß die Augen. Aber nein, die Entfernung war zu groß. Vielleicht konnte Luke eine derartige Distanz überwinden; sie konnte es jedenfalls nicht. Sie hatte eigentlich auch nicht erwartet, von dieser Position aus etwas zu spüren. Sie würde es später noch einmal versuchen. Aber dennoch *wußte* sie, mit wem sie es zu tun hatten.

»Wer?« fragte Mara. »Wer befindet sich Ihrer Meinung nach an Bord dieser Schiffe?«

»Luke«, antwortete sie. »Luke ist an Bord. Er ist gekommen, um mich zu retten. Er hat die Schiffe mitgebracht. Ich wußte es, seit ich sah, daß es Bakuraner sind. Die Bakuraner schulden Luke etwas, und er hat sie dazu gebracht, ihre Schuld zu begleichen. Fragen Sie mich nicht, wie, aber er hat es geschafft. Und fragen Sie mich nicht, wie die Bakuraner das Abfangfeld überwunden haben; es ist ihnen jedenfalls gelungen.«

Mara sah Leia an und dachte stirnrunzelnd nach. »So etwas ist ihm ohne weiteres zuzutrauen«, räumte sie ein. »Und die Tatsache, daß es Bakuraner sind, bestätigt nur Ihre Vermutung. Ich schätze, Sie haben recht. Luke ist soeben eingetroffen. Aber das da draußen ist eine Schlachtformation, und die Kommunikatoren sind noch immer gestört. Luke oder nicht Luke, ich denke, es wäre nicht besonders klug, ihnen entgegenzufliegen. Wir halten uns bedeckt und nehmen weiter Kurs auf Selonia.«

Ärgerlicherweise wußte Leia nur zu gut, daß sie recht hatte.

Belindi Kalenda war überglücklich, daß sie sich endlich nützlich machen konnte. Seit sie mit den Informationen von Corellia im Coruscant-System eingetroffen war, hatte sie das Gefühl, überflüssig zu sein. Für andere mochten damit die großen dramatischen Ereignisse erst angefangen haben, aber sie war sofort in den Hintergrund gedrängt worden, kaum hatte sie ihre Aufgabe als Kurier erfüllt.

Doch jetzt waren sie wieder im corellianischen System, und zu sagen, daß der bakuranische Geheimdienst seine

Hausaufgaben nicht gemacht hatte, wäre eine große Untertreibung gewesen. Er hatte eine Menge Informationen über den Planeten gesammelt, aber das meiste davon stammte aus Medienberichten oder öffentlichen Datenbanken und war außerdem noch veraltet. In dem bakuranischen Geheimdienstdossier wurde Corellia mehrfach als imperiale Basis bezeichnet, was schon schlimm genug war, aber sie war über mehrere »aktuelle Lageberichte« gestolpert, die eindeutig zur Zeit der Alten Republik verfaßt worden waren. Die Bakuraner brauchten jede Hilfe, die sie bekommen konnten.

Allerdings hatte sie derzeit Wichtigeres zu tun, als historischen Aufzeichnungen auf den neuesten Stand zu bringen. Sie mußte die aktuelle Lage analysieren. Im Moment war es ihre vordringlichste Aufgabe, die Größe, den Wirkungsbereich und die Stärke des Abfangfelds zu bestimmen. Die Bakuraner hatten für diesen Zweck Spezialinstrumente mitgebracht – und mit jedem neuen Meßwert dieser Instrumente wurde klarer, daß sowohl die Störimpulse als auch das Abfangfeld ihren Ursprung im Doppelweltsystem hatten. Sie hatten dies natürlich längst vermutet, aber es war schön, nun die Bestätigung dafür zu bekommen. Doch Kalenda hatte noch mehr herausgefunden. Die Daten, die ihr vorlagen, ließen keinen Zweifel daran, daß sie die genaue Position des Feldgenerators bestimmt hatte. Sie wußte zwar nicht, wie die anderen darauf reagieren würden, aber für sie war es eine große Überraschung.

Kalenda warf einen Blick auf die Uhr und fluchte. In fünf Minuten mußte sie den taktischen Bericht fertig haben, was bedeutete, daß ihr keine Zeit zum Umziehen blieb. Nun, es war nicht ihre Schuld, daß die Daten, die ihre Vermutung bestätigten, in diesem Moment hereinkamen. Und die Daten wurden auch nicht besser, wenn sie von einer Offizierin in einer frischen Uniform überbracht wurden.

»Nun gut, der erste Punkt auf der Tagesordnung ist der Flottenstatus«, sagte Kalenda zu den Stabsoffizieren, die sich auf dem Flaggdeck versammelt hatten. »Die Lage sieht nicht besonders gut aus, könnte aber auch schlimmer sein. Die gute

Nachricht ist, daß die Reparaturen auf der *Eindringling,* der *Verteidiger* und der *Paladin* abgeschlossen sind und die Flotte mit drei Viertel Maximalgeschwindigkeit Kurs auf Selonia genommen hat. Die schlechte Nachricht ist, daß es der Crew der *Wächter* zwar gelungen ist, die Lebenserhaltungssysteme und Steuerkontrollen zu reparieren, aber die Triebwerke sind immer noch ausgefallen, und das wird sich so schnell auch nicht ändern. Sie treibt Richtung inneres System, aber bei ihrer derzeitigen Geschwindigkeit wird sie ein paar Jahre brauchen, um es zu erreichen. Jedenfalls ist die Crew an Bord zur Zeit in Sicherheit. Die anderen drei Schiffe werden an ihr vorbeifliegen, aber nicht Halt machen, um ihr zu helfen. Allerdings planen wir, beim Punkt der größten Annäherung eine unbemannte Fähre mit Ersatzteilen hinüberzuschicken.«

»Ich habe Anweisung gegeben, fast alle ihre Jäger auf die funktionsfähigen Schiffe zu verlegen«, erklärte Ossilege. »Fünf Jäger dürften ausreichen, um die *Wächter* vor möglichen Angriffen zu schützen, und die Flotte braucht alle Feuerkraft, die sie bekommen kann.«

»Wissen wir inzwischen mehr über die feindlichen Streitkräfte?« warf Lando ein.

»Ja, in der Tat«, bestätigte Kalenda. »Uns liegen ein paar hochinteressante Informationen vor. Von der Doppelwelt, Corellia und Drall starten permanent kleine Jagdmaschinen und nähern sich einem Abfangpunkt, der kurz vor Selonia unseren Kurs kreuzt. Es gibt drei oder vier größere Schiffe – aber keins davon erreicht die Größe der *Glücksdame,* und fast alle Objekte, die wir bis jetzt entdeckt haben, sind leichte Jäger. Die Einheiten, die von Corellia, Drall und der Doppelwelt starten, sind alles MPBs oder vergleichbare Schiffstypen. Wir können davon ausgehen, daß die Selonianer ihre eigenen Schiffe starten werden, sobald wir näher kommen. Wahrscheinlich halten sie ihre Flotte noch zurück, um Treibstoff zu sparen. Allerdings scheint klar zu sein, daß die Schiffe aller Planeten einen koordinierten Angriff planen. Zumindest werden sie es versuchen.«

»Was ist das Problem?« fragte Lando.

»Die Zeit«, erklärte Kalenda. »Wir sind jetzt noch knapp zwei Tage von Selonia entfernt, und die Abfangschiffe sind erst vor ein paar Stunden gestartet. Unsere Analyse ihrer Sublichtemissionen deutet stark darauf hin, daß die meisten den Abfangpunkt mit Maximalschub ansteuern, aber die Kursprojektionen zeigen, daß sie ihn nicht rechtzeitig erreichen werden. Die Abfangjäger haben auch keine Chance, gleichzeitig ihre Ziele anzugreifen, was ihre Feuerkraft maximieren würde. Sie werden vielmehr über einen längeren Zeitraum hinweg eintreffen und uns so die Möglichkeit geben, sie nach und nach zu bekämpfen. Das scheint mir eine erbärmliche Koordinierung zu sein.«

»Was nicht sehr überraschend ist, wenn man bedenkt, daß die Kommunikationsverbindungen praktisch lahmgelegt sind«, sagte Gaeriel Captison. »Ich schätze, daß sie ihre Schlachtpläne koordiniert haben, bevor die Störsender aktiviert wurden. ›Wenn ein Schiff in das System eindringt, macht ihr das und das.‹ Etwas in dieser Art.«

»Aber die Tatsache, daß sie überhaupt koordiniert handeln, ist an und für sich schon bemerkenswert«, erklärte Kalenda. »Fünf unabhängige Rebellengruppen auf fünf Planeten, die sich gegenseitig erbittert bekämpfen, schließen sich zusammen, um über uns herzufallen. Sie haben recht, Admiral Ossilege. Aus diesem Angriff werden wir einiges lernen.

Nun zu einem anderen Thema. Ich kann jetzt berichten, daß wir unmittelbar vor dieser Besprechung die Quelle der Störungen und des Abfangfelds exakt lokalisiert haben. Es wird Sie nicht überraschen, daß beider Ursprungsort identisch ist. Was allerdings eine Überraschung darstellt, ist die Tatsache, daß dieser Ort die Centerpoint Station ist.«

»Die was?« fragte Gaeriel.

»Die Centerpoint Station. Mich überrascht es nicht, daß Ihnen dieser Name nichts sagt. Sie ist außerhalb des Systems nicht sehr bekannt. Es handelt sich um eine sehr große Raumstation, die im Baryzentrum, also dem Schwerpunkt zwischen der Doppelwelt Talus und Tralus, positioniert ist. Anders ausgedrückt, sie befindet sich an jenem Punkt des Weltraums, um den diese beiden Welten kreisen.«

»Ich muß gestehen, diese Neuigkeit überrascht mich außerordentlich«, sagte Ossilege. »Ich habe aufgrund der ungeheuren Stärke des Abfangfelds angenommen, daß es sich um eine bodengebundene Quelle handeln muß. Existiert überhaupt eine Raumstation, die groß genug ist, um eine derartige Menge an Subraumenergie zu erzeugen?«

»Die Centerpoint Station ist eine sehr große Einrichtung«, erwiderte Kalenda. »Normalerweise wäre ich auch skeptisch, ob eine einzelne Station in der Lage ist, das Feld zu erzeugen oder zu kontrollieren. Aber sie ist ungefähr so groß wie ein Todesstern und, glaube ich, viel massiver. Und sie scheint eine gewaltige Menge an Energie zu produzieren. Weit mehr, als nach den historischen Aufzeichnungen, die uns vorliegen, zu erwarten wäre – vorausgesetzt, man kann ihnen überhaupt trauen. Es scheint, als wäre sie die ganze Zeit inaktiv gewesen und erst jetzt zum Leben erwacht.«

»Wenn die Centerpoint Station die Störsender und das Abfangfeld kontrolliert, dann ist sie der Schlüssel zum gesamten System«, sagte Ossilege. »Haben wir ein Bild von ihr?«

Kalenda gab die entsprechenden Befehle ein, und über dem Tisch erschien ein holographisches Bild der Station. Sie war eine riesige grauweiße Kugel mit zwei langen, dicken zylindrischen Aufsätzen an jeder Seite, die von Rohrleitungen, technischen Aufbauten und Antennen übersät waren. Das ganze Gebilde drehte sich um seine Längsachse. »Die Hauptkugel hat einen Durchmesser von etwas mehr als hundert Kilometer. Die Gesamtlänge der Station, einschließlich der seitlichen Zylinder, beträgt rund dreihundertfünfzig Kilometer. Sie muß sich drehen, um künstliche Schwerkraft zu erzeugen. Was bedeutet, daß sie vor der Entwicklung der Antigravtechnik erbaut worden sein muß, und niemand weiß, wie lange *das* schon her ist.«

»Interessant. Wirklich sehr interessant. Aber warum haben sie die Störsender und den Abfangfeldgenerator auf einer Raumstation untergebracht? Eine Raumstation ist, unabhängig von ihrer Größe, viel schwerer zu verteidigen als eine planetare Einrichtung.«

»In vielerlei Hinsicht, ja, Sir.«

»Und sie haben es dennoch getan. Unsere Gegner können so gut wie wir ein Positionierungsdisplay ablesen. Sie müssen wissen, daß wir über Instrumente verfügen, mit denen sich das Abfangfeld vermessen und sein Ursprungsort lokalisieren läßt. Und sie müssen außerdem wissen, daß die Kontrolle des Abfangfelds lebenswichtig für ihre Pläne ist. Und *dennoch* gibt es keine erkennbaren Anzeichen dafür, daß sie irgend etwas zum Schutz dieser Centerpoint Station unternehmen. Die Jäger von der Doppelwelt fliegen alle zum Abfangpunkt.«

»Sir, wenn ich Sie kurz unterbrechen dürfte – unsere Daten sind nicht hundertprozentig zuverlässig, aber wir sind ziemlich sicher, daß auch von der Centerpoint Station Jäger starten und uns entgegenfliegen.«

»Tatsächlich?« Ossilege hob die Brauen. »Das macht es noch erstaunlicher. Statt die Station mit allen Mitteln zu schützen, schicken sie ihre Jäger fort? Aber das ist nur ein Teil des Problems. Sie müssen ebenfalls wissen: Selbst ein schlecht koordinierter Angriff verrät, daß die scheinbar unabhängigen Rebellengruppen in Wirklichkeit zusammenarbeiten. Die Menschenliga tönt in ihrer Propaganda, wie sehr sie die anderen Gruppen haßt. Ich nehme an, daß die anderen ein ähnliches Lied singen. Unter diesen Umständen ist eine Koordinierung des Angriffs gleichbedeutend mit Fraternisierung mit dem Feind. Wenn das bekannt wird, dürfte es allen Gruppen politisch schaden. Wir haben es hier natürlich mit abgeschotteten Gesellschaften zu tun. Trotzdem scheinen sie unsere Bekämpfung für so wichtig zu halten, daß sie diesen Schaden riskieren, obwohl sie uns nur eine Streitmacht aus leichten Jägern entgegenschicken, die zu schwach ist, um uns aufzuhalten.

Warum leichte Jäger? Entweder verfügen sie über keine größeren Schiffe, oder sie glauben, daß ihr Einsatz nicht nötig ist, weil sie uns auch so besiegen können. Aber warum sind sie so siegessicher? Es ist alles sehr verwirrend. Haben Sie sich auch schon diese Fragen gestellt, Lieutenant Kalenda?«

»Ja, Sir, das habe ich.«

»Und zu welcher Antwort sind Sie gelangt?«

»Nur, daß wir irgend etwas übersehen haben. Etwas sehr Großes. Etwas, das sie in ihrer Überzeugung bestärkt, uns vor Selonia stoppen zu können.«

»Ganz meine Meinung«, nickte Ossilege. Er dachte einen Moment nach. »Wann erreichen wir die *Wächter?*«

Kalenda warf einen Blick auf ihre Uhr. »Ah, wir passieren sie in ungefähr acht Stunden, Sir.«

»Ich verstehe. Ich verstehe. Nun gut.« Ossilege stand abrupt auf und wandte sich an den Kommunikationsoffizier seines Flaggschiffs. »Stellen Sie eine direkte Laserkomverbindung zum Captain der *Wächter* her und legen Sie das Gespräch in meine Kabine. Volle Verschlüsselung.« Der Komoffizier salutierte und setzte sich an seine Konsole. »Wie Sie vielleicht schon erkannt haben, hat mich Lieutenant Kalendas Bericht zu einer Änderung unserer Pläne veranlaßt. Ich werde Sie umgehend über diese Änderungen informieren, sobald ich Rücksprache mit der *Wächter* gehalten habe. Das ist alles. Ich wünsche Ihnen noch einen guten Tag.«

Und mit diesen Worten eilte Ossilege aus dem Raum.

Alle standen auf und strömten zur Tür. »Wissen Sie, warum er Rücksprache mit der *Wächter* halten will, Lieutenant Kalenda?« fragte Captain Calrissian.

»Leider nein, Sir«, antwortete sie. »Aber ich habe so eine Ahnung, daß es im Moment nicht angenehm ist, der Captain der *Wächter* zu sein.«

»Oh, sicher«, stimmte Calrissian zu. »Wenn ein Admiral sich plötzlich für manövrierunfähige Schiffe interessiert, besteht fast immer Grund zur Sorge.« *Dem* konnte niemand widersprechen.

## 17. Kapitel

# *Zusammenkunft*

Tendra Risant war der Verzweiflung nahe. Sie hatte das Gefühl, schon seit Jahren und nicht erst seit Tagen auf diesem Schiff festzusitzen. Die *Gentleman Besucher* war ihr recht geräumig vorgekommen, als sie zum ersten Mal an Bord gegangen war und das Schiff erkundet hatte, aber jetzt kam es ihr nicht größer als ein Sarg vor – ein Vergleich, der ihr nicht besonders gefiel.

Sie wußte nicht, wie lange sie noch durchhalten konnte. Tendra hatte noch nie zuvor allein ein Schiff geflogen, war noch nie zuvor so *allein* gewesen. Die Stille, die Einsamkeit des Weltraums schien sie zu umschließen, die endlose offene Leere schien sie zu erdrücken. Es befanden sich genug Nahrungsmittel an Bord, so daß sie nicht verhungern würde, und das Recyclingsystem konnte Luft und Wasser noch mindestens ein Jahr lang problemlos erneuern. Aber was war mit ihrer *geistigen Gesundheit?* Das Schiff konnte für ihre körperlichen Bedürfnisse sorgen – aber nicht für ihr seelisches Wohl.

Warum *antwortete* Lando nicht? Was war passiert? Was war schiefgegangen? Hatte sie ihr ganzes Leben auf eine närrische Laune gesetzt und alles verloren?

Sie beugte sich nach vorn zum Kontrollautsprecher und hörte sich wieder die Botschaft an, die der Sender ausstrahlte. Sie wußte, daß sie sich damit keinen Gefallen tat und wahrscheinlich nur einen weiteren Tränenausbruch riskierte. Aber sie mußte sich die Botschaft anhören, schon um sich zu vergewissern, daß sie immer noch ausgestrahlt wurde.

»Tendra an Lando«, drang die Stimme, ihre Stimme, aus dem Lautsprecher und klang viel vernünftiger, als sie sich seit langem fühlte. »Antworte bitte auf der vereinbarten Frequenz.« Pause. »Tendra an Lando. Antworte bitte auf der vereinbarten Frequenz.« Pause. »Tendra an Lando. Antworte bitte auf der vereinbarten Frequenz ...«

Admiral Hortel Ossilege stand auf dem Flaggdeck der *Eindringling* und trug wie gewöhnlich seine prächtige weiße Paradeuniform. »Es wird Zeit«, begann er, »für eine Erklärung zur Lage. Wie Sie wissen, haben wir die *Wächter* in Schlepptau genommen und ihre gesamte Crew auf die anderen Schiffe verteilt. Sie fragen sich bestimmt, warum wir ein nahezu manövrierunfähiges Schiff mit in die Schlacht schleppen. Ich werde es Ihnen sagen. Ich beabsichtige, es zu opfern.«

Wenn er mit dieser Erklärung allgemeines Erstaunen auslösen wollte, so hatte er Erfolg. Ossilege wartete, bis sich das Geraune wieder legte. »Uns alle hat der zeitlich schlecht koordinierte Aufmarsch der gegnerischen Flotte irritiert«, fuhr er fort. »Wir sind jetzt nur noch ein paar Stunden vom ersten Kontakt mit den feindlichen Einheiten entfernt, und dennoch hat sich diese Flotte nur andeutungsweise formiert. Außerdem starten inzwischen die ersten Schiffe von Selonia.

Ich habe die Verteilung der feindlichen Schiffe analysiert, und ich kann Ihnen sagen, wenn der Feind tatsächlich vorhat, uns direkt anzugreifen, wird er verlieren, und zwar katastrophal.

*Aber.* Wenn es ihm nur darum geht, unsere Kräfte zu binden, uns irgendwohin zu locken, indem er seine Schiffe als Ziel anbietet und sie dann zurückzieht – *dann* hat er seine Einheiten wirklich sehr geschickt plaziert.

Die offensichtliche Frage ist natürlich, wohin will er uns locken? Ich bin entschlossen, dies herauszufinden, und zwar ohne meine ganze Flotte aufs Spiel zu setzen.

Wir haben den Antrieb der *Wächter* notdürftig repariert und werden sie in Kürze mit einem Fernsteuersystem ausrüsten, das ich persönlich bedienen werde. Mir ist bewußt, daß eigentlich das traditionelle Vorrecht des Captains ist, und ich möchte an dieser Stelle offiziell bekanntgeben, daß Captain Mantrony mit Nachdruck um dieses Privileg gebeten hat. Ich habe ihre Bitte abgelehnt. Falls die *Wächter* tatsächlich auf eine uns unbekannte Art angegriffen wird, muß sie so geflogen werden, daß wir so viel wie möglich über diese Waffe erfahren. Captain Mantrony wäre kein Mensch, wenn der lobenswerte Instinkt, ihr eigenes Schiff zu schützen, nicht mit dieser Notwendigkeit kollidieren würde. Ihr Protest gegen meine Entscheidung wurde zu Protokoll genommen.

Ich will meine Flotte direkt in diese Falle führen, wie immer sie auch aussehen mag – mit der *Wächter* an der Spitze. Unsere Jäger werden sich dabei zurückhalten. Wenn sie angegriffen werden, sollen sie zurückschlagen, aber nicht von selbst den Kampf suchen. Ich will, daß wir defensiv vorgehen, nicht offensiv. Wir sind uns wohl alle darüber einig, daß wir jederzeit mit jeder beliebigen Anzahl MPBs und anderer leichter Jagdmaschinen fertig werden. Ich will zunächst unsere Kräfte schonen und die Möglichkeiten des Feindes testen.«

Und während er die Gesichter seiner Offiziere musterte, sagte er mit erster Stimme: »Fangen wir an.« Er nickte der Taktikoffizierin der *Eindringling* zu.

»Die gesamte Besatzung auf die Kampfstationen«, befahl sie. »Alle Jägerpiloten zu ihren Maschinen. Der Start der Jäger erfolgt in Kürze.«

Die Einsatzbesprechung war vorbei; die Offiziere und Piloten sprangen auf und strömten aus dem Raum.

»Er will, daß wir defensiv vorgehen«, murmelte Lando Luke zu, als sie den anderen nach draußen folgten. »Wenn er das wirklich will, könnten wir ebensogut alle an Bord bleiben.«

»He, komm schon«, sagte Luke. »Du bist dort draußen meine Rückendeckung. Ich will nicht, daß du *zu* defensiv vorgehst.«

»Du kannst von Glück reden, wenn ich mein Schiff überhaupt noch fliegen kann«, erwiderte Lando. »Durch diese permanenten Einsatzbesprechungen habe ich es nicht mehr von innen gesehen, seit wir in das corellianische System eingedrungen sind.«

Luke grinste und klopfte seinem Freund auf die Schulter. »Nun, es heißt, daß man so etwas nie verlernt. Jetzt bekommst du die Chance herauszufinden, ob es wirklich stimmt. Komm, gehen wir zu unseren Schiffen.«

*Jetzt,* dachte Leia. *Jetzt* waren sie nah genug. Aus dieser Entfernung konnte sie die Aura ihres Bruders spüren, falls er tatsächlich dort war. Sie schloß die Augen, griff mit ihren Fähigkeiten in der Macht hinaus zu den bakuranischen Schiffen und suchte nach ihm.

Und sie spürte ihn sofort, spürte seine Aura stark und klar über den finsteren Abgrund des Weltraums hinweg. Leia lächelte und genoß die Wärme des Kontaktes, die Freude darüber, daß ihr Bruder in der Nähe war und immer näher kam. Aber das war nur die halbe Wahrheit. Sie wußte, daß Luke sie im selben Moment spüren und sofort wissen würde, wo sie war.

Auch wenn ihre Kräfte nicht stark genug für einen direkten Gedankenaustausch waren – allein das Wissen, daß er dort war und nun erfahren hatte, daß sie hier war, stellte eine ungeheure Erleichterung dar.

Luke kletterte gerade die Einstiegsleiter seines X-Flüglers hinauf, als er die Berührung seiner Schwester spürte. Er erstarrte und blickte mit seinem geistigen Auge nach oben, durch die und Wände und Decks und Durastahlplatten der *Eindringling* hinaus in die Dunkelheit des Weltraums. Er konnte das Licht ihrer Aura in der Finsternis so deutlich *sehen,* wie er R2 sehen konnte, der soeben auf seinen Sockel am Heck des X-Flüglers gehievt wurde. Sie war hier. Sie war am Leben. Sie war in Sicherheit. Was konnte wichtiger sein als das?

Bevor Luke seine Frage stellen konnte, erhielt er schon die Antwort.

Denn als er jetzt mit seinen Machtsinnen hinausgriff, spürte er, daß noch jemand anders dort draußen war.

Leia spürte denselben Kontakt, als sie mit ihren Machtsinnen den Weltraum durchforschte. In gewisser Hinsicht war diese Aura viel schwacher, da sie keine Fähigkeiten in der Macht hatte. Aber alle Lebewesen hatten Teil an der Macht, und dieses Leben leuchtete hell vor Tatendrang und Entschlossenheit – und es leuchtete für Leia besonders hell.

»Han«, rief sie glücklich und überrascht, als sie sich an

Mara wandte. Diese hantierte an den Detektorkontrollen und richtete die Sensoren auf den entsprechenden Sektor des Weltraums. »Dort!« sagte sie und deutete auf einen kleinen Reflex auf dem Detektorschirm. »Han befindet sich auf diesem manövrierunfähigen Kegelschiff. Luke ist an Bord des größten bakuranischen Schiffes, aber Han ist auch hier.« Sie schloß die Augen und konzentrierte sich erneut. »Da sind noch zwei andere Wesen – Selonianer, glaube ich. Bei ihnen bin ich mir nicht ganz sicher, aber Han nehme ich deutlich wahr. Ich *weiß*, daß es Han ist.«

Leia ist hier, dachte Luke. Leia ist hier, Han ist hier, und es gibt nichts, was ich für sie tun kann. Die Zeit war zu knapp. Er klappte die Kanzel seines X-Flüglers zu und begann zusammen mit R2 mit den Startvorbereitungen. Dann warf er einen Blick auf den Startplan.

Sein X-Flügler und die *Glücksdame* würden in dreißig Sekunden aus dem Bauch der *Eindringling* in den Weltraum katapultiert werden. Gerade genug Zeit, um Dankbarkeit zu empfinden, daß Leia und Han nichts zugestoßen war. Dann mußte er auch schon die Navigationschecks und Systemtests beenden und die Repulsoren des X-Flüglers aktivieren.

Er hatte nicht einmal Zeit, Lando per Laserkom über die Neuigkeit zu informieren.

Was vielleicht ein Glück war, denn Lando machte in diesem Moment ebenfalls eine überraschende Entdeckung.

Eigentlich bestand kein Grund für einen automatischen Komcheck. Nicht, wenn alle Standardkomsysteme durch die Störsender blockiert waren und es keine Möglichkeit gab, das bordeigene Laserkomsystem zu testen. Aber Lando war ein vorsichtiger Pilot, wenn es die Umstände erlaubten. Und das bedeutete, daß er alle Systeme überprüfte, wenn er das Schiff längere Zeit nicht geflogen hatte. Allerdings erwartete er keine Überraschungen. R2 hatte erst vor kurzem einen Systemcheck durchgeführt, und er gab sich bei der *Dame* immer besondere Mühe.

Aber Erwartungen deckten sich oft nicht mit der Realität.

Diese Erkenntnis dämmerte Lando, als die Funkstation ein Signal empfing – und es auf den Kabinenlautsprecher legte.

»Tendra an Lando«, drang eine Stimme – Tendras Stimme – aus dem Lautsprecher. »Antworte bitte auf der vereinbarten Frequenz.« Eine Pause, dann folgte die Wiederholung: »Tendra an Lando. Antworte bitte auf der vereinbarten Frequenz.« Und noch eine Wiederholung: »Tendra an Lando. Antworte bitte auf der vereinbarten Frequenz ...«

Lando war wie vom Donner gerührt. Wie war sie nach Corellia gekommen? Bei allen Sternen, was machte Tendra hier? *Warum* war sie hierhergekommen? Wie weit war sie entfernt?

Lando überprüfte den Countdown. Nur noch eine halbe Minute bis zum Start. Kaum genug Zeit, um etwas zu unternehmen. Aber er mußte *irgend etwas* unternehmen. Er aktivierte das Komsystem und schaltete in den wenig benutzten Funkmodus um. Er dachte einen Moment nach, bevor er antwortete. Es gab so viel zu sagen, und er hatte so wenig Zeit. »Lando an Tendra. Es ist eine lange Geschichte, aber ich bin erst vor kurzem im System eingetroffen und habe gerade deine Sendung empfangen.« Er schwieg einen Augenblick und fuhr dann leicht verlegen fort: »Es, ah, mag vielleicht melodramatisch klingen, aber ich fliege jetzt in die Schlacht und habe keine Zeit für lange Erklärungen. Ich möchte dir so vieles sagen – doch all das muß bis später warten. Die wichtigste Frage ist: Wo *bist* du? Ich werde deine Frequenz weiter abhören und wünsche dir und uns allen viel Glück. Lando Ende. Die Botschaft wird wiederholt.«

Lando lehnte sich zurück und überlegte, ob er die Botschaft vielleicht ändern sollte. Sie sagte zuviel und gleichzeitig zuwenig – aber er hatte keine Zeit. Er mußte sich damit zufriedengeben. Noch zehn Sekunden bis zum Start. Lando aktivierte die Wiederholfunktion des Senders, ließ die Sublichttriebwerke warmlaufen und konzentrierte sich darauf, am Leben zu bleiben.

Han Solo war kein glücklicher Mann. Es gab nichts Schlimmeres für einen Piloten, als an Bord eines manövrierunfähigen Schiffes zu sein. Es war schon schlimm genug, wenn ein Pilot Passagier auf einem Schiff war, das von jemand anders gesteuert wurde. Aber wenn niemand an der Steuerung saß, wenn das Schiff *steuerlos* war, dann war das Gefühl der Hilflosigkeit unerträglich. Das namenlose Kegelschiff hätte ebensogut ein Asteroid sein können, ein durchs All treibender Felsbrocken. Sie konnten nur noch warten. Früher oder später würde irgend jemand sie abschießen, oder sie würden auf irgendeinen Planeten stürzen, oder die Nahrungsmittel-, Luft- oder Wasservorräte würden zur Neige gehen. Bei dem Glück, das dieses Schiff hatte, würde es nicht länger als ein oder zwei Tage dauern, bis eine dieser Katastrophen über sie hereinbrach.

*Falls* es Han nicht vorher gelang, das Antriebssystem und den Navcomputer zusammenzuflicken. Die Chancen dafür standen natürlich nicht gut. Aber Han hatte noch nie schnell aufgegeben. Seine vordringlichste Aufgabe war, sich einen detaillierten Überblick über das Ausmaß der Schäden zu verschaffen. Ein Glück, daß sie Zeit im Überfluß hatten, denn dieser Job würde eine Menge Zeit kosten.

Han starrte die ruinierte Initiatorverbindung an und versuchte, sich die Position jeder einzelnen Komponente zu merken, bevor er sich an die Arbeit machte. Die Reparatur mußte schon beim ersten Versuch klappen, oder alles war umsonst. Er entdeckte einen feinen Riß in der Basis der Treiberkonsole. Wenn sich dieser Riß bis ins Innere zog, war die Konsole nicht mehr zu gebrauchen. Nun, dann mußte er eben eine neue bauen. Vielleicht fand er irgend etwas auf dem Schiff, das …

»Ehrenwerter Solo!«

Die Stimme dröhnte vom Oberdeck herunter, so laut und so plötzlich, daß Han fast aus der Haut fuhr. »Dracmus, mach das bloß nicht noch einmal«, schrie er zurück. »Du hast mich halb zu Tode erschreckt.«

»Es tut mir leid, ehrenwerter Solo«, rief Dracmus zurück. »Aber es ist etwas passiert. Ein Schiff versucht bei uns anzudocken.«

»Was?« Han vergaß die Treiberkonsole und stieg eilends

die Leiter zum Oberdeck hinauf. »Wovon redest du?« fragte er und warf einen Blick auf den Detektormonitor. Dort draußen, nur einen halben Kilometer entfernt und sich rasch nähernd, war tatsächlich ein anderes Schiff. Er sah durch die Sichtluke und konnte das Schiff auch mit bloßem Auge erkennen. »Salculd, warum hast du es nicht schon viel früher entdeckt?«

»Es hat sich uns von hinten genähert«, erklärte Salculd entschuldigend. »Unsere Heckdetektoren waren noch nie besonders gut, und durch die Überlastung müssen sie auf eine Weise beschädigt worden sein, die von den Diagnosesystemen nicht bemerkt wurde.«

»Großartig«, knurrte Han. »Wir sind blind geflogen und wußten es nicht einmal.«

»Aber was sollen wir *tun*, ehrenwerter Solo?« fragte Dracmus.

»Tun? Was *können* wir tun? Das Komsystem ist gestört, also können wir nicht mit ihnen reden. Das Antriebssystem ist ausgefallen, also können wir nicht fliehen – sofern keiner aussteigt und schiebt.« Er deutete auf das rasch näher kommende Schiff und zuckte bedrückt die Schultern. »Jetzt können wir nur noch den roten Teppich ausrollen und hoffen, daß sie in freundlicher Absicht kommen. Ich würde gern sagen, hoffen wir, daß sie auf unserer Seite sind, aber leider weiß ich nicht, welche Seite damit gemeint …« Han verstummte und musterte das anfliegende Schiff genauer. »Einen Moment«, sagte er. »Ich kenne dieses Schiff. Ich kenne dieses Schiff …«

»Was für ein Schiff ist es?« drängte Dracmus. »Freund oder Feind?«

»Ich bin mir nicht sicher. Dracmus, Salculd – nehmt eure Waffen und begebt euch zur Luftschleuse. Schnell!«

Salculd und Dracmus rührten sich nicht. Offenbar konnten sie sich nicht entscheiden, ob sie Han gehorchen sollten. »Los!« brüllte er wieder. »Sofort!«

Das machte ihnen Beine. »Ich habe zwei Blaster in meiner Kabine«, erklärte Dracmus und stürzte los, um sie zu holen. Salculd blieb ihr dicht auf den Fersen.

Han kletterte die Leiter hinunter, rannte zur Luftschleuse und wünschte, einen Schraubenschlüssel zu haben, einen Hammer, irgend etwas Großes und Schweres. Aber dafür war keine Zeit. Er hörte, wie ein magnetischer Enterhaken dröhnend an der Hülle des Kegelschiffs festmachte, hörte ein schrilles Summen, als sich ein Kraftfeld aufbaute und die Hülle zum Vibrieren brachte. Es war das Standardverfahren, wenn zwei Schiffe mit unterschiedlichem Schleusendesign aneinander andockten. Das eine aktivierte eine Kraftfeldröhre zwischen den beiden Luftschleusen, so daß man problemlos von einem Schiff ins andere überwechseln konnte.

Vorausgesetzt, beide Parteien arbeiteten zusammen. Han dachte kurz daran, die Luftschleuse zu blockieren, um die anderen am Eindringen zu hindern. Aber das hätte wenig Sinn. Jeder Laserbrenner, der sein Geld wert war, konnte sich binnen Minuten durch die Metallhülle des Kegelschiffs fressen. Es war besser, sie an Bord kommen zu lassen und dann zu handeln. Vielleicht kam sie ja in freundlicher Absicht. *Vielleicht* … Aber dann hörte er, wie sich das Außenschott des Kegelschiffs öffnete. Jetzt war es zu spät, sich Sorgen zu machen.

»Solo!« schrie Dracmus, als sie mit gezacktem Blaster durch den Korridor gestürmt kam. »Solo! Was geht hier vor? Was ist das für ein Schiff?« Sie blieb abrupt stehen und wurde fast von Salculd umgerannt. »Was geht hier vor?«

»Das ist die *Jadefeuer*, die gerade angedockt hat«, erklärte Han. »Mara Jades Schiff. Deine feine Freundin hat mich – oder euch oder uns – durchs halbe corellianische System verfolgt und gerade aufgespürt. Und ich sage euch ganz offen, daß ich *kein* Risiko eingehen werde. Entweder überzeugt sie mich, daß sie auf unserer Seite ist, oder …«

Das Innenschott der Luftschleuse glitt auf, und Han verstummte. Er stand volle fünf Sekunden mit offenem Mund da und brachte keinen Ton heraus. Und dann, irgendwie, plötzlich, lagen sie sich in den Armen. »Leia«, sagte er, »Leia, wie bist du …«

Leia Organa Solo legte ihre Arme um Han und drückte

ihren Mann an sich. »Hallo, Han«, sagte sie. »Ich habe dich vermißt.«

Luke Skywalker hielt seinen X-Flügler in Formation mit der *Glücksdame,* während beide Schiffe die *Eindringling* eskortierten. Die vier Schiffe der bakuranischen Flotte bildeten eine modifizierte Keilformation, eine dreiseitige Pyramide mit der *Wächter* an der Spitze, dicht gefolgt von drei anderen, zu einem gleichseitigen Dreieck angeordneten Schiffen. Man hoffte so zu verhindern, daß der Gegner die Traktorstrahlen ortete, mit denen die drei anderen Schiffe die *Wächter* an ihrem Platz hielten. Jedenfalls *wirkte* die Formation beeindruckend, und das allein zählte.

»... uke, bitte kommen, Lu ...«

Lando meldete sich über Laserkom. Das Beste, was sich über das System sagen ließ, war, daß es funktionierte, und schon dadurch war es allen anderen Komsystemen der Flotte überlegen. Allerdings funktionierte es nicht *gut.* Es war gerade in der Lage, den Kontakt zwischen einem Jägerpiloten und seinem Staffelkameraden aufrechtzuerhalten. Mehr konnte man nicht erhoffen. »Es hapert immer noch etwas mit der Verbindung, Lando«, sagte Luke. »Was ist los?«

»... uß dieses ... ing kurz kali ... ren. So ist es besser. Ich wollte nur wissen, ob du inzwischen eine klarere Vorstellung von dem hast, was wir hier draußen suchen.«

Mit anderen Worten, Lando wollte wissen, ob Luke irgend etwas mit seinen Machtsinnen gespürt hatte. »Leider nicht«, gestand er. »Bei der Gegenseite registriere ich nur die normalen Gefühle vor einer Schlacht. Ich schätze, daß sie genauso ahnungslos sind wie wir. Die hohen Tiere wissen Bescheid, aber die einfachen Soldaten nicht.«

»Großartig«, knurrte Lando. »Was ist mit Leia und Han?«

»Sie sind immer noch da draußen. Ich kann spüren, daß die beiden jetzt zusammen sind – und da ist noch jemand bei ihnen. Mara Jade. Ich denke, Sie sind jetzt auf ihrem Schiff, und wenn ich das Echo in der Macht mit den Detektordaten vergleiche, entfernen sie sich auf dem kürzesten und schnellsten Kurs aus der Kampfzone.«

»Kann ich ihnen nicht ver ...ken«, sagte Lando, von einem kurzen Aussetzer unterbrochen. »Aber ich wünschte, Mara würde sich mit ins Vergnügen stürzen. Ihr Schiff verfügt über reichlich Feuerkraft. Wir könnten ihre Hilfe gebrauchen.«

»Eigentlich nicht«, widersprach Luke. »Ossilege hatte recht. Die Feindformationen sind für einen Kampf Jäger gegen Jäger völlig ungeeignet. Wenn sie wirklich darauf aus sind, werden wir sie in einer Minute erledigen. Sie müssen das doch wissen. Sie werden sich uns nicht offen zum Kampf stellen. Es wäre Selbstmord.«

»... erden sie statt dessen tun?« fragte Lando. »Uns ein Ständchen bringen?«

Luke schüttelte den Kopf. »Ich weiß es nicht«, seufzte er. »Aber wir werden es in Kürze erfahren. Da kommen sie schon.«

Ein Schwarm corellianischer MPBs raste, die Sonne im Rücken, heran und nutzte den riesigen Feuerball Corells als Deckung. Sie hielten direkt auf die *Wächter* zu, brachen ihren Angriff aber wieder ab, bevor er richtig begonnen hatte, gaben lediglich ein paar Turbolaserschüsse ab, um dann den Kurs zu ändern und abzutauchen. Direkt hinter den MPBs kam eine Staffel selonianischer leichter Angriffsjäger und führte fast das gleiche Manöver durch, obwohl sich die Jäger etwas näher heranwagten – und von mehreren, schnell hintereinander folgenden Salven aus der Hauptbatterie der *Wächter* empfangen wurden. Die *Wächter* zerstörte zwei der LAJs. Im stillen gratulierte Luke Ossilege, der die *Wächter* per Fernsteuerung flog. Die Schüsse waren hervorragend gezielt gewesen.

Die restlichen LAJs schlugen denselben Fluchtkurs wie die MPBs ein, der sie dicht an Selonia vorbeiführen würde. Das erinnerte Luke daran, daß auch er sich dem Planeten rasend schnell näherte. Es wäre überaus peinlich, wenn er abstürzen würde, weil er sich zu sehr auf den Raumkampf konzentrierte. Weitere MPBs tauchten direkt über den bakuranischen Schiffen auf, stürzten sich ins Zentrum der Keilformation und griffen die *Wächter* von hinten an. Die anderen großen bakuranischen Schiffe eröffneten das Feuer auf die Angreifer, hielten sich aber merklich zurück, um nicht ihr eigenes Schiff zu treffen. Die Vertreibung der MPBs gehörte zur Aufgabe der Jäger, und mehrere Staffeln bakuranischer Jagdmaschinen warfen sich den Patrouillenbooten entgegen.

Luke entschied, sie zu unterstützen. »Lando, wir knöpfen uns diese MPBs vor«, sagte er. »Du deckst meine Backbordflanke.«

»Verstanden, Luke«, antwortete Lando.

Luke stellte die Flügel seines Jägers auf Angriffsposition und zündete die Triebwerke. Der X-Flügler und die *Glücksdame* rasten auf das Zentrum der Keilformation zu. Luke entdeckte unter sich auf der Steuerbordseite zwei MPBs. Er riß seine Maschine herum und aktivierte die Zielerfassung – aber beide MPBs explodierten, bevor er feuern konnte.

»Zwei erwischt«, erklärte Lando. »Wenigstens glaube ich, daß ich sie erledigt habe. Hier wird überall geschossen. Luke! Hinter und unter dir!«

Luke wartete nicht, bis er die Feindmaschinen sah, sondern drückte seinen X-Flügler sofort nach unten. Man mußte seinem Staffelkameraden vertrauen. Und da waren sie, ein MPB und ein LAJ. Beide leichten Jäger eröffneten das Feuer auf ihn, und ein Schuß streifte den unteren Backbordflügel des X-Flüglers. R2 piepte protestierend, rekalibrierte aber sofort den Deflektorschild, um den Treffer zu kompensieren.

Luke gab zwei kurze, schnelle Feuerstöße ab. Der erste traf den LAJ und verwandelte ihn in einen Feuerball. Der zweite Schuß ließ den MPB steuerlos abtrudeln und aus der Kampfzone treiben. Luke kümmerte sich nicht weiter um ihn, zog die Nase des X-Flüglers hoch, kehrte zur *Wächter* zurück und setzte sich unter ihren Kiel.

»Das war's«, meldete Lando. »Sie haben den Angriff abgebrochen.«

»Ja«, sagte Luke. »Und sie nehmen Kurs auf denselben Raumsektor wie die anderen Schiffe. Sie wollen uns dorthin locken.«

»Und wir werden uns dorthin locken lassen«, antwortete

Lando. »Die *Wächter* nimmt die Verfolgung auf. Ossilege geht tatsächlich auf ihr Spiel ein.«

»Großartig«, knurrte Luke. »Aber ich bin mir nicht sicher, wer hier die Spielregeln bestimmt. Ich übernehme die Heckdeckung der *Wächter*. Bleib bei mir.«

»Verstanden und bestätigt«, sagte Lando. »Aber komm ihr bloß nicht zu nahe. Wenn Ossilege absichtlich in eine Falle fliegt, möchte ich nicht unbedingt bis zum Ende dabei sein.«

»Ganz meine Meinung. Doppelte Standardformationsdistanz.«

Die *Wächter* verließ die Formation der anderen Großkampfschiffe und glitt träge den massierten Formationen der MPBs und LAJs entgegen. Die *Wächter* war wirklich nicht besonders schnell. Der notdürftig reparierte Antrieb schien keine große Schubkraft zu entwickeln. Aber immerhin bewegte sie sich, und nur das zählte. Luke bremste seinen X-Flügler ab, um sich ihrer Geschwindigkeit anzupassen, und nahm eine Position fünf Kilometer hinter und drei Kilometer über ihrem Heck ein.

»Luke, ei ... ffel LAJs näh ... sich hin ... der *Wächter*«, warnte Lando, von Aussetzern unterbrochen.

»Sie sollen ruhig kommen«, meinte Luke. »Schilde auf Maximum, aber das Feuer weder eröffnen noch erwidern.«

»Aber ...«

»Mach es einfach«, fiel ihm Luke ins Wort. »Ich will sehen, wie sie reagieren. Aber halt dich bereit, die Schilde zu senken und zu kämpfen, falls sie ihren Angriff wiederholen.«

Die sechs LAJs rasten von hinten heran. Vier von ihnen drehten ab, huschten an der *Wächter* vorbei und gaben mehrere Salven auf ihr Oberdeck ab. Explosionen flammten über den Decks der *Wächter* auf, aber ihre Schilde hielten. Die Hauptbatterien schwenkten herum und schossen auf die LAJs. Zwei von ihnen flogen direkt in das Batteriefeuer hinein, ehe die anderen ausscherten und sich in denselben Raumsektor wie die anderen vor ihnen zurückzogen.

Aber Luke hatte keine Zeit, sich darüber Sorgen zu machen. Die beiden anderen LAJs waren heran und deckten den X-Flügler und die *Glücksdame* mit Turbolaserfeuer ein; aber dank der Maximalschilde waren ihre schwachen Laser nicht in der Lage, irgendwelche Schäden anzurichten. Natürlich konnten Luke und Lando das Feuer nicht erwidern, solange die Schilde aktiviert waren, aber das spielte im Moment keine Rolle. Die beiden LAJs huschten vorbei – und folgten ihren Kameraden in jenes Gebiet, in dem sich die Feindjäger inzwischen massierten.

»Jetzt kapier ich«, knurrte Lando. »Das ist der Beweis. Sie haben strikten Befehl, uns um jeden Preis zu dieser Position zu locken. Sonst hätten sie uns nicht ungeschoren davonkommen lassen. Luke, bist du sicher, daß unser Sicherheitsabstand ausreicht?«

»Eigentlich nicht«, gestand Luke. »Wir verdoppeln ihn auf zehn Kilometer hinter und sechs Kilometer über dem Heck und halten diese Position. Aber warum versuchen sie uns dorthin zu locken?« fragte er, während er den X-Flügler beidrehte und die neue Position ansteuerte.

»Keine Ahnung«, sagte Lando. »Vielleicht erwartet uns dort ein großes getarntes Schiff oder eine Art Minenfeld.«

»Aber dann müßte sich das Schiff oder das Minenfeld zwischen uns und den Jägern befinden, sonst ergibt es keinen Sinn«, entgegnete Luke. Er verfolgte, wie sich die *Wächter* langsam den feindlichen Einheiten näherte. »Ihre Jäger sind direkt durch dieses Gebiet geflogen.« Die *Wächter* setzte ihren gemächlichen Flug fort und richtete ihre Hauptbatterien auf die feindliche Jägerflotte aus. Sie feuerte wieder und wieder und erzielte eine Menge Treffer. »Was immer es ist, sie sind bereit, einen hohen Preis zu zahlen, um das Schiff dorthin zu locken. Aber was erwartet uns dort?«

»Ich habe nicht die leiseste Ahnung. Vielleicht haben sie eine Art …«

Plötzlich, aus dem Nichts, traf eine riesige, unsichtbare Faust die *Wächter*. Die untere Hülle wurde eingedrückt, das Schiff brach auseinander, und große Trümmerbrocken trieben davon. Mächtige Explosionen erschütterten das Wrack und verschmolzen zu einem einzigen Feuerball, der die *Wächter* verschlang.

»Ausweichmanöver!« schrie Luke, riß seinen Jäger herum und floh mit Vollschub vor dem expandierenden Feuerball. Die *Glücksdame* war an seiner Seite und beschleunigte weiter, aber die Schockwelle der Explosion war schneller als sie. Luke schaltete die Triebwerke des X-Flüglers ab und leitete einen halben Herzschlag nach der *Glücksdame* alle Energie in die Schilde. Die Schockwelle fegte über die beiden Schiffe hinweg, schüttelte sie heftig und schleuderte sie durch den Weltraum. Große und kleine Trümmer prasselten gegen die Schilde und schüttelten die Schiffe erneut durch.

Schließlich war die Schockwelle der Explosion an ihnen vorbei, und Luke gelang es, seinen X-Flügler wieder unter Kontrolle zu bekommen. Aber er konnte die *Glücksdame* nirgendwo sehen. »Lando!« rief er. »Lando!«

»Ich bin hier«, antwortete er. »Hinter und unter dir. Meine Hülle ist beschädigt und ich habe das Backbordsublichttriebwerk verloren, aber ich bin hier. Bist du okay?«

»Ich bin okay«, bestätigte Luke. Er riß die Nase des X-Flüglers herum und blickte zurück zu der Stelle im Weltraum, wo ein Zerstörer wie eine Fliege zerquetscht worden war. Wo sich soeben noch die *Wächter* befunden hatte, gab es jetzt nur noch das Nichts. »Aber was ist passiert?«

»Das wollte ich dich gerade fragen. Luke – *was* war das?«

»Ich weiß es nicht, Lando. Aber ich habe eine sehr häßliche Ahnung, daß sich dieser Vorfall wiederholen wird.«

»Es ist genau das passiert, was wir befürchtet haben«, sagte Dracmus, während sie das Hauptdisplay der *Jadefeuer* betrachtete. »Die Narren haben ihn eingesetzt. Sie haben ihn wirklich eingesetzt.«

»Was eingesetzt?« fragte Han. »Was *war* das?«

»Ein planetarer Repulsor«, erklärte Dracmus. »Er arbeitet nach demselben Prinzip wie die Repulsoren, die auf Raumschiffen installiert sind, ist aber unendlich stärker. Die Anlage selbst befindet sich unter der Oberfläche von Selonia. Auf jedem der Planeten dieses Systems existiert eine derartige versteckte Anlage. Mit diesen planetaren Repulsoren haben die vor langer Zeit ausgestorbenen Baumeister des corellianischen Systems die verschiedenen Planeten hierhertransportiert.«

»*Was?*« entfuhr es Leia.

»Das corellianische System ist nicht natürlich entstanden. Es wurde gebaut, ehrenwerte Staatschefin. Aber wann und von wem und aus welchem Grund – das kann ich nicht sagen. Aber es wurde gebaut.«

»Ein riesiger vergrabener Repulsor«, sagte Han. »Danach also hat die Menschenliga gesucht!«

»Ja«, bestätigte Dracmus, »aber wahrscheinlich haben die Ligisten ihn inzwischen gefunden. Die Drall und die Bewohner der Doppelwelt suchen ebenfalls nach ihren Repulsoren. Wir Selonianer haben unseren zuerst entdeckt und ihn nach kurzer Zeit in Betrieb genommen. Was nicht verwunderlich ist, denn schließlich sind wir fähige Tunnelbauer. Ich habe gehört, daß es sehr schwierig ist, die Anlage auf ein Ziel zu richten, deshalb mußte dieses Schiff auch zu einem bestimmten Punkt gelockt werden. Aber ich bin überzeugt, daß unsere Ingenieure dieses Problem bald lösen werden. Dann werden wir jederzeit an jedem Punkt des Weltraums zuschlagen können.«

»*Wir? Wir?*« wiederholte Han. »Deine Leute, dein Stock kontrolliert dieses Ding?«

»Ich glaube, nein. Aber offen gestanden bin ich mir dessen nicht sicher. Meine Informationen sind alt, und der Kampf um die Kontrolle über diese Anlage wurde mit allen Mitteln geführt, wie du dir bestimmt vorstellen kannst. Der Kampf um den Repulsor weitete sich bald aus, geriet außer Kontrolle und entwickelte sich zum Bürgerkrieg.

Es gab zwei Parteien. Eine – meine – nennt sich selbst die Republikaner. Wir wollten unseren Repulsor der Neuen Republik überlassen, im Tausch gegen Selonias Souveränität innerhalb der Neuen Republik und der corellianischen Sektorregierung. Deshalb wollten wir dich nach Selonia bringen, ehrenwerter Solo. Wir hofften, mit deiner Hilfe die Verhandlungen zu beginnen.«

»Und die andere Fraktion?« fragte Han.

»Nennt sich selbst die Absolutisten. Sie wollten den Repulsor als Waffe einsetzen, um so die völlige Unabhängigkeit Selonias zu erzwingen. Aber die Kämpfe sind inzwischen dermaßen eskaliert, daß jede Seite ihn als Waffe eingesetzt haben könnte.«

»Aber die Jäger hier stammen von allen corellianischen Welten«, wandte Mara ein.

»Ja, genau. Eine schreckliche Ironie. Wir vermuten schon seit langem, daß die Aktionen aller revolutionären Gruppen die Absolutisten, die Menschenliga, die Drallistische Front, alle – von einer unbekannten Macht im Hintergrund *gesteuert* werden. Wir haben jetzt den Beweis dafür vorliegen – aber wir wissen immer noch nicht, wer diese Macht ist und welche Ziele sie verfolgt.«

»Es ist unfaßbar«, sagte Han. »Ich kann es immer noch nicht glauben.«

»Aber wie paßt das alles zusammen?« fragte Leia. »Was hat das alles mit der Sternvernichter-Verschwörung zu tun? Wer hat diesen ersten Stern gesprengt? Und warum diese fieberhafte Suche nach den Repulsoren auf den anderen Planeten?«

»Ich weiß es nicht«, sagte Dracmus. »Ich weiß nicht, was ich davon halten soll.« Sie schwieg einen Moment und warf einen Blick auf den Bildschirm, wo sie soeben die Zerstörung des bakuranischen Schiffes verfolgt hatte. »Ich weiß nur mit Sicherheit, daß mein Planet soeben der Neuen Republik den Krieg erklärt hat.«

## 18. Kapitel

## *Wettlauf gegen die Zeit*

»Lando an Tendra. Es ist eine lange Geschichte, aber ich bin erst vor kurzem im System eingetroffen und habe gerade deine Sendung empfangen ...«

Tendra hörte sich mit Tränen in den Augen die Worte immer und immer wieder an. Er war hier. Er war am Leben. Und er *kämpfte.* Sie empfand unendliche Erleichterung, auch wenn sie jetzt um seine Sicherheit fürchtete. Sie dachte an die lange Verzögerung, die der größte Nachteil der nur lichtschnellen Funkkommunikation war. Eine im inneren System ausgestrahlte Botschaft brauchte Stunden, um Tendra Risant an Bord der *Gentleman Besucher* zu erreichen. Was, wenn in diesen Stunden etwas passiert war? Was, wenn Lando lange genug gelebt hatte, um ihr eine Nachricht zu senden, aber gleich darauf in der Schlacht gefallen war? Nein. Nein. Sie wollte es nicht glauben. Sie wollte nicht einmal daran denken. Sie hatte eine Aufgabe zu erledigen. Über die Funkverbindung, die Lando hergestellt hatte, konnte sie ihn vor der riesigen Flotte warnen, die sich im sacorrianischen System formierte. Sie hatte längst eine detaillierte Botschaft vorbereitet, aber jetzt, wo die Zeit gekommen war, sie abzuschicken, konnte sie der Versuchung nicht widerstehen, sie ein letztes Mal zu lesen. Schließlich wollte sie nach all den Strapazen, die sie auf sich genommen hatte, sicher sein, daß auch alles stimmte.

Marcha, Herzogin von Mastigophorous, fuhr mit dem seltsamen Silberscheibenaufzug hinauf zur Oberfläche. Wie gewöhnlich bediente Anakin die Kontrollen. Tief unter ihr wartete der *Millennium Falke* in seinem Versteck, und Chewbacca, Ebrihim, Q9 und die Zwillinge arbeiteten hart, um in der riesigen, verborgenen Repulsorkammer ein kleines gemütliches, unterirdisches Lager zu errichten. Sie würden sich hier eine ganze Weile verstecken und den Repulsor genau untersuchen können. Mit etwas Glück fanden sie vielleicht eine Möglichkeit, seinen Mißbrauch zu verhindern.

Aber darum konnte sie sich später kümmern. Im Moment wollte Marcha nur die unterirdische Kaverne verlassen und unter dem klaren Nachthimmel von Drall stehen. Der Scheibenfahrstuhl glitt sanft und schnell an der Wand hinauf zum Scheitelpunkt der gewaltigen Kammer. Die Kegelspitze öffnete sich automatisch, als der Rand der Scheibe mit den Seiten der Kammer verschmolz, und enthüllte einen sternenübersäten, klaren Nachthimmel.

Aber nicht nur die Sterne standen am Himmel. Dort, weit im Osten, dicht über dem Horizont, leuchteten die winzigen Scheiben von Corellia und Selonia. Und im Westen, etwas höher am Himmel, waren die Doppelwelt Talus und Tralus und der winzige, matte Lichtfleck der Centerpoint Station zu sehen.

»Sie sind irgendwo dort draußen, nicht wahr?« fragte Anakin. Er ergriff Marchas Hand und schmiegte sich an sie.

»Ja, mein Schatz«, nickte Marcha und legte ihren freien Arm um ihn. »Deine Eltern sind dort draußen. Ich bin sicher, daß sie alles tun, um die Gefahr zu beseitigen.«

Anakin nickte nachdenklich. »Das machen sie immer«, meinte er. »Müssen wir deswegen hierbleiben? Um ihnen zu helfen, indem wir herausfinden, wie der Repulsor funktioniert?«

»Ja, mein Schatz«, sagte Tante Marcha. »Genauso ist es.«

»Mann«, sagte Anakin. »Hoffentlich enttäuschen wir sie nicht.«

Irgendwo am Rand des Thanta-Zilbra-Systems steuerte Wedge Antilles mit seinem X-Turbo-Flügler das Flugdeck der *Naritus* an und wünschte sich nichts sehnlicher, als einen Feind vor sich zu haben, auf den er schießen konnte. Stattdessen mußten sie die Bevölkerung eines ganzen Sonnensystems evakuieren, nur weil die Paranoiker vom GNR irgendwelche verrückten Gerüchte gehört hatten. Es hieß, daß jemand einen Stern gesprengt und gedroht hatte, als nächstes Thanta Zilbra zu vernichten, und dann irgendeinen anderen

Stern; nach den Gerüchten zu urteilen, die im Umlauf waren, konnte jeder Stern in der Galaxis der nächste auf der Liste sein.

Es klang alles so absurd. Wie zum Teufel sollte jemand einen *Stern* sprengen? In weniger als zwölf Stunden sollte es soweit sein, und bisher war nichts Ungewöhnliches passiert. Und was war mit den Gerüchten, daß die Staatschefin auf Corellia festsaß und sich in Lebensgefahr befand? Wedge hoffte, daß es wirklich nur ein Gerücht war. Er wußte, wie sehr die Neue Republik die Staatschefin Leia Organa Solo brauchte – und er wußte, wieviel Leia seinen Freunden Han und Luke bedeutete.

Aber es war bestimmt nur ein Gerücht. Einige der Piloten seiner Staffel hatten gehört, daß die ganze Geschichte über die explodierenden Sterne frei erfunden war, aber die einzige Quelle dafür war der übliche Freund eines Freundes eines Kumpels, der wiederum jemand kannte, der in der Kantine etwas Derartiges erfahren haben wollte. Wedge ignorierte solche Behauptungen. Gerüchte waren nicht sein Fach. Seine Aufgabe war es, Befehle auszuführen, und im Moment hatte er den Befehl, bei der Evakuierung mitzuhelfen. Die meisten Flüge machte er nicht mit seinem Jäger, sondern mit einem kleinen, schnellen Transporter. Außerdem hatte er das Kommando über das Sondergeschwader, und es war keine leichte Aufgabe, diese Bande undisziplinierter Draufgänger unter Kontrolle zu halten.

Er hatte ohnehin schon alle Hände voll zu tun, aber das war auch kein Wunder, wenn die Flotte den Auftrag hatte, jedes intelligente Wesen im gesamten Thanta-Zilbra-System zu evakuieren – auch jene, die nicht fortwollten.

Das allein bereitete ihm schon genug Kopfzerbrechen. Es war zwecklos, auch noch über Sinn oder Unsinn seiner Befehle zu grübeln. Immerhin konnte er wieder seinen Jäger fliegen. In der letzten Zeit war er wegen seiner vielen anderen Verpflichtungen nicht dazu gekommen, das zu tun, was er am besten konnte.

Nicht, daß es ein besonderes Vergnügen war, Kurierflüge zu erledigen oder Ersatzteile zu beschädigten Transportern zu bringen. Aber wenigstens war es fast vorbei. Die Flotte sollte erst 60 Minuten vor der Stunde Null, der Sprengung des Sterns, in den Hyperraum springen. Noch eineinhalb Schichten, und er hatte es hinter sich – aber danach würden sie zweifellos alle Evakuierten wieder nach Hause bringen und sich für die Unannehmlichkeiten entschuldigen müssen. Natürlich hatte sich ein Großteil der Bevölkerung von Thanta Zilbra den Ärger erspart. Viele hatten einfach nicht glauben wollen, daß sie in Gefahr waren, und die Evakuierung verweigert. Und von den Vertretern der Neuen Republik, die sie überzeugen sollten, waren manche nicht einmal selbst von der Gefahr überzeugt, was die Sache nicht einfacher gemacht hatte.

Aber genug davon, sagte sich Wedge. Er brauchte etwas Erholung, bevor er zu seinem nächsten Auftrag aufbrach. Er klappte die Kanzel hoch und stand auf. Dann wartete er, bis die Bodencrew die Ausstiegsleiter heranrollte, und kletterte aus seiner Maschine.

Er ging in den Bereitschaftsraum der Piloten, schlüpfte aus seiner Montur, gönnte sich eine kurze, aber dringend benötigte Dusche und zog einen frischen Overall an. Erfrischt und ein wenig unruhig eilte er zur Operationszentrale, um nachzusehen, was schiefgegangen war, während er auf Patrouillenflug gewesen war.

Die *Naritus* war das Flaggschiff der drei Kriegsschiffe und acht Großtransporter, die an dieser Mission teilnahmen, und die Zentrale war das Nervenzentrum der ganzen Operation. Die Ops schickte die Schiffe hinaus und rief sie wieder zurück, die Ops entschied, welches Problem auf welche Weise gelöst werden sollte oder ob es besser war, aufzugeben und sich dem nächsten Problem zuzuwenden. Von hier aus nahmen die Flottenoffiziere Komverbindung mit den Führern eines Bergbau-Außenpostens oder dem Captain eines interplanetarischen Frachters auf und versuchten, sie mit Druck, Schmeicheleien oder Überredung zur Evakuierung zu bewegen, bevor es zu spät war, bevor es zur Katastrophe kam. Von hier aus versuchten die Missionscommander Streitigkeiten an Bord der überfüllten Transporter zu schlichten. Es hatte bereits Schlägereien und ein oder zwei kleinere Aufstände gegeben. Die Flüchtlinge waren mit ihren Nerven am Ende.

Wedge erreichte das Schott zur Ops, tippte seinen Zugangskode in den Tastenblock, und das Schott glitt zur Seite. Er trat ein – und bemerkte sofort, daß etwas nicht stimmte. In der Ops war es still. Zu still. Normalerweise ging es hier zu wie in einem Irrenhaus, während die Offiziere versuchten, den Strom der Schiffe und Flüchtlinge und Informationen in geordnete Bahnen zu lenken.

Aber irgend etwas war passiert. Und er erkannte, daß nicht Gelassenheit die Ops-Crew zum Schweigen gebracht hatte, sondern blankes Entsetzen. Alle im Raum starrten ausnahmslos auf einen der vielen Monitoren.

Niemand bellte Befehle in Mikrofone oder tippte Befehle in Kontrollpulte oder wechselte von einer Komfrequenz zur anderen, um die neuesten Informationen über die Entwicklung der Krise hereinzuholen. Alle *starrten* nur. Wedge musterte die Gesichter und sah überall den gleichen Ausdruck. Schock, Fassungslosigkeit, Verblüffung, Entsetzen.

Wedge stürzte zur Jägerkommunikationsstation. »Parry, was ist los?« fragte er den diensthabenden Offizier.

Parry schüttelte den Kopf und wies auf den Hauptdisplayschirm. »Der Stern«, sagte er. »Keiner von uns hat es geglaubt. Wir nicht und die Leute auf den Stationen auch nicht, die wir evakuieren sollten. Aber es hat gerade angefangen. Schau es dir an. *Schau* es dir an.«

Wedge drehte sich um und betrachtete das Infrarotbild der Sonnenscheibe. Noch vor einer Stunde war der Stern ein kleiner, konturloser Klecks gewesen, dessen bedrohlichstes Merkmal aus dem einen oder anderen Sonnenflecken bestanden hatte.

Jetzt war er ein kochendes, höllisches Inferno mit hochschießenden Protuberanzen, gewaltigen Gaseruptionen und aufbrechender Oberfläche, die von so heftigen Beben erschüttert wurde, daß Wedge sie *sehen* konnte. »Er wird explodieren«, sagte er. »Er wird wirklich explodieren. Ich habe es nicht geglaubt. Ich glaube es *immer* noch nicht.«

»Und was machen wir jetzt mit all den Leuten, die es genausowenig wie wir glauben wollten?« fragte Parry.

Wedge starrte den Bildschirm an und runzelte die Stirn. »Wir müssen zurück und sie holen«, sagte er.

Wedge verlor bald den Überblick über die Zahl der Einsätze, die er an diesem Tag flog, alle mit dem kleinen, schnellen Transporter, den er jedesmal mit Flüchtlingen überlud. Ein Blick auf die Sonne genügte, und plötzlich waren alle überzeugt, daß es Zeit zum Gehen war. Er flog zwischen der Flotte und der Siedlung auf Thanta Zilbra hin und her, stopfte soviele warme Körper wie möglich in das Schiff und schraubte sich wieder hinauf in den Himmel. Die Landefelder waren ein einziges Chaos, so daß er Schwierigkeiten hatte, eine freie Stelle zum Landen zu finden, und sein Transporter wurde wiederholt von Flüchtlingen gestürmt, bevor er die Luken öffnen konnte.

Auf der *Naritus* war die Lage nicht besser. Sie hatten weder die Zeit noch die Schiffe, um die Zivilisten zu den Transportern zu bringen, und alle Decks waren längst überfüllt. Irgendwann an diesem alptraumhaften Tag hörte er eine Stimme aus seinem Kopfhörer dringen, eine Stimme aus der Ops, die bestätigte, was Wedge bereits wußte: Die Einsatzplaner hatten aufgrund fehlerhafter Informationen die Bevölkerung von Thanta Zilbra weit unterschätzt.

Später konnte er sich nur noch an Gesichter, Bilder, Momente erinnern. Es war unmöglich, die Ereignisse im Nachhinein chronologisch zu ordnen. Ein weinendes Kind in den Armen seiner Mutter, ein anderes Baby, das von seinem Vater, der es nicht mehr an Bord schaffte, durch die Schiffsschleuse geworfen wurde, der Mief von zu vielen Körpern auf zu engem Raum, der Gestank der Angst in der Luft. Der Flug über ein Feuer, das im Zentrum der Thanta-Zilbra-Siedlung unkontrolliert wütete, die Landung auf dem Flugdeck der *Naritus,* wo es von hysterischen Flüchtlinge nur so wimmelte, was weitere Einsätze unmöglich machte. Die Stimme eines Fremden, einer anderen Pilotin irgendwo im Einsatz, drang aus seinem Kopfhörer und sang leise ein Wiegenlied.

Wußte sie, daß sie sang? Versuchte sie, sich selbst oder ein verängstigtes Kind an Bord ihres überfüllten Schiffes zu trösten?

Ein alter Mann, der mitten auf dem Landefeld auf einer Kiste saß und sich weigerte, den Planeten zu verlassen, trotz des Flehens seiner Familie. Wollte er seinen Platz einem anderen überlassen, der ein längeres Leben als er vor sich hatte, oder war er einfach starrköpfig oder verrückt und weigerte sich zu glauben, daß irgendeine Gefahr bestand, die ihn dazu zwang, seine Heimat aufzugeben? Aufgerissene Gepäckstücke, die kostbarsten Besitztümer eines ganzen Lebens, verstreut auf dem Landefeld, manche davon mit Gewalt aus einem Schiff befördert, weil sich der Besitzer weigerte zu glauben, daß die Alternative hieß, entweder seinen Koffer oder das Leben eines anderen Menschen zu retten.

Das Chaos kleiner Raumschiffe aller Typen, zivile und militärische, die zwischen den großen Schiffen der Rettungsflotte hin und her rasten, zu neuen Einsätzen aufbrachen oder mit Flüchtlingen zurückkehrten. Eine Kollision im Weltraum, als ein ziviles Kreuzfahrtschiff mit einem X-Flügler zusammenprallte und beide explodierten. Niemand überlebte diesen Unfall.

Und dann, am Ende, saß er an den Kontrollen seines schnellen Transporters, bat um die Startfreigabe für den nächsten Einsatz und hörte, wie die Bitte abgelehnt wurde. Die Zeit war abgelaufen. Es war vorbei. Die Flotte mußte das System verlassen. Er schrie in das Mikro, verlangte die sofortige Starterlaubnis, bestand darauf, daß noch genug Zeit blieb für zumindest einen letzten Einsatz, denn er wußte, daß sich noch immer Menschen auf dem Planeten befanden. Er wußte, daß sie auf ihn warteten. Er hatte sie gesehen, mit ihnen geredet, ihnen versprochen, daß er zurückkehren würde.

Und dann hörte er den Befehl, sich für den Sprung in den Hyperraum anzuschnallen. An *diesen* Befehl, diesen Moment erinnerte er sich genau. Die *Naritus* aktivierte ihren Hyperantrieb, wenn auch nur für ein paar Momente, und war plötzlich aus dem Thanta-Zilbra-System verschwunden, geflohen, fort. Wedge spürte, wie sich die Vibrationen der Maschinen veränderten, als das Schiff zurück in den Normalraum stürzte, etwa eine Lichtwoche von dem zum Untergang verdammten Stern entfernt.

Plötzlich war er zu schwach zum Schreien, zum Brüllen, zum Protestieren. Er saß da, leer, hölzern, ausgelaugt. Nach einer Weile löste er seine Sicherheitsgurte, stieg aus dem Transporter und drängte sich durch die Menge der Flüchtlinge auf dem Flugdeck, bahnte sich einen Weg zur nächsten Sichtluke. Von hier aus sah Thanta Zilbra noch immer gesund und normal aus, ein warmer, einladender Lichtpunkt im Weltraum, greifbar nahe, aber das Licht, das diesen Eindruck erweckte, hatte den Stern bereits vor sieben Tagen verlassen.

Jetzt existierte er nicht mehr. Wedge schob sich durch die Massen der schluchzenden, verängstigten, geschockten Menschen und kehrte in die Operationszentrale zurück.

Natürlich verfolgten dort alle das Drama. Es gab sonst nichts zu tun. Die Kameras der zurückgelassenen Drohnen funkten ihre Daten durch den Hyperraum, und so konnte Wedge zuschauen, wie die Tragödie ihren Lauf nahm. Der Stern schien dunkler zu werden, zusammenzuschrumpfen. Seine Oberfläche brodelte vor Energie, während er in sich zusammenfiel, kollabierte, bis …

Bis er in einem blendenden Ausbruch weißen Sternenfeuers explodierte, das die Planeten verbrannte, die Raumstationen verdampfte, dann die zurückgelassenen Kameras erreichte und …

Der Bildschirm wurde schwarz.

»Genau nach Zeitplan«, sagte Parry halb zu sich selbst. Wedge hatte seine Gegenwart nicht einmal bemerkt. »Bovo Yagen ist der nächste. Auch das ist bestätigt. Kein Gerücht. Geschätzte Systembevölkerung zwölf Millionen – sofern man nach den heutigen Ereignissen den Schätzungen noch vertrauen kann. Und sie sind über zwei bewohnte Planeten und Dutzende von Stationen, Asteroiden und Habitaten verstreut. Wenn wir nicht einmal in der Lage waren, zehn- oder fünfzehntausend Menschen aus diesem System zu evakuieren – wie zum Teufel sollen wir sie dann retten?«

»Ich weiß es nicht«, gestand Wedge. »Ich weiß es nicht.«

Er wußte nur, wenn sie nicht irgendeinen Weg fanden, die nächste Nova zu verhindern, würden Millionen Menschen sterben.

## *Anmerkung des Autors*

Ich möchte wieder einmal meinem Lektor Tom Dupree für all seine Freundlichkeit, Ermutigung und Entschlossenheit danken. Gott weiß, daß er Dank verdient hat. Ohne ihn hätte es dieses Buch nie gegeben, und glauben Sie mir, ich weiß, wovon ich rede.

Ich möchte gleichermaßen meiner Frau Eleanore Fox danken, die das Manuskript in eine vorzeigbare Form gebracht hat und mich hart arbeiten ließ, während sie einen Ehemann ertrug, der den Großteil der letzten Monate in einer weit, weit entfernten Galaxis weilte.

Wenn ich ein Buch lese, möchte ich immer wissen, was sich hinter den Widmungen verbirgt, und ich finde die rätselhaften ein wenig frustrierend. Für jene Leser, denen es ähnlich ergeht, hier ein paar Anmerkungen zu der Widmung dieses und des vorherigen Buches, die etwas Licht ins Dunkel bringen.

Um der Reihe nach vorzugehen, das erste Buch, *Der Hinterhalt,* war Taylor Blanchard und Kathei Logue gewidmet, und zwar aus zwei Gründen. Erstens ist es zumindest zur Hälfte mein Verdienst, daß sie sich kennengelernt haben. Zweitens werde ich, wenn Sie diese Zeilen lesen und alles nach Plan verlaufen ist, die Ehre gehabt haben, bei ihrer Hochzeit als Taylors Trauzeuge zu fungieren. Wenn das keine Widmung wert ist, dann weiß ich nicht, welchen Grund es überhaupt noch für eine Widmung gibt.

Dieses Buch, *Angriff auf Selonia,* ist Mike und Beth Zipser gewidmet. Beth war meine Englischlehrerin in der elften Klasse. Einige glückliche Menschen können auf einen Lehrer verweisen und sagen, daß er oder sie der Wendepunkt in ihrem Leben war, daß sie ohne ihren Lehrer nicht zu dem geworden wären, was sie heute sind. Das trifft auch auf Beth zu. Vieles von dem, was ich heute bin, kann ich auf ihren Unterricht zurückführen.

Viele Jahre nach der High School und dem College saß ich, mehr oder weniger zufällig, bei einer Science Fiction Convention auf dem Boden, als niemand anders als diese Frau buchstäblich auf mich zugekrochen kam und mich fragte, ob ich Roger Allen wäre, der die Walt Whitman High School in Bethesda besucht hatte. Ich bestätigte es; es dauerte nicht lange und wir beide trafen uns jeden Monat einmal zum Pokern. (Sie ist eine viel bessere Spielerin als ich.) Mike hat sich seitdem als ebenso guter und wahrer Freund erwiesen wie seine Frau. Sie sind nette Leute, auch wenn ich an ihrem Geschmack, was Halstücher angeht, einiges auszusetzen habe. (Eine rätselhafte Bemerkung ist mir erlaubt.) Wer sich für die in der Widmung dieses Buches erwähnten Lektionen interessiert, dem empfehle den Roman *The Daughter of Time* von Josephine Tey, die BBC-Radiosendung *The Goon Show* aus den 50er Jahren und ein nettes, gemütliches Stud-Pokerspiel unter Freunden.

Und vergessen Sie ja nicht, den Einsatz zu erhöhen.

ROGER MACBRIDE ALLEN
Arlington, Virginia